KB076414

책벌레의 하극상

사서가 되기 위해서라면 뭐든지 할 수 있어

제 5 부 여신의 화신 Ⅱ

카즈키 미야
miya kazuki

길찾기

등장인물

4부 줄거리

귀족원에서 로제마인은 최우수생이자 문제아로 활동한다. 축복으로 마술구의 주인이 되거나, 대영지와 디터를 겨루거나, 왕족의 연애 상담에 끼어들고 검은 마물을 퇴치한 후 채집 장소를 회복 시키는 등……. 그런 와중에 중앙 기사단장으로부터 페르디난드의 출생의 비밀을 듣게 되고, 갑작스레 혼인을 명하는 왕명을 받은 페르디난드는 아렌스바흐로 떠나게 되었다.

로제마인

주인공. 조금은 성장해서 9세 정도로 보이지만 내용물은 변하지 않았다. 귀족원에서 책을 읽기 위해서 수단과 방법을 가리지 않는다. 귀족원 3학년생.

에렌페스트 영주 일족

질베스타

로제마인을 양녀로 받아들인 에렌페스트의 아우브. 로제마인의 양아버지.

플로렌치아

질베스타의 아내. 후보생 세 명의 어머니. 로제마인에게는 양어머니가 된다.

빌프리트

질베스타의 장남. 로제마인의 오빠로 귀족원 3학년생.

샤를로테

질베스타의 딸. 로제마인의 여동생으로 귀족원 2학년생이 되었다.

멜키오르

질베스타의 차남. 로제마인의 남동생

보니파티우스

질베스타의 숙부이자 칼스테드의 아버지. 로제마인에게는 할아버지가 된다

페르디난드

에렌페스트의 영주 일족. 왕명을 따라 아렌스바흐로 이동했다

리카르다
수석 시종. 세 보호자의 어린 시절을 꿰고 있는 상급 귀족.

리젤레타
견습 시종으로 중급 귀족. 귀족원 6학년생. 안게리카의 여동생.

브륀힐데
견습 시종으로 상급 귀족. 귀족원 5학년생.

그레티아
견습 시종으로 중급 귀족. 귀족원 4학년생. 이름을 바쳤다.

뮤리엘라
견습 문관으로 중급 귀족. 5학년생. 이름을 바쳤다.

로데리히
견습 문관으로 중급 귀족. 3학년생. 이름을 바쳤다.

필린느
견습 문관으로 하급 귀족. 귀족원 3학년생.

레오노레
견습 호위기사로 상급 귀족. 귀족원 6학년생.

마티아스
견습 호위기사로 중급 귀족. 귀족원 5학년생. 이름을 바쳤다.

라우렌츠
견습 호위기사로 중급 귀족. 귀족원 4학년생. 이름을 바쳤다.

유디트
견습 호위기사로 중급 귀족. 귀족원 4학년생.

테오도르
견습 호위기사로 중급 귀족. 귀족원 1학년생. 귀족원 한정 측근.

로제마인의 측근

- **하르트무트** …… 상급 문관으로 신관장. 오틸리에의 막내아들
- **코르넬리우스** …… 상급 호위기사. 칼스테드의 삼남.
- **안게리카** …… 중급 호위기사. 리젤레타의 언니.
- **다무엘** …… 하급 호위기사.
- **오틸리에** …… 상급 시종. 하르트무트의 어머니.

에렌페스트 기숙사

- **힐쉬르** …… 에렌페스트의 사감. 문관 코스의 교사.
- **이지도르** …… 빌프리트의 견습 시종으로 상급 귀족. 귀족원 6학년생.
- **이그나츠** …… 빌프리트의 견습 문관으로 상급 귀족. 귀족원 4학년생.
- **알렉시스** …… 빌프리트의 견습 호위기사로 상급 귀족. 귀족원 6학년생.
- **마리안네** …… 샤를로테의 견습 문관으로 상급 귀족. 귀족원 4학년생
- **나탈리에** …… 샤를로테의 견습 호위기사로 중급 귀족. 귀족원 5학년생.
- **트라우고트** …… 견습 호위기사로 상급 귀족. 귀족원 5학년생. 원래는 로제마인의 측근.

클라리사 …… 단켈페르거의 견습 문관으로 상급 귀족. 귀족원 6학년생.
라잔타르크 …… 단켈페르거의 견습 호위기사로 상급 귀족. 귀족원 6학년생.
오르트빈 …… 드레반헬의 영주 후보생으로 귀족원 3학년생.
디트린데 …… 아렌스바흐의 영주 후보생으로 귀족원 6학년생. 게오르기네의 딸.
마르티나 …… 아렌스바흐의 견습 시종으로 상급 귀족. 귀족원 5학년생.
라이문트 …… 아렌스바흐의 견습 문관으로 중급 귀족. 귀족원 4학년생. 힐쉬르의 제자.
페어치레 …… 요스브레너의 견습 문관으로 상급 귀족. 귀족원 5학년생.
뤼라디 …… 요스브레너의 견습 문관으로 상급 귀족. 귀족원 3학년생.
루스트라오네 …… 요스브레너의 견습 문관으로 상급 귀족. 귀족원 3학년생.
뮤렌로이에 …… 임멜딩크의 영주 후보생. 귀족원 4학년생.

레스티라우트
단켈페르거의 영주 후보생으로 귀족원 6학년생.

한넬로레
단켈페르거의 영주 후보생으로 귀족원 3학년생.

그 외의 귀족원 관계자

에그란티느 …… 영주 후보생 코스의 교사. 제2 왕자의 첫째 부인.
루펜 …… 단켈페르거의 사감. 기사 코스의 교사.
군돌프 …… 드레반헬의 사감. 문관 코스의 교사.
프라우렘 …… 아렌스바흐의 사감. 문관 코스의 교사.
오르텐시아 …… 도서관의 상급 사서.
솔랑쥬 …… 도서관의 중급 사서.
슈바르츠 …… 도서관의 마술구.
바이스 …… 도서관의 마술구.

다른 영지의 귀족

트라오크발 …… 왕. 첸트로 불리운다.
지기스발트 …… 중앙의 제1 왕자.
아나스타지우스 …… 중앙의 제2 왕자.
힐데브란트 …… 중앙의 제3 왕자.
라오블루트 …… 중앙 기사단장.
로야리테트 …… 중앙 기사단의 부단장.
오스빈 …… 아나스타지우스의 수석 시종.
아르투르 …… 힐데브란트의 수석 시종.
코르둘라 …… 한넬로레의 수석 시종.
아돌피네 …… 드레반헬의 영주 일족.
게오르기네 …… 아렌스바흐의 첫째 부인. 질베스타의 누나.
레티치아 …… 아렌스바흐의 영주 후보생.
젤기우스 …… 페르디난드의 시종.

칼스테드 …… 기사단장으로 로제마인의 귀족으로서의 아버님.
엘비라 …… 칼스테드의 첫째 부인. 로제마인의 어머님.
에크하르트 …… 페르디난드의 호위기사. 칼스테드의 장남.
유스톡스 …… 페르디난드의 시종 겸 문관. 리카르다의 아들.
레베레히트 …… 플로렌치아의 문관. 하르트무트의 아버지.

그 외

빌마 …… 신전 고아원 담당이자 화가
로지나 …… 로제마인의 전속 악사.

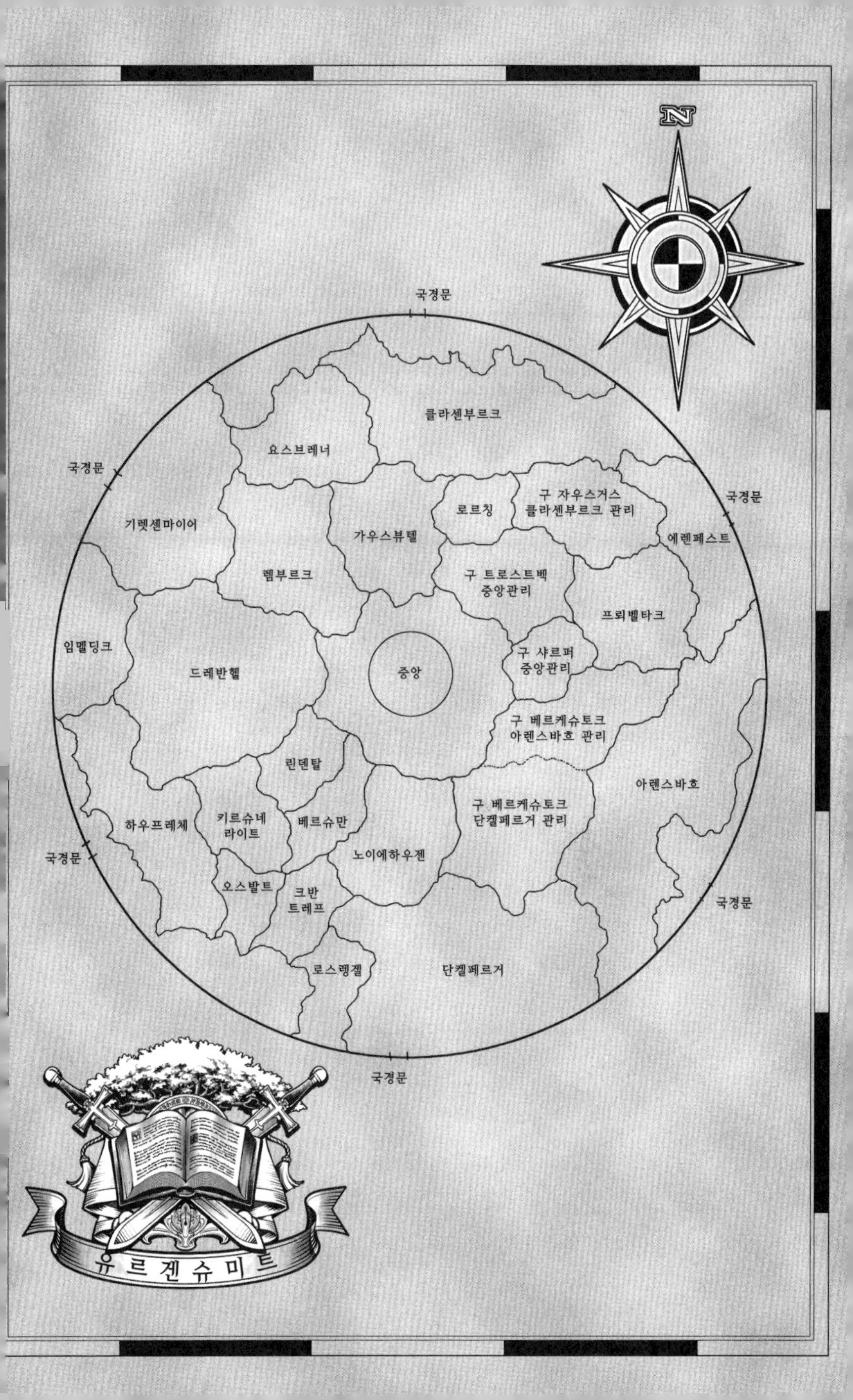
N
국경문
클라센부르크
요스브레너
국경문
구 자우스거스
클라센부르크 관리
국경문
로르칭
기렛센마이어
가우스뷰텔
에렌페스트
렘부르크
구 트로스트벡
중앙관리
프뢰벨타크
임멜딩크
구 샤르퍼
중앙관리
드레반헬
중앙
구 베르케슈토크
아렌스바흐 관리
린덴탈
아렌스바흐
구 베르케슈토크
단켈페르거 관리
하우프레체
키르슈네
라이트
베르슈만
국경문
노이에하우젠
오스발트
크반
트레프
국경문
로스렝겔
단켈페르거
국경문
유르겐슈미트

제 5 부 여신의 화신 Ⅱ

일러스트 시이나 유우　**지도제작** 후지시로 요　**번역** 김 봄
디자인 백진화　**편집** 정성학 김일철　**교정** 오세찬　**마케팅** 이수빈

제 5 부

여신의 화신 Ⅱ

프롤로그

아렌스바흐 성에 있는 집무실 하나가 에렌페스트에서 온 차기 영주의 약혼자, 페르디난드에게 주어졌다. 그곳에 현 아우브 아렌스바흐의 문관들이 집합해 있었다.

"이것은 아달지자의 공주 관련 자료입니다. 여름에 란체나베에서 사자가 방문해 공주를 헌상하는 일에 관해 언급했습니다. 다음 영주회의 때 왕께 아뢰어야 합니다."

"아달지자의 공주……."

차오르는 불쾌감을 느끼며 페르디난드는 조그맣게 중얼거렸다. 중앙 기사단장인 라오블루트가 아달지자의 열매라는 그의 특수한 성장 배경을 눈치챘다는 사실을 떠올렸다. 이 자리에도 기사단장처럼 그의 태생을 아는 자가 있을지도 모른다. 페르디난드가 경계하는 줄도 모르고 문관들은 아달지자에 관해 설명했다.

"타지에서 오신 분들은 모를 수 있겠군요. 아달지자의 공주는 란체나베에서 옵니다. 공주를 받아들이는 일에 관해서는 여기에 자세한 자료가 있으니 읽어 보시면 됩니다."

서류와 자료들을 무수히 들여오는 그들의 임무는 페르디난드에게 업무를 인수인계하는 것이었다. 차기 영주가 될 디트린데는 주추의 마술을 새로 물들이는 업무가 최우선이었기에 대부분의 업무는 그가 인계받았다.

'문관들 입장에서도 그녀보다야 집무에 익숙한 내게 설명하기가 더

편한 건 이해한다만, 차기 영주의 교육도 중요할 터인데…….'

에렌페스트에서 영주의 업무를 도왔던 그와 달리, 디트린데는 지금까지 제대로 된 집무를 경험한 적이 없다. 그도 그럴 것이, 그녀는 원래 셋째 부인이었던 게오르기네의 막내딸이다. 이전까지 차기 영주 후보는 둘째 부인의 두 아들, 셋째 부인의 아들, 첫째 부인의 손녀딸로 드레반헬에서 입양된 레티치아가 있었기에, 그녀는 차기 영주 후보와 가장 거리가 먼 영주 후보생이었다.

그런데 둘째 부인의 아들이 정변 후 숙청에 휘말려 상급 귀족으로 신분이 격하되었고, 디트린데의 오빠는 불의의 사고로 사망한 데다 레티치아가 성인이 되기 전에 아우브 아렌스바흐가 쓰러졌다. 그 때문에 디트린데가 돌연 그 틈을 메꿀 차기 영주로 발탁된 것이다. 영주가 타계하기 직전까지 아직 어린 레티치아를 제치고 영주 자리를 노릴 수 없도록 그녀의 교육에는 그다지 힘을 싣지 않았다고 문관들이 귀띔해 주었다.

'아무리 그래도 내가 그 별궁에 란체나베의 공주를 보내는 입장이 될 줄이야…….'

앞으로는 업무상 계속 란체나베나 아달지자의 일에 관여하게 될 터였다. 눈썹 하나 까딱하지 않았지만, 페르디난드는 씁쓸한 기분으로 자료를 훑었다.

"아, 어쩐지 오늘 날씨가 춥다 싶더니……. 결국 눈이 내리는군요."

문관들의 살짝 들뜬 목소리에 페르디난드는 자료에서 눈을 떼고 창밖을 바라보았다. 정말 하얀 알맹이가 퍼르퍼르 날리고 있었다. 아렌스바흐에서는 드문 광경인지 창가로 문관들이 옹기종기 모여들었지만, 에렌페스트에선 초겨울이면 볼 수 있는 수준의 눈이다. 창밖을 일별한 그는 다시 자료로 시선을 돌리려고 했다.

"……같은 겨울인데도 에렌페스트와 전혀 다르네요."

일에 집중하려는 그를 방해하려는 듯이 유스톡스가 차를 내왔다. 좀 쉬라는 뜻이리라. 그 뜻을 감지한 페르디난드는 하는 수 없이 펜과 자료를 손에서 내려놓고 대신 컵을 들었다. 아렌스바흐에서 그의 시종이 된 젤기우스가 유스톡스의 말을 들은 모양이다. 관심을 보이며 황록색 눈을 반짝였다.

"어떻게 다릅니까?"

자령과 다른 영지의 차이에 관심이 가는지, 그 자리에 있던 문관들이 유스톡스를 주목했다.

"이 정도 눈은 에렌페스트에서는 늦가을부터 초겨울에 흔하게 내리거든요. 이맘때라면 길이 완전히 눈에 뒤덮여 집 안에 꼼짝없이 잡혀 있겠네요."

"거기다 겨울을 나는 방식도 좀 다릅니다. 성에서는 사교가 한창이겠지만, 기사들은 겨울의 주인을 토벌하기 전 막바지 훈련과 준비에 여념이 없을 때거든요. 아렌스바흐에는 토벌 작업이 없으니 그런 점에서 많이 다르군요."

호위기사인 에크하르트의 말에 "호오." 하고 탄성이 터졌다. 아렌스바흐에서는 겨울의 주인을 토벌하지 않아서일까. 기사들이 특훈하는 모습을 볼 수 없었다.

"가장 큰 차이는 어린이 방 아닐까요. 귀족원 이동 기간에만 연다고 들었을 때 놀랐거든요. 에렌페스트에서는 겨울의 주인을 토벌해야 해서 어른들은 겨울 내내 정신없이 바쁩니다. 그래서 돌보기 어려운 미취학 아동은 성에 있는 어린이 방에서 하루를 지내야 하지요."

그러나 아렌스바흐에서는 눈이 펑펑 쏟아지기 전에 기를 쓰고 사교와 정보 수집을 해치울 필요가 없다. 어른들이 여유로우니까. 귀족들이 성에서 하루를 보내는 일이 거의 없으니 아이들 역시 어린이 방에 가는 게 아니라 사교에 끌려 다닌다. 페르디난드가 교육을 맡은 영주 후보생 레티치아도 자신이 속한 파벌 내 관계를 돈독히 다지는 데에 힘을 쏟았다.

"겨울에는 오후에만 사교를 한다는 말에 놀랐습니다. 에렌페스트에서는 짧은 기간에 사교가 왕창 몰려서 정말이지 하루 종일 일정에 치일 때가 있거든요."

조금 따듯한 오후가 아렌스바흐의 사교 시간이다. 겨울 동안 네 점 종이 울리기 전까지는 바깥으로 나가지 않는다. 점심 식사에 초대받았다면 조금 일찍 출발하긴 하지만, 그 외에는 점심을 먹고 나서 활동한다. 반대로 여름에는 햇살이 강해서 기온이 높아지는 세 점 종부터 다섯 점 종까지 밖으로 잘 나가지 않는다고 한다. 그런 관습에 따라 페르디난드는 오전엔 집무실에서 인수받은 업무를 보고, 오후에는 레티치아를 교육하거나 차기 영주의 약혼자로서 사교 활동을 했다.

"하지만 당초 예상했던 것보다 생활에 여유가 있군. 개인적으로 늦기 전에 모든 인계를 끝냈으면 하는데."

영지에 도착했더니 이미 영주가 타계했던 탓에 페르디난드는 걱정이 많았으나, 지금까지는 대체로 순조로웠다. 성가시기만 했던 디트린데는 며칠 만에 귀족원으로 떠났고, 경계 대상이었던 게오르기네는 남편의 죽음을 슬퍼하는지 별궁에 틀어박혀 사교장에 모습을 드러내지 않았다. 덕분에 영주를 모셨던 문관들에게서 업무를 인수받는 데도 전혀 방해가 없었다. 적어도 지금은 차기 영주의 약혼자 자격으로 앞으로 아렌스바흐에서 집무를 처리하게 될 자로서 귀족들에게 존중받고 있었다. 이러한 상황에 안도와 일말의 씁쓸함이 스쳤다.

'아버님이 병상에 눕게 됐을 때의 에렌페스트와는 천지차이군.'

"늦기 전이라는 건 무슨 뜻입니까?"

"그대들은 아우브 아렌스바흐의 문관이다. 디트린데 님이 귀족원에서 돌아오면 그땐 그녀 밑에서 집무를 보겠지. 그녀가 차기 영주니까."

다시 말해 그들이 페르디난드에게 바짝 인수인계할 수 있는 기간은 디트린데가 귀족원에 가 있는 잠깐뿐인 셈이다. 이들은 타 영지 출신인 배우자에게 인수인계하는 일이 아니라 자령의 새로운 영주를 교육하는 일에 집중해야 한다. 그 말에 서로 얼굴을 마주본 문관들은 모호한 표정을 지으며 쓰게 웃었다.

"디트린데 님 밑에서 집무라고요? 그러려면 아직 한참 멀었습니다. 그분이 업무를 보시게 될 때쯤엔 이미 레티치아 님이 성인이 되어 계실 걸요?"

"하다못해 진지하게 임해 주신다면 모를까, 그분은 뭘 배우는 일을 끔찍이 싫어하셔서 골치입니다. 아무리 대리라고 해도 조금은……."

차기 영주를 향한 비난조의 말이 나오자, 다른 데서 금세 그녀를 옹호하는 발언이 튀어 나왔다.

"아무리 그래도 미성년자가 아닙니까. 게다가 셋째 부인의 셋째시라 여태껏 정치 교육을 받지 못하셨어요. 많은 것을 바라는 건 가혹합니다."

"옳소이다. 그리고 레티치아 님이 성인이 되셔서 힐데브란트 님과 혼인하시기 전까지만 구멍을 메꿔 줄 대리 아우브 아닙니까. 의욕이 넘쳐도 곤란하지요. 관심이 없어야 나중에 좋지 않겠습니까?"

'정치에만 관심이 없지, 권력욕은 강해 보이던데…….'

페르디난드는 속으로 중얼거렸다. 그렇다고 이 자리에서 왕명으로 정해진 약혼녀를 정색하고 헐뜯는 어리석은 짓은 하지 않았다. 다만, 그녀가 골치 아픈 성격과 언행의 소유자임은 에렌페스트와 아렌스바흐에서 고작 며칠 만난 것만으로도 충분히 알 수 있었다.

그는 문관들의 의견에 수긍하면서도 그들의 생각과 인성을 조금이라도 파악하려 애썼다. 의견은 내지 않았다. 왕명으로 정해진 약혼녀이고, 깊이 사랑하는 것처럼 보이려고 하는 상대를 정색하며 헐뜯는 꼴이 되니까. 자기들끼리는 웃으며 욕해도, 타 영지 사람인 페르디난드가 자신들의 차기 영주를 흉보면 반감을 품을지도 모르는 일이다.

"어린애처럼 오냐오냐할 여유가 어디 있습니까. 이제 곧 성인이시라고요. 미성년이라는 변명은 더는 안 통합니다. 봄에 있을 영주 회의에서는 아우브로 참가하실 것 아닙니까."

"아무리 대리라도 아우브 자리는 만만하지 않습니다. 솔직히 페르디난드 님이 계셔 주셔서 얼마나 감사한지 모른다구요."

"감사할 분이라면 게오르기네 님도 계시네요. 순순히 별궁으로 거처를 옮기셨잖아요."

거기서부터 화제는 게오르기네에 관한 것으로 넘어갔다. 문관들의 대화를 들으며 페르디난드는 유스톡스가 입수한 정보와의 사실 관계를 비교했다.

"작은 성배에 마력을 채워 구 베르케슈토크를 우리 편으로 끌어들이시고 말입니다. 권력을 손에 넣으셨으니 거기에 더 고집하실 줄 알았거든요."

"전 에렌페스트에서 지원을 끊었다고 들었는데……."

"그건 게오르기네 님이 아니라 페르디난드 님을 통해서 지원하려고 하는 게 아닐까요? 아우브 에렌페스트는 페르디난드 님과 사이가 더 돈독하거든요."

유스톡스가 은근슬쩍 말을 끼워 넣자, 문관들이 "오호라." 하고 고개를 끄덕였다. 구 베르케슈토크나 에렌페스트와 경계를 마주하고 있는 북방은 질베스타의 예상보다 게오르기네의 영향력이 훨씬 큰 듯했다. 페르디난드의 미간이 살짝 좁혀졌다.

"동향의 영주 일족이긴 하지만, 게오르기네 님과는 면식이 거의 없다. 솔직히 조금은 교류가 있길 기대했는데, 인사한 날 외엔 뵙지를 못했군……."

이곳에 온 이후로 게오르기네는 영주의 첫째 부인임에도 무서우리만치 존재감이 없었다. 게다가 유스톡스를 아주 잘 알기에 자신의 별궁에 접근조차 용납하지 않았다. 변장해도 소용없다고 호언장담하더라는 보고를 페르디난드는 받았었다. 문관들을 슬쩍 떠봤지만, 그들은 남편을 잃은 부인이 비탄에 젖어 지내는 것이 뭐가 이상하냐고 생각하는 듯했다.

문관들의 입에서 나오는 게오르기네의 상태에 귀를 기울이는데, 노크 소리가 나더니 문이 열렸다.

"실례합니다. 귀족원에서 라이문트가 이걸 보내왔습니다."

시종인 젤기우스가 나무 상자를 받아 뚜껑을 열었다. 거기서 나온 것은 라이문트가 개량한 녹음 마술구와 편지였다.

라이문트는 힐쉬르의 연구실에 눌러붙어 있는 페르디난드의 제자다. 아렌스바흐에서는 측근에 해당하지만, 주종 관계라기보다는 사제 관계라고 하는 쪽에 더 가까웠다. 마력이 적은 그는 마술구를 사용할 때 드는 마력을 절약할 수 있는 개량에 몰두하고 있었다. 처음에는 로제마인이 라이문트를 마음에 들어 해 가까이 두려 하기에, 페르디난드는 감시 겸 아렌스바흐의 정보를 캐낼 요량으로 그를 제자로 삼았다. 그러나 지금은 자신과 다른 시각을 가진 제자와 연구에 관해 논의하고 편지로 질문과 답을 주고받는 것이 페르디난드에겐 귀중한 피로 해소 시간이 되었다.

"호오, 이게 개량형입니까?"

"녹음 마술구인데 왜 마석이 튀어 나와 있지요……?"

"오, 로제마인 님의 편지도 있군요. 이걸 먼저 확인하지요."

문관들이 로제마인의 편지를 손에 들어 확인했다. 위험물이 들어 있지는 않은지, 암호 같은 것은 없는지 검열하는 과정이다. "그래."라고 대답하면서도 페르디난드는 내심 긴장했다.

'그 바보 녀석이 이번엔 또 뭘 써 보냈을런지.'

이전에 보낸 편지에는 힐쉬르의 연구실 상황이 쓰여 있었다. 귀족원 재학 중에 페르디난드가 힐쉬르를 얼마나 성가시게 했는지, 청소와 식사도 내팽개치고 연구에만 빠져 산 과거를 편지에다 폭로한 것이다. '아렌스바흐에서도 이런 식으로 대충 살면 못 써요'라는 주의문을 읽은 문관들은 쓰게 웃으며 넘겼지만, 페르디난드는 당장 그 편지를 찢어 버리고 싶었다. 물론 빛나는 잉크로 쓴 뒷사정과 보고가 중요하니 그러지는 못했지만.

문관 한 사람이 편지를 소리 내어 읽으면 다른 문관은 암호일 법한 규칙성이 없는지를 확인했다. 무슨 짓을 하던 그들이 빛나는 잉크를 발견할 일은 없다. 페르디난드는 먼저 넘겨받은 라이문트의 마술구를 살펴보면서 문관이 읊는 편지 내용에 귀를 기울였다.

그가 제자에게 낸 과제는 녹음 마술구의 소요 마력 절감과 소형화다. 양손으로 들어야 했던 마술구를 한 손에 올릴 정도로 작게 만드는 데까지 성공하긴 했지만, '뚜껑을 없애면 더 작게 만들 수 있다'라고 재제출을 명령했었다. 오늘 온 마술구는 목소리를 담는 마석 부분이 튀어 나와 있었다. 만듦새가 썩 괜찮았다.

"아렌스바흐와의 공동 연구지만, 힐쉬르 선생님의 말씀에 따르면 제 강점은 마력의 양과 조합 솜씨래요. 그래서 라이문트의 설계를 형상화하는 걸 제가 맡게 됐어요."

"……음, 어쩐지 완성이 빠르다 했더니 로제마인이 제작을 담당했군."

라이문트는 마력량이 적다. 설계를 구상하는 속도는 빠르지만, 제작에 시간이 걸리는 편이었다. 이번엔 꽤 빠르다 했더니, 로제마인이 조합을 맡았기 때문이었다고 한다. 라이문트는 로제마인이 갖고 싶어 하는 물건을 설계하고 있으니, 제작에 손을 빌린다 해서 아무런 문제 될 게 없었다.

"자세한 건 프라우렘 선생님을 통해 보낸 보고서대로입니다. ……음? 사감이 공동 연구에 관한 보고서를 보냈던가요?"

문관의 질문에 페르디난드는 등 뒤에 서 있는 시종들을 돌아보았다.

"나는 모르는데……. 젤기우스, 유스톡스, 내가 없을 때 누가 받아 놓았나?"

"아니요. 사감의 보고서는 페르디난드 님께서 사고 때문에 집무실을 비우셔도 저희가 바로 객실에 넘기진 않습니다."

젤기우스가 원론적인 답변을 꺼냈다. 모든 서한은 페르디난드에게 넘기기 전 반드시 검열을 거친다. 이곳 문관들이 모르는 보고서를 넘겨받는 건 있을 수 없는 일인 셈이다.

"흠. 그럼 사감에게 물어봐야겠군. 공동 연구가 막히면 골치 아프고, 다른 영지에 피해를 주는 일만큼은 피하고 싶으니까."

"알겠습니다."

밀고와도 같은 보고 다음에는 왕족이 주최한 책벌레 다과회가 화제로 올랐다. 왕족을 가까이 하지 말라고 누누이 일렀건만, 녀석이 또 정신을 빼놓고 접근한 모양이다. 책과 도서관 미끼에 홀려 경계심이 싹 풀려 버린 모습이 눈에 훤했다.

"그나저나 로제마인 님은 왕족이 주최한 다과회에 초대받으셨군요. 디트린데 님도 좀 더 왕족과 소통하시면 참 좋을 텐데……."

영지 순위가 낮은 에렌페스트가 초대받는 마당에 아렌스바흐의 영주 후보생은 초대받지 못하다니 통탄스러운 일이라며 한숨을 쉬는 자와 그 자리에 공개된 디저트에 반응하는 자로 양분되었다.

"단켈페르거가 구입한 레시피로 새로운 디저트를 만들어 냈단 말입니까."

"우리도 영주 회의에서 레시피를 샀으니 특산 과일로 디저트를 만듭시다. 페르디난드 님이시라면 카트르 카르에 어떤 과일이 어울리는지 아시지 않나요?"

"글쎄……. 로제마인의 편지를 읽었으니 알겠지만, 난 식도락에 흥미가 없어서. 아렌스바흐의 과일을 잘 아는 요리사에게 맡기는 게 백 번 낫다."

새로운 디저트를 구상해 달라는 뜻이었겠지만, 페르디난드에겐 그럴 마음이 없었다. 새로운 디저트며 다채로운 맛은 음식에 대한 로제마인의 이상한 집착이 만들어 내는 것들이다. 그때 문득 '맛있는 음식을 먹고 싶으면 직접 요리사를 육성해라'라고 하던 그녀의 말이 떠올랐다. 그녀라면 자극적인 아렌스바흐의 음식도 자기 취향으로 바꿔낼지도 모른다.

"중앙의 책과 왕궁 도서관 책을 빌리게 되었어요. 솔랑쥬 선생님이 폐가 서고의 책을 빌려주셨는데, 거기에 슈바르츠와 바이스의 연구 내용이 있대요. 새로운 사실을 알게 되면 또 알릴게요."

"과연. 힐쉬르 님의 연구실에 드나들다니. 페르디난드 님의 제자로 인정받으실 만하네요. 폐가 서고의 서적을 빌리실 줄이야……."

뜬금없는 부분에서 로제마인을 칭찬하기 시작한 문관들이 말하길, 폐가 서고에 보관 중인 서적들은 전부 귀중한 것으로, 사서에게 실력을 인정받은 사람이 아니면 아직 이르다는 이유로 대출해 주지 않는다고 한다. 페르디난드는 그런 식으로 거절당한 적이 없어 몰랐던 사실이다.

'……하지만 지금은 옛날과는 다르지.'

사서가 급감하면서 도서관 마술구는 작동을 멈췄고, 운영에 차질이 생기면서 도서관은 거의 자습실처럼 사용되어 왔다. 지금은 상급 사서가 부임했으니 상황이 좀 나아졌겠지만, 그렇다 해도 옛날처럼 돌아가려면 아직 시간이 더 걸릴 터였다. 아마 이곳 문관들은 도서관의 큰 변화를 모르고 있거나, 실감을 못하는 것이다.

"이번에는 기절하지 않고 무사히 다과회를 끝냈어요. 저 많이 컸죠? 페르디난드 님이 약을 지어 주신 덕분이에요……. 여기까지 쓰여 있습니다."

로제마인의 편지에서 암호처럼 이상한 부분을 찾지 못한 문관들은 편지를 페르디난드에게 건넸다. 그러나 그는 받지 않고 손을 저었다.

“딱히 다시 읽을 만한 것도 없고, 답장은 나중에 쓰겠다. 젤기우스, 그 편지와 마술구는 방에 보관해 다오. 지금은 시간이 일초도 아까우니 다시 일을 시작하지. 유스톡스, 다기를 치우도록.”

휴식의 끝을 알리고, 페르디난드는 다시 펜과 서류를 손에 들었다.

그날 밤, 페르디난드는 자신의 방에서 답장을 썼다. 주변에 다른 측근들이 있으면 아주 표면적인 답장만 썼다. 빛나는 잉크를 꺼낼 수는 없으니까. 측근들이 물러나는 일곱 점 종이 울린 후에야 빛나는 잉크로 쓰인 글을 읽을 수 있었다. 그것도 에크하르트가 불침번을 설 때뿐이다. 심지어 주인의 건강을 우려해 빨리 마무리하라고 빈번히 재촉하는 탓에 시간은 매우 제한적이다. 빠르게 내용을 훑으며 페르디난드는 머리를 싸맸다.

‘……왕족과 이만큼 엮이는 것도 능력이군.’

먼저, 아나스타지우스 왕자와 에그란티느에게 축복을 준 사람이 로제마인이라는 사실이 발각되면서 지기스발트 왕자의 성결식 때 신전장으로 무대에 서라는 명령을 받았다고 한다.

왕족이 정식으로 의뢰하면 상대는 거절할 수 없다. 행사 직전에 부탁한 경우도 아닐뿐더러 이상한 추측들이 난무하는 상황이라 입장 상 로제마인과 에렌페스트가 거절하지 못한 것임은 충분히 이해가 되었다. 그러나 중앙 신전의 심기를 거스를 수 있고, 영주 회의에서 모든 영주와 주요 귀족에게 주목받을 우려가 있었다. 하물며 로제마인이 이를 승낙한 이유로 ‘페르디난드 님과 디트린데 님의 성결식을 두 눈으로 보고 싶어서'라고 편지에 쓰여 있었다.

'……미치겠군. 왕자보다 내 쪽에 축복이 쏠리면 어쩌려고.'

페르디난드는 진심으로 그렇게 생각했다. 가족이나 마찬가지라고 하던 로제마인이 감정에 휘둘려 축복을 내리면 어찌 될지 쉬이 예상되는 탓이다. 갑작스럽게 축복의 빛이 내렸다는 이유로 에그란티느를 차기 왕으로 추켜세우는 자들까지 나왔다고 들었다. 아달지자의 열매라 왕위를 노린다는 의심을 사고 있고, 아렌스바흐의 데릴사위 제안을 받아들였음에도 불구하고 페르디난드에게 엄청난 신들의 축복이 쏠리는 상황은…… 감히 상상조차 하기 싫었다.

'하르트무트라도 붙일까…….'

로제마인의 측근 중에 가장 눈치가 빠른 사람은 하르트무트다. 신관장으로서 옆에 붙여 두면 여러모로 대처하기 쉬워지리라 짐작했다.

두 번째로 로제마인이 도서관 열쇠의 관리자가 되었다고 했다. 도서위원이라 칭하며 도서관을 빈번히 드나들어 마술구에 마력을 넣어주는 것까지는 마음대로 하도록 내버려두었다. 그러나 세 사람이 모여야 열리는 서고의 열쇠 관리자가 된다면 얘기가 달라진다.

'그 지하 서고에는 구르트리스하이트와 밀접한 정보가 가득해.'

신전장의 성전에 마법진과 글귀가 떠올랐을 때를 떠올린 페르디난드는 관자놀이를 꾹 눌렀다. 자신은 신전장이 된 적이 없어서 성전에 그런 변화가 일어난다는 사실을 몰랐다. 로제마인은 왕족보다 더 구르트리스하이트와 밀접한 곳에 있다. 이대로 지하 서고에 들어간다면 그녀는 책과 도서관을 향한 호기심만으로 그것을 손에 넣게 될 것만 같은 예감이 들었다.

'어찌해야 녀석을 지하 서고에 못 들어가게 막을 수 있을까?'

거기까지 생각한 그때, '사서가 확인한 책은 읽게 허가해 준다고 했다'는 문장이 눈에 들어왔다. 페르디난드는 미간을 찌푸렸다. 그 서고에 출입이 허락된 자는 매우 한정적이다. 서고 정리도 사서가 아닌 마술구가 해결하니, 사서는 그저 열쇠만 관리하면 되었다.

'새로 부임한 사서와 지하에 내려가지 못하는 솔랑쥬 선생이라면 이 사실을 모를 법하다. 그런데 어째서 그곳을 방문해야 하는 왕족까지 모르는 것일까.'

숙청으로 사서의 수가 감소하면서 왕족이 지식을 독점했을 줄 알았는데, 도리어 지식 단절이 일어난 듯했다. 자업자득이지만, 아무리 그래도 왕족이 잃은 정보가 부자연스러울 정도로 많다는 것을 느꼈다. 왕궁 내의 누군가가 정보를 제한하거나 존재를 감춘 자료가 있을 가능성이 컸다.

'내가 정보를 꺼내야 하느냐 마느냐.'

그들은 구르트리스하이트를 노릴 것이라는 이유로 그에게 혼인을 명령했다. 이젠 더는 의심받을 짓을 하고 싶지 않을 뿐더러 왕족과 엮이는 일은 사절이었다. 그러나 로제마인이 조심성 없이 왕족이나 지하 서고와 엮여 나중에라도 그가 정보를 은폐했다는 사실이 알려지면 지금보다 더 큰 의심을 살 위험이 있었다.

"구르트리스하이트를 갖지 못했더라도, 안개 속 평화가 이어지도록 노력하는 것이 첸트의 의무다."

아달지자의 열매인 페르디난드나 정변 때 트라오크발에게 가담하지 않았던 에렌페스트가 왕좌를 노리고 있지 않을까. 또다시 유르겐슈미트가 정변으로 혼란에 빠지게 될 거라는 우려가 제기된 이상, 왕은 그 가능성을 없애 버리겠다고 말했다. 그것은 왕으로서 필요한 결단이었다고 페르디난드는 생각했다.

'지하 서고에 어떤 정보가 있는지 왕족에게 사전에 알리면 로제마인을 지하 서고에서 떼어 놓을 수 있다.'

하지만 지하 서고의 정보를 보내면 로제마인으로부터 페르디난드에게 정보가 흐르고 있다는 사실을 왕족에게 알리는 꼴이 된다. 에렌페스트의 영주 후보생인 로제마인은 불온 분자로 낙인 찍혀 엄격한 경계를 받게 된다. 도서관 출입은 금지되고 열쇠 관리자에서도 잘리리라. 그를 아렌스바흐로 보낸 왕족이 로제마인을 지하 서고에 접근하게 둘 리가 없으니까.

'못 들어가게 할 수 있다면 차라리 그러는 게 낫겠지.'

왕족이든 뭐든 이용해서라도 로제마인을 지하 서고에서 떼어 놓을 수만 있다면 그것이 제일이다. 신전장의 성전에 떠오른 마법진과 글귀. 그것만 봐도 뻔한 일이다. 로제마인은 자각도 없이 구르트리스하이트에 접근하고 있다.

'자료로 넘치는 서고를 눈앞에 두고 어디까지 참아낼지 모르지만, 일단 로제마인에게도 단단히 일러둬야겠군.'

「왕족이 이러한 정보를 모르고 있다면 알려 줘야 하겠지만, 그대는 서고에 가까이 가지 말도록. 일만 더 커질 것 같으니까.」

그렇게 답장을 마무리한 페르디난드는 깊은 한숨을 쉬었다.

'……부탁이니 제발 좀 얌전히 있어다오.'

왕족과 로제마인 양쪽에게 그렇게 빌었다.

왕족과 도서관

나는 왕족이 호출하는 날까지 정력적으로 일했다.

우선 단켈페르거와의 공동 연구에서 견습 기사들에게 나눠줄 질문지를 작성했다. 그것을 문관들에게 베껴 쓰게 하거나, 답변 칸을 그린 종이를 만들거나, 설문조사를 하는 방법을 연습시켰다.

또 힐쉬르의 연구실에서는 페르디난드에게 합격을 받았다는 녹음 마술구의 설계도를 라이문트에게서 사들였다. 이것으로 녹음 마술구를 만드는 것이다. 한 손에 올라가는 콤팩트한 형태로, 뚜껑을 열어야 목소리를 들을 수 있었던 기존 구성을 바꿔서 뚜껑 없이도 마석을 쓰다듬으면 들을 수 있게 되었다. 심지어 하나가 아니라 여러 목소리를 녹음할 수도 있다.

"다만, 녹음하고 싶은 수만큼 바람과 흙과 생명의 속성이 강한 마석이 있어야 해요."

"그거라면 걱정 말아요."

지금 에렌페스트의 채집터는 내가 자주 치유한 덕분인지 마력이 충만하다. 약초의 품질이 오르면 그만큼 접근하는 마수들 역시 강해진다고 견습 기사들에게 들었다. 현재는 단켈페르거와의 공동 연구로 치르게 될 디터 훈련을 겸해서 견습 기사들이 연일 채집터에 사냥을 다니고 있으니 필요한 마석은 그들에게 사들이면 된다.

"크윽, 마석을 쉽게 손에 넣을 수 있는 환경이 부럽습니다."

"라이문트도 조만간 살 수 있을 거예요. 이 설계도의 마술구를 원하는 분이 나타나면 정보비의 10퍼센트를 지불할 테니까요."

저작권처럼 설계도에도 웃돈을 내겠다고 하자, 라이문트는 무슨 말이냐는 듯이 눈을 끔뻑거렸다.

"네? 이건 로제마인 님께서 사셨잖아요. 웃돈을 쳐준다니요?"

"……많이 쓰일 만한 가치 있는 설계도라면 당연히 추가금을 줘야죠. 설계도 값을 터무니 없이 적게 주면 의욕 넘치는 좋은 연구자를 어떻게 키우겠어요?"

내 말에 라이문트와 힐쉬르가 "너무나도 훌륭한 생각입니다."라며 눈을 반짝였다. 아무래도 지금까지 후려친 값만 받았던 모양이다.

라이문트의 설명을 들으면서 나는 마석을 아낌없이 쏟아 부어 녹음 마술구를 완성했다.

"이걸 인형 속에 넣어서 배나 이마를 만지면 목소리가 나오도록 만들 수 있을까요?"

"이 마석 부분을 만지면 가능한데, 왜 굳이 인형 속에 넣으려고 하십니까?"

라이문트가 고개를 갸우뚱하며 어리둥절해했다. 그 옆에서 리젤레타가 "인형을 만지면 소리가 나온다니, 너무 귀여울 것 같아요."라며 진녹색 눈동자를 반짝이며 찬성했다.

"그쵸? 그래서 난 레서……."

"무조건 스밀이죠. 스밀이 제일 귀엽잖아요."

리젤레타가 들뜬 기색으로 "인형을 만드실 때 저도 꼭 돕게 해주세요."라며 나를 빤히 응시했다. 바느질에 서툰 나는 '레서 판다도 귀엽거든요!'라는 말을 목구멍에 집어삼키고, 스밀을 만드는 데 동의했다.

'레서 판다도 귀엽지만 혼자 만들긴 어려우니 별 수 없지.'

그렇게 지내는 사이에 왕족이 호출한 날이 왔다. 이번에는 다과회가 아닌 호출이라 선물로 간단한 디저트만 준비했다. 짐은 가벼운데 마음은 무거웠다.

"이렇게 금방 또 별궁에 가게 될 줄은 몰랐어요."

내 말에 브륀힐데와 리카르다가 쓰게 웃었다.

"조용히 계시면 될 것을 굳이 알려드리겠다고 한 사람은 로제마인님이시잖아요."

"아우브 에렌페스트도 골머리를 앓고 계신다는 보고가 있었어요. 하지만 왕족 분들께 조금이라도 도움이 되는 정보라면 아까워해선 안 돼요. 공주님의 판단은 훌륭했습니다."

책벌레의 다과회를 앞두고 아나스타지우스로부터 왕족의 노고를 전해 들은 나의 측근들은 왕이 될 교육도 받지 못한 채 왕좌에 오르게 되었고, 뼈를 깎듯이 마력을 뽑아내고 있는 현왕을 동정하고 있었다. 신전 출신이라 귀족의 교육을 받지 못한 채 영주의 양녀와 신전장이 되어 뼈를 깎듯이 마력을 공급하는 내 상황과 겹쳐 보인다는 것이다.

'내가 그들만큼 고생하지는 않는 것 같은데.'

정보가 부족해 갈피를 못 잡고 우왕좌왕하는 왕족과 달리, 내 주변엔 올바른 방향을 알려 주는 사람들로 가득하다. 인복을 타고났다고 생각했다.

"왕족의 호출이긴 해도 상대가 아나스타지우스 왕자님이라서 부담은 좀 덜하네요."

에그란티느와의 일로 속마음을 듣기도 하고, 눈앞에서 쓰러지는 등 저지른 일들이 많아도 아나스타지우스는 의연하게 넘어가 주었다. 중요한 얘기를 꺼내도 모반이나 왕위 찬탈로 의심하지 않을 거라는 안도감 때문일까, 다른 왕족에게 불려갈 때보다 마음이 편하다.

"그렇다고 긴장을 늦추면 아니 되어요, 공주님."

리카르다의 질책이 떨어졌을 땐 이미 별궁으로 이어지는 문 앞에 도달해 있었다.

"기다리고 있었습니다, 에렌페스트의 로제마인 님."

마중 나온 오스빈이 우리를 안으로 들여보내 주었다. 방 안에서 기다리고 있던 사람은 세 명이었다. 힐데브란트가 웃으며 우리를 맞이했고, 아나스타지우스가 "왔군." 하고 조그맣게 중얼거렸다. 그런 둘 사이에 모르는 사람이 있었다. 아나스타지우스와 색조가 비슷한 연한 금발에 진녹색 눈의 남성이 온화한 미소를 짓고 있었다. 그의 앉은 위치와 의상으로 그가 누구인지 이내 추측할 수 있었다.

'……맙소사! 제1왕자잖아! 미리 좀 말씀을 해주셨어야죠, 아나스타지우스 왕자님!'

설마 지기스발트가 와 있을 줄이야. 속으로 온갖 욕을 퍼부었지만, 이번에는 호출이지 다과회가 아니었다. 누가 와 있는지 사전에 알릴 이유는 없었다.

머리를 싸매며 주저앉고 싶은 충동을 억누르며 싱긋 미소를 띤 나는 아나스타지우스와 힐데브란트에게 인사하고, 지기스발트의 앞에서 무릎을 꿇고 고개를 숙였다.

"처음 뵙겠습니다, 지기스발트 왕자님. 생명의 신 에이비리베의 엄격한 선별을 받은 귀한 만남에 축복을 기도함을 허가해 주십시오."

"허가합니다."

"에렌페스트의 영주 후보생, 로제마인이라고 합니다. 만나 뵙게 되어 영광입니다."

과하지 않은 축복을 보내고 첫인사를 나눈 나는 허가를 받고 몸을 일으켰다. 허리를 세워도 의자에 앉은 지기스발트의 시선이 더 높았다. 아나스타지우스와 달리 인상이 선해 보이는 사람이었다. 착해 보인다고 할까, 생각이 많아 보이는 스타일 같달까, 좋은 가문에서 자란 장남 같은 분위기가 배어났다. 도무지 에그란티느를 두고 아나스타지우스와 왕위 다툼을 했을 사람처럼 보이지 않았다. 혹시 측근들끼리만 열을 올렸던 게 아닐까.

나와 시선이 마주친 지기스발트가 싱긋 웃었다.

"당신이 로제마인이군요. 2년 연속 최우수를 땄으면서도 2년 연속 표창식에 결석할 만큼 허약하다는 에렌페스트의 성녀……. 한번 만나 보고 싶었습니다."

"……젠트께 직접 칭찬을 들을 수 있는 영광스러운 자리라고 들은 지라 정말 나가고 싶었는데 그러지 못해 송구합니다."

일부러 피한 게 아니라 가고 싶은데 못 갔다…… 라는 분위기가 풍기도록 안게리카를 참고해 애써 아쉬운 표정을 지었다. 1년차에는 독서 시간에 혹해 페르디난드와 함께 들뜬 마음으로 기숙사에 있었다는 말을 입 밖으로 꺼낼 수도 없는 노릇이니까.

"자, 거기 앉아서 도서관 서고에 관해 자세히 얘기를 나눠 보죠. 지금 우리에겐 아주 작은 정보라도 필요하거든요."

나는 지기스발트 옆에 앉아 있는 아나스타지우스와 힐데브란트를 쳐다보았다. 두 사람 모두 매우 흥미로운 시선으로 나를 보고 있었다. 그러나 지기스발트의 눈빛이 제일 강렬했다. 진녹색 눈이 나를 지긋이 바라보았다. 가만히 미소를 띤 채 나를 빤히 관찰하는 것이 느껴

졌다.

"솔직하게 대답해 주세요. 열쇠 세 개가 있어야 열리는 서고에는 왕족과 일부 영주 후보생, 슈바르츠와 바이스만 출입이 가능하고, 그 내부에 왕족이 반드시 봐야 하는 자료가 있다. 이 말이 맞습니까?"

"맞는지 틀렸는지는 잘 모르겠습니다."

내 솔직한 대답에 지기스발트는 눈을 끔뻑였고, 아나스타지우스는 이마를 짚었다.

"그게 무슨 말이죠?"

"제가 슈바르츠와 바이스의 관리자에서 열쇠 관리자가 되었을 때 그 사실을 에렌페스트에 알리면서 사서가 허락한 책은 읽을 수 있게 허가해 주기로 했다는 보고를 했어요. 그랬더니 그건 말도 안 되는 일이라는 답장이 온 겁니다. 제가 아는 정보가 아니니 맞는지 아닌지는 서고에 들어가 보기 전엔 모릅니다."

"그렇군." 하고 고개를 끄덕이는 지기스발트의 옆에서 아나스타지우스가 "여전히 지나치게 솔직하네." 하고 한숨을 내뱉었다. 좀 더 완곡하게 돌려서 말했어야 했나.

'하지만 솔직하게 대답하라고 한 건 그쪽인걸.'

"그런데 너무 이상하군요."

"무엇이 말입니까?"

"열쇠 세 개가 있어야 하는 서고의 존재를 어째서 에렌페스트 외에는 아는 사람이 없는 걸까요. 중앙과 대영지에서도 그 서고에 관해 아는 사람이 없더군요."

지기스발트의 말에 나는 고개를 갸우뚱했다. 전혀 없을 리가 있나. 숙청에서 살아남은 왕족은 알고 있는 거 아니었나?

"작년까지 영주 후보생 코스를 담당했던 선생님도 모르세요?"

"그녀의 남편이라면 젊었을 적에 도서관에 간 적이 있다고 하는데, 그녀는 그런 서고의 존재를 모르더군요. 클라센부르크와 단켈페르거의 아우브에게도 물어봤지만 귀족원 도서관에는 발을 들인 적도 없다고 합니다."

영주 후보생이 도서관에 가지 않는 이유는 알고 있다. 측근을 줄줄이 데리고 가서 열람석을 독차지하면 다른 학생들에게 민폐이기 때문이다. 보통 귀족원의 도서관은 연구 성과를 올려야 하는 선생이나 책을 살 환경은 안 되지만 공부를 해야 하거나 사본 작업으로 돈을 벌어야 하는 중급 혹은 하급 귀족들을 위한 시설로 사용되었다. 내 측근들도 민폐니까 참으시라며 말린 적이 있다. 그러나 도서관에서 책을 읽는 걸 즐기는 나는 그 말을 들을 생각이 추호도 없다. 올해야 연구거리가 넘쳐서 바쁜데다가 슈바르츠와 바이스의 관리자가 바뀌어 어수선한 상황이라 최대한 참고 있을 뿐이다.

"일반적인 영주 후보생은 측근을 시켜서 책이나 자료를 가져오게 하니까 직접 갈 일이 거의 없다고 들었어요. 그래서일까요?"

"……에렌페스트에서는 직접 가라고 하나요?"

웃음을 참는 듯한 지기스발트의 목소리에 내 입으로 에렌페스트의 영주 후보생은 특이하다고 말해 버렸음을 깨닫고, 슬그머니 시선을 피했다.

"저는 그게, 도서관과 책을 좋아해서 제 의지로 가는 거여서요. 하지만 같은 영지의 영주 후보생이라도 빌프리트 오라버니와 샤를로테는 도서관에 잘 가지 않아요."

"맞습니다. 로제마인은 그냥 책을 끔찍이 좋아해서 그래요. 그리고 슈바르츠와 바이스에게 마력을 공급하고 있어서 도서관에 갈 일이 많았을 뿐이에요."

힐데브란트가 변호해 주려 했지만, 지기스발트에게 박혀 버린 특이한 영주 후보생이라는 인식을 바꾸긴 그른 것 같았다. 마음은 고마웠기에 나는 웃으며 힐데브란트에게 고개를 끄덕였다.

"에렌페스트에는 연구에 미쳐 있고, 소속 연구실의 선생이 하도 굴려서 도서관에 맨날 들락날락했던 영주 후보생이 있었거든요. 중요한 책을 맡길 믿을 만한 측근이 없어서 그런 것도 있지만……."

간략하게 상황을 설명했더니 세 왕자의 표정이 매우 미묘해졌다. 이 정보는 괜히 꺼냈나?

"그분도 우연히 서고의 존재를 알게 됐대요. 도서관에서 찾고 있던 자료를 입 밖으로 중얼거렸더니 슈바르츠와 바이스가 그 서고로 안내했다는 거예요. 그땐 아무렇지 않게 상급 사서가 문을 열어 줬다던데, 당시에는 딱히 비밀도 아니었던 게 아닐까요."

직접 찾아가는 영주 후보생이 드물고, 그 당시의 상급 사서도 없으니 진위를 가리긴 어렵지만, 왕족만 아는 비밀 서고라면 상급 사서가 문을 열어 줬을 리가 없다.

"저도 귀족원 도서관을 여러 번 방문했고, 슈바르츠와 바이스의 관리자여서 접촉이 많았는데도 서고가 있는지 몰랐어요. 그러니 그 영주 후보생은 정말 특수한 자료를 찾았던 게 아닌가 싶어요."

나는 '안 본 책을 읽고 싶다'라고 슈바르츠와 바이스에게 말한 적은 있어도 '이러이러한 자료를 찾아 달라'고 콕 집어 부탁한 적은 없다. 그래서 열람실에 있는 책만으로 충분했다.

"열람실에 비치된 책을 전부 읽고, 또 누구나 쉽게 대출해 가는 폐가 서고의 책까지 완독한 후라면 슈바르츠와 바이스가 저를 그 서고로 안내해 줬을지도 몰라요. 하지만 졸업 전까지 남은 시간을 생각해 보면 그건 어려울 거예요."

누구에게 들은 정보인지는 일부러 밝히지 않았다. 그러나 지기스발트와 아나스타지우스에겐 전해진 듯했다. 지기스발트가 미소를 지은 채 진녹색 눈을 반짝였다.

"그렇게 중요한 정보를, 그 사람은 왜 지금껏 밝히지 않았을까요?"

"왕족이 모를 줄은 몰랐겠죠. 모르는 정보라면 알리는 편이 낫겠다고 해서 제가 올도난츠를 보낸 거예요. 그 사람은 마치 누군가가 일부러 정보를 은폐한 건 아닐까 의심이 들 정도로 왕족이 모른다는 게 부자연스럽다고 했어요."

내가 이것을 밝히는 순간 왕족이 자신을 의심하리라는 것은 당연히 페르디난드도 알고 있다. 그럼에도 알리는 편이 낫다고 판단할 만큼 그곳에 중요한 정보가 가득한 것이다. 이런 데서 시답잖은 얘기를 나눌 시간에 도서관에서 자료를 하나라도 더 읽는 편이 훨씬 건설적이지 않을까?

"저도 왕족 분들께 여쭙고 싶은 게 있는데, 해도 괜찮을까요?"

아나스타지우스가 "잠깐만." 하고 나를 말렸지만, 지기스발트는 "말 해보세요." 라며 재촉했다. 나는 지기스발트에게 싱긋 웃어 보였다.

"이렇게 저를 불러서까지 자세히 듣고 싶은 내용이 이 정보를 알려준 사람이 누구인가 하는 건가요, 아니면 왕족이 알아야 할 자료의 내용인가요? 아까도 말씀드렸지만 전 서고에 들어간 적이 없어서 내용에 관해서는 이야기를 드릴 만한 게 없어요."

주변 측근들이 술렁였다. 지기스발트의 눈은 휘둥그레졌고, 아나스타지우스는 "건방진 소릴." 하고 말했다. 하지만 이런 대화는 시간만 아까울 뿐이다.

"솔랑쥬 선생님이 제게 옛날 사서의 일지를 빌려주셨는데, 거기에 성인이 된 왕족이 영주 회의 때 도서관을 찾아오자 상급 사서가 총출동해 맞이했다는 기술이 있었어요. 왕족에게도 도서관 방문이 중요한 행사 중 하나였다는 걸 유추할 수 있는 대목이죠. 일지는 중앙 기사단장이 가져갔으니 왕족 분들도 읽어 보셨겠죠? 그럼 이미 서고의 중요성을 다들 알고 계실 거라고 보는데요."

정보의 출처가 어디냐고 캐물을 여유가 있으면 도서관이나 가 보라고 말하고 싶었던 내 의도가 통한 모양이다. 지기스발트와 아나스타지우스가 "그런 뜻이었군." 하고 얼굴을 마주 보며 가볍게 고개를 끄덕였다.

"상급 사서가 총출동해 맞았다면 열쇠가 있어야 하는 서고로 갔을 가능성이 크군요. 안에 들어가 보면 정말 중요한 정보인지 아닌지 알 수 있겠네요. 아나스타지우스."

"알겠습니다. 단켈페르거의 영주 후보생을 도서관에 호출하겠습니다."

아나스타지우스는 오스빈을 불러 한넬로레에게 올도난츠를 날리라 명령했다. 나는 황급히 그를 불렀다.

"오스빈, 한넬로레 님께 회복약을 꼭 가져오라는 말도 전해 주세요."

"회복약이요?"

나는 고개를 끄덕였다.

"열쇠 등록에 마력 소모가 상당하다고 들었거든요. 챙겨 오는 편이 좋잖아요?"

"그러고 보니 오르텐시아가 그런 말을 했었군. 오스빈, 시키는 대로 해."

오스빈이 올도난츠를 날리자, 한넬로레로부터 "알겠습니다. 바로 도서관으로 가겠습니다."라는 답장이 왔다.

도서관에도 왕자 세 사람이 간다고 올도난츠로 알린 후, 다 함께 우르르 이동했다. 어찌나 눈에 띄는지 도망치고 싶었지만, 열쇠의 관리자인 탓에 그럴 수도 없었다.

다만, 다들 똘똘 뭉쳐 있는 것도 아주 잠시였다. 나의 걸음 속도로는 도무지 성인인 왕자들의 보폭에 맞춰 걸을 수가 없었다. 결국 두 왕자가 떨어져 나갔고, 나는 남몰래 안도의 한숨을 쉬었다. 그때 비슷한 속도로 걷던 힐데브란트가 말을 걸어 왔다.

"로제마인은 그 서고에 뭐가 있는지 알아요?"

"영주 후보생의 수업 자료와 옛 의식에 관해 기록한 자료라고 들었어요. 듣자 하니 에렌페스트에서 조사했던 의식 자료도 그 서고에 있다나 봐요. 영주 회의 때 아우브가 도서관을 방문했는데, 사서가 없어 열쇠가 없다고 슈바르츠와 바이스에게 거절당했대요."

도서관의 중요성을 깨닫게 해서 상급 사서를 더 늘려 줬으면 하는 마음이 굴뚝같았다. 사심을 가득 담아 그렇게 호소하자, 힐데브란트가 좋은 생각이 났다는 듯이 손뼉을 짝 치며 웃었다.

"그럼 이 기회에 로제마인도 같이 자료를 찾으면 되겠네요."

"아, 아주 끌리는 제안이지만, 일을 더 키울 거라며 제 보호자들이 서고에 못 들어가게 하거든요."

에렌페스트가 더 의심을 사는 일을 피하려면, 그리고 처음 발을 들인 내가 서고에서 축복 폭주를 일으키지 않으려면 아예 출입 자체를 하지 말아야 한다.

'머리로는 알지만 들어가고 싶어 미칠 것 같아!'

사실은 무지무지 들어가고 싶고, 닥치는 대로 책을 읽고 싶다. 그러나 리카르다가 봐줄 리 만무하고, 페르디난드도 분명 노발대발하겠지.

도서관에 도착하자, 슈바르츠와 바이스가 맞아 주었다.

"로제마인, 왔다."

"힐데브란트, 왔다."

슈바르츠와 바이스에게 이름으로 불린 적이 처음이라 왠지 기분이 묘했다. 이게 자연스러운 것이긴 하지만, 이젠 '공주님'으로 불러 주지 않는다는 생각에 살짝 쓸쓸함을 느꼈다.

"기다리고 있었습니다. 이용자들은 미리 내보냈습니다."

왕자가 셋이나 갈 거라고 기별해 두었더니 당연하게 오르텐시아와 솔랑쥬도 기다리고 있었다. 공부 중이었을 학생들에겐 미안하지만, 왕족과 말썽이 일어날 바에야 빨리빨리 자리를 비키는 게 그들에게도 나을 터였다.

사서와 인사를 나누는 동안, 우리 뒤로 한넬로레가 다가오더니 왕자들이 모여 있는 것을 보자 빨간 눈이 휘둥그레졌다.

'아나스타지우스 왕자가 부른다는 말만 들어도 심장이 벌렁거릴 텐데, 왕자가 셋이나 모여 있으니 놀라는 게 당연하지. 알아. 나도 놀랐는걸.'

혼자 친근함을 느끼는 사이, 한넬로레는 지기스발트와 첫 인사를 나누었다.

"갑자기 불러내 미안하지만, 도서위원으로서 도와줬으면 합니다."

"기꺼이 도와드리겠습니다."

한넬로레는 갑작스러운 왕족의 요청을 당황하는 기색 없이 웃으며 받아들였다.

'역시 대영지의 영주 후보생이야. 나도 본받아야지.'

"열쇠는 이쪽 집무실에 있습니다. 하지만 이곳에 계신 분들이 다 들어가실 순 없어요. 집무실 안까지는 호위기사 두 분과 문관 한 분만 들어오셨으면 합니다."

왕자 세 사람과 영주 후보생 둘, 그들에게 딸린 측근들이 모두 집무실에 출입할 수는 없다고 오르텐시아가 설명했다. 나는 상급 기사인 레오노레와 동행한 호위기사 중에서 가장 근접전에 강한 라우렌츠, 그리고 문관 업무에 가장 능숙한 필린느를 지명했다.

"이것이 지하 서고 열쇠입니다."

집무실에 들어가자 오르텐시아가 집무 책상 위에 찰랑 하고 열쇠를 늘어놓았다. 사서 기숙사에 있는 상급 사서의 방에서 찾아냈지만, 하나에 한 사람만 등록할 수 있다던 열쇠다.

"열쇠에 관리자로 등록해 드리겠습니다. 로제마인 님과 한넬로레 님은 열쇠를 손에 쥐고 마력을 흘려 넣으십시오."

나와 한넬로레는 시키는 대로 열쇠를 손에 쥐고 마력을 등록했다. 성전 열쇠에 소유자를 등록하는 방식과 별반 다르지 않았다. 등록은 순식간에 끝났다.

"빠르군요."

눈을 크게 뜨는 오르텐시아에게 "천만에요." 하고 미소를 지어 주었다. 한넬로레도 금방 등록을 완료했다.

"아무리 상급 귀족이라도 영주 후보생한테는 비교가 안 되는군요."

"오르텐시아, 이 두 분은 영주 후보생 내에서도 특별히 우수하답니다. 너무 자신과 비교하지 마세요."

솔랑쥬가 달래듯 그렇게 말하며 열쇠 보관 상자에서 다른 열쇠 두 개를 꺼냈다. 폐가 서고의 문을 여는 열쇠와 그 안에 있는 또 하나의 문을 여는 열쇠라고 설명했다.

"제가 왕족을 맞이하고 이 열쇠를 쓰게 될 날이 올 줄은 몰랐네요."

솔랑쥬가 말하길 이렇게 왕족이 도서관을 방문할 때면 상급 사서가 모든 대응을 담당해 왔다고 한다. 반면에 그녀는 왕족의 시종들이 차를 끓이거나 식사 준비를 할 장소를 안내하는 등, 오로지 후방에서만 움직였다고 한다.

열쇠를 들고 열람실로 나가서 집무실에 들어오지 못했던 측근들과 다시 합류했다. 단숨에 늘어난 인원수로 열람실 1층을 가로질렀다.

"책벌레 다과회 때 로제마인 님께 대여해 드린 책도 이곳 폐가 서고에 있었던 거랍니다."

솔랑쥬가 그리운 듯 웃으며 열람실 안쪽에 있는 폐가 서고의 문을 땄다. 폐가 서고에 발을 들이는 순간, 나는 가슴이 들뜨는 것을 느꼈다. 살짝 먼지 섞인 공기에서 나는 양피지 냄새가 짜릿했다.

그렇게 넓지 않은 서고에 모두가 들어오자, 더 안쪽에 있는 문을 솔랑쥬가 열었다. 그 순간, 문 너머에서 불이 켜지며, 지하로 이어지는 계단이 모습을 드러냈다. 주변이 온통 새하얘서 매우 밝게 느껴졌다.

"슈바르츠, 바이스. 모두에게 안내해 줘요."

"안내한다."

"중요한 일이다."

솔랑쥬의 지시에 따라 슈바르츠와 바이스가 계단을 폴짝폴짝 내려갔다.

"오르텐시아, 슈바르츠와 바이스를 따라 내려가세요. 전 중급 귀족이라 여기까지밖에 못 가요. 여기서부터는 슈바르츠와 바이스에게 물어보세요."

오르텐시아가 계단을 내려가자, 왕자들이 그 뒤를 이었다. 솔랑쥬처럼 문을 통과할 수 없는 것은 측근들도 마찬가지였다. 투명한 막에 가로막힌 것처럼 왕자들의 측근 몇몇이 걸음을 멈추었다. 그들은 모두 중급 귀족이었다.

"못 내려오는 자들은 열람실에서 대기해라."

세 왕자와 측근들이 계단을 내려가자 한넬로레가 그 뒤를 이었다. 영지의 순위를 따져보면 내가 제일 마지막이다. 나의 측근 중에는 필린느와 로데리히가 앞을 가로막혔다. 나를 따라 계단까지 내려올 수 있는 사람은 리카르다, 레오노레, 브륀힐데, 이렇게 세 사람뿐이었다. 왕족과 한넬로레에 비해 나의 상급 측근은 턱없이 부족했다.

"로제마인 님의 측근은 중급 귀족이 많군요."

계단을 내려가는 한넬로레가 뒤돌아보면서 말했다.

"에렌페스트에는 빌프리트 오라버니와 샤를로테가 있고, 그 뒤에 남동생인 멜키오르까지 있거든요. 영주 후보생끼리 측근 경쟁을 벌여야 하는 상태예요."

"동세대에 영주 후보생이 넷이나 있으니 측근이 부족하긴 하겠네요."

"예. 지금까지는 전혀 문제가 없었는데, 이렇게 상급 귀족만 동행할 수 있는 경우도 생기네요. 처음이에요."

내가 곤란해하며 눈썹 끝을 내리자, 한넬로레는 "저도 처음이에요."라며 웃었다.

옅은 빛에 비춰진 새하얀 계단을 내려가자, 새하얀 홀이 나왔다. 우리가 측근을 모두 끌고 와도 넉넉할 만큼 넓은 곳이었다. 그곳에 다과회실처럼 테이블과 의자가 여러 개 준비되어 있었다. 각 영지의 다과회실과 달리 카펫이나 벽지 등 장식이 전혀 없어 벽도 바닥도 하얗기만 했다.

주변을 둘러보니 새하얀 공간 속에 딱 한 면만 금속 같은 색깔의 벽이 있었다. 금속 재질의 벽에는 존재를 과시하듯 울퉁불퉁 장식된 부분이 세 군데, 균등하게 늘어서 있었다.

"세 명 선다."

"문 연다."

슈바르츠와 바이스가 금속 벽을 찰싹찰싹 두드리며 장식된 부분을 가리켰다. 아무래도 금속 벽으로 보이는 것이 서고의 문이고, 이 장식 부분이 열쇠 구멍인 듯했다. 가까이서 보니, 열쇠를 꽂아 넣는 구조가 아니라 끼워 넣는 구조였다. 나는 한넬로레와 오르텐시아를 쳐다보고 서로 고개를 끄덕인 후, 조심스레 열쇠를 끼워 넣었다.

"열쇠 누른다."

슈바르츠가 시키는 대로 나는 열쇠가 떨어지지 않게 꾹 눌렀다. 열쇠 세 개가 완벽히 맞춰진 순간, 달깍 하고 작은 소리가 났다. 그 순간 마력을 등록한 마석에 마력이 빨려 들어가기 시작했다. 마석이 번쩍 빛나더니 붉은 선이 벽 전체로 뻗어나갔다.

“떨어진다.”

바이스의 목소리를 듣고 나는 슬그머니 뒷걸음질 쳤다. 그 덕분에 벽 전체의 모습이 눈에 들어왔다. 온 벽에 복잡한 마법진이 그려져 있었다. 마법진이 완성되자, 끼긱 소리를 내며 벽이 세 부분으로 나뉘어 회전하기 시작했다. 아까는 벽으로 보였는데, 이렇게 세 부분으로 나뉘어 움직이자 문처럼 보였다. 문이 천천히 180도를 돌아 또다시 전부 벽으로 이어진 것처럼 보인 순간, 문이 사라졌다.

그 안에는 과연 서고인 듯한 곳이 있었다. 독서대와 글을 쓸 수 있는 책상, 그리고 책장이 가득했다. 책장에는 목패인 것 같은데 목패가 아닌 하얀 판자 같은 물건이 쭉 꽂혀 있고, 책의 형태를 띤 물건은 상판이 비스듬한 책상에 꽂혀 있는 스무 권 정도가 전부였다.

모두가 놀라 눈이 휘둥그레진 가운데, 슈바르츠가 “열렸다.”라며 안으로 들어갔다. 오르텐시아가 뒤따라가려고 했지만, 계단에서 튕긴 중급 귀족들처럼 투명한 벽에 가로막혔다.

“……정말 못 들어가는군요.”

오르텐시아가 멈춰 서서 투병한 벽을 밀어 보았다. 그녀를 올려다보며 바이스가 “공주님, 자격 없어.”라고 말했다.

“영주 후보생은 들어갈 수 있는지 확인해 보고 싶군. 로제마인, 들어가 봐.”

“정말 아쉽게도 보호자들이 저보고 서고에 들어가면 안 된댔어요. 읽어도 되는 자료가 있으면 이곳에 가지고 나와 주시면 안 될까요?”

울고 싶은 기분으로 아나스타지우스를 올려다보자, 바이스가 고개를 도리도리 저었다.

"자료, 반출 금지."

"뭐?! 그럴 수가……."

'밖에서 차분히 보려고 했는데 너무해~!'

반출 금지 선언에 충격을 받은 사람은 나뿐만이 아니었다. 오르텐시아도 바이스의 말에 파르르 떨면서 입을 틀어막았다.

'오르텐시아 선생님의 심정 완전 동감해요.'

나와 오르텐시아가 낙담하여 어깨를 떨구는 모습을 지켜보던 아나스타지우스는 어이없어하며 한숨을 내뱉더니 남은 영주 후보생인 한넬로레를 쳐다보았다.

"어쩔 수 없지. 한넬로레, 네가 가 봐."

"……알겠습니다."

단단히 결심한 듯 한번 숨을 크게 들이마신 한넬로레가 조심스레 손을 뻗으며 천천히 나아갔다. 가로막힌 오르텐시아와 달리 그녀는 수월히 통과했다. 먼저 들어가 있던 슈바르츠가 한넬로레에게 뭐라고 말하자, 고개를 갸웃거리는 모습이 보였다. 안쪽의 목소리가 바깥의 우리에게는 들리지 않았다.

"영주 후보생은 정말 들어갈 수 있나 보군. ……그럼 형님. 제가 먼저 가겠습니다."

아나스타지우스가 위험을 확인하듯 먼저 들어가 고개를 끄덕이자, 지기스발트가 들어갔다. 그러나 두 왕자의 측근들은 따라 들어갈 수 없었다.

"그럼 나도 가겠습니다."

힐데브란트가 밝은 미소를 지으며 두 왕자에 이어서 들어가려고 했다. 그러나 그는 들어갈 수 없었다. 투명한 벽에 가로막혔다. 힐데브란트가 숨을 들이키더니 투명한 벽을 내리치기 시작했다.

"어째서죠?! 난 왜 못 들어가는 거예요?! 아렌스바흐의 영애와 약혼해서 왕족 자격을 잃었기 때문인가요?!"

울부짖는 힐데브란트의 목소리에 바이스가 고개를 가로저었다.

"힐데브란트. 마력 부족하다."

바이스의 말에 눈을 부릅뜬 채 굳어 버린 사람은 힐데브란트만이 아니었다. '왕족이라도 마력이 부족하면 들어가지 못한다'라고 바이스가 단언했으니까. 그 자리에 있는 측근들도 뭐라고 말을 해야 좋을지 망설이며 서로의 눈치만 보았다. 자료 반출에 풀죽어 있을 새도 없이 나는 힐데브란트에게 다가갔다.

"힐데브란트 왕자님, 이 서고는 성인인 왕족이 방문했던 곳이라는 기록이 있었어요. 아직 귀족원에 입학하지 않으셨으니 마력이 부족한 것도 어쩔 수 없죠. 마력 압축도 배우지 않았고, 슈타프도 얻지 않았고, 신들의 가호도 받지 않으셨잖아요."

"로제마인……."

"성장기가 오려면 아직 멀었어요. 오늘은 여기서 저랑 같이 모두를 기다리도록 해요. 네?"

나는 의자가 여럿 놓인 곳을 가리켰다. 힐데브란트는 고개를 들어 주위를 둘러보았다.

"……로제마인도 여기서 기다릴 거예요?"

힐데브란트가 투명한 벽 앞에 있는 의자와 테이블을 보면서 물었다.

"저도 저 안에 들어가고 싶은데 아우브가 섣불리 출입하지 말라고 하셔서……. 여기라면 서고 안이 잘 보이잖아요. 제 생각에 여긴 측근들이 주인에게 위험이 없는지 확인하며 대기하는 곳인 것 같아요. 전 여기서 차나 마시면서 정말 유익한 자료가 나오길 기다리려고요."

"그럼 나도 같이 기다릴게요."

힐데브란트가 미소를 보이며 의자로 향했다. 아르투르가 안심한 듯 어깨의 힘을 빼며 내게 고맙다는 말 대신 싱긋 웃었다.

"브륀힐데, 솔랑쥬 선생님한테 가서 차를 어떻게 준비하면 되나 물어보고 와요."

"알겠습니다."

브륀힐데가 발걸음을 돌려 계단을 올라갔다. 그 모습을 본 각각의 측근들도 자신들은 뭘 준비해야 하나 생각한 후 움직이기 시작했다.

"힐데브란트 님, 저도 차를 준비해 오겠습니다. 허가해 주시겠습니까?"

"부탁합니다, 아르투르."

"리젤레타와 잠깐 기숙사에 다녀왔는데, 혼자서는 여기까지 전부 가져올 수가 없어서요."

다기의 일부를 들고 돌아온 브륀힐데가 머쓱하게 웃었다. "기숙사까지 다녀왔으니 조금 쉬어요." 하고 리카르다가 남은 다기를 가지러 위로 올라갔다.

"차 준비가 끝나면 브륀힐데도 저기 앉아서 좀 쉬어도 돼요."

"아닙니다. 로제마인 님한테서 눈을 뗄 순 없죠. 언제 서고로 돌진할지 모르잖아요."

키득키득 웃으며 그렇게 말하는 브륀힐데의 말에 레오노레도 동의했다. 서고를 보며 안절부절못하는 나를 도무지 믿을 수 없나 보다.

'바로 눈앞에 읽은 적 없는 자료와 책들이 수두룩한 서고가 있는데, 어느 누가 이걸 꾹 참을 수 있겠냐구.'

열쇠 세 개가 모여야지만 열 수 있으니, 또 언제 열게 될지 알 수가 없다. 그렇게 생각하면 자제하기가 얼마나 어려운지 다들 동감할 것이다.

"마력은 어떻게 늘리면 되나요?"

차를 마시며 한숨을 내뱉은 힐데브란트가 입술을 삐죽이며 자신의 손을 바라보았다.

"마력 압축은 귀족원에서 가르쳐 주니 지금은 무턱대고 할 시기가 아니에요. 자신에게 맞는 방법을 찾으면 금방 늘 거예요. 왕족에겐 왕들이 대대로 연구해 온 효율적인 증강 방법이 있지 않을까요?"

마력 압축 방법은 일족의 비전이기도 하고, 개인의 비술이기도 하다. 분명 왕족에겐 왕족의 방식이 있을 터. 괜한 소리를 했다간 당장에라도 압축을 시도할 기세인 힐데브란트에겐 구체적인 방법은 말하지 않는 편이 낫다. 그렇게 판단한 나는 애매하게 둘러대며 한넬로레와 왕자들이 자료를 읽는 모습을 바라보았다.

어떤 내용의 자료인지 대강 확인해 두려는 것이리라. 세 사람은 분담하여 여기저기 하얀 판자 같은 자료를 꺼내어 읽고, 원래 자리로 돌려두길 반복했다. 한넬로레는 고개를 저었고, 두 왕자는 복잡한 표정을 지었다. 그러다 아나스타지우스가 세워져 있는 커다란 책을 펼치더니, 지기스발트를 불렀다.

'좋겠다. 나도 저 사이에 끼고 싶어.'

리카르다가 가져온 디저트를 오물오물 씹으며 서고의 상황을 지켜보는데, 뭔가 대화를 나누던 한넬로레와 두 왕자가 서고 밖으로 나왔다.

"저기, 로제마인 님도 들어와 주세요. 오래된 자료가 너무 많아서 내용을 판별하기가 어려워요. 단켈페르거의 역사서도 읽으셨으니 고어에 능통하시잖아요."

"로제마인, 보호자와의 약속을 깨게 해서 미안하지만, 도와주지 않겠습니까?"

한넬로레와 지기스발트의 부탁에 마음이 세차게 흔들렸다. 들어가고 싶다. 책을 읽고 싶다. 하지만 혼나고 싶진 않다.

"아, 어, 그치만…… 저, 전……."

나는 허락을 구하며 리카르다와 레오노레를 돌아보았다. 두 사람은 매우 곤란한 얼굴이었다. 그래도 '안 된다'라고 하듯 가볍게 눈을 감았다. 힐데브란트도 가지 말라고 호소하는 듯한 표정이었다. 그때 아나스타지우스의 목소리가 울렸다.

"로제마인, 이리 와."

"아나스타지우스, 그렇게 명령조로 말하면 안 됩니다. 로제마인은 선의의 협력자입니다."

지기스발트의 주의에도 아나스타지우스는 고개를 저으며 부정했다.

"아닙니다, 형님. 에렌페스트의 보호자들보다 지위가 높은 왕족이 명령했다는 대의명분이라도 없다면 로제마인은 움직이지 않을 겁니다. ……이곳 자료를 읽는 걸 도와, 로제마인. 이건 왕족의 명령이다."

'왕족의 명령이라굽쇼? 이건 거절할 수가 없잖아요! 이얏호!'

"리카르다, 브륀힐데, 레오노레. 왕족의 명령이니 어쩔 수 없겠죠?"

내가 측근들을 돌아보자, 세 사람이 동시에 한숨을 쉬었다.

"공주님, 곤란한 표정이 전혀 아니신데요."

"어쩔 수 없긴 하지만 그래도……."

"로제마인 님, 너무 흥분하시면 안 돼요."

왕족의 명령은 절대적이다. 나는 웃으며 의자에서 일어났다.

"그럼 다녀올게요."

나는 들뜬 기분으로 투명 벽을 넘어갔다. 그 순간, 슈바르츠가 살짝 고개를 들어 나를 올려다보았다.

"로제마인, 기도 부족해."

"네? 뭐라고요?"

갑자기 무슨 말을 들었는지 이해하지 못해 고개를 갸웃거렸다. 나를 따라 들어온 한넬로레가 "로제마인 님께도 슈바르츠가 뭐라고 말하던가요?"라고 물었다.

"예. 기도가 부족하다고 하는 것 같았는데……."

"잘 모르겠지만 여기에 들어오자마자 저한테도 그 말을 했어요. 속성이 부족하다. 기도가 부족하다고요."

한넬로레가 "뭘까요?" 하고 고개를 갸웃거렸다. 두 왕자도 같은 소리를 들었다고 했다. 그 말에 무슨 의미가 있는 걸까 고민하는데, 아나스타지우스가 어깨를 으쓱했다.

"신전장인 로제마인한테도 기도가 부족하다고 하는데, 고민해 봤자 시간 낭비야."

"하긴 그러네요. 그럼 빨리 책을……."

생각하길 관두고, 당장 책을 읽고 싶었다. 내가 상판에 놓인 책으로 손을 뻗으려는 순간, 아나스타지우스가 가로막더니 하얀 판자가 빽빽이 꽂혀 있는 책장 쪽으로 나를 끌고 갔다.

"그쪽 책은 비교적 최근 언어로 적혀 있어서 우리도 읽을 수 있어. 네가 읽을 건 여기다."

"한넬로레가 당신이라면 읽을 수 있을 거라던데, 정말 가능하겠습니까?"

책장에 쭉 나열된 하얀 판자를 하나 꺼내어 아나스타지우스가 내게 건넸다. 건물과 같은 하얀 석판에 고어가 새겨져 있었다. 이거라면 귀족원이나 도서관을 떠받치는 마력만 있으면 삭을 일은 없으리라.

'석판이 보존에는 최고지. 좀 무겁고 한 장에 쓸 수 있는 분량이 적지만.'

나는 새겨진 글자를 손가락으로 훑으며 읽어 내려갔다.

"아주 오래전의 의식 집전 방식에 대해 쓰여 있어요. ……흠. 성전의 그 부분이 이런 의식을 말하는 거였군요."

라이덴샤프트의 권속끼리 큰 싸움이 일어나 작열하는 여름이 되었을 때 바다의 여신 페어퓨레미어가 권속들의 머리를 식힌다는 전설에서 파생된 의식이다. 하르덴첼의 의식이 봄을 부르는 의식이라면, 이것은 더위가 기승을 부리는 여름을 다스리는 의식인 듯했다.

성전에는 전설, 노래, 그림만 나와 있었는데, 이 석판에는 의식 방법까지 상세히 기록되어 있었다. 하르덴첼의 의식 방법을 기록한 판자만 있으면 재현도 어렵지 않을 듯했다.

"저한텐 매우 흥미로운 내용이라 바로 성전과 의식의 관계를 조사하고 싶어요. 하지만 지금 왕족에겐 별 도움이 안 되는 자료긴 하겠네요. 내용을 빠르게 순서대로 볼 테니까, 슈바르츠, 제일 위의 왼쪽 끝부터 순서대로 가지고 와 줘요."

"알았다."

슈바르츠가 가져온 석판을 쭉 훑어보았다. 그동안 지기스발트와 아나스타지우스는 비교적 최근 정보가 기록되어 있는 책을 읽었고, 한넬로레는 하얀 판자를 읽어 내려갔다. 몇 가지 의식 방법을 연달아 읽은 뒤, 나는 처음으로 의식이 아닌 다른 내용이 기록된 자료를 발견했다.

"지기스발트 왕자님, 아나스타지우스 왕자님, 이건 왕족에게 참고가 되지 않을까요? 먼 과거 왕의 회고록이에요. 마력 압축 방법과 가호에 관해 기록되어 있어요. 이 가호에 관한 내용은 단켈페르거와 하는 공동 연구에도 도움이 되겠어요."

회고록이라고 할까, 실용서라고 할까, '나는 이렇게 해서 왕이 되었다'라는 느낌의 고생담을 줄줄이 늘어놓은 듯한 자료다.

"……그런데, 새길 자리가 부족해서 그런지 당시의 인식이 어땠는지 설명이 빠져 있는 것 같아요. 읽어도 의미를 파악하기 어려운 부분이 있어요."

"뭐라고 쓰여 있지?"

"'몇 번이고 돌면서 모든 신들에게 기도를 바쳤다'는 부분인데요. 어디를 어떻게 돌았다는 걸까요? 혹시 봉납가무를 하면서 기도를 바친 걸까요? 중앙에 어디 돌면서 의식을 하는 장소가 있나요?"

빙글빙글 돌면서 기도를 바치는 모습을 떠올리는 내게 아나스타지우스도 난감한 표정을 지었다.

"신전장인 너보다 기도에 관해 잘 아는 사람이 귀족원에 있을 턱이 있나. 신전 안에는 없어? 그, 돌면서 기도를 바치는 데 말이다……."

"회전한다는 의미가 아니라 여러 신들에게 기도를 바치며 돌아다녔다는 의미가 아닐까요?"

침착한 지기스발트의 말에 빙글빙글 회전하는 이미지가 싹 사라져 안심했다. 옛사람들은 대체 뭔 짓을 한 걸까 진지하게 고민할 뻔했는데, 여러 신들에게 기도를 바쳤다는 의미라면 이상할 건 없었다.

"제가 신전에서 기도를 올릴 땐 신구를 가져와 주거나 예배실에서 하거나 둘 중 하나거든요. 신들에게 기도를 올리며 돌아다닌 적은 없어요."

기원식이나 수확제 때문에 영지 안을 돈 적은 있지만, 같은 신에게만 기도를 바쳤을 뿐, 여러 신들에게 기도를 바치며 순회하진 않았다. 생각에 빠진 나는 문뜩 모니카와 나눴던 대화를 떠올렸다.

"……아! 그러고 보니 신전 여기저기에 신들의 조각이 새겨진 곳이 있다는 얘기를 신전 시종한테 들은 적이 있어요. 신전의 구조가 다 같다면 신전 내에 군데군데 있는 신상에 기도를 올리며 돌아다녔는지도 몰라요."

"그럴 가능성이 있겠군."

아나스타지우스는 복잡한 표정을 지었고, 지기스발트는 흠 하고 생각에 잠겼다.

"이 왕의 회고록은 아주 중요할 것 같으니 현대어로 해석해서 옮겨 적어 줄 수 있겠습니까? 이대로 베껴 가도 해석이야 문관들도 할 순 있겠지만, 신전과 기도에 해박한 당신이 아니면 모르는 내용도 많을 듯하군요."

"알겠습니다. 그럼 열람실에서 대기하는 필린느에게 종이와 잉크를 받아 오겠습니다. 제 문관은 여기까지 못 오니까요."

내가 그렇게 말하자, 한넬로레가 "제가 갈게요." 하고 목소리를 높였다.

“고어를 읽으실 수 있는 로제마인 님이 여기에서 자료를 확인하셔야 진도가 빠르게 나가잖아요. 제가 로제마인 님의 시종들에게 얘기하고 올게요.”

“그, 그런 것까지 한넬로레 님께 부탁할 순 없어요!”

상위 영지의 영주 후보생에게 어떻게 심부름을 시킨단 말인가. 내가 고개를 거세게 저으며 사양하는데, 지기스발트가 싱긋 미소를 지으며 고개를 끄덕였다.

“한넬로레, 부탁하겠습니다. 로제마인의 시종에게 전달하고 나면 조금 쉬고 오세요. 시작부터 계속 고생했지 않습니까.”

‘아, 그러네. 휴식 시간이 필요하겠구나.’

책과 자료를 읽으면 시간도 잊고 몰두해서 식사와 휴식도 넘겨 버리는 나와 달리, 다른 사람은 쉬어 줘야 한다는 걸 까맣게 잊고 있었다.

서고에서 나가는 한넬로레를 배웅한 뒤, 나는 다시 하얀 판자로 시선을 떨궜다.

“로제마인, 기도로 신들의 가호가 늘어난다는 주제로 연구를 한다고 들었는데, 정말 기도를 하면 늘어납니까?”

“기도로 가호가 늘어나는 건 틀림없습니다. 진지하게 기도해야 하고, 빈도, 횟수, 마력 봉납 같은 요소들이 필요하지만요. 그것이 어느 정도 영향을 끼치는지 알기 위해서 라이덴샤프트와 앙리프의 가호를 받은 사람이 많은 단켈페르거와 기사 견습생들에게 협력을 받기로 했어요.”

지기스발트는 왕의 회고록을 내려다보며 슬쩍 한숨을 내쉬었다.

"난 적성이 있는 대신(大神)의 가호를 받긴 했지만, 마력 사용이 편해진 것 말고는 특별한 변화를 느끼지 못했지요. 속성의 가호를 받으면 뭔가가 달라집니까? 지금 이 왕족의 의무보다 기도를 더 우선해야 하나 고민하던 참이었거든요."

쉬지 않고 마력을 쏟아부어 유르겐슈미트를 지탱해야 하는 판에 서고에서 느긋하게 자료나 읽고 있을 여유가 없다는 뜻일까.

"지기스발트 왕자님, 급할수록 돌아가라는 말이 있어요. 멀리 돌아가는 것처럼 보여도 안전한 길을 지나가는 편이 결국 빠를 거라는 뜻이에요. 안전하면서 올바른 방법을 선택하셔야 해요."

"무슨 의미입니까?"

의아해하는 지기스발트에게 나는 싱긋 웃어 보였다.

"이런 자료를 읽으며 마력 압축 방법을 찾고, 기도로 가호를 얻으려고 하는 것이 어떻게 보면 멀리 돌아가는 것처럼 보일 수 있어요. 하지만 마력을 늘리고 가호를 얻어야 결국엔 더 편해져요. 많은 권속의 가호를 얻으면 마력 소비량에 변화가 있거든요."

"얼마나 큰 변화가 있는 거죠?"

진녹색 눈이 놀라움으로 커졌다.

"체감이라 개인차가 있을 거예요. 하지만 열두 신에게 가호를 받은 빌프리트 오라버니는 이전보다 70퍼센트의 마력으로 조합을 할 수 있게 됐다고 했어요."

"70퍼센트……. 그건 얼마나 기도를 올려야 얻을 수 있나요?"

이글이글 불타는 강렬한 시선을 보면 왕족이 얼마나 궁지에 몰려 있는지, 얼마나 마력이 절실한지 잘 알 수 있다.

"……그 빌프리트보다도 많은 가호를 받은 너는 어떻지?"

아나스타지우스가 힐끗 쏘아보자, 나는 입술을 앙다물었다. 말해도 될까? 아니면 입을 다물어야 할까. 그러나 왕족도 기도의 효과가 어떤지 알아야 한다는 데 생각이 미쳤다.

"결국 신전에서 올리는 기도의 성과로 발표할 건데 여기서 말한다고 달라질 것 있나?"

"다른 분과 차이가 너무 커서 연구 발표 때는 언급하지 않을 예정이에요. 하지만 왕족 분들께는 기도의 중요성을 알리고 싶으니 솔직하게 말할게요. 에렌페스트에도 정확한 숫자는 보고하지 않았어요. 반드시 비밀을 지켜 주세요."

"……약속하지."

아나스타지우스와 지기스발트가 고개를 끄덕이자 나는 천천히 입을 열었다.

"저는 전부 합쳐서 마흔세 명의 신에게 가호를 받았고, 마력의 소비량은 이전에 비해 40퍼센트 정도로 줄었어요. 조합이든 마력 공급이든 절반 이하의 마력으로 해결되어 버려서, 지금은 감각을 찾느라 고생하고 있어요."

"절반 이하라고요?! 대체 어떻게 기도를 올리고 있기에 그런 게 가능한 겁니까?"

두 사람이 화들짝 놀라며 큰 소리를 내자, 나는 "절대 입 밖에 내시면 안 돼요." 하고 못을 박고, 개인 서자판에 기도문을 썼다.

"에렌페스트에서는 주추의 마술에 마력을 공급할 때 신들에게 기도를 올려요. 그래서 아우브 에렌페스트도 여러 권속의 가호를 받았죠. 마력 공급 때 기도문만 읊으면 되니까 바쁘신 왕족들도 쉽게 할 수 있지 않을까요?"

"그게 다라고?"

아나스타지우스가 의심 가득한 눈으로 나를 보았다.

"물론 더 많은 가호를 원한다면 적극적으로 신전을 방문해서 제사를 올려야죠. 하지만 왕족에게 그럴 여유도 없을 거고, 갑자기 왕족이 제사를 주도하면 중앙 신전과 충돌이 일어날 수 있잖아요. 쉬운 것부터 시작하면 돼요. 그러면 조만간 저절로 축복이 튀어 나올 만큼 자연스럽게 신들에게 기도를 바칠 수 있게 될 테니까요."

중요한 건 습관이다. 그리고 습관이 되면 이상한 시선을 받기도 하고, 혼이 나기도 한다. 나는 이미 그것을 경험했다.

"아직 연구에 착수한 건 아니지만, 성인이 된 후에도 가호를 늘릴 수 있을 거예요. 기도하는 습관을 들여서 마력을 공급하면 몇 년 후에는 더 편해질 거라고 봐요."

"성인이 된 후에도? 에렌페스트는 대체 정보를 얼마나 감추고 있는 거지?"

"딱히 감출 생각은 없어요. 이번에 가호 의식을 치르면서 다른 영지와 비교하기 전까지는 주추의 마술에 마력을 공급할 때 기도하는 게 일반적인 줄 알았거든요."

그리고 숨기고 있는 건 거의 페르디난드 경유로 얻은 정보다. 은폐하고 있는 건 에렌페스트가 아니라 페르디난드인 셈이다. 물론, 그런 말을 꺼낼 생각은 추호도 없지만 말이다.

"로제마인 님, 종이와 잉크를 가져왔어요."

"고마워요, 한넬로레 님."

한넬로레가 종이와 잉크를 가져와 주었다. 그것을 받아든 나는 왕의 회고록을 번역하며 필사했다.

"이번엔 우리가 좀 쉬고 오겠습니다. 한넬로레, 미안하지만 이쪽 판자의 내용을 옮겨 적어 주겠어요?"

"알겠습니다, 지기스발트 왕자님."

두 왕자가 서고에서 나가는 모습을 보며 나는 안도의 한숨을 쉬었다. 덩달아 한넬로레도 휴우 하고 숨을 내뱉고는 피식 웃었다.

"아나스타지우스 왕자님께서 부르실 때까지만 해도 세 왕자님들과 도서관에 오게 될 줄은 몰랐네요, 로제마인 님."

"저도요. 지기스발트 왕자님을 본 순간 심장이 철렁했다니까요."

'내가 놀란 건 도서관이 아니라 왕자들이 궁 밖으로 나온 일이지만.'

"문만 열면 될 줄 알았는데, 이렇게 필사까지 하게 될 줄은 몰랐어요. 고어에 자신이 없었는데, 로제마인 님이 같이 계셔 주시니 마음이 든든해요."

"왕족도 실무 중시라 고어에 능통하진 않는 것 같은데, 조금씩이라도 읽을 수 있는 한넬로레 님이 대단하신 거예요."

그런 식으로 짧은 대화를 나누면서 나는 현대어역 작업을 진행했다.

"……어머, 이건 왕의 계승 의식 같은데요?"

한넬로레가 자신의 손에 든 판자를 응시하며 말했다. 그건 에렌페스트 신전에서는 절대 하지 않는 의식이다. 흥미가 생긴 나는 하얀 판자를 들여다보았다.

"여기에 '새 왕은 자신의 구르트리스하이트를 공개한다'라고 쓰여 있는 걸 보면 맞는 것 같은데……."

"그러네요. 계승 의식이네요."

'현왕은 구르트리스하이트가 없는데, 계승 의식을 어떻게 치렀을까?'

그런 의문을 품으며 나는 하얀 판자를 읽어 내려갔다. 한넬로레는 의식 과정에는 그다지 관심이 없는지 "읽고 싶으시면 읽으세요."라며 내게 하얀 판자를 넘겨주고 슈바르츠에게 새로운 판자를 가져다 달라고 했다.

나는 한넬로레에게 넘겨받은 하얀 판자를 읽었다. 왕의 계승 의식에서 신전장이 빛의 여신의 신구인 관을 쓴다고 나와 있다. 계약과 약속을 관장하는 여신이라서일까?

'이건 주문인가?'

의식 방법이 기록된 하얀 판자에는 슈타프 변형 주문으로 보이는 문장이 새겨져 있었다. 나는 내 서자판에 그 문장을 옮겨 적었다.

'페르디난드 님은 여길 뻔질나게 드나들었던 게 분명해.'

다른 판자에는 어둠의 신의 망토를 만드는 주문이나, 흙의 여신의 성배를 만드는 주문이 실려 있었다. 어째서 페르디난드만 이상한 지식들을 많이 갖고 있는지 궁금했었는데, 이 서고에서 얻은 것이 틀림없다.

'나도 많이 읽고 말 거야!'

폐관 시간까지 자료를 읽은 뒤, 서고 열쇠를 집무실 보관 상자에 돌려놓았다. 나는 여러 의식이 기록된 판자를 탐독한 덕분에 슈타프로 모든 신구를 만드는 주문을 알았다. 수많은 자료를 읽고, 새로운 사실들을 머리에 주입한 만족감에 술에 취한 듯 정신이 몽롱했다.

"열쇠 관리자가 있으면 서고에 들어갈 수도 있고, 왕족이 안 계시면 다른 학생을 내보낼 필요도 없으니까 바쁜 왕족을 대신해서 제가 자료를 전부 읽을게요."

그렇게 제안했지만, 리카르다와 아나스타지우스는 즉각 기각했다.

"안 됩니다. 공주님은 대영지와 공동 연구도 해야 하고 할 일이 많잖아요. 그리고 공주님을 억지로 끌고 나올 사람도 없는데 시종은 접근도 못 하는 서고로 보낼 순 없습니다."

"네 시종의 말이 맞다. 책만 들면 귀를 막아 버리는 널 혼자 둘 순 없어. 게다가 옆에 감시자가 없으면 책에 빠져서 필사도 안 할 것 아닌가."

둘의 말에 다른 사람들도 찬성했다. 주변을 둘러봤지만, 아무도 내 편이 되어 주지 않았다.

'이럴 수가?! 내 편이 아무도 없다니!'

나는 이 중에 가장 권력이 강한 지기스발트에게로 시선을 돌렸다. 그는 온화한 미소를 유지한 채 오르텐시아와 한넬로레를 보았다.

"후에 왕족이 연락하기 전까지는 이곳 지하 서고를 폐쇄하겠습니다. 오르텐시아와 한넬로레는 로제마인이 부탁하더라도 절대로 서고 문을 열어 주지 마세요."

"알겠습니다."

재미있는 서고를 발견했는데 출입을 금지당한 나는 터덜터덜 기숙사로 돌아와야 했다.

기숙사에 돌아온 후에는 자료에서 눈도 떼지 않고 지기스발트에게 건성으로 대답한 점, 끝까지 버티려다가 아나스타지우스한테 자료를 빼앗기고 서고에서 쫓겨나온 일을 두고 리카르다에게 귀가 따갑게 꾸짖음을 들었고, 빌프리트는 "로제마인, 왕족과 절대 엮이지 않겠다고 약속한 건 뭐였냐?"라며 어이없어했다.

'빌프리트 오라버니, 그건 내 잘못이 아니에요.'

단켈페르거 의식

도서관 서고에 간 날로부터 며칠 후, 루펜이 올도난츠를 보냈다. “기사동에서 디터를 하지 않겠나.”라고 세 번 반복한 올도난츠에게 “공동 연구의 일환이라면 받아들일게요.”라고 회신했다. 이내 한넬로레로부터 “미안해요. 선생님이 공동 연구를 잘못 말하신 거예요.”라는 사과 연락을 보내왔기에, 흔쾌히 승낙했다.

“로제마인 혼자 보내면 또 무슨 짓을 저지를지 몰라. 기사동에는 나도 간다.”

“디터를 보고 싶어서가 아니고요?”

샤를로테가 지적하자, 빌프리트는 말을 잇지 못했다. 최근 로데리히가 만든 디터 소설을 읽은 남학생들 사이에서 디터 열풍이 불고 있었다. 시합 전후 의식도 궁금하겠지만, 제일 궁금한 건 역시 디터이리라.

“……오라버니는 마음이 딴 데 있어서 불안하고, 신들의 가호를 늘리는 연구에 관심이 있으니 저도 동행할게요. 그래도 괜찮겠죠, 언니?”

샤를로테는 그렇게 말하며 나를 보았다. 내년에 가호 의식을 치르기 전에 하나라도 정보를 얻으려는 노력가 여동생의 부탁을 거절할 내가 아니다. 귀여운 여동생의 부탁을 들어주는 것이야말로 언니의 의무가 아닐까.

“물론 괜찮고말고요. 오라버니와 샤를로테가 동행하니 이왕이면 두 사람의 견습 문관들에게도 도움을 받아야겠네요."

나는 빌프리트와 샤를로테의 견습 문관들을 다목적 홀에 집합시켰고, 종이를 나눠준 후 설문지 작성 방법을 가르쳤다. 기숙사에는 인쇄기가 없어 똑같은 설문 용지를 준비하기가 어려웠다. 그래서 제일 위에 질문지를 준비해 두고 문관들이 질문하면 대답을 써넣는 길거리 설문조사와 같은 형태로 조사를 할 생각이었다. 그러면 질문지는 견습 문관들이 베껴 쓸 한 장이면 충분하고, 답변 작성법만 확실히 가르치면 집계하기도 쉽다.

"빌프리트 님……."

"포기해, 이그나츠. 로제마인이 가르치는 방식은 무조건 외워. 어차피 싫어도 앞으로 계속 쓰게 될 테니까."

설문지 작성법을 가르치고, 조사 준비를 완벽히 끝낸 우리는 기사동으로 향했다. 루펜이 견습 기사들을 모아 주겠다고 했기에 장소는 큰 강의실로 잡혔다. 크고 작은 훈련장이 모여 있는 기사동은 그 규모가 상당하여 무조건 기수로 이동해야 했다.

레오노레를 선두로 에렌페스트 무리가 기사동으로 향했다. 3학년 이상 견습 기사는 모두 모였고, 영주 후보생 세 사람에다 측근까지 줄줄이 동행하니 인원이 꽤 많았다.

"여기가 기사동이군요."

"처음 와 봐요."

착지한 곳을 샤를로테와 둘이서 두리번거리자, 리카르다가 "공주님들은 영지 대항전 때 온 적 있으시잖아요."라며 키득거렸다. 그렇기는 하지만 가장 큰 훈련장만 가 봤을 뿐, 수업이 열리는 교실이 있는 장소는 처음이다.

"땀내가 더 심할 줄 알았어요."

종일 훈련하는 견습 기사들이 드나드는 전문동이다. 우라노 때처럼 운동 직후 탈취제 냄새가 진동해서 속이 울렁거리는 여자 탈의실이나 동아리방처럼 남자 냄새, 땀 냄새, 흙내 같은 악취를 각오했는데, 그런 냄새는 없었다.

"훈련 후에 다들 바센을 쓰기 때문에 문관동처럼 독특한 냄새는 안 납니다."

마티아스가 그렇게 말하자, 문관동의 약초 냄새를 떠올렸는지 테오도르가 키득거렸다.

'……바센 만세.'

그렇게 생각하며 안으로 들어가자 루펜과 단켈페르거의 영주 후보생인 레스티라우트와 한넬로레가 우리를 맞아 주었고, 인사를 나누었다.

"그럼 바로 디터……."

"루펜 선생님?"

"……의 전후에 치르는 의식에 대해 설명하고 직접 보여드리지요."

한넬로레가 째려보았지만, 루펜의 얼굴에는 온통 '디터' 밖에 쓰여 있지 않았다. 디터가 하고 싶어 환장한 선생에게 휘말릴 수는 없었다.

'디터보다 연구가 먼저라구.'

시선을 교환한 나와 한넬로레는 작게 고개를 끄덕였다.

"디터 의식을 거행하기 전에 견습 기사들의 이야기를 듣고 싶어요. 다른 영지의 견습 기사들도 모아 주셨죠? 그들을 기다리게 할 순 없죠."

“로제마인 님의 말대로 먼저 여러분의 이야기를 듣겠습니다. 디터는 에렌페스트와 약속을 잡아 뒀으니 나중에라도 할 수 있잖아요.”

“그렇군요. 먼저 얘기가 다 끝난 후에 마음 놓고 하죠 뭐.”

디터가 하고 싶어 몸이 근질근질한지 루펜의 걸음 속도가 상당하다.

견습 기사들이 모인 넓은 강의실에서 나는 에렌페스트의 견습 문관 열 명을 제일 뒤편에 놓인 책상에 쭉 앉히고 질문지, 회답 용지, 잉크를 준비하게 했다.

“여러분의 협력에 감사드립니다. 지금부터 에렌페스트의 견습 문관들이 질문하면 한 사람씩 대답해 주세요. 집계 결과는 영주 대항전 때 발표할 테니, 오늘은 설문이 끝난 분부터 퇴실하셔도 됩니다. 클라센부르크 학생들, 이쪽에 순서대로 서 주세요. 설문이 끝나면 이쪽으로 퇴실해 주세요.”

귀족원은 뭐든지 영지 순위로 순서가 정해져 있어 상당히 편하다. 기숙사 내에서도 상급, 중급, 하급, 그리고 학년으로 세세하게 분류되어 있어서 다들 내가 말을 꺼내면 자연스럽게 정해진 순서대로 줄을 섰다.

열 명이 한꺼번에 질문을 시작하고, 답을 써 내려간다. 여러 번 연습시킨 덕에 큰 혼란 없이 조사가 진행되었다.

“끝났습니다. 다음 분, 이쪽으로 오세요.”

필린느가 손을 드는 모습을 보고 나는 순서를 기다리는 견습 기사를 그쪽으로 유도했다. 클라센부르크 쪽 견습 기사의 수가 어느 정도 줄자, 다음 영지를 불러 줄을 세웠다.

이 설문 조사에서 나의 가장 중요한 역할은 안내였는데, 꽤 순조롭게 진행되는 듯했다. 스스로의 처리 능력에 혼자 만족하고 있을 때 브륀힐데가 시종들을 데리고 왔다.

"로제마인 님, 어떻게 안내하면 되는지 이해했습니다. 이제 저희에게 맡기시고, 루펜 선생님께서 디터에 관해 얘기하고 싶다고 하시니, 다녀오세요."

'난 디터 얘기보다 교통정리를 하고 싶은데.'

그렇다고 이번 공동 연구의 책임자인 내가 도망칠 수는 없었다. 리카르다와 함께 영주 후보생이 모여 있는 곳으로 향했다.

"질문 방식이 특이하네요."

"1대 1로 대화하면서 같은 질문을 건네는 방식이라서 편하거든요. 이곳에 3학년부터 윗 학년 견습 기사들을 모아 주신 것 같은데, 의식에 쓰는 노래와 춤은 언제부터 가르치세요? 에렌페스트의 1학년들도 이미 알고 있는 것 같긴 하지만……."

나는 테오도르를 보면서 루펜에게 물었다. 테오도르에게 듣기론 올해는 공동 연구를 하게 되자, 루펜이 신바람이 나서 가르쳐 주더라고 했다.

"1학년이라도 훈련장을 쓰려면 기사동에 출입해야 하니까 일찍 가르치고 있죠. 그래서 1학년들도 알고 있을 겁니다. 하지만 단켈페르거 견습 기사 외에는 낯설어서인지 진지하게 임하질 않았었죠. 올해는 이 의식으로 신들의 가호를 얻을 수 있을 거라고 하니까 다른 영지의 견습 기사들도 진지하게 임하는 녀석들이 늘더라구요."

에렌페스트의 견습 기사들도 마찬가지다. 기숙사에서 단켈페르거의 의식에 관한 얘기를 들었을 때, 레오노레도 '이걸 뭐 때문에 하는지 몰랐으니까요. 신들의 가호를 얻기 위한 방법인 줄 알았다면 더 진지하게 했을 거예요.'라고 했다.

"그런데 로제마인 님, 오늘 디터는 어떤 룰로 할까요?"

눈을 반짝반짝 빛내는 루펜의 말에 나는 고개를 갸웃거렸다.

"룰은 평소 훈련대로 하면 되죠?"

"평소에는 속도 겨루기 디터로 훈련하는데……."

"네. 그러니까 그거로 하면 굳이 룰을 정할 필요가 없잖아요."

내 말에 루펜이 눈을 크게 뜬 채 3초 정도 굳었다.

"어째서?! 보물 뺏기 디터에 그렇게 열정을 쏟아부은 훌륭한 이야기를 쓰면서, 보물 뺏기 디터를 하지 않는다니……."

"디터 소설은 제가 쓴 게 아니고, 보물 뺏기 디터는 시간이 걸리잖아요. 전 연구에 쓸 의식만 보면 돼요. 이번엔 속도 겨루기 디터를 하는 게 맞아 보여요."

그럴 수가, 하고 충격을 받은 루펜의 주변에서 단켈페르거 견습 기사들이 입과 눈을 크게 벌린 채 나를 응시했다. 아무래도 단켈페르거에서는 처음부터 보물 뺏기 디터를 할 생각이었던 모양이다.

"하지만 로제마인 님……."

"의식을 보물 뺏기 디터 때만 하는 건 아니죠? 아니면 설마 단켈페르거에선 속도 겨루기 디터 따위는 진지하게 임하기 어렵다거나?"

연구에 디터가 필수이긴 하지만, 그 종류까지 정해진 건 아니다. 내 말에 한넬로레가 웃으며 고개를 끄덕였다.

"로제마인 님 말대로 속도 겨루기든, 보물 뺏기든 디터는 디터예요. 둘 다 의식은 동일하고요, 단켈페르거에서 디터를 대충 하는 일은 있을 수 없어요. 가호를 얻는 연구 때문에 하는 것이니, 속도 겨루기 디터가 더 맞다고 생각해요."

"한넬로레 님, 그건 그렇지만……."

다른 사람도 아닌, 단켈페르거 영주 후보생의 발언이다. 그녀의 말을 루펜과 견습 기사들은 거스를 수 없다. 한넬로레의 미소로 속도 겨루기 디터로 정해졌다.

"그런데 루펜 선생님이 그렇게 열을 내실 정도로 디터 소설을 재미있게 읽으셨다니 기쁘네요."

"지금 단켈페르거 기숙사에서 대유행 중이지 않습니까. 그 작전에 페르디난드 님의 조언이 있었던 거 아닙니까? 당한 기억이 있는데요."

당시의 일을 꺼내기 시작한 루펜의 말에 나는 가벼운 한숨을 쉬었다.

"……페르디난드 님이 제게 준 디터 작전 자료를 다른 사람에게 빌려준 거예요. 페르디난드 님이 소설 구성을 짠 것도 아니고, 협력해 주신 것도 아니에요."

"그거 다음 내용이 기대되는군요. 그래서, 다음 편은 언제 나옵니까?"

아무래도 루펜은 '뒷내용이 읽고 싶은 병'에 걸린 모양이다. 계산대로다.

"다음 편은…… 아, 그렇죠. 레스티라우트 님이 삽화를 그려 주신다고 했으니까, 그게 끝나야 할 거예요. 1권에도 삽화를 넣어서 다시 철할 예정이고요."

실로 엮어야 해서 손은 많이 가지만, 그림을 끼워 넣는 건 어렵지 않다. 2권도 한 부를 견본으로 넘겨 삽화를 그리게 해 놓고 나중에 끼워 넣게 되지 않을까? 원래 계획은 삽화가를 키워 그가 졸업하면 에렌페스트로 스카우트할 생각이었는데, 다른 영지에서 삽화를 사려면 어떻게 해야 좋을지 모르니 고민하던 참이었다.

'졸업을 앞둔 영주 후보생을 삽화가로 삼는 경우는 생각해 본 적도 없단 말이야!'

"그림은 그렸다. 오늘은 가져오지 않았지만, 조만간 보여 주지. ……아니면 네 의식을 보여 줄 때 가져와도 되고."

"기대하고 있을게요."

'……그 전에 그림 값과 매입 방법을 정해 둬야겠네.'

절차를 고민하면서 단켈페르거의 측근들에게 디터 소설에 관한 감상을 듣는 동안, 설문 조사가 끝났다.

"기숙사로 돌아간 후에 조사 결과를 집계하겠습니다. 결과는 영지 대항전 전에 먼저 단켈페르거에 알려드릴게요."

"로제마인 님, 하다못해 집계 작업이라도 도우면 안 될까요? 말만 공동 연구지, 저는 아무것도 한 게 없습니다."

클라리사의 말에 공동 연구를 하기로 한 단켈페르거의 견습 문관들도 고개를 크게 끄덕였다. 나의 의식과 단켈페르거의 의식을 비교할 예정이었지만, 그녀의 말대로 오늘 설문 조사에서 단켈페르거 측이 한 것은 전혀 없었다. 공동 연구라고 말한 이상, 뭔가 일거리를 주는 편이 좋아 보였다.

"……그럼 집계는 에렌페스트 다과회실에서 하죠. 결과는 빨리 내고 싶으니까 내일 아침, 수업이 시작되는 시간에 집계를 시작하겠어요. 할 일이 없는 분은 와도 좋아요."

"알겠습니다. 무슨 일이 있어도 꼭 가겠습니다."

클라리사가 주먹을 불끈 쥐며 활짝 웃자, “정말 괜찮으시겠어요, 로제마인 님? 제가 함께 있지 않아도 되겠어요?”라며 한넬로레가 불안스럽게 물었다.

‘그, 그 정도로 클라리사의 참가가 불안할 일이야?’

불현듯 불안해진 나는 단켈페르거의 감시역으로 한넬로레에게도 와 달라고 했다. 내가 부탁하자, 레스티라우트가 고개를 홱 들었다.

“그럼 나도 책임자로…….”

“오라버니는 수업이 있잖아요. 디터 삽화를 그리는 데 빠져서 공부를 소홀히 한다고 어머님한테 보고할 거예요.”

‘……한넬로레 님, 믿음직해!’

내가 감동에 젖어 있는데, 샤를로테가 조그맣게 웃었다.

“레스티라우트 님과 한넬로레 님을 보고 있으면 꼭 책을 읽을 명목을 찾으려는 언니와 그걸 막으려는 리카르다 님 같아요.”

“듣고 보니 그러네. 개인적으로 리카르다에게 혼나는 건 사양하고 싶지만, 한넬로레 님처럼 귀엽게 혼낸다면 들을 만하겠어.”

“빌프리트 도련님, 그 말, 무슨 뜻인가요?”

호호호, 하고 웃는 리카르다의 말에 얼굴이 확 굳어지는 빌프리트를 보며 나는 고개를 한번 끄덕였다.

‘나도 오라버니의 마음이 아주 살짝 이해가 되네요.’

설문 조사를 끝낸 뒤에는 훈련장으로 이동해 속도 겨루기 디터를 시행한다. 내 목적은 디터 시합 전에 치르는 옛 노래나 전투계 신들에게 마력을 봉납하는 의식을 보는 것이었다. 다른 사람이 의식을 치르는 모습을 본 적이 별로 없는 만큼 기대가 컸다.

에렌페스트와 단켈페르거 사람들 모두가 훈련장으로 이동했다. 공동 연구이므로 다른 영지는 관람이 금지되었다. 관람할 수 있는 장소에서 우리는 영지 대항전 때처럼 아래를 내려다보았다. 영지 대항전 때와 달리 의자가 없었기에 서서 봐야 했지만, 훈련장의 형태는 똑같았다.

관람석에서도 큰 이유 없이 에렌페스트와 단켈페르거로 갈라져 있었는데, 디터에 미쳐있는 영지라서일까. 아니면 그저 견습 기사가 많아서일까. 단켈페르거는 인원수가 어마어마하게 많았다.

"로제마인, 응원 숫자까지 지고 있어. 디터를 보고 싶어 하던 저학년이라도 불러야 하지 않을까?"

빌프리트의 말에 나는 견습 기사 외에도 많이 모인 단켈페르거 측을 보며 고개를 끄덕였다.

"이왕 이렇게 된 거 다 같이 응원하죠."

샤를로테가 곧바로 올도난츠를 날려 보내자, 에렌페스트 학생들 대부분이 훈련장에 모였다. 그럼에도 단켈페르거에는 인원수며 열광적인 응원 기세까지 비길 수가 없었다.

"그럼 시작합시다. 에렌페스트에 의식을 보여 줘야 하니 경기에 나가는 견습 기사들은 모두 아래로 집합해!"

루펜의 목소리가 울리자, 단켈페르거 견습 기사들이 기수를 타고 경기장 아래로 내려갔다. 학생들이 "우아아아아!" 하고 함성을 질렀다. 속도 겨루기 디터임에도 이렇게 열광적인데, 역시 보물 뺏기 디터까지 할 필요는 전혀 없었던 게 아닐까.

"한넬로레, 어쩔래?"

"오라버니에게 맡길게요."

고개를 끄덕인 레스티라우트가 마석으로 귀족원의 검은 옷 위에 경갑을 두르더니 기수를 타고 경기장으로 내려가 다시 기수를 회수했다. 단켈페르거 견습 기사들이 만든 원 한가운데에 착지한 레스티라우트가 슈타프를 소환해 "대결에 임하는 우리에게 힘을 주소서!" 하고 소리쳤다.

"란체!"

이를 신호로 모든 견습 기사들이 슈타프를 창으로 변형시켰다.

"우리는 세상을 창조한 신들에게 기도와 감사를 바치는 자."

귀에 익은 기도문과 함께 땅에 쿵 하고 창을 크게 내리찍는다.

"승리를 손에 넣을 힘을 취하라. 누구에게도 지지 않는 앙리프의 강한 힘을. 승리를 손에 넣을 속도를 취하라. 누구보다도 빠른 슈타이펠리제의 속도를."

하르덴첼의 의식처럼 성전의 기도문에 가락을 넣은 듯한 노래를 부르며 전투 관련 신들에게 기도를 바친다. 그러자 주변 기사들이 노래를 부르며 검무와 같은 움직임으로 창을 휘두르기 시작했다. 빙글 회전시키는가 싶더니 물미를 지면에 찍었다. 창을 고쳐 쥐자 마석으로 만든 갑옷 부분과 부딪쳐 날카로운 금속음이 박자처럼 울렸다.

중심에 선 레스티라우트도 마찬가지로 창을 휘둘러 견습 기사들처럼 춤을 췄다. 긴 창을 들고 저렇게 안정적으로 춤을 추다니. 봉납 가무를 잘 출 수밖에 없는 이유였다.

"한넬로레 님도 저런 창을 들고 춤을 추실 수 있으세요?"

레스티라우트를 바라보며 묻자, 한넬로레가 살짝 수줍게 웃었다.

"물론 수업에서 시키니까 추긴 하는데, 여러분께 보여드릴 실력은 아니에요."

'당연한 거구나. 얌전한 한넬로레 님도 저런 춤을 출 수 있다니 단켈페르거, 진짜 대단하네.'

"싸워라!"라는 레스티라우트의 구령과 함께 슈타프로 만든 창을 높이 들어 올리자, 주변의 견습 기사들이 "와아!" 하고 우렁찬 소리를 내지르며 하늘을 찌를 듯이 일제히 창을 치켜들었다.

단켈페르거 학생들이 있는 관람석에서도 환성이 일자, 지켜보는 우리까지 흥분되기 시작했다. 같은 자리에서 함께 춤을 춘 견습 기사들의 마음이 시합을 앞두고 하나가 되어 가는 것이 눈에 보이는 듯했다.

"……엄청나네요. 훈련 때 배웠던 거랑은 전혀 달라요."

유디트가 멍하니 중얼거리자, 옆에 있던 견습 기사가 고개를 끄덕였다.

"저런 사람들과 맞서 싸워야 한다고요?"

그렇게 중얼거린 마티아스의 목소리는 완전히 상대의 분위기에 압도당한 것처럼 들렸다. 시작 전부터 기합에서 눌리고 있다. 이대로는 안 되었다.

"라우렌츠, 루펜 선생님한테 배웠으면 우리 견습 기사들도 노래하면서 춤출 수 있어요?"

"네, 일단 할 줄은 압니다만. 저, 로제마인 님. 설마……."

라우렌츠의 대답에 나는 씨익 웃었다.

"네, 대항해서 우리도 하죠."

"하지만 이 상태에서 따라한다고 해서 모두의 사기를 올릴 수는……."

"기도 하나는 또 제가 자신있거든요."

우후훗 하고 웃자, 그 의미를 파악한 듯 레오노레가 싱긋 웃었다.

"자, 에렌페스트의 사기를 북돋기 위해 로제마인 님께서 중심에서 노래를 부르시겠습니다."

디터에 참여하는 견습 기사들과 함께 내가 기수를 소환하자, 빌프리트가 난처한 얼굴로 내 손을 덥석 잡았다.

"무슨 꿍꿍이인지 모르겠지만 관둬, 로제마인. 네가 나서면 사달이 날 것 같단 말이다."

"단켈페르거를 따라하려는 거예요, 빌프리트 오라버니. 우리 쪽 사기를 조금만 올리면 돼요."

고조된 단켈페르거의 기세와 거기에 이미 압도당한 에렌페스트 견습 기사들을 가리키며 말하자, 샤를로테는 잠시 뺨을 괴고 생각에 잠겼다.

"저기, 언니. 이 디터 승부는 단켈페르거가 이겨야 끝난 뒤에 저들이 의식을 할 테니까 이 상태로도 괜찮지 않을까요? 굳이 언니가 단켈페르거의 의식을 따라할 필요는 없을 것 같아요."

"……듣고 보니 그러네요."

단켈페르거의 의식은 디터 전후에 한다. 디터 후에 하는 의식은 승리를 자축하며 신에게 고마움을 바치는 의식이다. 샤를로테의 말에 납득한 내가 기수를 회수하려고 하자, 경기장에서 돌아온 레스티라우트가 "이 기회에 해 보지 그래?"라며 손을 저었다.

"똑같은 의식을 했을 때 단켈페르거와 에렌페스트 사이에 차이가 생기는지 아닌지 알아보는 것도 연구에 필요하지 않을까?"

"그, 그건…… 레스티라우트 님의 말씀도 맞는데……."

빌프리트와 샤를로테가 곤란한 듯한 눈빛을 교환했다.

"같은 장소, 같은 시간에 다른 시행자가 했을 경우에 의식의 결과가 달라지는지 궁금했던 참이다. 연구를 위해서 해 봐."

"알겠습니다. 연구를 위해서 하는 거죠?"

레스티라우트의 말에 동의하며 나는 견습 기사들과 함께 기수를 타고 경기장으로 내려갔다. 경기장에 착지하자 내게 설 위치를 알려 주며 유디트가 슬그머니 물었다.

"저 노래랑 춤, 할 수 있으시겠어요?"

불안한 듯한 목소리에 주위를 둘러보니 단켈페르거와 똑같은 의식을 하라는 명령을 들은 견습 기사들이 안절부절못하는 듯했다. 남들 몰래 축복을 주려고 내가 이 의식을 하겠다 말을 꺼냈음을 아는 레오노레만 빠릿빠릿하게 움직이며 견습 기사들에게 서는 위치를 지시하고 있었다.

"아뇨. 오늘 처음 봤는데 할 수 있을 리가요. 레스티라우트 님을 따라서 창만 같이 들면 돼요. 그저 아무도 모르게 앙리프의 축복을 보내는 데 딱이라고 생각했거든요."

내 말에 유디트가 보라색 눈을 크게 뜨더니 피식 웃었다.

"그러면 단켈페르거와 같은 결과를 못 얻지 않나요? 공동 연구라는 명분이 무너질 텐데요."

"괜찮아요. 축문은 단켈페르거랑 똑같은 내용으로 할 테니까. 여러분에게 몰래 축복을 내리고 싶어서 그런 건데, 이러면 조금은 연구에 도움이 되겠죠?"

유디트는 고개를 끄덕이며 자신의 위치로 돌아갔다. 대신 레오노레가 다가와 모두가 제 위치에 섰으며, 내가 절대 놓치면 안 되는 포인트를 설명해 주었다. 간단하게 말하면 처음과 마지막을 완벽히 하면 된다는 것이었다.

나는 주위를 빙 둘러싼 견습 기사들을 둘러보았다. 내가 구호를 외치며 슈타프로 창을 꺼내면 그때부터 시작이다.

"대결에 임하는 우리에게 힘을 주소서!"

'음, 이제 창을 소환하면 되는 거지?'

"란체!"

나는 슈타프를 소환해 라이덴샤프트의 창으로 바꾸었다. 그것을 신호로 견습 기사 모두가 슈타프를 창으로 변화시키는 것까지는 해냈는데, 그들의 놀란 시선이 라이덴샤프트의 창으로 향했다.

'그러고 보니 작년에 수업에서 잠깐 보인 적은 있어도 견습 기사들한텐 보여 준 적이 없었나?'

라이덴샤프트의 창은 일부러 보여 줄 만한 것이 아니라서 신전에 드나드는 내 측근들 외에는 에렌페스트 사람이라도 본 적이 없었을지도 모른다. 그래도 지금은 토끼눈을 하고 나와 창을 보고 있을 때가 아니다.

'이봐. 날 보지 말고 노래를 불러야지!'

나는 빤히 쳐다보는 견습 기사들을 슬쩍 노려보면서 "우리는 세상을 창조한 신들에게 기도와 감사를 바치는 자."라고 최대한 큰 목소리를 내며 창을 지면에 내리찍었다. 익숙한 기도문이 들리고 창이 움직여서일까, 그제야 견습 기사들도 정신을 차리고 움직이기 시작했다.

"승리를 손에 넣을 힘을 취하라. 누구에게도 지지 않는 앙리프의 강한 힘을. 승리를 손에 넣을 속도를 취하라. 누구보다도 빠른 슈타이펠리제의 속도를."

모두가 노래 부르며 창을 휘두르는 가운데, 나는 창만 잡고 서 있었다. 심지어 선율을 기억하지 못해서 노래도 부를 수 없었다. 하지만 축문만큼은 자신 있었기에 모두의 음성에 묻힐 만큼 작은 목소리로 중얼거리긴 했다.

'여기서 마지막에 싸워라! 하고 창을 들어 올리면 되지?'

나는 타이밍을 살피다 창을 치켜들었다.

"싸워라!"

최대한 크게 소리친 순간, 쿵 하는 굉음이 들렸다.

"히익!"

내 입에서 무심코 튀어 나온 얼빠진 소리는 라이덴샤프트의 창에서 뿜어져 날아간 마력에 모두의 시선이 못 박힌 덕분에 들리지 않은 듯하다.

나는 하늘을 올려다본 채 높이 치켜든 창을 천천히 내렸다. 내 손에는 마력을 잃어 푸른빛이 사라진 라이덴샤프트의 창이 쥐여져 있었다. 마석 부분도 투명했다.

시야에 방해가 되던 창을 치우고, 창에서 발사된 마력이 어떻게 되었는지 바라보았다. 나한테 돌아오라고 소리치고 싶은 마음은 굴뚝같았지만, 가능키나 한 건지 모르겠다. 상공에서 빙빙 돌던 마력은 어느새 몇 가지 색깔을 띠고 있었다. 파랑색이 강했지만, 노랑, 빨강, 초록도 보였다. 그 빛이 일제히 쏟아져 내렸고, 눈부심에 무심코 눈을 질끈 감았다.

눈을 감아도 주변이 밝았지만, 그것도 잠깐이었다. 슬그머니 눈을 뜨자, 나와 마찬가지로 무슨 일이 일어났는지 모르겠다는 표정으로 어리벙벙하게 서 있는 에렌페스트 견습 기사들이 눈에 들어왔다. 상공에는 이미 아무것도 없었다.

몇 초간의 침묵 후, "방금 뭐였어?!"라며 관람석이 술렁이기 시작했다. 대부분 단켈페르거가 동요하는 소리였고, 빌프리트와 샤를로테가 머리를 싸매는 모습이 보였다. 관람석으로 돌아가면 "그러니까 하지 말랬잖아!"라고 한소리 들을 게 분명했다.

"로제마인 님, 이제 경기가 시작되니 관람석으로 돌아가 주십시오."

"레오노레, 무슨 일이 일어났는지 알아요?"

"로제마인 님께서 엄청난 축복을 내려 주셨다는 것 말고는 잘 모르겠어요. 위에서 다른 분들과 얘기해 보세요. 조금 멀리서 보신 분들한테 더 잘 보였을 거예요."

레오노레의 말에 나는 하는 수 없이 관람석으로 돌아갔다. 머리를 싸매는 에렌페스트 영주 후보생들과 달리, 단켈페르거 영주 후보생들에게 질문 공격이 일제히 쏟아졌다.

"로제마인 님, 저건 대체 뭐였어요?"

"그 의식에서 저런 반응이 일어나는 건 처음 봤어. 너 대체 뭘 한 거야?"

한넬로레와 레스티라우트가 동시에 질문을 던지자, 다른 학생들도 흥미진진한 얼굴로 내 대답을 기다렸다. 하지만 딱히 할 말이 없었다.

"축복인 것 같긴 한데, 나도 처음 해 본 의식이라 뭐가 뭔지 잘 모르겠어요. 밑에서 봤을 땐 여러 색깔의 축복이 터진 것처럼 보였는데, 여기선 어떻게 보이던가요?"

얼굴을 마주본 두 사람은 조금 전의 의식이 자신들에겐 어떻게 보였는지 알려 주었다.

"로제마인 님이 라이덴샤프트의 창을 소환하셨잖아요? 전 본 적이 있지만, 다른 사람들은 본 적이 없어서 그런지 정말 깜짝 놀라더라구요."

"놀랐겠지. 꽤 오래전에 그런 보고를 받은 적이 있긴 했지만, 정말 신구를 이 자리에서 소환할 줄이야."

레스티라우트의 말에 주변 모두가 고개를 끄덕였고, "제가 보고했을 땐 가짜일 게 뻔하다면서요."라며 한넬로레가 삐친 표정을 보였다.

"정말 너무 아름다운 광경이었습니다. 저도 지금까지 단켈페르거에서 몇 번이나 같은 의식을 봐 왔지만, 이렇게 신성한 의식이란 걸 처음 알았어요. 역시 에렌페스트의 성녀로 유명하신 로제마인 님이십니다."

"저기, 클라리사……."

흥분을 띤 파란 눈동자를 반짝이며 클라리사가 어떤 점이 아름다웠는지 거침없이 쏟아내기 시작했다.

"파직파직 튀는 소리와 함께 파란빛을 방출한 라이덴샤프트의 창은 신구 그 자체였고, 가만히 서서 기도의 노래를 부르시는 로제마인 님의 모습은 신들에게 신구를 빌려 받은 메스티오노라처럼 청아하고 아름다우셨어요."

"얘 좀 말려."

인상을 찌푸린 레스티라우트가 클라리사를 보며 말했다. 그의 말처럼 흥분해서 떠들기 시작한 클라리사 때문에 우리는 대화를 전혀 할 수가 없는 상태였다.

"이 눈으로 직접 보게 되다니, 정말, 정말 진심으로 살아 있길 잘했습니다. 로제마인 님의 모습을 이 눈에 더 새기고 싶은데, 왜 저는 영지도 학년도 다른 거죠?!"

"클라리사, 부탁이 있는데요."

"뭔가요, 로제마인 님? 뭐든 말씀하세요."

고개를 홱 돌린 클라리사에게 나는 필린느가 가져온 종이를 몇 장 내밀었다.

"잊기 전에 하르트무트에게 편지를 써 주겠어요? 하르트무트의 연구를 위해, 이 의식이 어땠는지 최대한 자세히 써 줬으면 해요. 약혼자의 연구를 돕는 것도 중요하잖아요?"

"최대한 자세히……. 알겠습니다. 맡겨 주세요!"

종이를 받아든 클라리사가 맹렬한 속도로 편지를 쓰기 시작했다. 이러면 당분간은 조용하겠지. 그렇게 판단한 나는 "이어서 얘기하죠." 하고 레스티라우트와 한넬로레에게로 시선을 돌렸다.

"레스티라우트 님을 흉내 내서 의식을 하고 창을 들어 올렸는데, 라이덴샤프트의 창에 담겨 있던 마력이 갑자기 터져 나와서 깜짝 놀랐어요."

빌프리트가 "너도 놀랐다고? 도무지 그렇게는 보이지 않았는데." 하고 중얼거렸다. 내가 치켜든 창에서 마력이 튀어 나왔고, 상공에서 회전하며 색을 띠는가 싶더니 쏟아져 내렸다는 것이다.

"제 눈에는 축복의 빛 일부가 어딘가로 날아간 것처럼 보였어요."

샤를로테의 말을 모두가 긍정했다. 바로 아래에 있던 내 위치에서는 보이지 않았지만, 관람석에서는 자세히 보였다고 했다.

"어디로요?"

"그건 잘 모르겠는데, 위에서 빙글빙글 도는 사이에 빛의 일부가 휘익 하고……."

"듣고 보니 예전에 다른 의식을 했을 때도 마력이 날아간 적이 있었어요. 귀족원에서 의식을 치르면 일어나는 현상일지도 모르겠네요."

어둠의 신과 빛의 여신의 이름을 얻는 의식도 영주 후보생의 교실 내에서도 매우 신중하게 다뤘다. 허튼소리 하지 않게 나는 말끝을 흐렸다.

"기도를 바친 신들의 축복이 전부 쏟아져 내린 것처럼 보였어. 대체 네가 우리와 무엇이 달랐던 거지? 애초에 라이덴샤프트의 창을 썼어야 하는 건가?"

레스티라우트가 진지한 얼굴로 고민에 빠지기에 나도 무엇이 다른지 여러모로 생각해 보았다.

"창이 달라서 그랬을지도 모르고, 마력 봉납 때문일지도 몰라요. 창 안에 있던 마력이 몽땅 빠져나갔거든요. 단켈페르거에서는 마력을 봉납하진 않았었죠?"

"승리한 뒤에 하는 의식 때 마력을 봉납하지."

"신들의 축복과 가호를 받으려면 마력 봉납은 필수예요. 그게 가장 큰 차이점일 거예요."

의식의 차이점에 관해 대화하는 사이, 어느샌가 속도 겨루기 디터가 시작되었다. 루펜이 쓰러뜨릴 마수를 마법진에 소환하자, 기수를 탄 견습 기사들이 덤벼들기 시작했다. 먼저 단켈페르거가 전투를 개시했다. 지금 봐도 훌륭한 팀워크다.

그들이 끝나면 다음은 주목받는 에렌페스트 차례다. 조금 전의 축복을 받은 후, 어떻게 바뀌었을지 모두가 몸을 내밀며 지켜보았다.

"시작!"

기수가 소환되고, 전투가 시작되었다. 그런데 모두의 움직임이 이상했다. 맹렬한 속도로 돌진하는가 싶더니 갑자기 급브레이크를 밟은 것처럼 앞으로 고꾸라지지 않나, 장거리 공격에 강한 유디트가 멀리서 공격을 발사한 순간, 뭔가에 부딪치듯 뒤쪽으로 튕겨 날아갔다. 아무리 봐도 어딘가 어색하고 이상했다.

"대체 왜 저래?"

"다들 움직임이 이상한데요?"

빌프리트와 샤를로테가 불안한 목소리로 말하자, 레스티라우트가 흥 하고 콧방귀를 뀌었다.

"아까 그거, 축복이 아니라 요상한 저주였나?"

한넬로레가 "오라버니!" 하고 서둘러 말렸지만, 저 상황에서는 레스티라우트의 말이 맞는 것처럼 들렸다.

"이야아아아아아아아아압!"

모두가 삐걱거리는 가운데, 고함을 지르며 혼자서 마수에게 달려간 사람은 트라우고트였다. 그의 손에 쥐여진 검에는 마력이 대량으로 모여 무지갯빛으로 빛나고 있었다.

"기다려, 트라우고트! 마력을 제어하지 못하는 상태로는 위험해!"

"빨리 해치우지 않으면 우리가 지잖아!"

"우리가 갈팡질팡하는 사이에 이미 졌어! 위험한 짓은 그만둬!"

마티아스의 목소리에 트라우고트가 눈을 크게 뜨더니, 분한 얼굴로 검을 내렸다.

"거기서 70퍼센트로 낮춰. 그러지 않으면 관람석에까지 공격이 미칠 수 있어."

"그럴 리가 없어. 내 마력으로는……."

"그만큼 지금 위험하다는 거야. 힘을 억제하고 공격해."

마티아스의 지시에 따라 트라우고트가 마력을 조금 억누른 모양이다. 마력의 빛이 조금 약해진 검을 트라우고트는 마수를 향해 가볍게 휘둘렀다. 그런데 그 공격은 기사단장인 칼스테드에 필적할 만큼 굉장했다. 그 한 방에 마수가 흔적도 없이 사라진 것이다.

트라우고트의 마력이 저렇게 굉장했었나? 눈을 끔뻑이는 사이에 "종료! 승자, 단켈페르거!"라는 루펜의 목소리가 울렸다.

"로제마인의 축복을 받고 나서 뭐가 어떻게 된 건지 기사 견습생들에게 자세히 얘기를 들어 봐야겠군."

빌프리트가 그렇게 말하며 기수를 소환해 경기장 아래로 내려갔다. 나와 샤를로테도 뒤따랐고, 단켈페르거의 두 사람도 따라왔다.

"어떻게 된 건지 알겠어?"

"갑자기 마력 조절이 어려워졌어요. 제 몸인데 제 몸 같지 않다고 할까……."

기수를 타는 것까지는 큰 문제가 없었지만, 속도를 내려고 마력을 실으면 말도 안 되게 빨라지고, 멈추려니까 급브레이크가 걸린다. 공격하면 평소엔 없었던 반동이 크게 와서 튕겨 나갔다.

"축복이 과했던 걸까요?"

가호 의식을 받은 뒤, 마력 제어에 진땀을 뺐던 나와 동일한 상태가 되었던 것은 아닐까? 내 말에 견습 기사들이 고개를 끄덕였다.

"아마도요. 몸이 마력을 따라가지 못했던 게 아닐까 싶습니다."

과한 축복으로 제대로 움직이지 못한 탓에 패배. 부끄러운 결과였다. 차라리 아무것도 하지 않았다면 더 좋은 승부가 되었을지도 모른다.

"정말 저주에 가까운 축복이었나 보네."

"언니에게 축복을 받을 땐 마력 조절에 주의해야겠네요."

빌프리트와 샤를로테의 지당한 의견에 나는 고개를 푹 떨구고 단켈페르거 사람들에게 사과했다.

"죄송해요. 그게, 이렇게 될 줄 모르고……. 단켈페르거가 옛날부터 소중히 지켜 온 의식을 이런 저주 같은 상태로 만들 의도는 없었어요."

"조금 운이 나빴을 뿐이에요, 로제마인 님. 그래도 새로운 발견을 했으니 너무 낙심하지 마세요."

'우우, 한넬로레 님 너무 상냥해. 정말 내 마음의 벗이야!'

한넬로레의 상냥함에 감동하는 그때, 레스티라우트가 망토를 펄럭이며 경기장 중앙을 가리켰다.

"한넬로레, 마무리 의식은 네가 가."

"알겠습니다, 오라버니."

한넬로레는 기수를 타고 경기장 중앙으로 향했다. 그 뒷모습을 잠시 지켜보던 레스티라우트가 나를 쳐다보았다.

"여긴 기사들만 있어야 하니 우린 이만 올라가지."

시키는 대로 우리는 관람석으로 돌아갔다.

거리가 멀어서 한넬로레의 말소리는 잘 들리지 않았다. 하지만 슈타프를 처음 보는 형태의 지팡이로 바꿔, 머리 위에서 원을 그리듯 천천히 휘두르는 모습이 보였다. 큼지막한 수정구슬 같은 마석 양옆으로 활짝 벌어진 물고기 지느러미나 박쥐 날개 같은 장식이 달린 지팡이였다.

"레스티라우트 님, 저 지팡이는 뭐죠?"

"바다의 여신 페어퓨레미어의 물건으로 알려져 있어. 진짜인지 아닌지 모르겠지만."

레스티라우트의 말은 사실일 터였다. 한넬로레가 지팡이를 돌릴 때마다 바닷물결 소리가 들려오는 듯했기 때문이다. 철썩, 철썩 하는 파도 소리가 들리고, 에렌페스트 견습 기사들의 몸에서 마력이 아지랑이처럼 흔들리며 모여들었다.

'내가 에렌페스트의 성녀라면 한넬로레 님은 단켈페르거의 성녀구나.'

마력이 파도처럼 일렁이며 모여드는 모습을 감탄하며 바라보는데, 레스티라우트가 눈을 가늘게 뜨고 "저게 뭐지……?" 하고 중얼거렸다.

"뭐냐니요……. 단켈페르거에서 디터가 끝나면 항상 하는 의식이라면서요."

"하지만, 저런 현상은 처음 봐."

"네?! 에렌페스트 견습 기사들의 몸에서 마력이 빠져나오는 것처럼 보이는데, 저거 괜찮은 거예요?"

"몰라."

"그, 그럴 수가……."

불안함을 느끼며 나는 경기장을 내려다보았다.

지팡이의 움직임에 맞춰 견습 기사들의 몸에서 흘러나온 마력이 소용돌이치며 점차 중심부로 모여들었다. 한넬로레가 무언가 읊조리며 지팡이를 팟 하고 높이 치켜들자, 마력 덩어리가 마치 용처럼 천공을 향해 치솟았다.

그것으로 의식은 끝이 난 듯했다. 한넬로레와 견습 기사들이 관람석으로 돌아왔다.

"한넬로레 님, 방금 그거 뭐였어요?"

"그 의식에서 그런 현상이 일어나는 건 처음 봤어."

나와 레스티라우트의 질문에 한넬로레가 당혹스러운 얼굴로 멋쩍게 미소를 지었다.

"조금 전 로제마인 님의 심정이 이제 이해가 되네요. 무슨 일이 일어났던 것인지는 잘 모르겠어요. 하지만 도중에 의식을 멈추면 안 될 것 같아서 끝까지 한 게 다예요."

한넬로레에게 던진 질문에 대답한 사람은 레오노레와 마티아스였다.

"단켈페르거의 마무리 의식은 신들에게 받았던 축복을 되돌려주는 의식이 아닐까 생각됩니다."

"저도 레오노레와 같은 의견입니다. 로제마인 님께 받은 축복이 사라지고, 마력이 원상태로 돌아가는 느낌이 들었어요. 그리고 흥분을 가라앉히는 진정 효과도 있는 것 같습니다. 그 많은 일이 일어난 후라고 생각되지 않을 정도로 마음이 차분해졌어요."

"진정 효과가 있어요?"

한넬로레가 눈을 끔뻑이며 단켈페르거 견습 기사들에게로 시선을 돌렸다.

"듣고 보니 디터 경기를 한 뒤인데도 흥분이 안 되는 것 같기도 합니다."

한넬로레가 주먹을 꼭 쥐고 "이건 써먹을 데가 많겠는데요……."라고 중얼거리는 소리가 들렸다. 이전과 완전히 다른 효과가 나왔는데, 어쩜 저리도 긍정적일까. 전혀 동요하지 않는 태도가 실로 대영지의 영주 후보생다웠다. 예상 밖의 효과에 오들오들 떨던 스스로가 바보처럼 느껴졌다. 한넬로레를 본받아 의식을 더 효과적으로 활용할 방법을 고민하는 편이 백 번 나았다.

'마력 조절만 문제없다면 겨울의 주인을 토벌할 때도 분명 도움이 되겠네. 여러모로 연구 좀 해 봐야겠어.'

"예상치 못한 일이 일어났지만, 새로 알게 된 사실도 많으니 유익한 실험이었다 할 수 있겠군."

"그렇게 말씀해 주시니 감사합니다."

서로 인사하는 레스티라우트와 빌프리트를 나는 한 발짝 뒤에서 지켜보았다.

"그런데 그쪽 의식은 언제 보여 줄 거지?"

"오라버니, 그 의식은 조금 전에 보셨잖아요."

한넬로레가 레스티라우트의 망토를 살짝 잡아당기며 말하자, 레스티라우트가 고개를 저었다.

"그건 우리 의식을 따라한 거지, 에렌페스트의 제사가 아니잖아. 애초에 에렌페스트의 의식을 보여 준다는 전제하에 우리 쪽 의식을 보여 준 것이었다."

듣고 보니 아직 에렌페스트의 의식을 보여 주지 않았다.

"언제 할래?"

나를 빤히 내려다보는 레스티라우트의 빨간 눈동자에는 호기심이 넘쳐흘렀다. 이번 의식으로 생각지 못한 결과를 얻자, 에렌페스트의 의식도 궁금해서 안달이 난 듯했다.

"글쎄요……."

나는 미안해하는 한넬로레와 흥미진진하게 대답을 기다리는 레스티라우트, 흥분한 기색인 클라리사와 그 외 단켈페르거 학생들을 둘러보다 생긋 웃었다.

"레스티라우트 님께서 수업을 다 통과하시면 연락을 주세요. 혹시나 레스티라우트 님의 성적이 떨어진 걸 아우브 단켈페르거께서 에렌페스트의 책과 의식 때문이라고 생각하시면 영지 관계에 지장이 생기니까요."

내 말에 한넬로레가 "정말 좋은 제안이에요, 로제마인 님." 하고 기뻐하며 말했고, 주변 학생들은 일제히 레스티라우트에게 '괜찮으시겠습니까?' 하는 시선을 보냈다.

"흥!…… 내가 마음만 먹으면 수업 따위 금방 끝나."

발끈했는지 인상을 찌푸린 레스티라우트는 파란 망토를 펄럭이며 성큼성큼 훈련장을 빠져나갔다.

집계 중의 대화

“로제마인, 오늘 보고를 우리가 하라니 무슨 말이야?”

“오늘은 기숙사 학생들 전원이 훈련장에 간 데다가 오라버니와 샤를로테의 견습 문관들도 설문 조사를 했으니까 뭘 보고하면 되는지 다 알 거 아녜요. 전 내일 준비를 하고 싶어서요.”

오늘의 보고를 올릴 수 있는 사람은 수두룩하지만, 내일 있을 집계는 내 측근들만 담당한다. 심지어 그 작업을 급하게 다과회실에서 하게 되었다. 테이블과 의자도 들여야 하고, 비록 다과회는 아니지만 영주 후보생인 한넬로레도 참여할 예정이라 작은 대접거리가 있어야 했다.

“단켈페르거와의 공동 연구에 관한 보고는 제가 차후에 하겠다고 양아버님께 말씀해 주세요. 급한 보고는 여러분께 맡길게요.”

나는 시종들에게 다과회실 세팅을 맡기고, 견습 문관과 레오노레, 유디트와 함께 집계 방법을 재확인했다.

“……누님이 문관 업무를 한다고요……?!”

“테오도르, 너무 동요하는 거 아냐? 나도 호위 업무 차 신전을 드나들었다구. 필린느만큼은 아니지만 조금은 할 줄 알아.”

너무하네, 하고 볼을 부푼 유디트는 서류를 제출할 때면 ‘페르디난드 님이 무서워서 그러는데 가시는 김에 제 것도 가져가주세요.’ 하고 필린느나 로데리히에게 은근슬쩍 떠넘기곤 했었다. 하지만 그런 귀여운 일면을 테오도르에게 밝히는 건 관두기로 했다.

'모처럼 테오도르가 존경의 눈으로 보고 있는데 누나의 자존심은 지켜 줘야지.'

"로제마인 님의 호위기사는 신전에서 서류 작업도 병행해야 해요. 마티아스와 라우렌츠도 봄부터는 싫어도 하게 될 테니까 이번에는 호위하면서 흐름을 잘 지켜보세요."

레오노레의 말에 "문관 일이 싫어서 견습 기사가 되었더니."라며 라우렌츠의 얼굴이 새파랗게 질렸다. 어떻게 보면 라우렌츠는 안게리카와 합이 잘 맞을 것 같다. 반면에 마티아스는 서류 작업이 썩 싫지만은 않은지 태연하게 고개만 끄덕였다.

"집계 방법은 오늘 안에 상의해서 정하도록 하세요. 공주님은 내일 여기서 한넬로레 님을 상대하셔야 하니까요."

"하지만 내가 중심이 되어 진행하는 공동 연구인데요?"

나도 일단 견습 문관이니 집계에 참여하려고 했더니, 리카르다가 반대하고 나섰다. 영주 후보생인 한넬로레에게 사무 업무를 시킬 수 없을뿐더러, 마찬가지로 영주 후보생인 나를 두고 시종에게 그녀의 말상대를 시킬 수는 없다는 이유에서였다.

"로제마인 님은 한넬로레 님께 오늘 마무리 의식에 관해 자세한 얘기를 들으셔야 하지 않겠어요? 그건 견습 기사들이 알려 줄 수 있는 노래도 아니고, 단켈페르거 특유의 의식이라잖아요."

경기장 한가운데에서 지팡이를 돌렸던 한넬로레가 어떤 축문을 읊었는지 궁금했지만, 오래된 고어였던 탓인지 레오노레는 알아들을 수 없었다고 한다.

"한넬로레 님은 로제마인 님처럼 신전 출신도 아니고, 성전을 자주 접하시는 것도 아닌데 고어로 된 축문을 읊으실 줄 알다니 대단하시네요.”

레오노레의 칭찬에 내가 고개를 깊이 끄덕이자, 리젤레타가 키득키득 웃으며 내일 꺼낼 화제를 정리한 자료를 내밀었다.

“그렇게 두꺼운 역사서가 있는 영지이니 단켈페르거엔 분명 오래된 서적이 많을 겁니다. 그런 얘기도 화젯거리로 꺼내보면 어떨까요? 두 분 모두 책을 좋아하시니, 분명 대화가 잘 될 거예요.”

“그거 멋진 제안이네요, 리젤레타.”

집계 업무는 문관에게 맡기고 영주 후보생이면 응당 해야 할 정보수집을 하라는 말에 설득당한 나는 고개를 끄덕였다.

두 점 반 종이 울리기 전에 다과회실 준비를 마쳤다. 문관들이 업무할 공간을 확보하고, 나와 한넬로레가 대화할 테이블은 따로 마련했다. 가볍게 집어 먹을 디저트로 쿠키를 준비하게 했고, 시종들은 차를 끓일 준비도 끝냈다.

종소리가 들리자, 그레티아가 열어 준 문으로 단켈페르거 학생들이 들어왔다. 그 선두에 한넬로레가 있었다.

“안녕하세요, 로제마인 님. 오늘 이렇게 자리를 마련해 주셔서 감사하게 생각합니다.”

“안녕하세요, 한넬로레 님. 저희야말로 단켈페르거에서 도와주시니 고마울 따름이에요. 방문해 주셔서 감사하게 생각합니다.”

브륀힐데의 안내로 한넬로레와 그 측근들은 차가 준비된 테이블로 향했고, 공동 연구를 맡은 견습 문관들은 그레티아의 안내를 받아 집계용으로 마련한 책상으로 향했다.

“로제마인 님, 이건 클라리사가 전해 달래요. 어제 의식에 관해서 쓴 건데, 하르트무트 앞으로 보내는 편지라네요."

문관들을 자리로 안내한 그레티아가 두꺼운 편지를 내게 넘겨주었다.

"그레티아, 내용을 확인하고 바로 에렌페스트로 보내세요."

"알겠습니다."

당장 보낼 것까진 없었지만, 상위 영지인 단켈페르거 학생들의 등장에 긴장한 그레티아를 심부름 핑계로 내보내 잠깐이나마 숨통을 틔워 줄 요량이었다. 내가 물러나라고 하자, 그녀의 입가에 살짝 미소가 지어졌다.

"그럼 집계 방법을 설명하겠습니다."

필린느의 목소리가 울리자, 모두가 진지하게 듣고 있는 모습이 눈에 들어왔다. 나는 브륀힐데가 따라준 차를 한 모금 마시고, 쿠키를 한 입 베어 먹어서 한넬로레에게 권한 후, 견습 문관들의 작업하는 모습을 지켜보았다. 신전에서 페르디난드에게 단련된 필린느는 단켈페르거 견습 문관들보다 용지를 넘기는 속도가 빨랐다. 그 속도에 놀란 클라리사의 표정이 가관이었다.

"필린느, 손이 굉장히 빠르네요."

"이 정도는 하르트무트에 비할 바가 안 되지만, 페르디난드 님 밑에서 일한 기간이 길다 보니 서류 작업이 손에 익었나 봐요."

후훗 하고 필린느가 웃자, 클라리사는 조금 분한 표정을 지은 후, "저도 로제마인 님의 문관이 될 건데 질 수 없죠." 하고 진지한 얼굴로 집계 작업에 몰두하기 시작했다. 상위 영지의 상급 문관으로서의 자존심을 자극했을지도 모른다.

"클라리사가 저렇게 작업에 집중할 줄 알았다면 제가 여기에 올 필요가 없었나 봐요."

한넬로레가 쓰게 웃었다. 나에 관한 새로운 정보가 있거나 공동 연구처럼 만날 기회가 있을 때마다 흥분하는 클라리사를 감당하기 어렵다고 했다.

"……특히나 올해는 더 과하게 흥분하길래 연기가 아닌가 의심까지 했었답니다. 신전에 몸담은 약혼자와 헤어지기 싫어서 로제마인 님의 신하라는 것을 강조하고, 다른 사람은 감당하지 못하는 상황을 일부러 만드는 게 아닐까 하고요."

약혼자를 얼마나 사랑하기에 그럴까요, 하고 황홀한 듯한 표정을 지으며 한넬로레가 말하자, 그 뒤에 서 있던 시종이 가벼운 한숨을 쉬었다.

"한넬로레 공주님, 클라리사는 그렇게까지 생각하고 있지 않을 겁니다."

'나도 동감. 클라리사는 하르트무트랑 똑같아. 사랑으로 결혼 상대를 고르지 않거든.'

"코르둘라는 매번 저렇게 말하는데, 로제마인 님은 어떻게 생각하세요? 밤까지 새면서 약혼자에게 편지를 쓰는 게 사랑이 아니고 뭐겠어요?"

귀족원 로맨스 소설 중에 잠을 줄여 가며 편지를 쓰는 견습 문관 이야기가 있다. 영지의 사정 때문에 약혼자에게 편지를 보내려면 반드시 그의 주인에게 직접 전달해야 했다. 그 기회를 놓치지 않으려고 그녀는 모두가 잠든 새벽에 편지를 썼다. 한넬로레는 그 심정 표현에 감동을 받았다고 한다.

"그 이야기처럼 클라리사의 사랑도 꼭 이뤄졌으면 좋겠어요."

'……순수하게 두 사람을 응원하는 모습이 귀엽네.'

나는 클라리사를 처음 만났을 때 구혼하게 된 경위를 들었다. 하르트무트와 클라리사는 언뜻 보면 잘 어울리는 커플 같지만, 그 안에 순수한 사랑은 없을 거라 자신한다.

코르둘라라고 불린 시종이 접시에 디저트를 나눠 담고, 빈 잔에 차를 채워 주자 한넬로레는 느긋하게 차를 마신 후 화제를 바꾸었다.

"그나저나 에렌페스트의 견습 문관은 우리 견습 문관 못지않게 정말 유능하네요."

"칭찬해 주셔서 감사합니다."

필린느뿐일까. 로데리히와 레오노레도 뒤지지 않는다. 아직 서류 업무가 손에 익지 않은 뮤리엘라와 유디트는 조금 버벅대고 있지만, 익숙지 않은 집계 방법에 우왕좌왕하는 단켈페르거 견습 문관들과 겨뤄 볼 만했다.

"그런데, 로제마인 님의 호위기사가 문관들 속에 섞여 있는 것 같은데……."

여기사라서 다과회에도 자주 동행하는 레오노레와 유디트의 얼굴을 기억하고 있는지, 당혹을 금치 못하는 한넬로레의 말에 나는 웃으며 고개를 끄덕였다.

"예. 신전에서는 호위기사도 서류 작업을 하니까 이렇게 손이 필요할 때 도움을 받기도 해요. 견습 문관이면서 호위 업무도 할 줄 아는 클라리사와 비슷하다고 보면 될 거예요."

"무인에 가까운 문인……. 문인에 가까운 기사란 말씀인가요?"

한넬로레가 어리둥절해하며 중얼거렸다. 기사 희망자가 많다던 클라리사의 말처럼, 어쩌면 단켈페르거에는 무인에 가까운 문관은 있어도 문인에 가까운 기사는 없을지도 모른다. 나의 측근은 다무엘을 필두로 문인에 가까운 기사가 양산되고 있지만.

"저, 어제 의식에 관해서 한넬로레 님께 자세히 여쭙고 싶은 게 있는데요."

"어떤 거 말씀이시죠?"

"한넬로레 님께서 의식 때 사용한 지팡이를 레스티라우트 님은 바다의 여신 페어퓨레미어의 물건이라고 하셨는데요. 그런데 제가 페어퓨레미어의 신구에 관해서 자세히 몰라서요. 어디서 어떻게 알 수 있나요?"

"의식 때마다 아우브께서 소환하시는 걸 봐 왔고 배웠기 때문에 영주 후보생들은 다 알아요. 그런데 저희끼리는 페어퓨레미어의 신구라고 부르지만, 정말인지 아닌지는 확실치 않아요. 슈타프를 변화시키는 주문은 기사 코스에서 배우는 지팡이 주문과 같은 거예요."

곤란한 듯 미소를 지으며 한넬로레가 답했다. 레스티라우트도 그랬듯이 자세히 모르는 기색이다.

"한넬로레 님이 지팡이를 돌릴 때 파도 같은 소리가 나는 걸 듣고, 전 바다의 여신 페어퓨레미어의 신구가 맞다고 생각했어요. 단켈페르거에서는 신구인 줄 모르고 변화시켰다는 거예요?"

"파도 소리라면 의식 도중에 갑자기 들렸던 소리 말인가요? 전 어제 처음 들어서 잘 모르겠는데, 바다와 관련된 소리였어요? 단켈페르거에는 바다가 없어서 정말 바다의 여신의 의식이었는지는 잘…… 확신을 못하겠어요."

내게는 파도 소리로 들렸던 그 소리도 한넬로레에겐 의식 도중에 느닷없이 튀어 나온 잡음 같은 이상한 소리로 들렸다고 한다. 어제처럼 의식 중에 갑자기 축복이 회수된 것도, 파도와 같은 소리가 들린 것도 처음이었다고 한다. 그녀야말로 평소와 다른 현상이 나온 이유를 알고 싶다는 것이다.

"한넬로레 님, 의식 때 읊었던 축문을 가르쳐 주실 수 있으세요? 기도문을 알면 어느 신께 기도하는 의식인지 알 수 있을 거예요."

"예."

한넬로레가 알려준 축문으로 나는 확신했다. 역시 바다의 여신에게 마력을 봉납하는 의식이 맞았다.

"지난번 지하 서고에 있던 하얀 석판 자료에 의식 방식이 기록되어 있었어요. 그건 더위를 물리치는 의식이에요. 하지만 어제 상황으로 보건대 마력을 봉납하면 그 자리를 진정시키는 효과가 있는 것 같더군요. 열을 식히는 의식인 걸까요?"

그 의식을 알면 로엔베르크 산을 분화시키지 않고 리즈팔케의 알을 훔칠 수 있을지도 모른다. 그런 생각을 하고 있는 내 옆에서 한넬로레도 "한번 더 서고에 가서 확인하고 싶어요."라고 중얼거렸다. 축복만 없애는 것인지, 마력만 봉납하면 주변의 흥분을 가라앉힐 수 있는 것인지가 그녀에겐 매우 중요한 일인 모양이다.

"그나저나 로제마인 님께서 모르시는 신구도 다 있네요. 축문으로 무슨 의식인지 구별하실 정도니까 신과 관련된 일이라면 뭐든 아시는 줄 알았어요."

"제가 아는 건 성전에 실려 있는 내용까지예요. 신전에서 모시는 최고신과 5위의 대신…… 또 개인적으로 애착이 있는 지혜의 여신 메스티오노라 정도요. 그래 봤자 초대 왕에게 구르트리스하이트를 줬다는 것밖에 모르지만요……."

권속 신들은 많지만, 각각의 신구와 그 형태는 나와 있지 않다. 성전의 중심은 최고신과 다섯 대신이니까.

"그럼 다음 책벌레 다과회 때 단켈페르거에서 가져가는 책을 읽으면 새로운 사실을 알게 될지도 모르겠네요."

한넬로레는 기쁜 듯이 웃으며 말했다.

"이번에 가져온 건 성전에 나와 있지 않은 신들의 비화가 실린 고서예요. 후세가 덧붙인 이야기일지도 모르지만, 메스티오노라의 얘기도 있어요. 신들에 관해 해박하신 로제마인 님이시라면 재미있게 읽으실 수 있을 거예요."

"그거 정말 기대되네요."

의욕이 마구 샘솟는다. 마구 책을 읽고 싶었다.

"로제마인 님, 집계가 끝났습니다."

필린느가 건넨 집계 결과를 쭉 훑어보았다. 가호를 받은 견습 기사는 단켈페르거가 압도적으로 많았고, 대부분 전투계 가호였다.

"매년 몇 명 빼고 거의 받는단 말이군요. 가호 의식에서 선생님들이 단켈페르거를 대하는 게 남달랐던 것도 이해가 되네요."

여러 권속의 가호를 받거나 적성이 없는 속성의 가호를 받은 학생이 단켈페르거에서 나와도 그다지 화제가 되지 않는다. 그래서 이번에 에렌페스트에서 그런 학생이 나왔을 때 주목을 받은 셈인데, 다른 영지에선 더더욱 단켈페르거를 연구했어야 하지 않을까?

'뭐, 연구해 봤자 줄줄이 디터만 나오겠지만.'

공동 연구에서까지 디터가 필수인 곳이다. 혹시 다른 영지는 디터 결투 신청을 받기 싫어서 일부러 가까이하지 않는 걸까?

"견습 기사는 꽤 많은 수가 권속의 가호를 받는 것 같은데, 그럼 견습 문관이나 견습 시종은 어떻지?"

혼잣말처럼 중얼거린 내 말에 한넬로레가 대답했다.

"……무인에 가까운 견습 문관이나 견습 시종도 가호를 받으니까, 아마 다른 영지보다는 많을 거예요."

이건 단켈페르거 내의 상황도 궁금했다. 문관과 시종 중에 몇 명이 전투계 가호를 받았을까?

"단켈페르거 견습 문관과 견습 시종들도 조사하고 싶네요. 클라리사, 견습 기사가 아닌 분들에게도 이것처럼 조사해서 그 결과를 내게 제출해 줄래요?"

"제게 개인적으로 맡기시는 첫 임무로군요. 알겠습니다. 최선을 다해 수행하겠습니다."

주먹을 불끈 쥐며 기뻐하는 클라리사에게 질문지를 주라고 로데리히에게 부탁했다.

"이렇게 집계 결과를 보면 다른 영지의 견습 기사는 가호를 받는 경우가 적네요. 전체의 70퍼센트가 단켈페르거니까."

대영지라서 견습 기사의 수가 많다 치더라도, 많아 봤자 세 명 정도인 다른 영지에 비하면 그 차이가 상당하다. 덧붙이자면 에렌페스트에서 전투계 가호를 받은 사람은 단 한 사람도 없었다. 그 원인은 의식을 치르려면 노래와 춤을 익혀야 하는데 무슨 의미가 있는지 몰라서 견습 기사들이 의식에 진지하지 않았던 점과, 내가 축복을 주니까 스스로 신들에게 기도할 필요가 없었기 때문이다.

'……너무 쉽게 축복을 내려 준 폐해가 여기서 나올 줄이야. 반성해야지.'

자력으로 가호를 받도록 견습 기사들의 등을 떠밀어야겠다. 원래의 자기 속성 외의 권속에게서도 가호를 받은 필린느를 그들도 좀 본받았으면.

"저기, 로제마인 님. 여태껏 디터 의식 때마다 마력을 봉납하지 않았었는데…… 가호를 받을 수 있는 거예요?"

우리가 축복을 대량으로 받은 건 라이덴샤프트의 창으로 어마어마한 마력을 봉납했기 때문인데, 단켈페르거는 지금까지 의식 중에 축복이 쏟아진 적도 없고, 마력을 봉납한 적도 없었다는 것이다.

"그 의식 자체가 대규모 기도였던 거예요. 슈타프를 변형시킨 창을 썼으니 저절로 봉납이 되었던 것이 아닐까요? 축문에 포함되어 있던 신들의 가호가 내려진 것을 보면요."

눈에 보이게 뚜렷할 정도의 축복은 없었더라도 다소 마력이 봉납되었던 것 아닐까.

"그리고 의식을 시합 전후에 치르니까 디터를 많이 하면 할수록 가호를 쉽게 받는 것일지도 몰라요. 여러 전투계 권속의 가호를 받은 견습 기사들은 비교적 출전 횟수가 많은 것으로 보아하니."

집계 결과를 숫자로만 쭉 나열하면 한눈에 알아보기 어려우니, 연구를 발표할 때 그래프로 보여 주면 더 이해하기 쉽지 않을까? 집계 결과를 보면서 어떤 그래프로 만들어야 보기 편할까 고민하는데, 한넬로레가 쭈뼛거리며 말을 꺼냈다.

"저, 로제마인 님. 의식을 할 때 슈타프를 라이덴샤프트의 창으로 변형시키면 단켈페르거 사람도 축복을 내릴 수 있지 않겠느냐는 얘기가 어젯밤에 나왔거든요."

이번 일을 계기로 기존의 의식과 명확한 차이가 나왔다. 앞으로 어떻게 할지 단켈페르거에서도 논의를 했다고 한다. 여담이지만 우리 기숙사에서는 '내 폭주를 멈출 방법'과 '대영지의 요구를 자연스럽게 피하는 방법'을 두고 진지하게 논의했었는데, 단켈페르거에서는 '의식을 본래의 형태로 돌릴 방법'에 중점을 두고 머리를 맞댔다고 한다.

"여러분의 생각처럼, 직접적인 접촉을 통해 신구에 마력을 넣고 머릿속에 명확한 이미지를 떠올리면 신구의 형태를 만들 수 있어요. 신전에 다니는 제 측근들도 그렇게 해서 성공했거든요. 하지만 마력 소비량이 많아서 상급 귀족만큼의 마력이 없으면 의식 내내 신구의 형태를 유지하기 어렵고, 마력까지 봉납하게 되면 디터 경기는 할 수도 없을 거예요."

내 말에 한넬로레뿐만 아니라 주변 측근들도 고개를 끄덕이며 동의했다. 단켈페르거의 귀족은 디터 전에 축복을 받을 수만 있다면 신전에도 발을 들일 생각인 걸까. 이곳은 다른 영지와 기준이 달라도 너무 달라서 살짝 혼란이 온다.

'그치만 굳이 신전까지 가서 라이덴샤프트의 창을 만들지 않아도 기존의 창에다 마력만 봉납하면 의식으로 성립될 텐데.'

그러나 그 생각을 입 밖에 꺼내진 않았다. 디터 때문에 신전에 갈 수 있다면 귀족을 보내어 신전을 개혁해 주면 오죽 좋을까. 신전에 대한 인식을 바꾸는 데 일조해 주면 좋을 텐데.

"마력 봉납량에 따라서 축복이 달라지니 많은 축복을 원한다면 많은 마력이 필요하죠. 하지만 그 부담을 한 사람이 짊어지는 것보다 여러 명이 조금씩 나눠 가지면 어떨까요? 신전의 의식은 개인을 위한 것이 아닌 다른 사람을 위한 것이거든요. 혼자 마력을 부담한다고 해서 본인에게 축복이 돌아오지는 않아요."

내 말에 한넬로레와 그 측근들의 눈이 휘둥그레졌다.

"그럼 그만한 마력을 봉납하신 로제마인 님은……."

"어제는 축복을 받지 못했어요. 견습 기사들은 움직임이 이상해져서 버벅대는데도 저한텐 아무 영향이 없었던 것도 그런 이유예요."

한 사람에게만 마력 부담을 주지 않고, 서로가 조금씩 봉납하기 위해 그런 대규모 의식이 존재하는 게 아닐까. 내 말에 한넬로레가 납득한 표정을 보였다.

"다만, 하급 기사도 같이 의식을 할 땐 조심해야 해요. 마력이 고갈돼서 쓰러진 사람도 있거든요."

"예?"

"여럿이서 같은 의식을 하게 되면 마력 흐름이 빨라지거든요. 그래서 마력량에 차이가 심하면, 마력이 적은 사람은 위험해져요. 단켈페르거는 뭐든 시작하고 보는 기질이 있으니 조심하시는 게 좋을 거예요."

디터를 위해서라면 뭐든지 간에 하고 보는 곳이 단켈페르거다. 내가 알고 있는 주의 사항을 미리 일러두지 않으면 디터를 시작하기도 전에 큰일이 일어날 수 있다.

"옛날에는 디터 경기 전날에 의식을 치렀다는 얘기를 들은 적이 있어요. 그것도 뭔가 이유가 있었던 걸까요?"

"아마 마력 회복에 시간이 걸려서 그랬거나, 축복받은 몸에 적응해야 했거나, 그런 이유가 있었겠죠. 안일하게 바꾸면 나중에 여파가 크게 오는 법이에요. 지금까지 애써 지켜온 전통이 무너지지 않게 신중히 조사한 후에 의식에 임하셨으면 좋겠어요."

"좋은 충고 감사하게 생각합니다. 알려 주신 대로 주의할게요."

한넬로레가 웃으며 고개를 끄덕였다.

단켈페르거 학생들이 돌아간 뒤, 나는 다목적 홀에서 필린느를 포함한 측근들에게 가르치며 집계 결과를 그래프로 그려서 시각적으로 효과가 좋은 자료를 제작하는 데에 힘썼다. 역시 나는 대화보다 손을 움직이는 게 더 좋았다. 직접 움직이지 않으면 연구하는 맛이 안 나니까.

여러 그래프로 몇 가지 자료를 만든 뒤, 고찰하기 쉬워졌다며 만족하는데, "그건 뭡니까?" 하고 다른 견습 문관들이 관심을 보였다. 아무래도 귀족원에서는 아직 그래프 자료를 만드는 건 가르치지 않나 보다.

"로제마인, 그걸 발표하면 영지 대항전 때 난리 나는 거 아냐?"

"대영지 세 곳과 공동 연구를 한다는 것 자체로도 소란이 될 텐데 이 정도는 괜찮지 않을까요?"

그래도 슬그머니 불안이 몰려왔기에 '이런 느낌의 그래프 자료로 연구 발표를 하려고 하는데요…….'라고 페르디난드에게 상담 편지를 쓰기로 했다.

복장 터지는 다과회

페르디난드에게 쓴 편지를 힐쉬르의 연구실에서 라이문트에게 넘긴 후, 새로운 마술구 제작에 하루를 쏟았다. 지금 라이문트가 연구하고 있는 마술구는 정해진 시간이 되면 여러 색깔 빛을 쏟아내는 마술구다. 이걸 쓰게 되면 책에 빠져 있던 사람도 종이에 비친 색깔에 놀라서 고개를 들게 된다. 그 틈에 책을 뺏으면 아주 쉽게 독서를 중단시킬 수 있어서 내 시종들 사이에서는 이 마술구에 대한 평가가 매우 높았다. 나는 책이 자동으로 책장에 꽂히는 마술구를 연구하고 싶었는데, '로제마인 님의 도서관에는 이 빛 마술구가 필수다'라며 시종들이 강경하게 주장했다.

"먼저 빛 마술구부터 하고, 책 반납 마술구 연구는 그 뒤에 하세요."

"역시 힐쉬르 선생님도 그렇게 생각하시는군요."

힐쉬르와 라이문트가 시종들의 의견을 냉큼 채용한 이유는 식사를 준비해 주는 시종들의 회유 작전 때문이다.

'맛있는 밥에 약해지는 건 이해는 한다만, 솔직히 이건 아니잖아! 음식 준비시키는 사람은 나라구! 흥!'

"빛 마술구를 연구하러 도서관에 다녀오겠습니다."

"라이문트, 나도 같이 가서 슈바르츠와 바이스한테 자료가 있는지 물어보고……."

"슈바르츠와 바이스에게 물어보는 건 라이문트가 하면 되죠. 공주님은 왕족 명령으로 도서관 출입이 금지됐잖아요. 책을 읽고 싶으시다면 방에 돌아가서 하세요.”

‘히잉, 나도 가고 싶은데.’

리카르다의 말에 어깨가 축 처졌다. 못 가게 하면 더 가고 싶어지는 법. 방에 가면 아직 읽지 않은 책이 있어서 지금은 참을 수 있어도, 다 읽고 나면 금단 증상에 시달릴 것 같았다.

“로제마인 님, 힐쉬르 선생님께 이 자료를 드리기로 하지 않으셨나요?”

리젤레타가 종이 더미를 건네주었다. 슈바르츠와 바이스의 연구 결과를 옮긴 자료다.

“이건 과거에 슈바르츠와 바이스를 연구하신 분이 남긴 거예요. 나중에 페르디난드 님께 보여드리려고 만든 자료라서 드릴 순 없지만 빌려드릴 테니, 필요한 부분이 있으면 베껴 쓰셔도 돼요.”

“이런 자료가 어디에 있었죠? 도서관 2층에서는 본 적이 없는데?”

“폐가 서고에 있었대요. 솔랑쥬 선생님이 빌려주셨어요.”

내 말에 힐쉬르가 눈을 끔벅이며 나와 자료를 번갈아 보았다.

“……하긴 제자를 시킨 적은 많아도 내가 직접 솔랑쥬에게 물어본 적은 없었네요. 폐가 서고에 자료가 그렇게 많나요?”

“마술구를 둬야 할 정도로 귀중한 자료가 어마어마하게 많대요. 이전까지는 솔랑쥬 선생님도 파악하기 어려우셨지만, 슈바르츠와 바이스가 작동되고 협력자가 늘어 가동 마력이 안정화되면서 겨우 손쓸 수 있게 되었다더라고요. 다음에 한번 솔랑쥬 선생님께 물어보세요.”

솔랑쥬가 혼자서 도서관을 지켰던 시기에는 마력이 부족했던 탓에 보존 서고에 필요한 마력을 공급하지 못해 자료들이 조금 열화되고 말았다고 한다. 지금은 오르텐시아가 그런 부분에 우선적으로 마력을 공급하느라 진땀을 흘리는 중이라고 했다. 슈바르츠와 바이스만 작동 한다고 해서 끝이 아닌 셈이다.

'도서관에 마력이 더 필요하겠어.'

"로제마인 님, 이걸 페르디난드 님께 넘길 거라고 하셨는데, 그분은 지금 연구를 하실 상황이 아니지 않나요?"

"아직 개인 방도 없고, 비밀의 방도 없어서 연구할 상황이 아니래요. 하지만 보내 주신 답장에 연구를 하고 싶다고 적혀 있었으니까 자료라도 넘겨주고 싶었거든요."

비밀의 방이 생기고, 연구 환경이 마련되면 레서 버스에 도구며 자료며 소재를 두둑이 싣고 당장에 아렌스바흐의 성으로 달려가고 싶은 심경이다.

'기수로 영지를 넘어오는 걸 아우브 아렌스바흐가 허가해 줄 턱이 없으니까 생각만 하는 거지만.'

"결혼을 계기로 이주한 사람은 결혼 전까지 객실에서 지내야 하니 어쩔 수 없죠. 그런데 페르디난드 님의 경우는 이동 시기가 빨랐잖아요. 비밀의 방이 계속 없으면 답답하긴 하겠네요. 잘 해결되면 좋겠는데."

그런 식으로 둘이서 아렌스바흐에 간 페르디난드를 걱정하는 줄 알았건만, "그러니 대신에 내가 연구를 할게요."라며 힐쉬르가 말머리를 싹 돌려 버리는 게 아닌가.

"로제마인 님은 이제 기숙사에 돌아가서 책을 읽는 게 어때요? 또 쓸 만한 자료가 있으면 가져와 주고요. 그리고 이제 슬슬 프라우렘에게 보고하셔야 할 거예요."

'엥? 페르디난드 님 얘기 좀 더 하면 안 돼?'

자료를 베껴 쓰는 데에 집중하기 시작한 힐쉬르에게 좀 더 얘기하자고 조를 수도 없는 노릇이었다. 라이문트의 설계도가 완성되기 전까지 시제품 담당인 내가 할 일은 거의 없었다. 방으로 돌아가 책을 읽기로 했다. 빨리 읽고 다른 책 빌려야지.

그렇게 책을 읽으며 시간을 보내는 사이, 다과회 초대가 하나둘 들어왔다. 귀족원 사교 시즌이 시작되려는 듯했다. 나와 샤를로테의 시종들은 서로 상담하며 일정을 조절하고, 함께 출석하겠다는 답장들을 하나씩 보냈다.

답장 발송과 병행하여 나는 프라우렘에게 면담 예약을 넣었다. 힐쉬르의 말대로 두 번째 연구 경과 보고서도 넘겨야 하고, 첫 번째 보고서가 제대로 도착하지 않은 점을 지적해야 한다.

프라우렘도 공동 연구의 경과가 궁금하긴 한지, 시험 신청을 넣었던 때와 달리 곧바로 일정을 잡아 주었다. 보고서를 가져가자 그녀가 손을 쑥 내밀었다. 손에는 장갑을 끼고 있었고, 보고서도 그 자리에서 읽으려 하지 않았다. 페르디난드가 독을 경계할 때와 비슷하다고 생각하면서 나는 보고서를 넘겼다.

"그런데 프라우렘 선생님. 첫 번째 보고서가 페르디난드 님한테 도착하지 않았다고 하던데, 보고서를 아렌스바흐에 보내 주신 거 맞죠?"

"아렌스바흐의 문관이 게으른가 보죠. 전 틀림없이 보냈습니다."

프라우렘은 눈도 마주치지 않고 대답했다. 나는 뺨에 손을 대고 한숨을 쉬었다.

"그럼 디트린데 님께 문의를 드려야겠네요. 대영지의 문관이 근무

태만이라뇨. 정보 수집과 정리가 전문이신 프라우렘 선생님도 얼마나 곤란하시겠어요."

"예에. 뭐 그렇죠."

가면 같은 미소로 대답한 프라우렘의 눈빛이 나를 힐끔힐끔 살핀다.

"……로제마인 님은 페르디난드 님과 어떻게 연락을 하고 계십니까?"

"제 후견인이니까 몇 가지 연락 수단이 있어요. 하지만 프라우렘 선생님께 알려드리는 건 라이덴샤프트에게 슈첼리아의 방패를 넘기는 격 아닐까요?"

대답해 봤자 무슨 의미가 있고, 그걸 또 어디에 쓰게? 하고 받아치자, 프라우렘은 "나원참!" 하며 시치미를 뗐다.

"그것보다 디트린데 님의 수업이 언제쯤 끝나는지 아시나요?"

"그거야말로 라이덴샤프트에게 슈첼리아의 방패를 넘기는 격이지요."

"사촌끼리 하는 다과회 일정도 정해야 하고, 머리 장식을 납품해야 하는데……. 프라우렘 선생님도 아시다시피 전 공동 연구로 바쁜데다가 다과회 일정이 슬슬 차기 시작해서 미리 알아 두고 싶어서요. 도무지 일정이 안 맞으면 머리 장식은 시종을 통해서 보내겠다고 디트린데 님께 전해 주세요."

공동 연구를 세 개나 맡고 있는 것도 모자라, 올해밖에 없다는 마음에 사교에 의욕을 불태우는 시종들에게 책을 읽으며 대충 대답했더니만 일정이 멋대로 채워지고 말았다.

솔직한 심정으로는 다과회보다 책을 읽고 싶지만, 올해는 많은 영지와 교류를 해서 질베스타와 에렌페스트의 악평을 조금이나마 덜어내야 하는 의무가 있었다. 유언비어를 적극적으로 퍼트리고 있을 듯한 아렌스바흐와의 다과회는 최대한 미루고 싶은 심정이다.

'아렌스바흐에 가 있는 페르디난드 님의 안부가 궁금하니까 사촌 모임에 나가긴 할 거지만, 좀 내키진 않네.'

"언니, 다과회 초대장이 계속 들어오는데, 어디에 참석하시겠어요?"

"또 왔어요?"

프라우렘의 연구실에서 돌아오자 초대장을 수두룩하게 넘겨받았다. 이미 몇 군데는 참석이 결정되어 있었다. 여기서 독서 시간을 더 깎여야 하다니, 하고 치를 떨며 목패로 된 초대장을 바라보는데, 샤를로테가 나를 달래듯 미소를 지었다.

"사교 시즌이 본격적으로 시작됐으니까요. 공동 연구 때문에 언니가 바쁘다는 걸 사감을 통해서 다들 알고 있어서 하루라도 빨리 약속을 잡으려고 안달이에요."

영지 대항전이 임박해지면 연구도 막판에 접어들어 사교를 할 겨를이 없을 터였다. 샤를로테의 말에 브륀힐데도 싱긋 웃었다.

"그리고 로제마인 님께서 봉납식 때문에 귀환하지 않는 일이 처음이시잖아요."

"나, 이렇게 매일 사교 못 해요. 아마, 몸이 안 좋아질 거예요."

아주 조금 건강해지긴 했지만, 일정을 꽉꽉 채우면 위험하다. 페이스를 다과회 하루에 독서 이틀로 잡지 않으면 갑자기 몸살이 났을 때 대처하기 어려워진다.

"그렇겠네요. 단켈페르거와의 공동 연구도 그렇고, 왕족의 호출이 언제 있을지 모르는데 너무 일정을 많이 넣으면 안 되겠군요."

시종들과 의논하며 다과회 일정을 잡았다. 그때 올도난츠가 날아왔다.

"아렌스바흐의 디트린데예요. 요즘 너무 바빠서 좀처럼 시간이 안 나네요. 사촌 모임은 나흘 후 오후에 하죠."

프라우렘이 디트린데에게 내 말을 전달한 것이리라. 하지만 아무리 그래도 시종 회의도 없이 결정 사항만 딱 통보하는 건 좀 아니지 않나?

"……거절 못하겠죠?"

"언니가 재촉하신 거잖아요. 오라버니에게도 일정을 전해야겠네요."

샤를로테의 말에 "딱히 재촉할 의도는 아니었는데." 하고 한숨을 내쉬면서 측근들과 일정을 수정한 후, 수락하는 답장을 올도난츠로 보냈다.

오늘은 하위 영지와의 다과회인데, 샤를로테와는 별도로 움직인다. 아렌스바흐의 일정이 끼이는 바람에 조절해야 했기 때문이다. 하위 영지 중에는 승자 그룹에 빌붙는 것보다는 중립인 에렌페스트가 좀 더 쉽게 받아들일 거라고 생각하는 영지도 있는 듯했다.

샤를로테가 말하길, 하위 영지와 최대한 친해져서 우리 세력에 포함시키는 방향으로 움직여야 한다고 했다. 그러나 안타깝게도, 그런 방법을 나는 모른다. 에렌페스트 역시 관계를 바꾸려고 모색하는 단계라서 샤를로테도 내게 알려 줄 만한 노하우가 없는 듯했다. 급격한 순위 상승의 폐해였다.

"에렌페스트의 성녀로 고명하신 로제마인 님과 꼭 얘기를 나눠 보고 싶었습니다."

다과회에서는 내내 상대방의 칭찬을 들어야 했다. 그들은 에렌페스트의 디저트를 칭찬하고, 로지나의 연주 실력을 칭찬하고, 더 듣고 싶다고 보채고, 다른 영지 악사들은 하나라도 외우려고 눈에 불을 켰다. 그 와중에 책 교환이 이루어졌다.

"작년엔 갑작스러워서 영지의 반출 허가를 받지 못했지만, 올해는 미리 아우브께 허가를 받아서요……."

흔쾌히 책을 빌려주는 영지와는 친하게 지내고 싶었다. 나는 웃으며 책을 받았고, 대신에 에렌페스트의 책을 빌려주었다. 그들은 상위 영지 사이에서 유행하는 거라 읽고 싶었다고 했다.

'역시 유행은 위에서부터 내려오는 게 맞았어. 이렇게 독서 문화가 더 넓게 퍼지면 얼마나 좋아.'

그러나 편하게 웃을 수 있는 건 책을 교환할 때까지였다. 하위 영지 학생들은 에렌페스트가 어떻게 순위를 올렸는지에 큰 관심을 보였다. 집요한 질문이 계속되자, 억지 미소로 대응할 수밖에 없게 되었다.

"상식적으로 너무 급격하잖아요. 고작 몇 년 새에 이렇게 순위를 올리다니, 뭔가 비책이 있는 거죠?"

"대영지와 공동 연구를 동시에 세 개나 진행하시다니, 정말 능력이 뛰어나십니다. 수많은 유행에, 공동 연구에, 양녀가 되신 뒤에도 신전장을 맡으시는 선한 마음. 로제마인 님의 탁월한 능력을 발견해 양녀로 삼으신 아우브는 정말 뛰어난 혜안을 갖고 계시는군요."

"아우브 에렌페스트는 친자식이 아닌 양주 후보생을 신전에 가둬서 마력을 빼앗는 잔인한 분이시라는 소문을 들었어요. 안쓰러워서 어째요."

질베스타의 나쁜 소문이 나올 때마다 부정하고, 영주 후보생은 모두가 농촌을 돌며 기원식과 수확제를 한다는 사실과 교육에 힘쓰고 있다고 아무리 설명해도 믿으려고 하지 않았다. 오히려 '그런 분을 감싸다니, 로제마인 님은 너무 착하시네요.'라는 대답이 돌아왔다.

'……아니라니까 그러네. 사람 얘기 좀 들으라고~!'

질베스타를 헐뜯는 것도 모자라, 빌프리트와 샤를로테만 편안하게 지낸다는 말을 귀족의 표현으로 떠들고, 나를 자비로운 성녀로 치켜세운다. 아무리 아니라고 해도 들어 주지 않자, 나는 잔뜩 짜증이 난 상태로 다과회를 끝냈다.

'전방위 무차별 위압이 튀어나오기 전에 끝나서 천만다행이야. 나도 참 잘 참았지…….'

방에 돌아오자, 반성회가 기다리고 있었다. 나는 다과회에 동행한 측근들을 둘러보았다.

"저런 악의적인 말을 내 앞에서만 하는 건가요? 저들이 샤를로테한테도 대놓고 저런 말을 해요?"

"아무리 그래도 아우브의 친자에게 그런 소문을 대놓고 묻진 못하겠지요. 로제마인 님이 양녀이시고, 학대받았다는 소문까지 도니까 같은 편인 척 그런 말들을 하는 것 같아요."

브륀힐데도 리카르다도 오늘 다과회에 짜증이 난 듯했다. 얼굴은 웃고 있지만, 목소리에는 다소 날이 서 있었다.

"……그들이 악의를 보인 건 아우브와 영주 후보생들뿐만이 아닙니다. 언뜻 듣기엔 추켜세우는 것 같아도 성녀라 불리는 로제마인 님을 폄하하려는 의도가 깔려 있었어요."

"그레티아?"

"성녀라고 떠받들어 봤자 신전 출신. 자기가 친자들과 차별당하는 줄도 모르면서 아우브를 두둔하고 마력을 바치는 호구라고 말한 거나 마찬가지입니다."

그건 좀 너무 나쁘게만 받아들인 건 아닐까 하는 생각도 들었지만, 평소 말수가 적은 그레티아가 특별히 꺼낸 발언이다. 그들이 그렇게 생각했을 가능성도 다분했다.

"항상 보호자들에게 휘둘리는 온순하고 허약한 성녀로 보고 있을 가능성이 큽니다. 그들이 로제마인 님을 납치하거나 협박할 위험성도 고려하셔야 합니다."

"알겠습니다."

그레티아에게 대답한 사람은 내가 아닌 레오노레였다.

반성회가 끝난 후, 아우브의 친자가 없는 다과회에서 어떤 말들이 나오는지 정보를 공유하고, 어느 영지가 어떤 식으로 생각하는지 명확히 해야 한다며 나와 샤를로테에게 따로 다과회에 참석하라는 지시가 떨어졌다. 악의적인 소문을 퍼트리는 영지를 걸러내기 위해서임을 알지만, '여러분, 정말 상냥하시네요. 하지만 아우브 에렌페스트는 그런 분이 아니랍니다'라는 말을 앵무새처럼 반복하자니 기분이 우울해졌다.

다과회에서 받은 짜증을 독서로 풀었더니 또 짜증나는 다과회에 참석해야 하다니. 이럴 바엔 차라리 에렌페스트로 돌아가서 봉납식이나 하고 말지.

'으으, 올해는 진짜 신전에 돌아가고 싶다.'

그렇게 우울한 마음에 젖어 지내는 사이, 디트린데가 주최하는 사촌 모임이 열리게 되었다. 억지로라도 참석해야 하는 자리지만, 이렇게 처진 기분으로 페르디난드와 디트린데의 결혼을 축하해야 하는 걸까. '우리의 소중한 브레인을 돌려주세요'라는 말이 튀어 나가지 않게 조심해야 할 판이다.

"마티아스, 라우렌츠, 뮤리엘라, 그레티아는 기숙사에 남아야겠네요. 구 베로니카 파 아이들이 모두 내 측근이 된 사실이 그쪽에 알려져 봤자 좋을 것 없으니까요."

"숙청에 관한 정보를 저쪽이 얼마나 갖고 있는지 모르니, 되도록 우리 쪽 정보도 숨기는 편이 낫겠습니다."

어떤 정보를 꺼낼지 꺼내지 않을지에 대해 빌프리트, 샤를로테와 함께 의견을 나눴다.

'아무리 짜증이 나도 티 내면 안 돼. 페르디난드 님의 대우가 나빠질지 모르니까 좋게 좋게 넘어가야지.'

그렇게 가슴에 새기며 나는 빌프리트, 샤를로테와 함께 아렌스바흐의 다과회실로 향했다.

"잘 지내셨나요, 여러분."

"안녕하세요, 디트린데 님. 초대해 주셔서 감사하게 생각합니다."

빌프리트가 대표로 인사하자, 우리는 자리를 권유받았다. 디트린데는 아주 기분이 좋아 보였다. 시종들이 가져온 물건을 주고받는 모습을 보고 "저건 머리 장식이려나?" 하며 미소를 지었다.

"오늘은 내 악사가 아렌스바흐의 신곡을 연주할 거예요. 페르디난드 님께서 나를 위해 작곡해 주신 연가인데, 게두르리히에게 바치는 곡이랍니다."

호호호, 하고 웃으며 화사한 금발을 쓸어 넘긴 디트린데가 악사에게 눈짓을 보냈다. 악사는 고개를 한 번 끄덕이고, 음악을 연주하기 시작했다. 음악 실기 시간 때 들었던 향수(鄕愁) 노래다.

"음악 실기 때 들었던 곡이네."

"예. 아렌스바흐의 신곡을 알리려고 음악적 재능이 있는 학생들에게 연습을 시켰답니다. 페르디난드 님께서 겨울 사교계가 시작하는 연회 때 선물로 주시는 바람에 연습할 시간이 없어 고생을 좀 했죠."

디트린데는 으스대듯이 말하며 차를 한 모금 마시고, 디저트를 먹어 보였다. 우리도 가져온 디저트를 한입 먹고 권하자, "페르디난드 님의 전속 요리사는 봄에 있을 우리 성결식이 끝난 후에 아렌스바흐로 오겠죠?"라며 깔깔 웃었다.

'뭐? 성결식이 끝나면 전속 요리사를 데려간다고? 그런 얘기 없었는데.'

페르디난드의 전속 요리사는 신전에서 하르트무트가 그대로 데리고 있다. 그러나 다른 사람의 전속을 두고 내가 가타부타 간섭할 일은 아니었다. 편지로 주의를 줘야겠다고 생각하는데, 디트린데가 만족스러운 숨을 내쉬며 느긋하게 잔을 내려놓았다.

"페르디난드 님과 혼인이 정해졌을 땐 우울했었는데, 요즘엔 조금 생각이 긍정적으로 바뀌었어요."

"……우울하셨어요?"

"당연한 말씀을. 난 아렌스바흐의 차기 아우브예요. 그런데 아버님이 정해주신 배우자는 나이 차도 많고, 하위 영지인 에렌페스트 출신에다가 모친도 없어 신전에 보내진 영주 일족이잖아요. 누구라도 실망하지 않겠어요?"

그 말에 화가 나기보다 먼저 놀라웠다. 내게 있어 페르디난드는 최우수를 놓치지 않은 우수한 영주 일족이며 문관, 기사, 영주 대리까지 거뜬히 해내는 만능 매드 사이언티스트다. 그러나 에렌페스트에서 유능했건 말건, 귀족원에서 재학 기간이 겹치지 않은 귀족의 눈에는 그저 최악의 배우자일 뿐이었다.

'다른 사람 눈에는 페르디난드 님이 그런 식으로 보이는구나.'

"실제로 만나 뵈니 성품도 좋고, 능력도 있으셔서 조금 안심했어요. 또 저를 위해 최선을 다해 주겠다고 하셨고요."

'그 선량한 척하는 미소를 보고 단단히 착각하셨네. 뭐, 착각하게 두는 게 낫겠지만, 속고 있는 거라고 말하고 싶어 입이 근질거린다.'

나는 속마음을 꾹 누르고, 페르디난드의 능력을 알고 혼인을 좋게 생각하게 된 디트린데에게 그의 유능함을 더욱 어필했다.

"페르디난드 님은 귀족원에 수많은 전설을 남기셨답니다. 예를 들면……."

"예, 알다마다요. 어떤 분이신지 정보를 모으다가 깜짝 놀랐어요. 그 정도면 내 배우자로 옆에 두어도 무난하죠."

그 말투에 기분이 팍 상했다.

'페르디난드 님이 얼마나 대단한지 모르시네! 그럼 배우자로 옆에 있는 당신은 얼마나 대단하시길래?'

그렇게 말하고 싶은 걸 꾹 삼켰다. 오늘은 내내 참아야 하는구나.

내가 말을 삼키며 억지 미소를 짓는다는 걸 샤를로테가 눈치챈 듯하다. 상체를 살짝 내밀며 화제를 바꾸었다.

"약혼 때문에 우울하신 거면 혹시 마음에 두신 분이 따로 계셨던 건가요? 새로 나온 귀족원 로맨스 소설에 비슷한 이야기가 있었거든요. 디트린데 님께 멋진 사랑의 추억이 있다면 얘기해 주세요."

샤를로테의 재촉에 눈을 연신 끔뻑인 디트린데는 이내 슬픈 듯 눈을 내리깔았다.

"예. 물론 있었죠. 마음을 주신 남성분도 계셨지만, 난 차기 아우브의 몸이라 아버님께서 정해 주신 상대와 결혼을 할 수밖에 없었죠. 아무리 멋지고 마음을 바친다 해도 어울리지 않는 상대와는 혼인을 할 수 없는 법. 알고는 있지만, 내 입으로 이별을 선언했을 땐 정말 가슴이 찢어지는 것 같았어요. 헤어질 운명인 우리를 만나게 한 연분의 여신 리베스크힐페를 원망했을 정도로요."

연모하는 이를 떠올리고 있는 걸까. 허공을 바라보며 디트린데가 이야기했다. 헤어진 게 여름이라고 했으니, 상대는 귀족원 학생이 아니라 아렌스바흐 귀족인 모양이다.

'디트린데 님도 이 정략 약혼으로 괴로웠겠네.'

디트린데에겐 귀족원에서 떠도는 염문도 없었고, 에스코트 상대도 따로 없어 보였기 때문에 단비처럼 찾아온 이 약혼을 환영하는 줄 알았다. 그런데 아니었던 모양이다. 주변은 둘째 치고, 당사자들에겐 피차 떨떠름한 약혼이었다는 것을 알자 불합리한 현실에 나는 슬쩍 한숨을 쉬었다.

"그러니 난 잃어버린 사랑을 위해서라도 훌륭한 아우브가 되어야 해요."

그렇게 결심하는 디트린데의 말에 조금 숙연해지면서도 문득 걱정이 들었다. '차기 아우브'라는 말이 이렇게 여러 번 나올 정도면 아우브 아렌스바흐의 용태가 심상치 않다는 것일지도 모른다.

"아참. 아우브 아렌스바흐의 용태는 어떠세요? 페르디난드 님의 출발이 앞당겨진 일도 있고 해서 걱정이 되어서요."

페르디난드가 만든 약을 먹는다면 조금은 수명을 늘릴 수 있을지도 모른다. 그러나 다른 영지 사람에게 약을 맡기진 않을 터다. 페르디난드의 편지에도 아우브의 용태는 언급하지 않았기에 인수인계가 무사히 이루어지고 있는지 걱정되던 참이었다.

내 질문에 디트린데는 하아, 하고 바닥이 꺼져라 한숨을 쉬었다.

"……양호하다고 말하긴 어려워요. 하지만 페르디난드 님 덕분에 집무가 조금은 안정되었으니, 안도하고 계실 거예요."

"그렇군요."

이런 다과회 자리에서 '양호하다고 말하긴 어렵다'라고 했다. 실제로는 더 나쁘겠지. 에렌페스트는 페르디난드가 급하게 떠난 일로 아우브의 용태를 알게 되었지만, 다른 영지는 이 사실을 모른다. 적어도 귀족원에선 일절 화제가 되지 않았다.

"할 수만 있다면 당장에라도 아렌스바흐로 돌아가고 싶지만, 차기 아우브이니 사교에 힘쓰라고 어머님께서 그러셔서요."

가령 소강상태라고 해도 위독한 가족이 있다면 달려가고 싶은 게 사람 마음이다. 그 충동을 꾹 참으면서 귀족원의 수업을 듣고 사교에 힘쓰는 디트린데를 조금 다시 보게 되었다. 만약 내 가족이 위중했다면 오지 말라고 말려도 누구보다 빨리 수업을 끝내 버리고 영지로 돌아가 아빠의 머리맡에서 떨어지지 않을 거다.

"그러니 난 졸업식 때 차기 아우브에 걸맞은 모습을 보여 줘야만 해요."

"힘내세요."

"모두의 주목을 모으는 데 에렌페스트가 협력해 줘야 한다 생각되지 않으세요?"

"……협력이요?"

영문을 몰라 고개를 갸웃거렸다. 제 딴에는 직설적으로 꺼낸 말이었겠지만, 나는 무슨 말인지 도통 이해되지 않았다. 빌프리트와 샤를로테를 쳐다봤지만, 둘도 이해하지 못한 모양이다. 세 사람이 눈치 빠르게 알아듣지 못하자 짜증이 났는지, 디트린데의 목소리가 날카로워졌다.

"그러니까 내 말은, 마석을 빛내는 방법을 알려 달라구요. 봉납 가무를 연습할 때 마석을 빛내서 주목받았잖아요. 참 이목을 끄는 걸 좋아하는 사람인가 싶었지만, 많은 사람의 시선을 한 몸에 받기에 좋은 방법이긴 했어요. 봉납 가무에서 빛의 여신 역을 맡은 내게 필요하지 않겠어요?"

방금 무슨 말을 들은 건지 금방 이해하지 못해 나는 얼이 빠졌다.

'……네? 빛이 아니라 무슨 전광판의 여신이라도 되시게요? 번쩍번쩍할 텐데? 누가 봐도 이상할 텐데? 나쁜 의미로 주목을 받으실 텐데??'

빌프리트와 샤를로테도 뭔 말이냐는 듯한 놀란 얼굴로 디트린데를 바라보았다.

"디트린데 님도 그날 로제마인을 보셨으면 아실 텐데, 그다지 좋은 시선을 받지는 못할 겁니다. 졸업식에, 아우브들과 왕족들이 계신 자리에서 추천할 만한 방법은 아니에요."

"어머, 그래서 빌프리트는 안 도와주겠다는 말이에요?"

요란스레 놀란 표정을 짓고 있지만, 놀란 건 우리다. 진심으로 온몸에 빛을 번쩍번쩍 내면서 춤을 출 생각인 걸까?

"협력을 하고 안 하고의 문제가 아니라……."

"사실은 나한테 알려 주기 싫은 거죠? 혼자만 주목받고 싶으니까?"

그녀가 진녹색 눈동자로 나를 째려보자, 얼른 설명을 덧붙였다.

"아뇨, 그게 아니라……. 마력만 넣으면 마석은 빛낼 수 있거든요?"

"그런 말로 내가 속을 줄 알아요? 그 많은 마석을 동시에 빛내는 방법이 있는 거 다 알아요. 마석을 빛내는 마술구 같은 게 있죠?"

'예? 그런 거 없는데요.'

비녀의 무지갯빛 마석이 전부 빛났던 일을 예로 들며, 디트린데는 마력만 넣어서 그렇게 됐을 리가 없다며 열변을 토했다. 화제를 돌리든가 해서 어떻게든 얼버무려야 했다.

내가 고민하자, 샤를로테가 "디트린데 님, 꼭 비밀로 해 주셔야 해요."라고 목소리를 낮추었다. "역시 비책이 있군요." 하고 디트린데가 눈을 반짝이며 몸을 쭉 내밀었다.

"사실 그날 언니가 몸이 아파서 마력이 제멋대로 흘러나오는 걸 멈추지 못하는 상태였어요. 그래서 마력을 막으려고 마석을 쓰긴 했어도 빛을 내려고 다른 마술구를 차고 있진 않았어요."

"그럼 그 뒤에 쓰러진 건……."

"마력이 과하게 빠져나가서 그랬던 거예요."

'거짓말은 아니지만 거짓말 같아. 그게 사실이면 내가 무슨 엄청난 병에 걸린 것 같잖아.'

그래도 믿지 못하겠는지, 디트린데가 의심쩍은 눈빛으로 나와 샤를로테를 바라보았다. 빌프리트도 어떻게든 손을 써야겠다 싶었는지 고개를 끄덕이며 입을 열었다.

"그래서 지금 로제마인은 몸을 조금 회복해서 봉납 가무 연습까지는 할 수 있어도 마석을 빛내는 건 못합니다. 꼭 빛을 내고 싶다면 마석 품질을 떨어뜨리면 어떨까요."

'잠깐만요, 오라버니! 네온사인 여신을 추천하면 어떡해요!'

나와 샤를로테는 무심코 얼굴을 마주봤지만, 빌프리트는 자기가 아는 범위 내에서 빛을 낼 방법을 진지하게 고민했다.

"마력이 과하게 들어가면 금가루로 변할 위험이 있지만, 조금이라도 쉽게 빛을 내려면……."

"훌륭한 생각이에요, 빌프리트."

디트린데가 손뼉을 치며 환하게 웃었다.

'아아아아, 이러다 디트린데 님이 진짜 시도하겠어!'

"품질을 조금 떨어뜨린다 해도 마석을 여러 개나 빛내려면 꽤 많은 마력을 쏟아야 해요. 봉납 가무에 그렇게까지 마력을 소비할 필요가 없지 않을지……."

샤를로테가 포기하게 만들려고 설득해 보았지만, 디트린데는 웃으며 고개를 저을 뿐이었다.

"금가루가 되지 않고도 품질을 유지하도록 연습할 테니 걱정말아요. 아, 그 졸업식 때 찰 머리 장식을 보여 주실래요?"

흥분에 찬 디트린데의 목소리에 빌프리트의 시종이 잽싸게 움직였다. 여러 가지 확인한 후, 디트린데의 견습 시종인 마르티나가 머리 장식을 넘겨받았다.

"상위 영지들만 모이는 다과회 날에 이 머리 장식을 공개하려고 해요."

“그렇다면 꽂는 방법을 디트린데 님의 시종에게 가르쳐 줘야겠네요. 브륀힐데.”

내 부름에 브륀힐데가 가볍게 고개를 끄덕이고 마르티나에게 알려 주기 시작했다. 에그란티느, 아돌피네 등, 이미 여러 사람의 시종에게 가르쳐 준 경험이 있어 설명이 아주 능숙했다.

“그나저나 로제마인 님의 무지갯빛 마석은 정말 훌륭하군요. 나도 약혼자에게 졸라볼까나?”

“성결식이 끝난 후에 요청을 들어줄 수 있지 않을까요?”

“어머, 왜요?”

디트린데가 눈을 깜빡이기에 나는 페르디난드에게 공방이 없다는 사실을 호소했다.

“성결식 전까지는 객실에서 지내야 하니 공방도 없고, 소재며 도구도 없잖아요. 페르디난드 님 입장에도 어쩔 도리가 없겠죠. 연구 공방만 마련되면…….”

“그건 어쩔 수 없네요.”

무지갯빛 마석 장식이 정 갖고 싶으면 공방을 마련해 주라고 꼬드겨 봤지만, 원하는 대답을 끌어내진 못했다. 아쉬워라.

“연구라고 하니까 생각났는데, 우리 공동 연구는 어떻게 되고 있나요? 보고는 해 줘야죠.”

“지난번에 프라우렘 선생님께 두 번째 보고서를 제출했어요. 이미 아렌스바흐에 보냈다던데, 디트린데 님은 보고 못 받으셨어요?”

내가 샤를로테와 빌프리트에게 시선을 보내자, 고개를 끄덕인 두 사람은 보고서를 두 번 제출하러 프라우렘을 면담한 사실을 증언해 주었다.

"내가 보기도 전에 아렌스바흐에 보내 버리다니……."

"처음 보낸 보고서도 페르디난드 님께 가지 않은 것 같았어요. 설마 대영지인 아렌스바흐에 나태한 문관이 있을 리 없겠지만, 그래도 차기 아우브이신 디트린데 님께서 자세히 알아봐 주셨으면 좋겠어요."

어쩌면 엇갈렸을 수도 있겠지만, 하고 덧붙이자, 디트린데가 고개를 크게 끄덕였다.

"조사하도록 할게요. 이번 공동 연구는 페르디난드 님의 제자로서 발표하실 거잖아요. 약혼자의 평판은 내 평판이기도 해요. 공동 연구 때 내 약혼자의 평판이 떨어지지 않게 해 줘요."

"페르디난드 님의 의견도 반영할 수 있게 라이문트를 통해 편지와 보고서를 자주 보내고, 통과받은 것만 발표하도록 할게요."

"예, 그렇게 해 줘요."

'디트린데 님의 말투는 짜증나지만, 이것으로 보고서 건은 해결될 테고, 편지를 빈번히 보낼 구실도 얻었으니 결과로 보면 뭐, 잘 된…… 건가?

생각지 못하게 언질을 받아 냈다며 만족하고 있는데, 빌프리트가 디트린데와 측근들의 모습을 살피더니 입을 열었다.

"디트린데 님, 숙부님이 레티치아 님의 교육 담당으로 아렌스바흐에 가셨는데, 잘 하고 계십니까? 숙부님은, 교육에 관해서는 좀 엄격한 데가 있으셔서 걱정이 되는데."

그건 디트린데가 레티치아와 왕명에 관해서 알고 있는지 아닌지 떠보기 위한 말이다. 측근들 사이에서는 약간의 긴장감이 감돌았지만, 정작 당사자는 뺨을 괴며 고개만 갸웃거렸다.

"나랑은 교류가 별로 없어서 레티치아가 어떻게 지내는지 잘 모르겠네요. 겨울 사교계가 시작되자마자 귀족원에 온 데다가, 서한에선 페르디난드 님이 집무에 힘쓰고 계신다고 하던데요. 레티치아를 가르칠 여유가 없지 않을까요?"

레티치아와 교류가 없고, 교육 담당으로 페르디난드가 아렌스바흐에 가게 된 의미도 모르는 듯했다. 틀림없이 그녀는 자신이 대리 아우브라는 사실을 모르고 있다. 그것을 깨달은 빌프리트가 염려스러운 눈빛으로 디트린데를 보았다.

"그보다 이것 좀 보세요. 여름에 아렌스바흐를 방문했던 란체나베 사람들이 선물로 줬던 건데요……."

그 뒤부터 내내 자령 자랑과 약혼자 자랑과 누군가의 자랑이 이어졌고, '그런 그들 위에 군림하는 차기 아우브는 바로 나'라는 식의 말로 끝맺었다. 그녀가 우리에게 바라는 건 자신을 칭찬하고, 어떻게 하면 아렌스바흐의 영향력을 높일 수 있는가에 대한 조언과 협력이었다.

마지막까지 에렌페스트의 숙청에 관한 얘기와 탐색은 그녀의 입에서 일절 나오지 않았다. 게오르기네와 디트린데 사이에서 정보 공유가 전혀 되지 않는 분위기였다. 오로지 차기 영주가 될 자기 얘기만 꺼내고 다과회가 끝났다.

"……피곤하네요."

기숙사에 돌아와 제일 먼저 내 입에서 나온 말이다. 상대를 접대하며 치켜세워야만 했던 다과회였다. 다른 영지 사람도 아닌 친척 모임임에도 에렌페스트를 완전히 하찮게 보고, 이야기도 디트린데가 원하는 대로만 흘러갔다. 지칠 대로 지쳤다.

그녀가 귀족원이나 자령의 동급생에게 주워들은 페르디난드 전설을 제 것인 양 자랑할 땐 '페르디난드 님은 아직 에렌페스트 사람이거든?!' 하고 소리치고 싶은 걸 꾹 참느라 속이 터질 지경이었다.

"그쪽에서 에렌페스트의 정세도 어느 정도 파악하고, 뭔가 탐색전에 나올까 봐 경계했는데, 그런 일은 없었네요."

"샤를로테, 디트린데 님은 아무것도 모르시는 듯했지만, 중간중간 측근들 사이에서는 긴장감이 감돌았어요. 몇몇은 뭔가 아는 구석이 좀 있는 것 같았고요."

내 말에 빌프리트의 표정이 어두워졌다.

"제삼자가 말하긴 뭐한데, 디트린데 님이 조금 걱정돼. 저렇게 주변에서 정보를 차단하고 있는데, 차기 아우브가 되어도 괜찮을까?"

"레티치아 님이 성인이 되기 전까지 대리를 하셔야 하니까 일부러 제한하는 것일지도 모르죠."

측근들의 모습을 보건대, 일부러 정보를 제한하는 게 분명했다. 아우브 아렌스바흐의 의향인지 게오르기네의 사주인지는 알 수 없지만.

"나중에 알게 됐을 때가 두려워지는데……."

"그런 건 아렌스바흐가 걱정할 일이지, 페르디난드 님께 불이익이 가지 않는 이상, 우리가 참견할 일은 아니죠."

한숨을 섞어 그렇게 말하자, 빌프리트가 디트린데와 닮은 진녹색 눈으로 나를 노려보았다.

"……로제마인, 말이 좀 심하다? 넌 디트린데 님이 걱정 안 돼?"

빌프리트는 정보가 제한되고, 주변인들에게 속아 오점을 남겼던 자신과 디트린데가 겹쳐 보인다며 호소했지만, 오늘 접대하느라 심신이 완전히 지쳐 버린 내겐 눈꼽만큼도 와닿지 않았다. '전혀요.'라고 진심

을 꺼내지 않은 만큼 정말 잘 참았다고 생각했다.

"성인들 앞에서 차기 아우브라고 공표했고, 측근이 몇이나 있는데도 제한된 정보만 받는 걸 보면 아렌스바흐가 그걸 바란다는 뜻이에요. 난 디트린데 님보다 그녀가 무슨 짓을 하면 함께 처벌받을지도 모르는 페르디난드 님이 더 걱정되거든요?"

"숙부님이라면 알아서 하시겠지. 그만한 능력이 있으시잖아."

디트린데의 걱정은 되고, 페르디난드의 걱정은 하지 않는 빌프리트의 말이 내 신경을 건드렸다.

"……믿을 사람도 거의 없고, 마술구를 만들 환경도 갖춰지지 않은 데다가 레티치아 님까지 지켜야 하는 페르디난드 님의 상황도 에렌페스트에 계실 때와는 달라졌다구요. 내 눈엔 빌프리트 오라버니가 더 야속하게 보여요."

페르디난드의 일만 아니면 아무 접점도 없고, 이익을 가져다주는 것도 아닌 성가신 상대보다 지금까지 내내 뒤를 봐준 숙부를 걱정하는 게 도리 아닌가.

나와 빌프리트가 서로 노려보고 있자, 샤를로테가 깊은 한숨을 쉬었다.

"오라버니도 언니도 걱정하는 대상이 다를 뿐이지, 야속해서 그런 게 아니에요. 둘 다 피곤하니까 그런 자잘한 일에 예민해지는 것 같아요."

"샤를로테……."

"그렇군. 미안."

여동생의 설득에 나와 빌프리트는 서로 사과한 뒤 시종이 따라 준 차를 마시며 흥분을 가라앉히고는 오늘 다과회의 반성회를 시작했다.

"정보를 제한당하는 디트린데 님이 공식적으로 화려하게 나서게 되면서 배후 사정…… 게오르기네 님의 의혹이나 행동이 가려지는 듯해요. 에렌페스트 입장에선 타격이 크네요."

디트린데의 자랑만 주야장천 들었을 뿐, 아렌스바흐에 대한 유익한 정보는 하나도 건지지 못했다는 사실을 새삼 깨닫자 더욱 피로가 몰려왔다.

다과회는 그것으로 끝이 아니었다. 사촌 모임의 피로가 풀리기도 전에 중하위 영지의 다과회가 잡혀 있었고, 나는 우울한 기분을 억지 미소로 감추고 출석했다.

각자 가져온 디저트가 화제로 오르자, 이번에도 주변에서 레시피를 알려 달라 조르기에 단켈페르거에서 특산품 로우레를 넣은 카트르 카르가 개발되었다는 사실을 언급했다.

"영지 특산품을……써서요? 그거 멋지네요. 바로 요리사에게 만들어 보게 해야겠어요."

"로제마인 님은 단켈페르거와 정말 사이가 좋으시군요. 공동 연구도 하시고……."

"임멜딩크도 공동 연구에 참가하고 싶다고 신청했는데, 거절당했습니다. 꼭 도움을 드리고 싶었는데……."

대영지와 친밀해질 수 있는 공동 연구에 모든 영지들이 관심을 보였다. 하위 영지만 모이는 다과회처럼 질베스타를 둘러싼 나쁜 소문만 듣지 않아도 되어 그나마 나았지만, 공동 연구 참가에 배제된 일로 종알종알 아쉬움을 토로하는 것을 듣는 일도 괴로웠다.

"다음에 함께할 수 있는 연구가 있으면 좋겠네요."

웃으며 공동 연구 이야기를 끊은 나는 에렌페스트의 책을 추천해 보았다. 이 자리에는 이미 다과회에서 샤를로테한테 신작을 빌려 읽고 있는 학생도 있었다.

"샤를로테 님이 요스브레너의 뤼라디 님께 책을 빌려드렸다고 들었는데 벌써 읽으셨을까요?"

"예, 제가 빌렸어요. 작년에 귀족원 로맨스 소설을 읽었는데 너무 재미있어서 올해도 기대하고 있었거든요."

올해 10위를 차지한 요스브레너에서 영주 후보생 대리로 다과회에 참석한 상급 귀족 뤼라디가 들뜬 목소리로 귀족원 로맨스 소설에 관해 떠들었다. 모두의 관심이 로맨스 소설 쪽으로 쏠려 안도하는 그때, 뤼라디가 연녹색 눈을 반짝이며 설렌 얼굴로 나를 바라보았다.

"로제마인 님은 약혼자이신 빌프리트 님과 어떤 사랑을 하고 계세요? 소설처럼 멋진 사랑을 하고 계시겠지요?"

내게 기대에 찬 눈빛들이 쏟아지자, 말문이 막혔다.

"……빌프리트 오라버니와 나 사이에는 가족애 외에 소설에 나오는 그런 사랑은 없어요. 하지만 결혼해서 가족이 될 테니 편안한 감정도 중요하잖아요? 내 어머님은 소설엔 역경과 고난이 필요하지만 자신의 인생은 평안함이 제일이라고 하셨어요."

이것으로 흥미의 시선이 조금은 걷힐 줄 알았더니, 뤼라디는 더더욱 달라붙었다.

"그런 머리 장식까지 받으셨는데 소설로 만들 만큼 대단한 사랑이 아니라는 말씀이세요?"

"정말 훌륭한 머리 장식이더군요. 무지갯빛 마석이 하나씩 다 달려 있는 걸 보면 보통 애정이 아니라는 걸 한눈에 알겠던데요?"

졸업식에 머리 장식을 선물로 주는 것이 왕족과 상위 영지 사이에서 유행하기 시작하자, 중위와 하위 영지에서는 머리 장식이 연인에게 받는 동경의 물건이 되어 가고 있는 듯했다.

'그거 처음 듣는데. 선물받은 머리 장식의 화려함으로 애정을 재다니……. 약혼자인 빌프리트가 아니라 후견인인 페르디난드 님한테 받았다는 말은 죽어도 못 하겠네.'

그렇게 생각하며 다른 사람의 설명과 엇갈리지 않게 나는 보호자 모두에게 받은 것이라고 얘기해야 했다. 소녀의 환상을 깨는 짓이지만, 디자인한 사람이 페르디난드라는 점을 퍼트리지 않으면 디트린데가 머리 장식으로 실패했을 경우 난리가 날 테니까.

"이 머리 장식은 제 보호자들이 무지갯빛 마석을 준비하고, 후견인이신 페르디난드 님이 디자인하고, 빌프리트 오라버니가 선물해 줬어요. 빌프리트 오라버니 한 사람이 준 선물이 아니에요."

"어머, 그런 물건을 선물할 정도로 끔찍이 아끼는 로제마인 님을 신전에 보내다니 믿을 수가 없네요. 로제마인 님도 아우브를 감싸려고 하지 마세요."

완전히 질베스타를 악당 취급한다. 일일이 정정하는 것도 점점 피곤해진다.

"다른 영지의 신전이 어떤지는 잘 모르지만, 에렌페스트에서는 제사를 중요시해요. 나뿐만 아니라 빌프리트 오라버니와 샤를로테도 신전에 다니고 있고, 아우브도 찾아오세요."

"에렌페스트의 영주 일족이 신전을 드나들다니 말도 안 돼요. 그런 더러운 곳을……."

'왠지 내 의도와 다른 방향으로 이해한 것 같다.'

"신전에서는 봉납식을 해요. 기베에게 나눠주는 작은 성배와 직할지를 채울 성배를 마력으로 채우지 않으면 수확량이 늘지 않거든요. 우리 신전에는 청색 신관과 무녀가 중앙 신전으로 대거 넘어가는 바람에 마력이 부족하기 때문에 영주 후보생이 그걸 보충해야 해서 그래요."

빌프리트와 샤를로테도 기원식과 수확제를 치르러 농촌을 순회한다는 설명도 덧붙였다.

"여러분의 영지도 수확량이 적어서 힘들다면 영주 후보생이 직접 움직이는 걸 추천 드려요."

"신전과 농촌에 가라니 무슨 그런……."

혐오감을 드러내는 상대방의 표정에, 똑같은 말을 웃으며 반복하고 있는 스스로가 어리석게 느껴지기 시작했다. 제사의 어려움과 중요성도 모르면서 내내 불만만 쏟아내는 걸 듣는 것도 지긋지긋하다. 마력에 익숙하지도 않은데 내 빈자리를 채우려고 고생이란 고생은 다한 빌프리트와 샤를로테의 얘기는 귓등으로도 듣지 않으려는 그들의 태도에 화가 났다.

"저기, 로제마인 님. 신전 얘기 말고 공동 연구 얘기를 들려주세요. 대영지와는 어떻게 연구하고 계신가요?"

임멜딩크의 영주 후보생이 건넨 말에 나는 가볍게 어깨를 으쓱했다.

"단켈페르거와 하는 연구는 여러분이 그토록 싫어하는 제사도 검증하고 있어요."

"신전이 아니라 귀족원에서 하는 제사라면 기피감은 덜하겠네요. 가호 의식 실기도 하고 있고……."

'아, 그러셔? 신전만 아니면 된다?'

속으로 욕을 퍼붓던 내 머릿속에 한 줄기의 빛이 번뜩였다.

'그래. 좋은 생각이 났어.'

"공동 연구에 에렌페스트의 제사를 보여 주는 과정이 있어요. 단켈페르거의 허가를 받아야겠지만, 괜찮다면 참가하시겠어요?"

"어머, 저희가 참가해도 괜찮아요?"

공동 연구에 끼워 주지 않는다며 내내 하소연하던 임멜딩크의 영주 후보생이 갑자기 화색을 띠었다. "로제마인 님은 정말 배려심이 깊으세요."라고 하며, 샤를로테에겐 아무리 부탁해도 들은 체도 않더라면서 푸념을 늘어놓았다.

"임멜딩크가 갈 수 있는 거면 저희도 참가시켜 주세요."

"남성도 갈 수 있다면 우리 영주 후보생에게 얘기해 볼게요."

"요스브레너에는 영주 후보생이 없으니 대리로 제가 가게 해 주십시오."

너 나 할 것 없이 모두가 애원하는 상황에 나는 회심의 웃음을 지었다. 다들 공동 연구에 이름을 올릴 수만 있다면 제사 참여도 마다하지 않을 기세다.

"단켈페르거의 허가가 떨어져야겠지만요. 제 쪽에서 제안하겠지만, 여러분도 부탁해 보세요. 열의가 전해지면 승낙해 주지 않을까요."

열의와 인해전술로 왕을 설득해 페르디난드를 아렌스바흐로 보내버린 단켈페르거라면 분명 그녀들의 진심도 받아들여 주리라. 나 혼자 부탁하는 것보다 확실하다. 몽땅 다 제사에 참여하게 만들어야지.

'아, 왕족한테도 허락받아야겠네.'

작은 음모

"공주님, 무슨 의도였는지, 차근차근 설명해 보실까요? 다른 영지의 영주 후보생을 제사에 참가시킨다는 게 무슨 뜻입니까? 저희한텐 아무 설명도 없었잖아요!"

기숙사에 도착하자마자 리카르다가 무시무시한 기세로 말했다. 허리에 손을 얹고 눈꼬리를 잔뜩 올린 모습을 보니 설교가 시작될 예감이다. 하지만 나는 아직 아무것도 하지 않았다.

"……단켈페르거의 허가가 있어야 한다는 전제인데요?"

"그걸 말씀드리는 게 아니잖아요! 그런 중대한 일을 상의도 없이 꺼내신 이유를 여쭙는 겁니다."

"아우브께선 귀족원에서 하는 연구는 학생의 영역이라 상담할 필요가 없다고 하셨는데요?"

나는 고개를 갸웃거렸다. 어딘가 인식이 어긋나 있다. 내 말에 리카르다가 천천히 고개를 저었다."공주님 같은 경우에는 보고하는 편이 낫지만, 그게 다가 아닙니다. 공주님을 보조하며 움직이는 측근에겐 상담을 하셔야 한다고 말씀드리는 거예요. 적어도 공주님이 무슨 생각을 하고 있고, 무엇을 하려고 하는지, 미리 말씀해 주셔야죠."

"공동 연구 과정에 제사가 있다는 얘기는 여태까지 계속 나왔었잖아요. 난 모두가 공동 연구에 참가하고 싶어 하니까 제안했을 뿐이구요. 하는 건 똑같잖아요."

제사 거행은 이미 다 정해진 사항인데 얘기하고 말 게 어디 있단 말인가. 내 말에 리카르다는 다시 천천히 고개를 저었다.

"그런 말로 저를 속일 생각일랑 마세요. 그건 지금까지 공주님 혼자서 해 오셨던 제사가 기준일 때겠죠. 갑자기 다른 영지 영주 후보생을 참가시켜야겠다고 생각하신 연유가 무엇인가요?"

나를 둘러싼 측근들의 표정은 험악했고, 그 누구도 리카르다의 추궁을 말리지 않았다. 나는 입술을 쭉 내밀어 얼굴에 불만을 드러낸 뒤, 뒤늦게 미소를 지었다.

"딱히 다과회마다 양아버님을 나쁘게만 말하고, 제사를 무시하고, 무슨 말을 해도 듣지 않으면서 이익만 좇는 중소영지를 상대하기가 귀찮아져서 그랬던 건 아니에요."

"……화가 굉장히 많이 나셨군요."

리카르다가 조그맣게 한숨을 내쉬며 "공주님도 감정을 숨기는 데 능숙해지셨네요."라고 말한 뒤, 곤란한 표정으로 "이번엔 감정을 발산하는 방법을 익히세요."라며 고개를 저었다.

"그래서 공주님. 그 제사에서 뭘 하실 생각이시죠?"

"단켈페르거가 다른 학생들의 참가를 허락한다면 귀족원에서 봉납식을 할 거예요."

"봉납식이요? 항상 이 시기에 신전에서 하는 제사 말씀이세요?"

하르트무트와 신관들이 준비하던 모습을 떠올리듯 필린느가 뺨을 괴었다.

"맞아요. 단켈페르거한테 내가 항상 하는 제사를 보여 준다면 봉납식만한 게 없잖아요? 하지만 나 혼자 성배에 마력을 채우기는 어려운지라 무슨 의식을 보여 줘야 하나 마침 고민되었는데, 이 기회에 협력자들이 생기면 쉽게 성배를 채울 수가 있으니 일석이조죠."

"저기, 로제마인 님. 하지만 그건 다른 영지 영주 후보생들의 마력을 빼앗는 행위가 아닐까요?"

그레티아가 쭈뼛거리며 물었다. 그러자 측근들의 안색이 새파래졌다. 나는 그레티아를 바라보며 후훗 하고 웃었다.

"그레티아도 참. 누가 들으면 오해하겠네. 난 일절 강요하지 않았어요. 모두, 단켈페르거의 공동 연구에 참가하게 해 달라고 애걸복걸할 정도로 열성적인 선의의 협력자인걸요. 자발적으로 마력을 봉납해 주시는 건데, 그런 말은 실례겠지요? 그리고 협력하는 영주 후보생이 많으면 왕족들도 분명 좋아하실 거예요."

원하는 사람만 참가하면 된다. 나는 전혀 강요하지 않았고, 하고 싶지 않으면 애초에 부탁하지 않으면 그만이다.

"로제마인 님, 그 제사의 어디에서 왕족이 관여하게 되나요?"

매우 불길한 말을 들은 듯한 얼굴로 라우렌츠가 질문했다. 테오도르가 불안한 얼굴로 연신 고개를 끄덕이는 모습을 보니 그도 왕족이 어려운 모양이다.

"귀족원에 있는 제단을 쓰려면 왕족의 허가가 필요하잖아요. 그리고 아무리 자발적 참가라고는 해도, 마력이 없어서 못 쓰는 이 시대에 봉납된 마력을 전부 내가 개인적으로 사용하면 미움을 살 수 있으니 왕족도 편하게 쓰시게끔 하려고 해요."

많은 영주 후보생이 마력을 봉납해 준다면 마력 부족에 허덕이는 왕족은 두 손 들고 환영할 터다. 왕족의 고맙다는 말 한마디면 그들 역시 별 말은 못하리라. 심각한 표정으로 내 말을 음미하던 마티아스가 "흠." 하고 신음하더니 조용히 파란 눈동자를 들었다.

"지금까지 공동 연구에 다른 영지의 참가를 거절해 온 단켈페르거가 과연 허가해 줄까요?"

상위 영지는 쉽게 태도를 바꾸지 않을 거라는 마티아스의 지적에 나는 입꼬리를 씩 올렸다.

"참가 희망자를 받아들이는 조건으로 그들과 디터 경기를 하라고 제안하면 쌍수 들고 환영할 걸요? 의식도 검증하고 싶고, 디터도 하고 싶어 몸이 근질거릴 테니까요."

"선의의 참가자를 단켈페르거에 '제물'로 바치는 겁니까……."

질렸다는 표정으로 마티아스가 말했다.

"마티아스도 참. 제가 나쁜 사람처럼 들리잖아요……. 참가하고 싶어 안달이 난 사람들이 단켈페르거에 자신들의 진심을 보여야 하는 것 아니냐는 의미예요. 딱히 그들한테 의식 검증과 디터를 떠넘겨서 에렌페스트의 부담을 줄이려는 의도는 아니었다구요."

"단켈페르거의 의식을 검증하는 것까지 도와준다니 정말 열성 넘치는 훌륭한 협력자네요. 전 로제마인 님의 생각을 지지합니다."

레오노레가 자신들의 이익에 납득한 얼굴로 미소를 지었다. 마티아스도 가볍게 한숨을 내뱉으며 "하긴 매번 단켈페르거의 검증에 맞춰 주기가 여간 힘든 게 아니죠." 하고 중얼거렸다.

대영지라서 사람이 넘쳐나는 단켈페르거와 디터를 한번 하려면 에렌페스트의 견습 기사 전체가 대응해야 한다. 한 번이면 몰라도 조건을 바꿔 가며 여러 번 검증해 주는 것도 한계가 있다. 빌프리트와 샤를로테의 호위기사까지 동원해야 하는 노릇이니 말이다.

"단켈페르거도 의식 검증과 디터를 할 수 있고, 난 제사에 필요한 인원을 모을 수 있고, 왕족은 끌어모은 마력을 사용할 수 있고, 또 중소 영지는 공동 연구에 참여할 수 있어요. ……단켈페르거와 왕족이 대응에 쫓겨 아주 살짝 바빠지고, 참가자는 수업과 별개로 마력을 소비해야 하지만 모두에게 이로운 좋은 안건 같지 않나요?"

내가 방긋 웃으며 말하자, 측근들은 뭔가 참 복잡한 표정을 지었다. 찬성도 반대도 아닌 미묘한 얼굴이다.

"그 제안이 로제마인 님껜 무슨 득이 됩니까? 다른 사람들에게 좋은 점을 언급하셨는데, 정작 로제마인 님껜 무슨 득이 있는지 모르겠는데요."

"에렌페스트가 디터에 엮기지 않는 것만으로도 충분……하다고 말하고 싶지만, 원하는 게 있어요. 그치만 아직은 비밀이에요. 이걸 왕족이 허락해 준다면 내게도 득이 있다, 이 정도로만 대답해 둘게요."

나는 단켈페르거와 힐데브란트 앞으로 편지를 썼다. 힐데브란트를 선택한 이유는 귀족원 시설을 이용하는 일인 데다가 아나스타지우스보다 쉽게 허가해 줄 것 같았기 때문이다.

단켈페르거와의 공동 연구에 참여하고 싶어 하는 사람이 많다는 것, 에렌페스트의 의식인 봉납식을 선보이려면 사람이 많을수록 좋다는 것, 디터를 조건으로 참여를 허락한다면 단켈페르거에도 큰 이득이라는 것, 봉납식에서 얻은 마력은 왕족에게 넘기겠다는 것, 제단이 있는 심층의 방을 의식 때 쓸 수 있게 해 달라는 내용을 써서 곧바로 보냈다.

「자세한 얘기를 들어야겠다. 내일 오후에 내 별궁으로 오도록.」

'……어라, 힐데브란트 왕자한테 보냈는데, 왜 아나스타지우스 왕자한테서 답장이 오지? 영문을 모르겠네.'

나는 또다시 아나스타지우스의 별궁에 불려가게 되었다. 심층의 방에 있는 제단을 빌리는 신청일 뿐이라 평소보다 편안한 기분으로 기숙사를 나왔다. 그러나 그곳에는 한넬로레와 그 측근들, 사감 두 사람이 불려나와 있었다. 학생들의 공동 연구인데 왠지 일이 커진 듯한 분위기다.

"자, 로제마인. 대체 뭘 할 생각인지 숨기지 말고 말해."

매우 경계하며 아나스타지우스가 나를 째려보았다. 나는 공동 연구의 개요와 에렌페스트의 의식에 관해 대답했다. 물론 왕족에게 어떤 이점이 있는지도 확실히 강조했다.

모든 설명을 들은 아나스타지우스가 이마를 짚으며 나와 한넬로레를 번갈아 보았다.

"……왜 너희는 허구한 날 일을 키우지?"

"너희라니, 무슨 말씀이세요?"

내가 고개를 갸웃거리자, 한넬로레가 쑥스럽다는 듯이 고개를 숙였다.

"그게, 작은 소동을 일으켜서 왕족께 폐를 끼쳤거든요."

단켈페르거가 의식을 검증하려다가 빛기둥이 솟아올랐는데, 그에 관한 문의가 왕족에게 빗발쳤다는 것이다. 그런데 빛기둥이 솟아오른 의식이라면 지난번에 내가 단켈페르거를 따라한다고 했던 그것이 아닌가.

"……그건 저 때문에 일어난 일 아닌가요?"

"아니요. 로제마인 님을 흉내내려고 의식 중에 마력 봉납도 해 보고, 창의 형태를 바꿔보고 하다가 단켈페르거 기숙사에서 빛기둥이 튀어 나간 거라 온전히 저희 잘못이에요."

기숙사와 인접한 훈련장에서 의식을 거행한 후, 두 팀으로 나뉘어 디터를 했다고 한다. 대영지의 여유로움이 깊이 느껴지는 이야기였다.

'역시 단켈페르거. 강해지기 위해서라면 노력과 시간과 마력을 아끼지 않는군.'

"어제 공동 연구에 참가하게 해 달라고 호소하는 영지들을 대응하느라 진땀을 흘렸습니다만……."

사감인 루펜은 그렇게 말한 뒤, 매우 환한 미소를 지었다.

"디터 소설과 진짜 축복을 받는 의식으로 모두의 열정을 불태워 주신 것도 모자라, 디터 상대까지 잡아 주시다니, 역시 로제마인 님이십니다. 기숙사 내에서 당신의 호평이 자자합니다. 어젯밤엔 다들 흥분해서 난리도 아니었죠."

'……그런 호평은 딱히 필요 없는데.'

단켈페르거를 좀 바쁘게 만들 의도였으나, 그들은 내 편지를 받자마자 참가자 대환영 모드로 디터 신청을 받았다고 하니, 타격이라곤 일절 없었던 모양이다. 오히려 여러 영지에 '디터를 해서 의식에 참가하지 않겠나?'라고 권하기까지 했다고 한다.

"의식으로 신들의 축복을 받고 경기를 한다면 몇몇 영지를 합친 합동 팀 대 단켈페르거로 하는 편이 좋겠네요. 그리고 신들의 축복을 받는 모습을 보여 주면 그들도 앞으로는 진지하게 제사에 임할 거예요."

"흠."

"경쟁 상대도 강해야 여러분도 불타오르잖아요?"

"당연하죠!"

루펜은 의욕이 철철 넘치고, 축복을 받는 장면을 공개하면 견습 기사들은 의식에 진지해지지 않을까. 에렌페스트 견습 기사들에게 '앞으로는 단켈페르거를 본받아 스스로 축복을 얻으세요'라고 말했을 때 처럼.

루펜과의 대화가 일단락되자, 한넬로레가 머뭇거리며 입을 열었다.

"이번 제안은 저희에게도 득이니 허락하는 거야 문제가 없지만, 공동 연구에 이름까지 올려 주는 건 과하지 않을까요? 그만큼 공헌도가 높지 않잖아요, 라고 오라버니가 그랬어요."

디터 경기와 더불어 봉납식 참여까지 해 주는 것으로 공헌도는 충분하다고 생각했다. 하지만 단켈페르거 입장에서는 그렇지 않은 듯했다.

'이 사람들한테는 의식을 하는 이상, 디터는 의무나 마찬가지니까.'

공동 연구 공헌도.가 부족하다는 단켈페르거와 공동 연구에 이름을 남기고 싶은 다른 영지의 간극을 메꿀 만한 제안이 필요하다. 그런데 생각해 보면 나는 의식에 참가하겠냐고 권했을 뿐, 공동 연구에 이름을 올려 주겠다고 약속한 적은 없다. 저쪽이 멋대로 착각했을 뿐이지. 잠시 고민한 후, 나는 척 하고 집게손가락을 세우고 싱긋 웃었다.

"그럼 연구 마지막에 협력자로 이름을 올리는 건 어때요? 거기에 설문 조사에 협조해 준 견습 기사, 그리고 의식에 협력해 준 영주 후보생과 상급 귀족의 이름을 올리고, 공동 연구는 어디까지나 단켈페르거와 에렌페스트의 것이라고 공표하면 다들 납득하지 않을까요?"

"……아, 예에. 그거라면 좋아요. 오라버니도 이해해 주실 거예요."

한넬로레가 잠시 나를 빤히 바라본 후 천천히 고개를 끄덕였다.

"의식은 레스티라우트 님이 수업을 통과하면 시작할 거니까 힘내라고 전해 주세요."

"곧 끝날 거래요. 로제마인 님을 놀라게 하려고 단단히 벼르고 계시거든요."

한넬로레가 엄청난 속도로 수업을 통과해 나가는 오빠의 모습을 쓰게 웃으며 설명했다. 최종 학년인데 작년과 비슷한 시기에 수업을 전부 끝낼 수 있을 거라고 한다. 생각지 못한 반전이다.

"……놀랍네요. 이렇게까지 빠를 줄은 몰랐어요. 디터가 끝나고 의식 참가자가 확정되면 알려 주세요."

내 말에 "맡겨 주십시오!"라고 대답한 사람은 루펜이다. 나와 한넬로레는 그를 힐끗 보고, 가볍게 어깨를 으쓱했다.

크흠, 하고 아나스타지우스가 헛기침을 했다.

"로제마인, 심층의 방에 있는 제단을 사용하는 건 말인데…… 그 제단은 중앙 신전 관할이다."

영주 회의에서 열리는 성결식과 귀족원의 성인식은 중앙 신전이 맡고 있다고 들었기에 알고 있다.

"이곳 신구를 사용하려면 중앙 신전의 허가와 지시가 있어야 하는데, 지금 그들이 좀 바쁜가 보더군."

"봉납식 시기니까요."

여러 영지에서 마력이 많은 편인 청색 신관과 무녀를 끌어 모은 중앙 신전이라면 에렌페스트만큼 힘들지는 않겠지만, 애초에 작은 성배의 수가 다를 가능성도 있었다.

"그럼 저희 쪽에서 제사 물품을 챙길 테니 제단이 있는 방만 빌릴 수 없을까요? 모두에게 기도하는 법을 가르쳐 주고 싶어서요."

"……제단을 건드리지만 않는다면 허락하겠다."

"감사합니다."

아나스타지우스에게 고마움을 표한 순간, 문득 어떤 생각이 스쳤다.

“아, 저기, 제단을 건드리지 못하면 마력을 봉납할 때 쓰는 성배를 아래로 옮기지 못하는 거죠? 어쩌지? 성배를 내리는 것만 허락을 받을 순 없나요?”

마력을 흘려보낼 융단은 에렌페스트에 보내 달라고 하면 되지만, 성배를 내리지 않으면 마력을 봉납할 데가 없다.

“아니. 방법이 없다면 별 수 없지.”

“제가 슈타프로 만들면 되니까 성배를 마련할 수 있기는 한데…….”

“만들 수 있다고?!”

눈을 부릅뜬 아나스타지우스에게 나는 고개를 끄덕였다. 며칠 전 열쇠 세 개가 필요한 지하 서고에서 관련 주문을 발견했기에 성배를 만들 수는 있다.

“하지만 제가 만든 성배는 왕족이 중앙에 가져가실 수가 없어요. 그러니 왕족이 슈타프로 성배를 만들어 낼 수 있게 되든, 모은 마력을 가져갈 빈 마석을 잔뜩 준비해 주시든 둘 중 하나를 해 주셔야 해요.”

왕족이 슈타프로 성배를 만들 줄 알면 이야기가 빠르겠지만, 신구는 자주 접촉해서 마력을 흘려 보지 않으면 만들 수가 없다. 제단을 건드리지 못하면 성배를 만드는 것도 불가능할뿐더러 유지에도 상당한 마력을 써야 한다. 그러나 그런 데에 쓸 마력 여유가 왕족에겐 없으리라. 에렌페스트가 내 유레베에서 마력을 얻었듯이 빈 마석을 준비해서 성배에 담는 것이 마력을 옮기는 가장 쉬운 방법이다.

내 제안에 아나스타지우스가 하아 하고 지친 듯한 한숨을 내쉬었다. 중앙 신전의 협력을 얻을 수 없으니 대량의 마력을 손에 넣을 기회는 단념해야 한다는 얘기가 왕족들 사이에서 나왔다고 한다.

"……신구를 못 빌리면 스스로 성배를 만들면 되고, 성배의 마력은 빈 마석에 담아서 옮기면 되는군. 넌 참 독특한 비법을 많이 알고 있구나."

"다 스승님이 잘 가르쳐 줘서 그렇죠."

후훗 하고 웃자, 아나스타지우스가 손으로 이마를 짚었다.

"솔직히 말해서 네가 귀족원에서 봉납식을 열어 마력을 모아 준다면 우리에겐 아주 큰 도움이 돼."

"그렇게 말씀해 주시니 저도 기쁘네요. 될 수 있으면 왕족 여러분들도 봉납식에 참여하셨으면 하는데 가능하실까요?"

"우리도 참가, 하라고?"

당황했는지 눈을 크게 뜬 아나스타지우스에게 나는 진지한 얼굴로 고개를 끄덕였다. 왕족이 솔선해 참가한다면 참가자들이 안 하겠다고 말을 바꾸기 어려워진다. 그리고 신들의 가호를 원하는 왕족이 진지하게 기도하는 기회가 있었으면 했다.

"중앙 신전이 멀리 있다면 왕족은 진짜 제사를 겪은 적이 거의 없을 거잖아요. 다 함께 기도를 올리면 마력의 흐름이 원활해지고, 기도 효과도 높아지니까 같이 해 보면 어때요? 물론 강제는 아니에요."

"……생각해 보지."

이렇게 의식의 사전 교섭을 끝낸 후, 힐쉬르에게 '이런 일로 불러내서 내 연구를 방해하지 마세요.'라고 혼이 난 후, 기숙사에 돌아와 에렌페스트에 연락을 넣었다.

왕족을 끌어들인 봉납식을 귀족원에서 하게 된 경위를 보고하고,

신전 봉납식이 끝나면 마력을 흘려보낼 때 쓰는 카펫과 신에게 바칠 공양물, 의식 때 입는 신전장복, 빌프리트와 샤를로테의 의식용 의상 등 봉납식에 필요한 물건을 보내 달라 부탁했다.

"나랑 샤를로테도 그 봉납식에 참여해야 해?"

"예. 모두가 같은 의식을 하면 양아버님의 악평이나 이상한 소문이 하나는 없어질 거예요. 오라버니와 샤를로테는 봉납식이 처음이겠지만, 주추의 마술에 마력을 넣을 때랑 방법은 같아요. 초보자라도 할 수 있으니까 평소에 참가하는 사람처럼 행동하면 돼요."

내 제안에 두 사람 모두 순순히 고개를 끄덕였다.

"로제마인 님, 에렌페스트에서 답장이 왔습니다."

그 답장에는 의식으로 인해 눈덩이처럼 커진 상황에 플로렌치아가 까무라쳤다는 것, 왕족까지 끌어들인 이상, 반드시 성공시키라는 내용이 질베스타의 필체로 쓰여 있었다. 봉납식 물품들은 일정에 맞춰 보내 주겠다고 했다.

게다가 클라리사의 보고서를 읽고 '전 왜 졸업을 해 버린 걸까요'라며 피눈물을 흘리며 쓴 듯한 하르트무트의 편지도 동봉되어 있었다. 원망이 가득 담겨 있다고나 할까. 필압이 느껴지는 휘갈긴 글씨체가 소름 끼쳤다.

"……이걸 보니 에렌페스트에 돌아가기가 무섭네요. 하르트무트가 엄청 징징거릴 것 같아요."

레오노레가 진지한 얼굴로 중얼거렸다. 나는 성인이 된 측근들에게 가호 의식을 다시 시켜 보고 싶으니 많은 가호를 받을 수 있게 기도와 신들의 이름을 복습하는 걸 매일 빼먹지 않도록 하르트무트가 해야 할 일들을 썼다. 뭐라도 할 일이 있으면 조금은 기분이 풀어지지 않을까.

이거로 됐다, 하고 만족하는데, 유디트가 "음." 하고 고개를 갸웃거렸다.

"이 정도로는 하르트무트가 금방 끝내 버릴 텐데요. 안게리카가 신의 이름을 외우게 하라는 명령도 추가하면 어떨까요? 겨울 동안 거기에 매달리게 될 거예요."

"……유디트, 그러면 다무엘의 부담만 커지는 것 아니에요?"

새파랗게 질린 필린느의 말에 유디트가 "아." 하고 작게 소리를 내더니, 이내 씩 웃었다.

"다무엘이라면 괜찮을 거예요, 분명."

"아아아, 안 돼요!"

옥신각신하는 필린느와 유디트를 바라보며 우리 측근들은 참 사이가 좋구나, 하고 오랜만에 화기애애한 기분을 느꼈다.

의식 준비

귀족원 강당 안쪽에 있는 제단 앞에서 봉납식을 치르기로 했지만, 당장 할 수 있는 건 아니었다. 우선 레스티라우트의 수업과 에렌페스트의 봉납식이 끝나야 한다. 그동안, 다른 영지에 결투를 신청한 단켈페르거가 디터를 해서 참가자를 선별하게 된다.

"뮤리엘라, 의식 참가자에 관해서 올도난츠로 단켈페르거에 전하세요. 마력의 차가 크면 적은 쪽의 부담이 커지니 상급 귀족과 영주 후보생에 한해서 참가자를 선별해 달라고요. 그리고 마력 압축을 막 배운 1학년생도 걸러 달라고 하고요."

나의 마력을 담은 마석으로 의식을 치렀던 빌프리트나 샤를로테도 익숙해지는 데 시간이 걸렸고, 다른 영지에서는 대부분 귀족원에서 마력 압축을 배운 후에 주추의 마술에 마력을 공급한다고 한다. 모든 초심자에게 성인 보조를 붙일 수 없는 마당에 마력 공급을 아예 경험한 적 없는 사람은 위험하다.

"로제마인 님, 올도난츠가 돌아왔습니다. 참가 기준은 파악했고, 디터 준비도 끝나서 중소영지가 합동 팀을 꾸릴 때까지 기다리는 중이라고 합니다."

'……에구구. 중소영지 여러분, 고생 좀 하시겠네요.'

마음속으로 합장을 하면서 나는 빌린 책에 손을 뻗었다.

"그럼 나머지는 신전의 봉납식이 끝나야 시작할 수 있겠네. 책이라도 읽으면서 기다려야지."

나는 다른 영지에서 빌린 책을 읽거나 힐쉬르의 연구실을 들락거리며 느긋하게 시간을 보냈다.

다과회에도 나갔지만, 대부분의 화제는 공동 연구의 참가 조건이었던 디터에 관한 불만이었다. 지난번에 내가 속도를 겨루는 디터로 빠져나간 것이 어지간히 분했는지, 이번엔 단켈페르거 측에서 무조건 보물 뺏기 디터여야 한다고 못 박았다고 한다. 합동 팀을 꾸렸지만, 이론으로만 배웠지 한 번도 해 보지 않은 디터라 그들을 이길 수 없었다고 한다. 회복약이 몇 개가 있어도 부족했다는 불만에 나는 조그맣게 웃었다.

"단켈페르거와의 공동 연구에서 디터는 필수예요. 우리 에렌페스트도 한걸요."

'보물 뺏기 디터를 한 건 1학년 때였지만 아예 거짓말은 아니잖아?'

덕분에 시작부터 끝까지 질베스타의 나쁜 소문이 아닌, 공동 연구와 디터 화제로 들끓었던 다과회는 정신적 부담도 적었고, 나는 처음으로 단켈페르거의 디터 사랑에 감사했다.

그 외에는 드레반헬과 공동 연구를 진행 중인 견습 문관들로부터 경과 보고를 받았다. 연구에 엄청난 공을 들이고 있는 군돌프는 각 마목의 특징을 더욱 살리고자 종이를 소재로 여러 가지 조합을 시도하는 중이라고 했다. 그 결과 감합지로 사용되는 난세이브지는 움직임이 빨라졌고, 이전보다 거리가 멀어도 움직임을 보이는 등 변화가 조금씩 있다고 한다.

"성능이 좋아졌네요. 도서관 책을 이동시킬 때 쓸 수 있게 책 무게를 견딜 만큼 성능을 올려 주세요. 최종적으로는 마법진을 넣는 쪽도 구상하고 있어서 최대한 소재의 품질을 올려서 마력 부담을 줄이고 싶어요."

에이폰지는 악보를 써서 그 위에 마석을 굴리면 오르골처럼 곡이 흘러나오게 되긴 했지만, 아직 연구할 거리가 많다고 한다.

"마석을 굴려서 소리를 낼 수 있다면 악기랑 딱 붙여서 자동으로 연주가 되도록 해도 괜찮겠는데?"

우라노 시절에 들었던 자동 연주용 롤 페이퍼를 세팅한 파이프오르간의 음색을 머릿속에 떠올렸다. 그건 정말 훌륭했었다. 내가 혼잣말처럼 중얼거린 말을 마리안네가 똑똑히 들은 모양이다.

"제 쪽에서 군돌프 선생님께 그렇게 제안할게요. 저희한테 신선한 아이디어가 없다고 얼마 전에 성을 내셨거든요."

"……내가 낸 아이디어라도 괜찮다면 그렇게 해요."

연구에 힘을 쏟아붓는 드레반헬의 견습 문관들과 함께 연구하기에는 아직 에렌페스트 견습 문관들의 실력이 조금 떨어지는 모양이다. 마리안네는 자신감을 잃은 기색이었다.

"귀족원을 졸업해서 에렌페스트에 돌아가면 드레반헬과의 공동 연구만큼 수준 높은 연구에 참여할 기회가 많이 없을 거예요. 주변과의 실력 차이며 선생님의 꾸지람이며 이것저것 신경 쓰이겠지만, 너무 낙심하지 말고, 연구를 지속해 주세요."

그러는 사이에 클라리사로부터 레스티라우트가 수업을 끝냈다는 보고와 함께 설문조사의 집계 결과가 도착했다. 단켈페르거에서는 무인에 가까운 문관과 시종 중에도 가호를 받은 사람이 꽤 있었다.

"뭐라고 할까, 디터를 위해 존재하고, 디터와 함께 번영해 온 영지 같네요."

필린느의 감상에 나는 깊이 고개를 끄덕였다.

"다과회에서 듣기로는 지금도 견습 기사들이 디터 경기에 완전 똘똘 뭉쳐 있대요. 경기가 끝나면 다른 영지는 기진맥진해 있는데, 단켈페르거만 팔팔하게 뛰어다닌다나 뭐라나."

"눈에 선하네요. 그리고 이건 의식 참가자 명단입니다. 확인 부탁드리겠습니다."

필린느에게 목패를 건네받아 훑어보았다. 제사 참여가 결정된 영지와, 영지별로 각 세 명부터 여덟 명의 이름이 올라가 있었다. 영지의 과반수가 참여를 표명해서 대영지와 소영지의 참여 인원수에 격차가 벌어졌다. 학생 참가자만으로 육십 명이 넘었다.

"대영지도 참여하는군요. 이점을 확실히 파악할 때까지 지켜볼 줄 알았는데."

"다른 영지의 공동 연구를 사전에 알 수 있는 절호의 기회니까요. 그리고 영지 대항전에서 가장 주목받게 될 연구가 신의 가호를 늘리는 연구일 것으로 다들 예상하고 있거든요."

오픈된 참여 기회는 잡고 싶은 모양이다. 참여 영지엔 클라센부르크, 드레반헬, 아렌스바흐의 이름이 있었다. 드레반헬의 영주 후보생은 전원 참여하는 데 반해 아렌스바흐에서는 영주 후보생인 디트린데가 아니라 견습 문관만 참여자로 등록되어 있었다. 명부를 보면서 나는 고개를 갸웃거렸다.

"……다과회에서 그렇게 참여하게 해 달라던 임멜딩크 쪽은 이름이 없네요?"

"중소영지 중엔 디터를 할 여유가 없는 영지가 대부분이라서 그렇습니다. 특히 다른 영지가 박살났다는 얘기나 회복약 준비가 부담되니까 꽁무니를 뺀 영지도 많다고 합니다."

'음. 망설이는 마음은 이해해. 나도 귀찮아서 딴 영지에 떠넘긴 거니까.'

디터 단계에서 회복약을 대량으로 소비할 정도라면 봉납식까지 했다간 큰일 날 판이다. 에렌페스트의 채집터는 고품질 소재가 풍부하지만, 다른 영지의 채집터는 그렇지 않을 테니 말이다.

'……회복약을 나눠줘야 하나?'

"로제마인 님, 참가자에게 제사의 주의사항을 설명해야 하는데, 어떻게 할까요……."

참여 인원과 준비해야 할 회복약 소재로 고민하던 나는 필린느의 말에 퍼뜩 고개를 들었다.

"그러네요. ……당일 아침에는 몸을 청결히 할 것, 회복약을 준비해 둘 것, 축문을 외워둘 것…… 정도일까요? 의식용 의상은 없으니까 어쩔 수 없고……."

마력 제공만 해 왔던 청색 견습 무녀 시절, 내가 신전에서 했던 것들을 떠올리며 주의 사항을 손꼽아 세었다.

"올도난츠로 주의 사항을 전달하고, 축문이 필요한 영지에는 견습 문관에게 알려 주면 될까요? 이 목패에 쓰여 있으니까 각자 베껴 쓰게 하세요."

"알겠습니다."

나의 견습 문관들이 일제히 고개를 끄덕이자, 빌프리트가 불안스럽게 말을 걸었다.

"로제마인, 나도 기원식과 수확제만 해 봐서 봉납식 축문은 몰라."

"봉납식 축문은 주추의 마술에 마력을 공급할 때랑 똑같아요. 일단 한번 볼래요?"

목패에 축문을 써서 넘기자, 대강 훑어본 빌프리트가 안도한 듯 어깨에 힘을 뺐다. 그 모습을 지켜보던 샤를로테도 목패를 읽어보고, "이거면 문제없겠네요."라며 미소를 지었다.

"아참. 에렌페스트에서 보고를 보내 왔어. 신전 봉납식이 끝나서 필요한 도구를 준비하는 중이라는군. 신전에서 성으로 옮기는데 눈발 때문에 엄청 고생하고 있대."

나의 레서버스가 있다면 짐을 쉽게 옮길 수 있겠지만, 기수로는 애를 먹을 터였다. 특히 지금은 아직 겨울의 주인을 토벌하기 전이라 눈보라가 한창 심할 때다. 조금씩 기수로 옮기느라 하르트무트와 코르넬리우스가 몇 번이나 왕복하고 있는 듯했다.

"그리고 하르트무트가 의식에 참가할 거니까 왕족한테 허가를 받으라고 쓰여 있어."

작년에 페르디난드가 성전을 가져갔을 때처럼 제사 도구를 옮기려면 관리자가 필요하고, 그것은 반드시 신관장이 해야 한다고 하르트무트가 주장하고 있다는 것이다.

"하지만 로제마인 님이 의식을 하는 모습을 볼 목적인 것 같은데요."

유디트의 목소리에 레오노레가 "보나마나죠."라며 고개를 끄덕였다. 로데리히와 필린느는 얼굴을 마주보더니 포기한 듯한 미소를 지었다.

"내 생각도 그래요. 유디트의 말이 맞겠지만, 의식을 준비해 줄 회색 신관들이 이곳엔 없잖아요. 중앙 신전에서도 도와주지 않겠죠?"

"귀족원에선 신분 때문에 걸림돌이 많아요. 로제마인 님께서 모든 걸 일일이 준비하시긴 어려울 겁니다. 대신 움직여 줄 하르트무트가 적임자라고 생각합니다."

신전에서 하르트무트가 신관장이 되기 위해 배워 가는 과정을 가까이서 지켜본 두 사람은 제사 준비에도 세세한 규정이 많다는 것을 잘 안다. 그러나 알고만 있을 뿐, 배운 적도 없는 데다가 실제로 의식 장소에는 신관 외에는 출입이 금지되어 있어 본 적도 없다. 이 기숙사에 있는 사람들만으로는 준비를 하는 것도 벅찬 셈이다. 전체를 지휘할 사람이 필요하긴 했다.

"……하르트무트를 부를 수밖에 없겠네요."

곧바로 편지를 써서 에그란티느에게 보냈다. 누구한테 질문과 부탁을 하든 무조건 아나스타지우스한테서 답장이 오니, 손이 덜 가게 아예 그쪽에다 편지를 보내는 게 나았다.

예상대로 아나스타지우스의 올도난츠가 날아왔다. 하얀 새가 아나스타지우스의 목소리로 하르트무트의 출입을 허가한 후, 다음 말을 이었다.

"아버님도 참여하신다고 하니 의식 순서를 자세히 쓴 자료와 참가자 명단을 보내. 많은 사람에게 마력을 대량으로 받게 됐으니 직접 고마움을 전하셔야겠다는군."

왕족도 의식을 해 보는 편이 좋다고 설득한 것이리라. 왕도 참가 의사를 표명했다. 봉납식에 참관해서 기도 방법을 익히면 유르겐슈미트를 위해 어마어마한 마력을 쏟아붓고 있는 왕족도 분명 많은 가호를 받을 수 있을 터였다. 이제 왕족도 조금은 편해지겠네, 하고 태평하게 생각하는 나와 달리, 빌프리트와 샤를로트를 비롯한 주변 학생들은 안색이 노래졌다.

"잠깐만! 왕이 참가한다고?! 일이 너무 커진 거 아냐?!"

"……예상 못한 사태이긴 하지만, 이제 와서 중지할 순 없어요, 오라버니."

샤를로테가 먼 허공을 보며 말했다.

"……모두가 협력해서 마력을 봉납하면 되는데 뭐가 어려워요?"

내 말에 샤를로테가 매우 곤란한 미소로 나를 보았다.

"언니는 마력이 풍부한 데다 신들의 가호를 받은 후에 어디다 쓸지 고민했을 만큼 딱히 중요하지 않을지 몰라도 마력에 허덕이는 이 세상에는 왕이 직접 고마움을 전해야 할 정도로 마력은 중요한 존재예요."

"원래 왕이 직접 공로를 치하하는 사람은 최우수를 딴 학생뿐이야. 그걸 참가자 전원에게 하겠다는 건 그 정도로 네가 하려는 의식이 엄청나다는 이야기지."

되는대로 저지른 짓이라 별 생각을 하지 않았었는데, 여러 영지로부터 마력을 쥐어짜내겠다는 내 계획은 엄청난 파문을 몰고 온 듯했다. 나의 잔꾀가 예상보다 더 큰 사태를 만들고 말았다. 나는 당장에 의식 순서와 참가자 명단을 목패에 써서 아나스타지우스의 별궁에 보냈다.

"……마력이 그렇게까지 중요하다면 참가상으로 회복약을 줘야겠네요."

"참가상이요?"

눈을 깜빡이는 샤를로테에게 나는 고개를 끄덕였다.

"의식에 참가하려고 디터에 엄청나게 많은 회복약을 써야 했대요. 그럼 이번 의식에서도 마력뿐만 아니라 회복약도 분명 필요할 거예요."

마력과 회복약, 전부 있어야 하면 중소영지의 부담이 너무 크지 않은가, 하고 문뜩 떠오른 생각을 입 밖에 꺼냈다. 곧바로 마력을 회복시켜 주면 마력을 빼앗겼다는 불만을 피할 수 있지 않을까.

"모두에게 마력을 대량으로 얻는 거니까, 페르디난드 님의 배려 한 방울 들어간 회복약을 나눠 주면 다들 좋아하지 않을까요?"

"언니, 주제넘은 말일지 모르겠지만, 그 약을 줬다간 오히려 고문한다고 오해를 살 거예요. 좀 더 먹기 쉬운 회복약은 없어요?"

블렌루스의 열매가 있으면 훨씬 먹기 쉬운 회복약이 되겠지만, 그건 하르덴첼에서만 채집할 수 있는 귀한 소재다. 귀족원엔 없다.

"그게 아니면…… 마력만 가득 채워 주는 약이 있긴 한데, 피로감은 해소되지 않아요."

의식에 익숙하지 않은 사람이라면 아마 녹초가 되지 않을까? 마력만 회복되고 피로감은 없어지지 않는 약이니까.

"마력만 회복하면 충분할 거예요. 그것보다 맛은 어때요?"

"뭐 나쁘진 않아요."

"그 숙부님의 약을 태연하게 먹는 로제마인의 말을 어떻게 믿냐? 먼저 우리가 맛을 보는 게 좋지 않을까?"

빌프리트의 제안에 샤를로테도 동의했고, 나는 기숙사 조합실에서 마력만 회복시켜 주는 약을 만들어 시음을 부탁했다. 시음 대상이 된 사람들은 소재를 채집하고 온 견습 기사들과 맛을 봐 주기로 한 빌프리트와 샤를로테다.

"……맛은 나쁘진 않네. 평범한 회복약 같아."

"하지만 회복력과 회복 속도는 떨어져요. 이왕이면 약발이 잘 듣는 약을 다른 영지에 주는 게 좋아요. 배려 한 방울 들어간 회복약으로 해요."

그러나 이 말은 평소에도 배려 한 방울 들어간 회복약을 먹고 있는 나 혼자만의 의견이었다. 수업 때 만드는 회복약을 복용하는 견습 기사들은 절레절레 고개를 저었다.

"일반 회복약을 먹고 있는 저희에겐 회복 속도도 충분히 빠른 것 같고, 이것 하나로도 효과가 좋습니다."

"맛과 냄새에 거부감이 드는 것보다 무난하게 먹을 수 있는 것으로 주는 편이 좋지 않을까요?"

견습 기사들과 샤를로테의 주장에 나는 마력만 회복하는 약을 주기로 했다. 이 회복약이라면 채집터에서 쉽게 구하는 소재로 간단히 만들 수 있다.

"그럼 이걸 참가자 인원수만큼 만들어야겠네요."

레시피 공개 여부를 페르디난드에게 확인받을 수 없는지라 나는 이름을 바친 로데리히와 뮤리엘라에게 '누설 금지'를 명한 후 조제 도움을 받았다.

"로제마인 님 혼자서 만드실 때와 큰 차이가 없는 것 같아요."

소재를 자르는 것부터 애를 먹은 로데리히가 완전히 지친 모습으로 "저흰 있으나마나였네요."라며 고개를 푹 숙였고, 뮤리엘라는 "그래도 로제마인 님 혼자 조합실에 계시게 할 순 없잖아요."라고 미소 지으며 약을 담은 상자를 조합실에서 가지고 나갔다.

의식 당일 아침. 우리 영지 후보생들이 아침 식사를 마치고 다목적 홀에서 최종 확인을 할 즈음, 청색 신관복을 입은 하르트무트가 전이 마법진에 도착했다.

"로제마인 님, 제사 도구를 가지고 왔습니다. 의식용 의상도 여기에 있습니다."

"리카르다, 그레티아. 의식용 의상으로 갈아입게 준비해 주세요."

두 사람이 움직이자, 빌프리트와 샤를로테의 시종들도 움직이기 시작했다.

"빌프리트 님과 샤를로테 님은 봉납식에 참여한 적이 없으셔서 겨울 귀색으로 된 허리끈이 없습니다. 대신 쓸 만한 끈과 천을 두 분의 측근들에게 준비토록 했습니다."

성에 있는 시종들이 수중에 있는 의상 중에 적당한 것을 가져와 주었다고 한다.

"의식은 오후부터예요. 왕족에게 심층의 방을 열어 달라고 연락을 넣어서 오전 중에 준비를 끝내야 해요. 하르트무트, 심층의 방 준비와 참가자들에게 지시하는 일을 맡겨도 될까요?"

"맡겨 주십시오. 에렌페스트의 성녀이신 로제마인 님께서 거행하시는 의식이니 무조건 완벽해야죠. 제가 귀족원 봉납식에 올 수 있게 해 주신 신께 기도와 감사를 바칩시다!"

기도를 하기 시작한 하르트무트에게로 주변 시선이 집중되었다. 매우 흥분한 모습이 조금 걱정되지만, 왕족이 참여하는 만큼 완벽을 목표로 해 준다는데 더할 나위 있겠는가.

하르트무트가 신에게 기도를 올리는 모습을 곁눈질하며 나는 제사 준비를 해야 하니 심층의 방을 열어 달라고 왕족에게 올도난츠를 날려 보냈다. 제단이 있는 심층의 방은 왕족과 영주, 그리고 왕족의 마력을 담은 마석을 다룰 수 있는 자만이 열 수 있다. 그렇기에 왕족은 항시 귀족원에 상주해 있어야 하는 것이었다.

"환복 준비를 해야 하는 리카르다와 그레티아만 빼고 모두 나와 심층의 방에 가요. 왕족보다 늦게 도착하면 실례니까 서둘러요."

빌프리트와 샤를로테도 측근을 이끌고 심층의 방으로 이동했다. 제사 도구를 측근들이 옮기는 동안 강당에서 기다리자, 곧이어 힐데브란트가 도착했다.

"로제마인."

"힐데브란트 왕자님, 오늘 잘 부탁드리겠습니다."

긴 인사를 나눈 뒤, 힐데브란트의 수석 시종인 아르투르가 그를 안아 올렸고, 힐데브란트가 벽에 박혀 있는 마석을 툭 건드렸다. 심층의 방으로 이어지는 문이 열렸다.

"수업 땐 선생님들에게 마석을 빌려주고 열게 했는데, 오늘은 내가 직접 하고 싶다고 했거든요."

힐데브란트는 나이가 어려서 오늘 의식의 참가 자격이 없었다. 그도 참가하고 싶다고 했지만, 왕족이 졸도라도 하는 날엔 큰일이 나니 아나스타지우스에게 거절해 달라고 부탁했다. 그러자 그는 적어도 문이라도 자기가 열게 해 달라고 졸랐고, 이를 왕이 허가했다고 한다.

하르트무트는 모두에게 지시를 내려서 짐을 옮겼고, 제사 준비에 착수했다. 나도 심층의 방에 들어가려고 하는데, 싱긋 웃는 브륀힐데에게 소매를 붙잡혀 버렸다. 아무래도 내 일은 힐데브란트 상대인 모양이다.

"의식이 시작하기 전까지 에렌페스트 사람 외에는 아무도 들이지 말라는 명령이 떨어졌거든요."

"힐데브란트 왕자님은 자기가 할 수 있는 일을 항상 열심히 찾으시네요."

맡은 역할을 자랑스러워하는 힐데브란트의 모습에 흐뭇해진 나는 웃으며 고개를 끄덕이고, 그의 질문에 대답하며 오늘 의식에서 어떤 일들을 하게 되는지 설명했다.

"로제마인, 오늘은 참가자가 많죠? 호위기사는 어디쯤에서 대기하나요?"

"제사하는 곳에 호위기사는 들어가지 못합니다. 이 심층에 방에 출입할 수 있는 사람은 의식 참가자뿐이에요."

"……예?"

힐데브란트가 눈을 끔뻑거리자, 나도 눈을 깜박였다.

"제사를 할 땐 신관과 무녀만이 그 자리에 출입할 수 있어요. 중앙 신전에서 하는 성결식도 그렇잖아요? 제가 신전장으로 행사를 진행하게 되면 호위기사가 있어야 한다고 하니, 굉장히 떨떠름해 하더라구요. 이번 제사도 호위기사들은 강당에서 대기해 주셔야 해요."

아르투르가 숨을 멈추며 눈을 부릅떴다.

"호위기사의 출입이 금지라니 말이 되는 소리입니까?!"

호위기사를 심층의 방에서 물리겠다는 말에 비난이 쏟아졌지만, 나는 의견을 뒤집을 생각이 추호도 없었다.

"많은 영주 후보생이 참여하는 자리예요. 모든 측근들을 심층의 방에 데리고 들어올 순 없어요. 그리고 모두가 마력을 일제히 흘려보내는 곳에 있으면 본의 아니게 마력이 빨려나갈 수 있어요. 그렇게 되면 호위로 있어 봤자 도움도 안 되잖아요."

"왕족과 영주 일족이 호위기사를 떼어 놓았다는 전례는 없습니다."

나는 납득하지 못하는 힐데브란트와 측근들을 바라보았다.

"다른 영주 일족과 왕족에게 유일하게 남아 있는 제사는 주추의 마력 공급뿐이죠? 에렌페스트에서는 영주 일족이 주추의 마술에 마력을 공급할 때 호위기사는 문 앞을 지킬 뿐, 공급의 방에 들어오지 않습니다. 중앙에서는 공급의 방에까지 호위기사가 들어온다는 말인가요?"

내 물음에 대답한 사람은 아르투르였다.

"……공급의 방에는 공급하는 왕족만이 들어갈 수 있습니다."

"그럼 제사도 비슷한 경우라고 이해해 주세요. 아니면 제사를 거행하는 에렌페스트 측 호위기사를 배치하면 왕족 분들도 안심하실까요?"

"에렌페스트의 호위기사가 아니라 중앙 기사단을 배치해야 마땅하지요……."

다른 영지를 못 믿겠다는 아르투르에게 나는 "그러시겠죠."라고 대답했다.

"바닥에 무릎을 꿇고 양손을 짚은 채, 마력을 흘려보낼 때 무기를 손에 쥐고 서 있는 자를 경계하는 건 누구나 마찬가지예요. 왕족이 참가자와 에렌페스트의 호위기사들을 신용하지 못하듯이, 저 역시 다른 영지의 호위기사를 못 믿어요. 그러니 처음부터 적의가 있는 자를 배제하면 되겠죠?"

"적의가 있는 자를 배제한다고요? 그런 방법이 있습니까?"

"슈첼리아의 방패로 참가자를 선별할게요. 왕족을 해치려는 악의가 있는 자는 애초에 들어오지 못하도록."

귀족원 봉납식

힐데브란트와 그의 측근들이 돌아가고, 우리도 하르트무트에게 뒤를 맡긴 후 일단 기숙사로 돌아갔다. 신전장복으로 환복하고 있을 때 왕에게 보고를 끝냈는지, 힐데브란트의 올도난츠가 날아왔다. 왕에게 자세한 설명을 하기 위해 우리는 예정된 집합 시간보다 조금 일찍 강당으로 가게 되었다.

낯빛이 좋지 않은 빌프리트 일행과 걸어가던 도중, 단켈페르거 학생들과 딱 마주쳤다.

"어머, 빌프리트 님과 샤를로테 님도 신전 의복을 입으셨네요?"

"이게 제사의 정복이에요. 영지에는 두 사람 모두 제사를 거행하기 때문에 개인 의상이 있답니다. 이번에는 시간이 없어서 생략했지만, 원래는 참가자들도 의복을 입어야 해요."

시간만 있었다면 참가하는 귀족들에게도 신전 복장을 입힐 생각이었다고 내가 말하자, 한넬로레가 휘둥그레진 눈을 끔뻑거렸다.

강당에 도착하자, 곧이어 왕족과 중앙 기사단이 들어왔다.

'왕족, 너무 많은데?'

에그란티느, 아나스타지우스, 지기스발트는 안면이 있어 알고 있다. 아돌피네도 왕족의 약혼녀로서 참가했다. 그런데 그 외에 처음 보는 왕족이 둘이나 있었다. 아마 나이가 가장 많아 보이는 남성이 왕이고, 젊은 여성이 지기스발트의 아내이리라.

“로제마인 님, 힐데브란트 왕자님께서 말씀하시던데…….”

“라오블루트, 인사가 먼저다. 조급한 심정은 알겠으나 자중해라.”

중앙 기사단장은 당장에라도 질문을 쏟아낼 기세였지만, 무엇보다 형식을 따지는 귀족에게는 첫 인사가 먼저다. 단켈페르거의 인사에 이어 우리는 왕의 앞에 무릎을 꿇었다. 에렌페스트의 대표는 이 공동 연구의 책임자인 나였다.

“첸트 트라오크발, 생명의 신 에이비리베의 엄격한 선별을 받은 귀한 만남에 축복을 기도함을 허가해 주십시오.”

영주를 아우브라고 부르듯, 왕은 첸트라고 부른다. 인사를 끝낸 나는 허락을 받아 몸을 일으키고, 첸트 트라오크발을 보았다. 머리카락은 힐데브란트와 비슷한 푸른 기가 도는 은발이었고, 얼굴은 아나스타지우스와 닮아 있었다.

‘얼굴색에 핏기가 하나도 없고, 몸에서 회복약 냄새가 나네.’

내가 신전에 갓 들어갔을 무렵의 페르디난드 같았다. 피로한 빛이 완연한 분위기와 코끝에 맴도는 회복약 냄새가 그를 연상케 했다. 얼굴은 그다지 닮지 않았는데, 머리 길이가 비슷해서일까. 트라오크발이 고개를 숙이면 페르디난드처럼 보였다.

‘누가 봐도 엄청 몸을 혹사하는 사람 같아.’

그를 찬찬히 뜯어보는데, 트라오크발은 잠시 생각에 잠기는 모습을 보이더니 나를 불렀다.

“에렌페스트, 호위기사가 출입할 수 없는 이유를 설명해 다오.”

“이유는 힐데브란트 왕자님께 설명해 드린 대로입니다. 전 왕족이 진짜 제사를 경험하는 것이 중요하다고 생각해서 제안을 드렸을 뿐, 강제가 아닙니다.”

"로제마인. 이곳은 내 별궁도 지하 서고도 아닌 왕의 어전이다."

귀족답게 예를 보이라는 아나스타지우스의 말에 나는 고개를 갸웃거렸다.

'음, 조건을 받아들이기 싫으면 관두라는 말을 귀족의 언어로 뭐라고 하더라?'

모두가 모아 준 마력을 왕족에게 넘길 예정이니까 왕족이 참가해주는 편이 편하긴 하다. 하지만 그게 전부다. 왕족이 없어도 공동 연구에는 아무 문제가 없고, 없는 편이 덜 성가시다. 귀족답게 돌려서 거절할 방법을 고민하는데, 첸트가 가볍게 손을 저었다.

"제사에 참여하고 싶다고 한 건 우리다. 적의가 있는 자를 배제할 수 있다면 상관은 없다만……."

"다시 고려해 주십시오, 첸트. 적의를 숨긴 자를 골라내다니, 순 헛소리입니다."

이미 힐데브란트의 측근들이 어떻게 반응하는지 봤기에 그런 말이 나올 줄은 예상했었다. 왕족이 참여하고 싶어 해도 호위기사가 그렇게 두지 않았다. 나는 입을 놀리지 않고 그들이 왕을 설득하기를 기다리기만 하면 되었다.

그렇게 생각하는데 중앙 기사단장인 라오블루트가 팔짱을 낀 채로 나를 내려다보았다.

"로제마인 님, 그 방패는 작년 영지 대항전 때 보여 준 반투명하고 반원형인 그것입니까?"

그러고 보니 작년 표창식에서 습격을 받았을 때, 영지 학생들을 지키려고 소환한 슈첼리아의 방패가 엄청 눈에 띄었다는 얘기를 들은 적이 있다. 나는 "맞습니다."라고 고개를 끄덕였다.

"적의를 숨긴 자를 판별한다는 얘기는 처음 듣는다만, 그 방패엔 어떠한 공격도 먹히지 않았지. 그 안에 있으면 왕족의 안전은 보장되겠군."

아무래도 라오블루트는 예전에 슈첼리아의 방패를 본 적이 있는 모양이다. 내가 눈이 휘둥그레질 정도로 그는 너무 쉽게 방패의 유용성을 인정해 주었다. 아달지자의 열매임을 알고 페르디난드와 에렌페스트를 의심의 눈초리로 바라보던 그의 입에서 나올 거라 생각지 못할 발언이다.

"아무리 기사단장님의 말씀이래도 저 말은 믿을 수 없습니다. 정말 왕족을 지킬 만큼 강도가 있는지, 중앙 기사단이 직접 확인하게 해 주십시오."

한 기사의 진언에 왕족이 나를 힐끗 쳐다보았다. 확인하고 싶은 마음은 이해할 수 있었다.

"그래야 납득하시겠다면 전 상관없어요."

나는 왕족의 앞에서 중앙 기사단의 공격을 받아내게 되었다. 다른 사람들을 주변에서 물리고, 1인용 크기의 방패를 소환했다. 중앙 기사의 실력을 모르니, 내 몸 하나를 지키는 데 전력을 다할 뿐이다.

"그럼 로야리테트. 시작해라."

확인하고 싶다는 말을 꺼낸 기사, 로야리테트에게 왕이 명령했다. 첫 공격은 맛보기이리라. 그는 슈타프를 변형시킨 검으로 가벼운 공격을 가했다. 그 순간, 그 공격과 함께 바람에 튕기듯 뒤로 날아가 버렸다.

모두가 경악의 비명을 질렀다. 그때부터 다른 기사들이 제각각 무기를 들고 슈첼리아의 방패를 파괴할 기세로 공격을 퍼부었다. 기사가 하나둘 늘자, 공격의 위력도 점차 커졌다.

그러나 방패 안에서 마력만 방출하는 내겐 아무런 타격이 없었다. 오히려 공격할 때마다 튕겨 날아가거나 튕겨 나온 공격에 맞아 다치는 기사들의 몸이 더 걱정되었다.

"역시 로제마인 님의 슈첼리아의 방패는 최고입니다! 훌륭해요!"

"저걸로 하이스히체 님의 공격을 막았다고 들었어요. 이 눈으로 볼 수 있다니 감격입니다."

흥분에 몸을 파르르 떠는 하르트무트와 클라리사를 시작으로, 방패의 강도 확인을 마치 디터를 관전하는 양 호기심 어린 눈빛으로 지켜보는 단켈페르거 기사들이 조금 성가셔지기 시작했다.

'이거 언제까지 계속해야 하지?'

그렇게 생각할 때 라오블루트에게 뭔가 지시를 받은 기사 한 명이 방패 속으로 슥 들어왔다.

"역시. 적의나 해칠 마음이 없으면 안으로 들어갈 수 있다는 말이 사실이었구나."

안에서 흥미롭게 슈첼리아의 방패를 둘러본 그는 슈타프를 무기로 변화시켰다.

"이렇게 방패에 들어온 자가 공격을 하면 어떻게 되지?"

그런 검증은 해 본 적이 없어서 나도 잘 몰랐는데, 그가 몸소 보여주었다. '무기를 들고 공격하려는 순간, 방패 밖으로 튕겨 나간다'가 정답이었다. 참으로 흥미로웠다.

무기로 내리치든, 공격용 마술구를 던지든, 마력으로 공격하든, 방패는 모든 것을 튕겨냈다. 기사들이 점점 전의를 잃어 갈 무렵 트라오크발이 공격을 중지시켰다.

"그만 됐다. 확인은 충분하다. 자네들이 뚫지 못한 방패를 견습 기사들이 뚫을 리가 없지."

방패의 강도는 증명되었지만, 중앙 기사들의 꼴은 말이 아니었다.

"첸트 트라오크발. 중앙 기사단 분들께 룽슈멜의 치유를 드리고 싶은데, 허가해 주시겠어요?"

"……우리야 고맙다만, 괜찮겠나? 이 많은 인원을 다 치유하려면 마력 소비가 굉장할 텐데."

"플류트레네의 지팡이를 쓰면 괜찮습니다. 이제 이분들이 강당을 지켜 주셔야 하는걸요. 다른 영지 측근들도 분명 똑같이 반발할 테고요."

반지로 치유하려면 몸이 닿을 만큼 거리가 가까워야 하지만, 지팡이를 쓰면 멀리서도 많은 인원을 한 번에 치유할 수 있다. 나는 왕의 허가를 받고, 플류트레네의 지팡이를 소환해 기사들에게 룽슈멜의 축복을 내려 주었다. 그 김에 "이건 참가하시는 분들께 나눠 드릴 거예요."라고 하며 의식 참가상으로 주려고 준비한 마력 회복약을 배분했다.

"안에 뭐가 들었는지도 모르는 이 미심쩍은 걸 참가자들에게 돌리겠다고?!"

방패 때와 달리, 이번엔 라오블루트가 이물질 투입을 의심하며 집요하게 물고 넘어졌다.

"일단 의심부터 하는 게 저희 일이긴 하지만, 방패처럼 이것도 확인하면 되지 않겠습니까. 전 로제마인 님을 의심하지 않습니다. 이물질을 넣었다면 치유해 주기 전에 나눠 줬겠지요."

맨 처음에 슈첼리아의 방패를 공격했던 로야리테트가 라오블루트를 달래듯 말하더니 마력 회복약을 손에 들고는 다른 기사들과 왕족에게 보여 주듯이 단숨에 들이켰다.

"어때, 로야리테트? 몸에 이상은 없나?"

"……훌륭합니다. 마력이 회복되어 가는 게 느껴질 정도로요. 이런 품질 높은 회복약을 준비하려면 꽤 고생하셨을 텐데요?"

"모두에게 마력을 받게 되었으니 그만큼 마력을 보충할 수 있는 걸 드리고 싶었어요. 그리고 제사 참여 조건에 있는 디터 때문에 마력 부담이 크다는 얘기를 여기저기서 들어서……."

"다른 영지들한테도 분명 도움이 될 겁니다."

이렇게 왕족과 단켈페르거의 앞에서 중앙 기사단은 슈첼리아의 방패의 강도 확인과 마력 회복약의 안정성을 검증했고, 둘 모두 사용을 인정받았다.

'휴우, 이걸로 의식을 문제없이 치를 수 있게 됐네.'

나는 가슴을 쓸어내리며 중앙 기사단을 강당에 남기고 심층의 방으로 걸음을 옮겼다.

이번 봉납식에는 단켈페르거의 영주 후보생인 레스티라우트와 한넬로레는 참가하지 않는다. 둘은 입회인으로서 벽에 서서 에렌페스트의 제사를 지켜보는 것이 공동 연구의 조건이었기 때문이다. 그 외 다른 참가자들은 제사에 협력하기로 했다.

"왕족 분들은 이쪽에 서 주십시오. 입구 근처에 슈첼리아의 방패를 쳐서 적의나 위해를 가할 마음이 없는지 참가자의 진의를 판별하겠습니다. 그 다음 저희가 참가자들을 유도할 테니, 왕족 여러분께선 모두의 인사를 받아 주시면 됩니다. 인사가 끝나면 여기 중심부로 이동해 주세요."

왕족에게 흐름을 설명하자, "참가자들이 강당에 모이기 시작했습니다. 여러분, 지정받은 자리로 이동해 주십시오."라는 목소리가 들려왔다.

허가증을 손에 쥐고 제일 먼저 들어온 사람은 클라센부르크의 상급 귀족이었다. 왕족이 줄줄이 서 있는 모습을 보자 그는 뻣뻣하게 굳어 버렸다.

'……그 기분 나도 잘 알죠.'

"어서 안으로 들어가서 인사 올리세요."

나는 방패에 대해 설명하고, 왕족에게 인사하도록 재촉했다. 그는 화들짝 놀란 듯 빠르게 인사하고, 하르트무트의 유도에 따라 이동했다. 금방 다음 사람이 들어왔다.

처음으로 슈첼리아의 방패가 반응한 사람은 아렌스바흐의 학생이었다. 갑자기 튕겨 나간 그녀는 영문을 몰라하며 눈을 끔뻑거렸다. 에렌페스트와 단켈페르거의 견습 기사들이 즉시 움직였다.

"이것은 슈첼리아의 방패이고, 이 안에 있는 사람에게 적의가 있거나 해칠 의도가 있는 자의 출입을 막아 주는 신구입니다. 죄송하지만, 호위기사가 들어오지 못하는 이상 방패에 막힌 분은 의식에 참여하실 수 없습니다."

견습 기사들에게 끌려나가며 그녀는 부릅뜬 눈으로 나를 노려보았다.

"아니에요, 난 해칠 마음 따위……! 로제마인 님이! 로제마인 님의 음모예요!"

아렌스바흐 학생은 다섯 중 둘이 쫓겨났다. 그런 후 당분간은 순조롭게 흘러갔지만, 정변에서 졌던 영지의 학생이 걸리기 시작하자 여럿이 줄줄이 퇴장당했다.

"전 나쁜 마음이 없단 말입니다!"

그렇게 호소해도, 정변의 패배로 순위가 떨어지고 영지가 황폐해진 일에 대한 불만을 쏟아내던 영지 사람들이다. 슈첼리아의 방패가 반응한 마당에 들여보낼 순 없었다.

"왕족이 아니라 저한테 나쁜 마음이 있는 거예요? 안됐지만 이번 의식은 포기해 주셔야겠어요. 호위기사를 두지 못하는 의식 장소에 나쁜 마음이 있는 사람을 들일 수는 없거든요."

일단 나를 향한 적의라고 해 두긴 했지만, 정변으로 인해 생긴 원망이라면 왕족 스스로가 잘 알고 있겠지.

"그럼 중앙으로 다가와 주십시오."

참가자 모두가 인사를 끝낸 후, 나는 왕족에게 이동을 재촉했다. 슈첼리아의 방패를 회수하고 문 앞으로 걸어가면서 허리춤의 벨트에 찬 회복약을 손에 들었다.

'회복하는 편이 좋을까? 은근히 마력이 줄었는데.'

과연 중앙 기사단은 무시할 수가 없었다. 방패의 강도를 확인한다고 상당히 강한 공격을 여러 번 받은 데다 기사들을 치유까지 한 탓에 내 마력은 꽤 줄어 있었다. 거기다 슈첼리아의 방패로 선별하는 과정도 제법 시간이 걸렸다. 계속 유지하려면 꽤 많은 마력을 써야 하기 때문이다.

'이젠 또 성배를 소환하는 게 남았네. 신구를 소환하려면 마력을 많이 써야 하는데, 참가자들이 상급 귀족이나 영주 후보생이니까 봉납식에 쓰일 마력도 상당하겠지?'

불안해진 나는 몰래 회복약을 먹고 문 앞에서 회복을 기다리기로 했다. 이때까지만 해도 이것 때문에 예상치 못한 일이 생기게 될 줄은 꿈에도 생각하지 못했다.

내가 마력 회복을 기다리는 동안, 참가자들 중심에서 빌프리트, 샤를로테, 하르트무트가 이번 의식에 관해 설명하고 있었다. 여러 가호를 받기 위해서는 기도와 의식이 중요하지 않을까 가설을 세우게 된 것, 빌프리트와 내가 받은 가호의 수, 가호 이후에 생긴 소비 마력량의 변화, 단켈페르거가 디터 의식으로 축복을 받게 되었다는 것, 이번 의식이 신전의 존재 의의와 제사를 재평가하는 기회가 되었으면 한다는 내용을 말했다.

'앞으로 신전을 멸시하는 풍조가 조금은 옅어지면 좋겠다.'

설명이 끝나자, 하르트무트가 그 자리에 무릎을 꿇으라는 지시를 내렸다.

"봉납식을 거행하겠습니다. 자리에서 무릎을 꿇고 붉은 카펫에 손을 짚으십시오. 그리고 신전장이신 로제마인 님의 기도를 복창하시면 됩니다."

왕족을 비롯해 제각기 앉아 있던 참가자들이 무릎을 꿇었다. 빌프리트와 샤를로테를 끝으로 자리를 옮겨 모두가 무릎을 꿇었는지 확인하자, 하르트무트가 방울 달린 지팡이를 딸랑 흔들었다.

"신전장, 입장!"

나는 문 방향에서부터 무릎을 꿇은 사람들 사이로 걸어 나갔다. 눈앞에는 제단이 있다. 흙의 여신 게두르리히가 안고 있는 성배를 바라보면서 신들에게 기도를 올리고 슈타프를 변화시켰다.

"에르데그랄."

지하 서고에서 알게 된 주문이다. 성배로 변화시키는 데 성공했지만, 제단을 너무 의식한 탓일까, 마석의 색은 여전히 투명했다. 신구를 만들었는데도 이상하게 내 마력이 줄어드는 느낌이 없었다.

'음, 계산이 잘못됐나?'

하르트무트와 둘이서 성배를 아래에 두고 무릎을 꿇은 후 붉은 카펫에 손을 짚었다.

"나는 세상을 창조한 신들에게 기도와 감사를 바치는 자."

다 함께 기도를 제창하고 마력을 봉납한다. 항상 소수 인원만으로 치렀던 에렌페스트의 봉납식과 달리, 이번에는 많은 인원이 거행하는 의식이다. 모두와 축문을 읊고 마력을 흘려보내는 감각에 일체감이 생긴다고 할까, 축제처럼 가슴이 들떴다.

그러자 붉은 빛 기둥이 솟아올랐다. 모두의 마력이 하늘을 향해 일직선으로 뻗어 나갔다. 게두르리히의 빨강이다.

"뭐, 뭐지?!"

"마력의 일부가 귀족원 어딘가로 날아가는 거예요. 귀족원에서 의식만 하면 항상 이랬거든요. 에렌페스트에서는 이런 적이 없는 걸 보면 귀족원에서만 일어나는 현상 같아요."

처음 겪는 제사에 놀라는 왕에게 나는 딱히 이상한 일이 아니라고 설명했다. 단켈페르거가 파란 빛 기둥을 세웠다는 보고를 아나스타지우스에게 받았겠지만, 역시 보고로 듣는 것과 본인 눈으로 직접 보는 것은 다르리라.

'백문이 불여일견이다, 이 말씀.'

"여기까지예요, 언니!"

빨간 빛 기둥을 바라보면서 마력을 흘려보내는 사이, 샤를로테의 절규와도 같은 비명이 들렸다.

"슬슬 마력에 한계가 온 분이 있을 테니 모두 바닥에서 손을 떼어 주세요."

여기까지는 순조로웠다. 샤를로테가 의식을 끝낼 신호를 보내 줬을 때는 벌써 끝이야? 하고 조금 아쉬울 정도였다.

일이 틀어지게 된 건 그 직후부터였다. 중소영지의 상급 귀족들이 하나둘 자세를 무너뜨리며 쓰러지기 시작한 것이다. 심지어 무릎을 꿇은 자세를 유지하고 있는 영주 후보생들도 속이 불편해 보이는 안색이었고, 왕족은 지친 기색이었다.

'샤를로테가 신호를 준 타이밍에 맞췄는데도 너무 늦었나?'

"여러분, 수고하셨습니다. 주추의 마술에 마력을 공급하는 데 익숙하신 왕족 분들과 영주 후보생은 그나마 괜찮으시겠지만, 상급 귀족들에겐 힘든 의식이었을 거예요. 귀중한 마력을 제공해 주신 여러분께 봉납식 참가상으로 마력 회복약을 준비했습니다. ……하르트무트, 가져오세요."

하르트무트에게 서둘러 회복약을 돌리게 했지만, 어차피 그들에게 독이 들어 있지 않음을 보여 줘야 했기에 나도 회복약을 먹어야 했다. 여기서 '난 마력이 남아돌아서 안 먹어도 된다'는 말을 어찌 하겠는가. 다과회에 내온 디저트를 배부르다는 이유로 사양할 수 없는 경우와도 같다. 나는 하는 수 없이 마력이 대폭 회복되는 약을 단숨에 먹었다.

'최악이다.'

맛이 아니라, 상황이.

예상외로 마력이 쓰이지 않은 채 끝나 버렸다. 이대로는 과하게 회복된 나머지 마력이 넘칠 게 분명했다. 왕이 솔선해서 먹어 준 덕분에 우리의 예상보다 쉽게 모두가 회복약을 먹어 주었다. 그 모습을 가식적인 미소로 바라보며 나는 마력 압축을 시작했다.

'평소 먹는 회복약보다 회복 속도가 느리니까 조금씩 압축하면 어떻게든 되겠지?'

급격한 마력 사용으로 앉아 있을 기력도 없어 보이는 학생들에게 이 마력을 나눠주고 싶다고 생각하며 나는 점점 커져 가는 마력을 압축하려 애썼다. 그러나 압축만으로는 전혀 소용이 없었다. 이대로는 마력이 넘치고 말겠다. 아나스타지우스와 지기스발트가 마석을 넣은 망을 성배에 담그는 모습을 보면서 나는 진땀을 흘렸다.

'미치겠네, 마력 회복이 멈추질 않아!'

"언니, 손목에 보호구가 빛나고 있는 거 아녜요?"

슬그머니 다가온 샤를로테가 귓속말로 지적했다. 나는 얼른 내 손목을 잡아 눌렀다. 이 상태면 또 봉납가무 때처럼 인간 전광판이 되어 버릴 판이다.

"마력이 한계를 넘기 일보직전이에요. 이대로는 보호구가 빛을 뿜거나 축복이 튀어 나가겠어요. 빨리 마력을 왕창 써 버리고 싶은데, 어쩌죠?"

목소리를 죽이며 묻자, 샤를로테는 성배 안에 넣은 마석을 응시하고 있는 왕족과 그 주변을 둘러보다가 내 손목을 쳐다보았다.

"……모두에게 치유를 걸어 주는 건 어떨까요? 아주 자연스럽게 마력도 써 버릴 수 있고요."

샤를로테의 훌륭한 제안을 당장 받아들였다. 멋대로 마력이 튀어 나가 축복 테러를 일으켜 변명하느라 쩔쩔매게 될 바에야 먼저 설명하고 치유를 주는 편이 백번 나았다.

'그런데 어떻게 하지?'

플류트레네의 지팡이를 소환해 한 방에 치유하면 간단하지만, 지금은 성배를 소환한 상태다. 게다가 그 속엔 아직 마력이 가득 차 있다. 아무리 빨라도 아직 마석의 색깔이 다 변하지 않았을 터였다.

'아직 성배를 회수하긴 일러. 그렇다고 반지로 깨작깨작 치유하면 시간이 너무 걸리고. 그냥 확 플류트레네의 지팡이로 마력을 빼내 버리고 싶어.'

"지금 아주 절실하게 플류트레네의 지팡이를 소환하고 싶어요."

"그런 게 가능해요?"

과거 왕족의 회고록에 따르면 방패와 창을 동시에 소환해 자유자재로 썼다고 하고, 예전에 페르디난드가 바람의 방패를 여러 개 소환하는 모습을 본 적이 있으니 마력이 남아도는 지금이라면 가능할지도 모른다.

'못 해내면 아무 짓도 안 했는데 왕족과 영주 후보생들 앞에서 마석이 번쩍번쩍 빛나고, 축복이 콸콸 넘쳐흐를 거야. 무슨 일이 있어도 자연스럽게 마력을 줄여야 해. 로제마인, 넌 할 수 있어.'

나는 손을 쥐었다 폈다 하며 마력을 모으기 시작했다. 마력을 대폭 회복시켜 주는 약은 그 효력이 어찌나 대단한지, 끝도 없이 마력을 회복시켜 주고 있었다. 어서 써 버리지 않으면 위험했다. 또 다른 보호구가 빛났다.

'아아악! 또 하나가 빛났어! 돌겠네! 돌겠어! 슈타프야, 나와라! 지금 당장 하나 더 나오라고! 견습 기사도 방패와 무기를 동시에 쓰잖아. 방법은 잘 모르겠지만 할 수 있을 거야!'

마력이 넘치기 일보 직전이라 다급해진 나의 소원을 신이 들어 준 모양이다. 오른손에 또 하나의 슈타프가 나타났다. 동시에 손목에서 빛나던 마석의 빛 하나가 사라졌다. 샤를로테가 숨을 삼키는 게 느껴졌다.

"가능해 보이니까 하고 올게요."

나는 샤를로테에게서 떨어져 모두의 앞에 섰다.

"마력은 회복되었지만, 체력은 떨어진 그대로죠? 몸을 못 움직이면 불편할 테고, 저도 마력이 회복되었으니 치유를 내려 줄게요."

변명으로 들리지 않게 조심하며 나는 슈타프를 소환해 "슈트레이트콜벤." 하고 외워 플류트레네의 지팡이로 변화시켰다.

"미숙해서 부끄럽지만, 많은 사람에게 치유를 주려면 반지만으로는 부족하고, 플류트레네의 지팡이를 써야 해요."

마력을 소비해야 해서, 라는 말은 쏙 빼고 나는 싱긋 웃으며 얼버무렸다. 의식에 필요한 마력의 양을 미리 재지 못한 스스로의 미숙함이 부끄럽다는 의미도 되니, 아예 거짓말은 아니었다.

"룽슈멜의 치유를."

마력을 쥐어짜며 기도하자, 마석에서 초록빛이 뿜어져 나왔다. 조금 전의 의식과 마찬가지로 빛의 일부가 기둥처럼 솟아올랐고, 나머지는 방에 있는 모두의 머리 위에 쏟아져 내렸다. 룽슈멜의 치유로는 피로감이 싹 사라지진 않지만 그런 건 어찌 되든 상관없다. 어쨌거나 마력을 쓰는 게 중요했다.

이렇게 나는 모두의 눈앞에서 마석을 번쩍이는 일도, 갑자기 마력을 축복처럼 사방팔방 방출해 내는 일 없이 모두에게 치유를 줌으로써 상황을 해결했다.

'큰일 나는 줄 알았네. 끝이 좋으면 다 좋다는 말은 이럴 때 써야겠어.'

휴우, 하고 긴장 때문에 이마에 송골송골 맺힌 땀을 가볍게 닦았다.

'페르디난드 님, 쌍 슈타프를 쓸 수 있게 됐어요! 언젠가는 페르디난드 님처럼 무수하게 소환해 낼 테니 기대하세요.'

스승에게 아주 조금 다가간 듯한 성취감에 젖었다. 이건 편지로 써 보내면 '아주 훌륭하다'라고 칭찬받을 수 있지 않을까?

제사로 마력이 억지로 뽑혀 나오다가 체내 어딘가에 상처를 입었던 걸까. 피로감은 사라지지 않는다고 들었던 룽슈멜의 치유로 중소영지 상급 귀족들은 다시 무릎을 꿇는 자세를 취할 수 있게 되었다. 예전에 하르덴첼에서 엘비라를 치유했을 때와의 차이점을 생각하는데, 어디선가 "메스티오노라."라는 중얼거림이 들려왔다.

"한넬로레 님! 저도 방금 그 생각을 했습니다! 온갖 신구를 자유자재로 다루시는 로제마인 님은 신들이 신구 사용을 허가한 메스티오노라일 거라는 생각을요!"

클라리사가 주먹을 불끈 쥐며 열변을 토했지만, 처음 듣는 얘기다. 나뿐만이 아니라 하르트무트도 수상쩍은 얼굴로 클라리사를 보았다.

"신전 성전에도 그런 얘기는 없었던 것 같은데……."

"단켈페르거의 고서에는 있어요."

클라리사의 말에 동의한 사람은 단켈페르거가 아니라 에그란티느였다.

"메스티오노라가 생명의 신과 흙의 여신의 딸이라는 이야기 말이죠? 우리 클라센부르크의 고서에도 그런 내용이 있어요. 생명의 신으로부터 메스티오노라를 숨기기 위해 어둠의 신에게 물려받은 밤하늘 같은 머리카락과, 빛의 여신에게 물려받은 금색 눈동자로 모습을 바꾸어, 가장 수호에 능한 바람의 권속으로 들어간 메스티오노라……. 로제마인 님과 똑같네요."

에그란티느가 장난스러운 미소를 지었지만, 어떻게 반응해야 좋을지 모르겠다.

"농담이에요, 로제마인 님. 너무 곤란해 하지 마세요."

"……여신과 비슷하다고 하면 곤란해 하지 않을 사람은 없을 거예요, 에그란티느 님."

왕족이고, 심지어 빛의 여신과 같은 에그란티느에게 메스티오노라를 닮았다는 소리를 들었는데 어떻게 반응하라는 말인가. 난처해진 내 앞에 하르트무트가 슬쩍 나섰다.

"그런 전설이 있었군요……. 처음 들었습니다. 읽어 보고 싶을 정도로 흥미로운 이야기예요."

하르트무트가 고마움을 전하며 그 자리를 수습해 주었다. 클라리사와 짝짜꿍으로 소란을 피우면 어쩌나 조마조마했던 스스로를 반성했다. 유능한 하르트무트가 진심으로 고마웠다.

남은 마력의 쓰임새

"이젠 다 됐겠지."

달그락 소리를 내며 그물주머니에 든 마석이 성배에서 끌어올렸다. 넣기 전까지만 해도 투명했던 크고 작은 마석이 전부 성배의 색깔인 빨강으로 물들어 있었다. 아나스타지우스가 마력을 흡수해 변색된 마석들을 모두에게 보여 주었다.

"이번 의식에서 모은 마력은 이렇게 해서 유르겐슈미트 전체를 윤택하게 하는 데 사용하겠다."

"모두의 협력에 감사하네."

고맙다는 왕의 말에 모두가 자랑스러운 얼굴로 미소를 지었다. 의식에 마력이 뽑혀 나간 탓에 왕족 앞에서 쓰러지고 만 사람도 있었다. 그들에게 사과와 고마움을 표할 겸 나는 정보를 공개했다.

"영지 대항전 때 발표하려고 했던 거지만, 참가해 주신 여러분께 먼저 알려드릴게요. 지금까지의 연구 결과로 알게 된 사실인데, 가호를 얻으려면 주추의 마술에 마력을 공급할 때나 조합이나 훈련 등 무언가에 온힘을 다하기 전후에 신에게 기도를 바치면 돼요. 가호를 받고 싶은 신의 기호를 보호구 마석에 새기고, 거기에 마력을 불어넣으면서 기도해도 효과가 있는 것 같아요."

내가 한넬로레에게 시선을 보내자, 그녀는 미소를 지으며 자신의 손목에 찬 보호구를 보여 주었다. 시종이 만들어준 드레팡아의 보호구다. 영주 후보생처럼 주추의 마술에 기도할 기회가 없는 견습 문관들의 눈이 반짝였다.

"그거라면 굳이 신전에 가지 않아도 기도를 할 수 있겠군요."

솔직히 신전 개혁을 원했지만, 우선은 기도가 습관화되는 것이 중요하다. 자식들이 가호를 받게 되면 신들을 모시는 신전을 향한 어른들의 인식도 조금씩 바뀔지도 모르는 일이고 말이다.

"기도로 가호를 받을 수 있다고 하셨는데, 전 이미 가호 의식을 마쳤습니다. 이제와 기도를 한다고 가호가 늘어나진 않을 것 같은데요."

그렇게 발언한 오르트빈을 비롯해 참가자들 대부분이 이미 가호 의식을 끝낸 상태다. 그러자 긍정적으로 생각하던 모두의 시선이 바닥으로 떨어졌다. 그런 참가자들의 목소리에 왕이 대답했다. 그는 천천히 손을 들어 모두의 주목을 모으고, 나른한 목소리로 말했다.

"그럼 졸업식 후에 다시 한번 가호의 의식을 여는 권리를 주는 건 어떻겠나. 단켈페르거와 에렌페스트의 연구가 효과적인지 아닌지 확인할 필요도 있을 테니."

그 말에 모두의 표정이 확 밝아졌다. 오르트빈도 의욕에 찬 눈빛이 되었다. 졸업까지는 아직 몇 년 남았다. 진지하게 기도를 한다면 가호를 받게 되는 사람이 나오리라.

"그래도 올해 졸업생은 졸업까지 며칠 안 남았으니 어려울 거예요. 하지만 아우브 에렌페스트는 1년간 열심히 기도한 끝에 연분의 여신 리베스크힐페와 시련의 신 글루크리테트의 가호를 받았고, 자령보다도 상위인 영지에서 사랑하는 첫째 부인을 훌륭히 차지하셨어요. 여러분도 신들께 기도와 감사를 올리고, 목표를 향해 열심히 노력해 보세요."

질베스타가 얻은 가호가 무엇인지 폭로하자, 주변에서 작은 웃음이 터졌다. 조금은 친근감과 좋은 인상이 심어졌을까?

'……오산투성이었지만, 무사히 끝나 천만다행이야.'

만족스럽게 심층의 방을 나가는 참가자들을 배웅하면서도 손을 쥐었다 폈다 하며 몸속 마력이 안정되었음을 확인한 나는 가슴을 쓸어내렸다.

"로제마인, 대체 뭘 어떻게 했길래 신구가 두 개나 소환되지?"

참가자들이 심층의 방에서 나가자, 이번에는 에렌페스트와 단켈페르거의 학생들이 정리를 하러 안으로 들어왔다. 그 모습을 지켜보는 내게 아나스타지우스가 질문을 던졌다. 다른 왕족도 고개를 끄덕이고 있지만, '정신을 집중하면요'라고 솔직히 대답해 봤자 믿을 리 만무했다.

"……어떻게 했긴요. 견습 기사들도 방패와 무기를 동시에 쓰는데, 그렇게 드문 일도 아니지 않나요?"

"그건 기사 코스의 실기를 받아야 할 수 있지 않나?"

'그건 그렇네.'

"그럼 선도자들이 훌륭했던 거겠네요. 지하 서고에서 왕족의 회고록을 봤을 때 신구의 방패와 창을 동시에 소환해 쓰게 되었다는 내용이 있었고, 예전에 바람의 방패를 여러 개 소환한 분을 본 적이 있거든요."

싱긋 웃으며 대답했지만, 아나스타지우스가 원하는 대답은 아니었던 모양이다. 그가 인상을 찌푸렸다. 지기스발트는 "너에겐 기사들의 무기나 방패가 신구와 동등한 물건인가."라며 온화하게 미소짓던 얼굴을 굳혔다.

"같은 주문으로 소환하니까 비슷한 거라고 생각하는데……."

"로제마인 님은…… 우리와 인식이 너무 다르네요."

아돌피네와 에그란티느까지 황당해하자, 나는 얼른 입을 닫았다. 더는 쓸데없는 말을 하지 말아야지.

"하지만 치유는 필요했었잖아요. 왕족 앞에서 쓰러지면 그 얼마나 추태예요. 상급 귀족들을 그렇게 둘 순 없었어요."

'창피를 줬다,' 라고 다른 영지의 상급 귀족들이 오해할 소지를 막을 필요가 있었다. 그래서 치유해 줬고, 영주 후보생과 왕족의 안색이 눈에 띄게 좋아졌다. 괜한 짓이 아니었다.

"그리고 전 첸트께 치유를 드리고 싶었어요."

"아버님께?"

"얼굴을 뵈었을 때 너무 몸을 혹사하고 계시는 듯해서……."

얼굴은 아나스타지우스와 닮았지만, 피로에 찌든 분위기와 코끝을 맴도는 회복약 냄새에 자연스레 페르디난드가 떠올랐다. 오지랖이란 건 나 역시 잘 알지만, 귀족의 포커페이스로도 가려지지 않을 정도로 피곤해 하는 얼굴을 보고 있자니 걱정이 되는 건 어쩔 수 없었다.

"……덕분에 좀 편해졌구나. 고맙다."

"첸트께 도움이 되었다니 영광입니다."

'이 상황에서 영양을 섭취하고 푹 주무셔야만 해요, 라는 잔소리 대신 영주 후보생다운 미소와 말로 마무리 지은 나, 성장했다.'

"그건 그렇고, 이 성배에 남은 마력은 어쩔 거지?"

아나스타지우스가 성배에 남은 마력을 힐끗 보았다. 아무래도 왕족이 가져온 빈 마석이 부족했던 모양이다. 마력이 남아 버렸다. 당연하지. 마력을 소비하려고 내가 몰래 성배에도 집어넣고 있었으니까.

"성배를 계속 소환해 놓고 있을 수도 없고, 왕족께 헌상하겠다고 선언했으니 귀족원에서 모두를 위해 쓰면 되지 않을까요?"

"귀족원에서 모두를 위해? 로제마인 님한텐 뭔가 멋진 생각이 있나봐요?"

아돌피네가 관심이 생겼는지 호박색 눈동자로 나를 빤히 바라보았다. 에그란티느도 주황색 눈으로 나를 바라보았다.

"도서관에 쓰는 거예요. 원래는 상급 문관 세 사람과 중급 문관 몇 명의 마력으로 운영되어야 하는데, 몇 년째 중급 귀족인 솔랑쥬 선생님 혼자여서 보관 서고에 보존 마술조차 못 쓰고 있었대요. 귀중한 자료가 상하면 안되잖아요."

지금은 중앙 기사단장의 첫째 부인인 오르텐시아가 고생해 주고 있지만, 아직 상급 귀족 두 사람이 부족하다. 게다가 나는 슈바르츠와 바이스의 관리자가 멋대로 변경되는 일을 피해야 하고, 지기스발트의 명령 때문에 도서관에는 접근할 수 없다.

"귀중한 자료의 보존을 위해 마력을 쓸 것. 그리고 제 도서관 출입을 허가해 주셨으면 해요."

왕족에게 귀중한 자료가 그 서고에 있다는 걸 알고 있어서일까. 잠시 고민하던 왕이 고개를 끄덕였다.

"흠. 남은 마력은 도서관에 쓰도록 하게. 이대로 왕족이 대거 도서관에 이동할 수는 없는 노릇이니. 아나스타지우스와 에그란티느가 잘 지켜보도록."

"알겠습니다."

"우린 먼저 돌아갈 테니 뒤를 부탁하마."

왕족과 중앙 기사단은 줄줄이 퇴실했다. 왕이 있으면 정리도 못할 테니 눈치껏 피해 준 것이리라. 우리는 모두 무릎을 꿇어 왕을 배웅했고, 앞으로의 일정에 관해 상의했다.

"그럼 아나스타지우스 님. 제가 올도난츠로 도서관에 연락을 보내 둘게요."

에그란티느의 목소리에 아나스타지우스가 "아, 부탁해." 하고 달콤한 미소를 보였다. 물론 그 달달한 웃음은 아내 전용이다. 내게로 고개를 돌렸을 땐 이미 평소의 얼굴이 되어 있었다.

"단켈페르거에선 한넬로레가 와야겠군. 그쪽도 감시자가 필요하지?"

"저, 저도 함께 가라고요? 이런 경우엔 오라버니가 더……."

지명을 받은 한넬로레가 움찔거렸지만, 레스티라우트는 가볍게 손을 저었다.

"나보다 서고 열쇠를 관리하는 네가 더 적임자다. 난 단켈페르거의 책임자로 이곳 정리를 지켜보지."

레스티라우트의 말에 고개를 끄덕인 한넬로레는 도서관에 데려갈 측근을 뽑기 시작했고, 나도 내 측근을 돌아보았다.

"마티아스와 라우렌츠가 성배를 들어 주고, 나머지는 호위로 동행해 주세요. 시종은 리카르다와 브륀힐데를 데려갈게요. 리젤레타와 그레티아, 그리고 견습 문관들은 이곳에서 하르트무트를 돕도록 하세요."

"알겠습니다."

귀족원의 측근들은 즉시 응했지만, 하르트무트만 충격받은 표정을 지었다.

"로제마인 님, 제발 저도 도서관에 데려……."

"하르트무트는 신구를 관리하러 온 신관장이잖아요. 여기서 벗어나면 안 되죠. ……그리고 클라리사와 지낼 시간도 짧은데, 이 기회에 조금이라도 대화를 더 나눠야죠."

애써 배려해 줬건만, 어째서인지 하르트무트는 실망한 표정을 지었다. 도서관에서 의식을 하는 것도 아니고, 가서 마력만 넣어 주면 끝이다. 그러니 정리에나 전념해 줬으면 했다.

"빌프리트 오라버니는 에렌페스트의 책임자로 이곳을 지켜봐 주세요. 다 끝나면 힐데브란트 왕자님께 연락해서 문을 닫아 달라고 해주시고요."

"알았어."

나는 빌프리트와 샤를로테에게 뒤를 맡기고 도서관으로 출발했다. 걸음 속도는 여전히 느리지만, 한넬로레 일행에게서 낙오되지 않게 열심히 발을 놀렸다.

"봉납식을 하다가 마력이 남았는데, 첸트께서 도서관에서 써도 된다고 허가해 주셔서 왔어요."

우리가 성배를 들고 가자, 오르텐시아와 솔랑쥬가 뜨겁게 환영해 주었다. 도서관의 마력 부족이 꽤 심각한 모양이다.

"괜찮으시다면 여기에 마력을 넣어 주세요. 이게 도서관 운영에 가장 필요한 마술구라는 걸 알아냈는데 제 마력만으로는 부족한가 봅니다."

도서관에 존재하는 마술구는 어떤 것들이 있는지에 대해 오르텐시아는 라이문트에게 질문 세례를 받았다고 한다. 막 부임한 차라 자세히 몰랐던 그녀는 일상 업무의 대부분을 솔랑쥬와 슈바르츠, 바이스에게 맡긴 채 라이문트와 함께 도서관의 구조와 마술구를 조사하는 데 몰두했다고 한다.

"과거에 일했던 사서의 일지를 보면서 마력을 흘려 넣었던 마술구를 조사했더니, 상급 사서가 사라진 이후 여러 해 방치되어 있던 이 마술구가 도서관 운영에 가장 중요한 물건이었다는 사실을 알아냈어요. 그리고 오늘, 그 마술구의 마력 잔량을 계산해 봤더니, 앞으로 1년 내에 마력이 바닥날 거라는 결론이 나오더군요. 내일이라도 왕족께 상담하려던 차였답니다."

"그럼 지금 당장 마력을 부어 보죠."

오르텐시아의 지시대로 성배를 들어 옮겨 커다란 마석에 천천히 마력을 붓게 했다. 마티아스와 라우렌츠가 성배를 기울이자 붉은 액체가 그 위로 흘러 내렸다. 거대한 마석 위로 흐르던 액체는 한 방울도 남김없이 마석에 흡수되었다.

그러자 투명에 가까웠던 마석이 점차 무지갯빛으로 바뀌었다. 부은 액체는 분명 빨간색이었는데, 왜 그럴까? 하고 의아해하며 마석을 노려봤지만, 이유는 알 수 없었다.

의아함에 고개를 갸웃거리는 나와 달리, 오르텐시아는 안도의 한숨을 내쉬었다.

"색깔이 돌아왔네요! 저 혼자서는 아무리 마력을 쏟아도 변화가 전혀 없었는데. 최악의 경우, 제 임기 중에 도서관이 활동을 정지해 버리면 어쩌지 하고 걱정했을 정도였거든요. 정말 고마워요."

솔랑쥬도 "이제 안심이네요." 하고 기뻐했다.

"오늘 봉납식에 왕족을 비롯해 수많은 영주 후보생과 상급 귀족이 참가해 주셔서 마력이 넘쳤거든요. 도서관에 도움이 되어서 저도 기

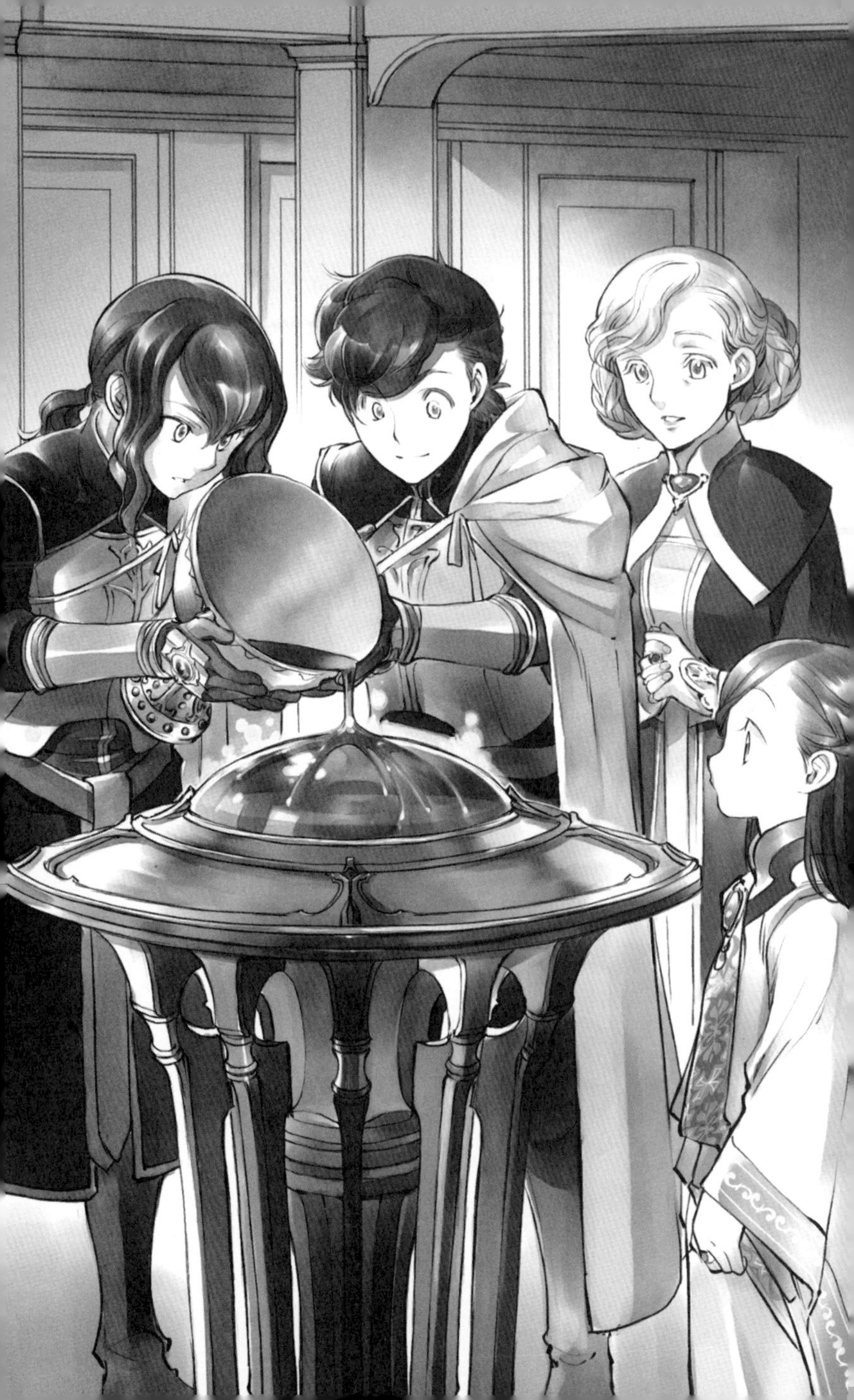

뻐요."

성배에 남았던 모든 마력을 부은 것을 확인한 아나스타지우스와 에글란티느가 가볍게 고개를 끄덕이자, 나는 빈 성배를 "류켄." 하고 회수했다. 생각지 못하게 도서관에 도움이 되어 마음이 뿌듯했다.

오르텐시아와 솔랑쥬뿐만이 아니었다. 돌아갈 때 슈바르츠와 바이스도 뿅뿅 뛰며 좋아해 주었다.

"공주님, 마력 가득."

"할버님, 아주 좋아한다."

슈바르츠와 바이스가 말하는 공주님은 오르텐시아일 터이다. 나는 그들의 말을 듣고 오르텐시아가 도서관을 위해 고생해 주는구나, 하고 솔직히 감동했다.

"오르텐시아 선생님한테 마력을 많이 받아서 슈바르츠와 바이스도 좋겠네."

"도서관에 필요한 양을 생각하면 제 마력은 있으나 마나죠."

왕족을 배웅하러 따라 나온 오르텐시아는 겸손하게 말했지만, 도서관을 위해 노력하는 사람은 좋은 사람이 아닐 리가 없다.

"그것보다 할버님이 뭐지?"

오르텐시아와 마주 보며 웃고 있는데, 공기를 가르듯 아나스타지우스의 말이 끼어들었다. 묻는 듯이 쳐다보는 회색 눈동자에 오르텐시아와 솔랑쥬는 얼굴을 마주보았다. 왕족에게 들려줄 수 있는 대답이 없는 것이다. 그들 대신 대답한 건 슈바르츠와 바이스였다.

"할버님은 할버님."

"늙고 위대해."

이전에 내게 했던 대답과 똑같았다. 까딱까딱 움직이는 귀가 귀엽다. 그러나 여전히 의미를 알 수 없는 말이었다. 혹시 왕족이라면 '할버님'이란 호칭에 짚이는 데가 있지 않을까. 아나스타지우스와 에그란티느를 올려다보았지만, 그들 역시 모르는 얼굴이었다.

"……그게 뭐지?"

아나스타지우스는 슈바르츠와 바이스에게 정보를 얻기를 일찍이 포기하고, 다시 두 사서에게 시선을 보냈다. 둘은 뭐라고 대답할지 모르는 듯 쩔쩔맸다.

"솔랑쥬 선생님은 슈바르츠와 바이스보다 더 오래된 마술구일지도 모른다고 하셨죠?"

내 말에 솔랑쥬가 고개를 끄덕였다.

"예. 하지만 정확하진 않습니다, 로제마인 님. 어쩌면 슈바르츠와 바이스처럼 이름으로 불리는 마술구가 있었을지도 모른다고 생각했을 뿐이에요. 하지만 자료에 기록할 때는 그런 애칭이 아니라 어디에 쓰는 마술구인지, 그 용도로 기록하기 때문에 할버님이라고 불렸던 마술구가 있었는지 아닌지 조사하기는 어려울 거예요."

시간이 지나 애칭으로 부르지 않게 되었을 때, 무슨 마술구에 관한 기록인지 모르게 되는 부작용을 방지하는 차원에서 자료엔 애칭으로 쓰지 않는다고 한다.

"그래요? 하지만 예전에 빌려준 일지에는 슈바르츠와 바이스의 이름이 그대로 적혀 있었는데요……."

"그건 공식적으로 보관하는 자료가 아니라 사적인 일지니까요."

사적인 일지는 현재 거의 남아 있지 않다. 최근 라이문트와 함께 마술구를 조사했다던 오르텐시아도 기억을 더듬듯 허공을 올려다보았다.

"저도 도서관에 있는 마술구를 좀 조사했는데, 할버님이라는 명칭은 나오지 않았어요. 하지만 마력 공급을 해서 할버님이 기뻐하셨다, 라는 말은 그 마술구가 할버님이라는 뜻이 아닐까요?"

"호오. 무슨 마술구지?"

"도서관의 초석이라 할 수 있는 마술구입니다. 슈바르츠와 바이스보다도 더 오래 전에 만들어진 건 틀림없어 보였습니다."

"초석이라면 확실히 오래되고 위대한 마술구이긴 하겠군."

납득했는지, 아나스타지우스가 고개를 끄덕이더니 그대로 몸을 돌려 퇴장하려고 했다. 나는 서둘러 그를 불러 세웠다.

"아나스타지우스 왕자님, 지하 서고에는 언제 가시나요? 방문 날짜를 고지해 주셔야 도서관 측도 준비해 둘 수 있거든요."

도서관 출입을 왕에게 허락받았다. 나는 두근대는 마음으로 다음 일정을 여쭈었다. 그러나 아나스타지우스는 눈썹만 씰룩이고 "갈 예정은 없어."라고 매정하게 잘랐다.

"어째서죠? 오늘 의식으로 제사와 가호의 중요성을 깨달으셨다면 귀중한 자료가 가득한 서고를 살펴보는 게 무엇보다 최우선임을 아실 것 아녜요."

대체 내가 무엇 때문에 왕족을 의식에 끼워 넣었는데. 주변의 불평불만을 일축시키기 위한 의도도 있었지만, 사실 나의 진짜 목적은 의식의 중요성을 깨닫게 해서 왕족의 입에서 '지하 서고에 있는 귀중한 자료는 꼭 조사해야 해!'라는 말이 나오게 하는 것이었다.

'의식은 순조롭게 끝났는데 어째서?! 어디서 계산이 틀어진 거지?!'

"당분간은 바빠. 오늘 받은 마력으로 유르겐슈미트를 윤택하게 해야지."

여러 사람에게 마력을 넘겨받은 시점에서 왕족이 바빠지는 건 지극히 당연한 일이었다. 왕의 안색만 봐도 자료 조사보다 마력 공급이 시급한 건 명백했다. 빨리 마력을 공급해 한시름 놓고 싶은 심정이리라.

'안 돼에에에에! 뼈아픈 계산 실수를 해 버렸어!'

왕족에게 협력 요청을 받으면 서고를 들락날락하려던 나의 계획이 와장창 소리를 내며 박살났다.

"첸트는 도서관에 가도 된다고 하셨는데……."

"그래서 지금 왔잖아. 아버님은 그 서고에 오늘 가라고도, 기일을 잡으라고도 약속하지 않으셨다."

'허점을 잡히다니! 마무리가 허술했어! 난 바보야!'

침울해하는 나를 보며 에그란티느가 부드럽게 미소를 지었다.

"로제마인 님 말씀처럼 오래된 문헌을 재조사하는 일도 중요하지만, 이 시기에 마술구와 신구에 마력을 공급하느냐 안 하느냐로 내년 수확에 크게 차이가 나요. 그래서 봄이 되기 전에 마력 공급을 서둘러야 한답니다. 당분간은 참아 주세요."

"알겠어요."

이래 보여도 나는 신전장이다. 겨울 봉납식이 얼마나 중요한지 잘 안다. 서고에 가고 싶지만, 정말 정말 가고 싶지만, 참아야 하느니라.

"로제마인, 너 에그란티느한테만 태도가 다른 것 같은데?"

"그럴 리가요. 왕족분들께서 중앙 신전에 제사를 맡기고 계신다면 서고에서 자료 확인 작업을 최우선으로 해 주셨으면 하지만, 마력 공급을 하셔야 한다면 신전장으로서 방해할 순 없지요."

힘이 쭉 빠지지만 참을 수는 있다. 허가 없이는 출입할 수 없으니 도리 없겠지.

"언젠가 서고에 갈 때가 올 거야. 너희는 괜한 생각 말고, 괜한 짓도 하지 말고, 연구 발표 준비를 철저히 해라. 알겠나, 에렌페스트. 그리고 단켈페르거."

아나스타지우스의 시선은 나뿐 아니라 한넬로레에게도 향했다. 느닷없이 지명당하자 한넬로레가 몸을 움찔 떨었다.

"오늘 의식에서 빛기둥을 목격한 사람이 다수 나왔다. 그 빛기둥 때문에 불만과 문의가 터져 나와도 우리는 더 못 받으니까 단켈페르거에서 처리해."

디터를 할 정도로 여유로울 거 아닌가? 라는 지적에 한넬로레가 몸을 움츠리며 "알겠습니다."라고 대답했다. 디터를 하고 있는 사람들은 견습 기사들인데 경고를 받은 한넬로레가 가엾게 느껴졌다.

"일단 강당으로 돌아가 정리가 끝났는지 확인해야겠다."

아나스타지우스는 그렇게 말하고 걸어 나갔다.

"다 끝난 것 같군."

강당에 남아 있는 건 나의 측근과 클라리사 정도였다. 저 멀리서 하르트무트와 클라리사가 열띤 대화를 나누고 있는 모습이 보였다. 조금 떨어진 곳에서 내 측근들이 둘을 포위하듯 둘러싼 채 그 광경을 지켜보고 있었다.

하르트무트는 성인이라 귀족원에 관여하면 안 되지만, 오늘은 신관장으로서 의식 때문에 특별히 허가받고 온 것이었다. 아무리 약혼 관계라고 해도 하르트무트와 클라리사를 둘만 남겨둘 수는 없었으리라.

'가능하다면 내버려두고 싶은 모두의 심정이 훤히 보이네.'

도착한 우리를 제일 먼저 발견한 리젤레타가 다가와 현 상태를 보고했다.

"정리는 다 끝났고, 힐데브란트 왕자님께 연락하여 심층의 방을 닫았습니다. 나머지는 모두 돌려보냈고, 지금은 저 두 사람의 즐거운 대화를 방해 없이 지켜보느라 로제마인 님의 측근들만 이곳에 남아 있어요."

"힘든 일을 남겨서 미안해요, 리젤레타."

하르트무트는 상급 귀족인데, 남아 있는 측근들은 모두 중급과 하급 귀족이었다. 아무도 하르트무트와 클라리사를 말릴 수 없었을 터였다.

'리카르다를 두고 갈 걸 그랬네.'

살짝 반성하고 있는 나를 내려다보던 아나스타지우스가 "그럼 우리 일은 끝났군." 하고 중얼거리더니 부드러운 미소로 에그란티느를 향해 손을 내밀었다.

"돌아가자, 에그란티느."

"예, 아나스타지우스 님."

두 왕족은 강당 상황을 확인하더니만 냉큼 자신들의 별궁으로 돌아갔다. 에그란티느를 에스코트하는 아나스타지우스는 매우 기분이 좋아 보였다.

금슬 좋은 부부를 배웅한 뒤, 나는 둘만의 세계에 빠져 있는 연인에게로 눈을 돌렸다.

"하르트무트, 클라리사. 사랑하는 연인을 갈라놔야 해서 너무 괴롭지만, 슬슬 여섯 점 종이 울릴 시각이에요. 기숙사로 돌아가야죠."

내가 말을 걸자, 완전히 둘의 세계에 빠져 있던 그들이 이쪽으로 고개를 돌렸다.

"로제마인 님……. 어쩔 수 없군요. 오늘은 여기까지인가 봅니다."

"저도, 더 대화하고 싶어요."

하르트무트의 소매를 붙잡은 클라리사가 파란 눈동자를 글썽이며 연인과의 이별을 아쉬워했다. 하르트무트도 매우 서운한 얼굴로 클라리사를 바라보면서 "나도 그래요."라고 미소를 지었다.

"이렇게 로제마인 님 얘기로 뜨겁게 얘기를 나눈 시간이 즐거웠던 적은 처음입니다."

마주본 둘의 세계에는 오로지 서로의 모습만 비춰지고 있었다. 도서관 동행을 거절당해 실망했던 얼굴은 그 어디에도 없었다.

얘네를 어째야 하나, 고민할 때 한넬로레가 "코르둘라." 하고 고개를 살짝 돌려 자신의 시종을 올려다보았다. 지명받은 코르둘라가 "그럼 외람되지만……."이라고 말하며 조용히 앞으로 나섰다.

"클라리사, 이래서는 에어베르민을 잃은 에이비리베가 될 거예요."

코르둘라가 말을 건넨 순간, 클라리사가 하르트무트의 소매를 잡은 손을 팟 하고 떼고, 한넬로레의 측근들이 선 줄의 제일 끝에 섰다. 눈을 끔뻑이는 내게 한넬로레가 싱긋 웃었다.

"클라리사가 폐를 끼쳤어요, 로제마인 님."

"아니에요, 저야말로 번거롭게 해 드렸네요."

영지 대항전의 연구 발표에 관해서는 다음에 얘기하자고 약속한 후, 나와 한넬로레는 각자의 기숙사로 돌아갔다.

다과회와 협상

“하르트무트, 에렌페스트로 서둘러 돌아가지 않으면 여섯 점 종이 울리겠어요.”

기본적으로 여섯 점 종이 울리면 업무 종료다. 긴급 사태에 대비해 전이의 방에는 기사가 항시 배치되어 있지만, 업무 시간 외에는 웬만한 이유가 있거나 아우브의 지시가 없는 한 움직이지 않는다.

그리고 성인이며 신관장인 하르트무트는 의식을 거행하는 오늘 단 하루만 귀족원 체류를 허가받았다. 제시간에 나가지 않으면 처벌을 받게 된다.

신구로 채워진 상자들을 실은 왜건과 함께 신관복을 입은 하르트무트를 전이의 방으로 밀어 넣었다.

“오늘 쓴 의식 의상은 깨끗하게 빨아서 며칠 뒤에 보내겠다고 양아버님께 전해 주세요. 또 하르트무트 쪽에서도 오늘 의식에 관해 보고서를 제출해 주고요.”

“알겠습니다.”

정신없긴 했지만 어쨌든 하르트무트는 시간 내에 무사히 전이했다. 그를 배웅하고 방으로 돌아왔을 때 마침 여섯 점 종이 울렸다.

“저녁 식사 시간이군요, 로제마인 님. 옷을 갈아입으십시다.”

리젤레타와 그레티아의 도움으로 신전장 의식복을 벗고, 기숙사 안에서 활동하기 편한 평상복으로 갈아입었다. 식당에 가자, 빌프리트와 샤를로테는 이미 식사를 시작하고 있었다.

"늦었네, 로제마인."

"도서관의 주추 마술구에 모두의 마력을 공급했는데, 일반 학생이 들어가는 곳이 아니라서 조금 먼 곳에 있었거든요. 여하튼 재미있었어요. 마술구도 가득했고."

나중에 받을 라이문트의 보고서에 괜찮은 마술구가 있다면 내 도서관에도 도입할 계획이다.

"정리 쪽은 어땠어요?"

"딱히 보고라고 할 만한 건……. 아, 단켈페르거의 레스티라우트 님이 다과회 요청을 해 왔어. 이번 의식을 포함해 공동 연구 내용을 정리해서 영지 대항전 때 어떻게 발표할지 정해야 해."

나도 한넬로레와 약속했지만, 남자끼리도 비슷한 얘기를 했던 모양이다. 내가 "언제가 좋을까요?"라고 하며 시종들을 둘러보자, 샤를로테가 키득키득 웃었다.

"언니, 오라버니가 레스티라우트 님과……."

"샤를로테!"

뭔가를 말하려는 샤를로테의 목소리와 당황한 빌프리트의 목소리가 겹쳤다. 마치 우라노 시절에 야한 책을 숨겨 둔 곳을 내게 들켰는데, 엄마 귀에 들어갈까 봐 온몸으로 막으려던 소꿉친구와 같은 모습에 감이 왔다.

"빌프리트 오라버니는 어디에 숨겨 뒀어요? 뻔하게 침대 밑은 아니겠죠?"

"뭔 소리야?"

전혀 이해하지 못한 그의 얼굴에, 아닌가? 하고 고개를 갸웃거렸다. 감 잡았다 생각했는데 완전히 잘못 짚었나 보다. 샤를로테를 쳐다보자, 그녀가 설명해 주었다.

"숨길 것까진 아니잖아요, 그쵸, 오라버니? 오히려 제대로 보고해야 할 일이죠. 다음 다과회 때 레스티라우트 님이 완성한 그림을 몇 점 가져오신대요. 그중에 책 삽화로 어울리는 그림을 구매하라고 하셨어요. 어서 빨리 삽화가 들어간 디터 소설을 읽고 싶으시대요."

샤를로테의 말에 빌프리트가 살짝 못마땅한 표정을 지었다.

"레스타리우트 님이 그림이 멋지게 완성됐다고 하셔서 기대했는데, 로제마인은 남자 마음을 모르잖아. 보고하자니 조금 망설여진단 말이지. 그리고 어차피 다과회 일정은 시종들이 다 전해 줄 텐데 뭘."

빌프리트의 불만 섞인 말에 나는 한숨을 쉬고 싶어졌다.

"그림 구매는 귀족원 안에서 이뤄지지만, 비용은 기숙사 예산이 아니라 내 개인 예산이나 인쇄업 예산에서 나갈 거예요, 빌프리트 오라버니."

"뭐?"

"어디서 예산을 낼지는 에렌페스트와 상의해야 하고, 비용 처리도 서간으로 주고받아야 해서 시간이 좀 걸려요."

레스티라우트의 삽화를 사들이기로 얘기가 되었을 때 엘비라와는 편지로 정보를 공유하긴 했다. 그러나 명확한 건 없었다. 우선은 레스티라우트가 그린 삽화가 삽화로 쓸 만한 수준인지 알아야 한다. 영 삽화로 쓰기 어려운 수준이라면 내 사비로 사서 단켈페르거용 책으로 소량만 인쇄해서 팔면 된다. 반면에 판매율이 나올 것 같으면 인쇄업 예산으로 구매할 것이고, 돈을 받으려면 엘비라의 결제가 필요하다.

"책과 관련된 비용은 전부 네가 내고 있어서 그런 구조인 줄 몰랐어."

페르디난드가 떠난 지금, 내 사비는 하르트무트가 관리하고 있다. 자유롭게 쓸 수 있는 금액이지만, 수중에 현금이 있는 건 아니었다.

"그러니까 제대로 보고해 주세요."

"그 말을 너한테 들을 줄이야……. 너야말로 보고 제대로 해. 오늘 일도 그래. 그런 대규모 치유를 쓸 예정은 없었잖아. 왜 그렇게 된 건지 보고해야지. 하나도 빠짐없이 아버지한테 보고 드려."

빌프리트에게 건넨 설교가 그대로 내게 돌아오자, 어깨가 축 처졌다.

에렌페스트에 보고서를 보낸 뒤, 나는 피로로 인한 발열로 몸져 눕고 말았다. 내가 골골거리는 동안 단켈페르거의 다과회 일정은 착착 결정되어 갔다. 무엇이 어떻게 정해졌는지, 예산은 어찌할지 침대에 누운 채 물었더니, 리카르다가 어이없다는 눈으로 나를 내려다보았다.

"공주님은 다과회 전까지 몸 관리만 잘하시면 됩니다."

"의식 끝나고 바로 다과회 일정을 안 넣길 잘했네요."

리카르다와 브륀힐데가 내 상태를 살피며 단켈페르거와의 일정을 세우는 모습을 바라보고 있을 때, 필린느와 뮤리엘라가 보고를 하러 왔다.

"엘비라 님께서 로제마인 님의 사비라며 돈을 보내 주셨어요. 이 돈으로 레스티라우트 님의 그림을 사면 되겠군요."

그림이 괜찮으면 인쇄업 예산으로 다시 사들이겠다고 한다.

"그러니 로제마인 님도 빨리 나오세요."

내가 움직일 수 있게 된 건 그로부터 이틀 후였다. 앓는 기간이 조금 짧아진 느낌이다. 건강해진 내 몸에 감동하며 식당에서 밥을 먹고, 다목적 홀에서 그동안 밀린 보고를 들었다.

"언니가 아픈 동안 저와 오라버니는 군돌프 선생님의 연구실에 초대를 받았었어요. 드레반헬 학생들은 다들 가호를 받으려고 굉장히 진지한 거 있죠."

"응. 이렇게 빨리 보호구를 전부 갖춘 영지는 또 없지 않을까."

빌프리트도 진지한 눈으로 고개를 끄덕였다. 이틀이 채 되기 전에 모두에게 보호구를 배분하다니, 적어도 그만한 소재들을 전부 줄 수 있다는 게 대단하다는 생각이 들었다.

"드레반헬이 대영지로 군림하는 이유를 알겠네요."

"맞아. 에렌페스트는 사전 정보를 손에 쥐고 있었으면서도 신들의 인장을 새긴 보호구를 아무도 가지고 있지 않지. 그와 마찬가지로 의식을 경험한 견습 문관이 있는데도 주변에 전파해서 보호구를 만들려는 움직임조차 보이지 않아. 이건 굉장히 큰 차이야."

봉납식에 참가할 수 있었던 에렌페스트의 견습 문관은 대부분 빌프리트와 샤를로테의 측근이다. 나의 견습 문관들은 중급과 하급이라 참가하지 못했다.

"지금 이그나츠와 마리안네가 조합실에서 보호구를 만들고 있어. 우린 사전 정보가 있는데도 그걸 잘 활용하지 못하고 있는 것 같아. 솔직히 말해서 주눅 들었어, 나."

동갑인 오르트빈과 달리 모두를 능숙하게 이끌지 못하고 있다며 중얼거리는 빌프리트에게 샤를로테가 "금방 그렇게 익힐 수 있는 일이 아니에요, 오라버니." 하고 위로의 말을 건넸다.

"전 내일 중위 영지의 다과회에 다녀올 예정이에요. 다른 영지 분들의 반응을 보고 올게요. 오라버니와 언니도 단켈페르거 다과회에서 힘내세요."

샤를로테의 말에 나는 고개를 끄덕였다.

다과회 당일. 나는 약속 시간에 맞춰 빌프리트와 함께 단켈페르거의 다과회실로 향했다. 레스티라우트와 한넬로레와 인사를 나누고, 권하는 자리에 앉았다. 평소와 다르지 않은 흐름이구나 생각할 때 레스티라우트가 자기 측근에게 무어라 신호를 보냈다.

"그럼 이걸 봐 줬으면 하는군."

"오라버니, 그림은 연구 얘기를 하고 나서……."

"이걸 먼저 끝내야 더 집중이 될 거잖아."

가볍게 손을 저어 한넬로레의 말을 끊은 레스티라우트는 견습 문관을 시켜 열 장 가량의 삽화를 쭉 늘어놓게 했다. 나와 빌프리트가 보기 편한 자리에 흑백 삽화가 하나씩 놓였다.

"먹을 얼마나 넣어야 할지 잘 몰라서 나보단 네가 고르는 편이 낫겠다고 판단했지. 책에 넣기에 적당한 걸 골라."

기수에 올라타 무기를 든 기사의 모습이 큼직하게 그려져 있고, 망토를 펄럭이는 소리가 들리는 듯한 박력 넘치는 삽화가 가장 먼저 눈에 들어왔다. 빌마의 삽화를 참고한 것이리라. 어느 정도 선이 정리된 흑백 삽화가 그곳에 있었다. 하지만 섬세하고 부드러운 빌마의 삽화와 달리, 보물을 두고 겨루는 디터의 상황이 실감나게 그려져 있었다.

'……솔직히 레스티라우트 님의 그림 실력을 너무 얕봤어.'

한넬로레가 '취미'가 아니라 '특기'라고 했을 때 알아봤어야 했다. 수준급이었다.

"대단하네요. 상상했던 것 이상이에요."

내가 보고 있는 삽화를 들여다본 빌프리트가 진녹색 눈을 반짝였다. 존경의 눈빛으로 레스티라우트를 바라보며 격찬했다.

"훌륭합니다, 레스티라우트 님! 이런 삽화가 들어가면 디터 소설이 더 재미있어질 거예요. 로제마인, 너도 그렇게 생각하지?"

"예, 근사해요. 다만, 인쇄하기 전에 그림을 긁어내는 과정이 있는데, 그 공정을 다른 사람 손에 맡기면 분위기가 조금 바뀌거든요. 그것도 이해해 주실 수 있으세요?"

내 말에 레스티라우트의 미간이 살짝 찌푸려졌다.

"……분위기가 바뀐다는 게 무슨 의미지?"

"기술 유출이 되기 때문에 자세한 설명은 해 드릴 수 없지만, 인쇄 과정에 타인의 손이 들어가요."

그렇게 설명하자 레스티라우트가 얼굴을 확 구겼다. 예술가 기질이 있는 그는 역시 자신의 작품을 남이 만지는 행위를 용납하기 어려운 모양이다.

"그 과정을 내가 하면 되지."

"아뇨. 기술 유출 때문에 그건 받아들일 수 없어요. 지금은 에렌페스트에서 그림을 사면 저희가 인쇄를 해요. 다른 사람의 손이 닿는 걸 거부하신다면 그 그림은 살 수가 없어요."

누구의 삽화를 사든 에렌페스트의 공방에서 그림을 긁는 작업을 한다. 측근으로 삼거나 결혼으로 에렌페스트에 이주하는 경우를 제외하면 그 작업을 다른 영지 사람에게 맡길 생각은 없었다. 특히 상위 영지의 영주 후보생인 레스티라우트는 두말할 나위도 없다.

그림을 사지 않겠다는 말에 당황한 사람은 레스티라우트가 아닌 빌프리트였다.

“하지만 로제마인. 이렇게 훌륭한 그림은 어디에서도 못 찾아! 디터 소설의 퀄리티를 더 높이려면 이걸 사야 해. 레스티라우트 님에겐 기술 유출 금지 계약을 맺고 그 과정을 맡기면 되잖아.”

어지간히 디터 소설과 레스티라우트의 삽화에 꽂힌 모양이다. 빌프리트가 책에 깊이 빠졌다니 기쁘고 잘된 일이긴 하지만 지금은 조금 곤란했다.

“빌프리트 오라버니, 멋진 그림과 인쇄하기 수월한 그림은 별개예요. 에렌페스트에 필요한 건 인쇄하기 수월한 그림. 그 그림이 멋지기까지 하면 금상첨화지만, 아무리 멋져도 인쇄하기 어려운 그림은 사는 의미가 없어요. 정식으로 책도 판매하고 있지 않은 지금 시점에 단켈페르거 같은 대영지가 몰래 연구라도 해서 인쇄 기술을 빼앗아 가면 누구 손해일까요?”

레스티라우트는 “흠. 그렇군.” 하고 납득한 듯했지만, 빌프리트는 아직 포기하지 못한 듯했다. 절절한 눈빛으로 삽화와 나를 번갈아 보았다.

“이렇게 멋진데…….”

“예. 훌륭한 그림이에요. 에렌페스트에서 책을 팔기 시작한 후에 화려한 가죽 표지를 끼워서 제본할 때 레스티라우트 님의 그림을 넣으면 아주 훌륭한 책으로 탄생할 것 같아요.”

“그러면 내…… 아니 다른 사람은 못 보잖아.”

내가, 라는 말을 겨우 삼키는 모습을 보며 나는 어깨를 으쓱했다.

“어쩔 수 없어요. 기술 유출이 가장 큰 문제인걸요. 영지 순위 2위인 단켈페르거에 기술을 빼앗기면 우린 대항할 수도 없어요.”

글이나 그림을 긁는 공정은 등사 인쇄의 핵심이다. 눈썰미가 좋은 사람이 본다면 공판인쇄의 원리를 알아챌지도 모른다. 그리고 등사원지도, 등사판용 철필도, 줄판도, 전부 구텐베르크 사람들이 머리를 맞대고 오랜 시간 기술을 갈고 닦아 만들고 개량해 온 물건이다. 허무하게 빼앗길 순 없었다. 언젠가는 인쇄업을 널리 보급하게 되는 날이 오겠지만, 책마저도 판매하고 있지 않은 이 타이밍은 아니었다. 에렌페스트의 위치가 더 안정된 후에 고민해 볼 과제다.

그리고 '단켈페르거의 영주 후보생은 인쇄 작업까지 직접 할 수 있게 해 주면서 왜 우리는 안 되냐'고 다른 영지에서 클레임을 걸면 어떡하겠는가. 일일이 계약 마술로 묶으면 시간도 비용도 너무 많이 들 테고 말이다. 무슨 일이든 처음이 중요하다. 나는 에렌페스트에 끌어들일 실력 있는 화가를 원하는 것이지, 영주 후보생의 삽화를 원하는 것은 아니었다.

"그리고 펜으로 그린 그림과 인쇄된 그림은 완벽하게 똑같아지진 않아요. 남의 손에 맡기는 일을 참기 어려울 정도면 인쇄한 완성본을 봐도 마음에 들지 않을 거예요."

우라노 시절에 있었던 복사기조차 완벽하게 똑같이 나오지는 않았다. 얇은 선은 생략되거나, 반대로 작은 먼지의 그림자가 선처럼 찍혀 나오는 경우도 있다. 이 삽화는 흑백으로도 멋들어져 보이게 그려졌지만, 세밀한 선들이 많았다. 등사 인쇄로 찍으면 인상이 바뀌는 일을 피할 수 없으리라.

"처음으로 다른 영지의 그림을 구매했는데, 레스티라우트 님께서 불만을 제기한다면 인쇄업의 이미지까지 나빠질 거예요. 그럴 바에는 처음부터 사지 않는 편이 레스티라우트 님도 감정 상하실 일 없고, 에렌페스트도 곤란해지지 않겠죠. 그게 서로를 위해서 좋지 않을까요?"

"그렇군……."

빌프리트가 매우 아쉬워하며 물러났다. 나는 안도하며 흥미롭게 우리를 지켜보는 레스티라우트의 빨간 눈동자를 똑바로 바라보면서 물었다.

"이런 점들을 다 알고서도 이 그림을 에렌페스트에 파시겠나요?"

그는 속을 캐 보려는 듯이 나를 지켜보던 빨간 눈을 살짝 접어 반달을 만들었다.

"그쪽 의견은 이해했다. 다른 사람 손에 맡길 수 있을지 없을지 한번 고민하고 답장하겠어."

"레스티라우트 님의 그림은 정말 훌륭하니 긍정적인 대답을 기대하고 있을게요."

나는 영업용 미소로 삽화에 관한 얘기를 끝냈다. 레스티라우트가 휙 손을 젓자, 견습 문관들이 삽화를 정리했다.

그 모습을 지켜보며 레스티라우트는 차를 한 모금 마시고, 나와 빌프리트를 번갈아 쳐다보았다.

"삽화 얘기가 끝났으니 이제 공동 연구 발표에 관해 정해 보실까. 영지 대항전 때는 어떻게 발표할 생각이지?"

레스티라우트가 말하길 공동 연구의 경우 각자의 자리에서 똑같은 전시를 해도 손님들의 발길은 대영지에만 몰리는 경향이 있다고 한다. 그래서 하위 영지에서 발표를 하도록 하는 경우도 종종 있다는 것이다.

"이번 연구에서 우리가 공유하는 건 견습 기사와 단켈페르거 학생들을 대상으로 한 설문 조사 부분뿐이에요. 실제로 두 영지에서 진행하는 의식에 큰 차이가 있으니 따로 전시해도 될 것 같아요. 그쵸, 빌프리트 오라버니?"

"하긴. ……단켈페르거는 축복을 얻는 의식에서 빛기둥을 만드는 데도 성공했다고 들었으니 따로 발표할 것도 있을 테고. 우린 우리대로 의식을 발표해도 구경꾼이 한쪽으로 쏠리는 일은 없지 않을까요."

나와 빌프리트의 말에 한넬로레가 안심하는 미소를 지었다. 공동 연구 발표에 따라 영지 대항전을 보러 온 어른들에게 인상을 강하게 남길 수 있기에 서로 하려고 다투는 경우가 많다고 했다.

"그럼 공통으로 넣을 부분은 문관끼리 협의하고, 나머지는 각자의 영지에서 자유롭게 진행하는 것으로 하면 될까요?"

한넬로레의 확인에 빌프리트와 나는 동의했다. 그 자리에 있는 견습 문관들에게 힐끗 시선을 보내자, 공동 연구에 관여하는 자들이 알겠다는 듯 머리를 주억거렸다.

'라이문트의 연구는 아렌스바흐 측에서 발표하는 것으로 되어 있으니까 이제 드레반헬과만 협상하면 되겠네.'

에렌페스트는 소재만 제공할 뿐, 연구에 공헌하는 부분은 딱히 없으니까 거의 드레반헬에 맡기면 되리라. 나로서는 연구 결과를 얻고 마목으로 만든 종이의 수요만 늘어나면 그거로 충분했다.

"예상 외로 협상이 빨리 끝났군. ……흠, 게빈넨이라도 한판 어때?"

여성들의 다과회는 끝날 때까지 차를 마시고 수다를 떨지만, 남자들에겐 따분하기 짝이 없는 시간인 모양이다. 정할 내용을 다 정하자 레스티라우트가 빌프리트에게 게빈넨을 권했다.

게빈넨에 꽤 자신이 있는지, 드레반헬의 오르트빈과 자주 둔다는 얘기가 돌던 빌프리트는 화색하며 고개를 끄덕였다.

"레스티라우트 님이 졸업하시기 전에 작년의 패배를 만회해 꼭 한 번 이겨 보고 싶었는데 잘 됐네요."

"미안한데, 오르트빈한테도 못 이기는 네가 날 이기려면 백 년은 일러."

흥 하고 콧방귀를 뀐 레스티라우트의 말에 빌프리트가 투지를 불태웠다.

단켈페르거의 측근들이 분주하게 움직이기 시작했고, 금방 다른 테이블에 게빈넨 준비가 끝났다. 처음부터 시간이 남으면 게임을 할 계획이었던 게 분명하다. 시종들의 움직임에는 한 치의 조급함도 없었다.

디저트를 입에 넣으며 준비가 되어 가는 모습을 멍하니 보는데, 테이블에 세워진 게빈넨의 파란 말이 눈에 들어왔다. 그때서야 나는 단켈페르거의 다과회실에 세워져 있던 크리스털처럼 투명한 푸른 조각이 게빈넨의 말을 본뜬 것임을 깨달았다.

"단켈페르거는 디터뿐만 아니라 게빈넨도 좋아하나 보네요. 그쪽 기숙사에 있던 장식물도 게빈넨의 말이죠?"

"네? 아, 예. 그게, 디터 반성회를 할 때 게빈넨을 쓰거든요."

한넬로레가 살포시 수줍어하며 말했다. 놀랍게도 디터를 사랑하는 단켈페르거에선 시합 전후에 의식을 하는 것도 모자라 반성회까지 한다고 한다. 1년간 디터에 소비하는 시간만 대체 얼마나 되는 걸까?

"무슨 신구인지는 몰라도 페어퓨레미어의 지팡이가 전래될 정도인걸요. 이만큼 의식과 디터를 사랑하지 않았다면 남아 있지 않았겠죠?"

"신구라고 하니까 생각났는데……. 어제 상위 영지 다과회에 참가

했더니, 지난번 의식 얘기로 굉장히 떠들썩했었어요. 참가하지 않은 사람도 참가했던 분에게 얘기를 많이 듣는 것 같던데…….”

한넬로레의 말을 들어 보니 봉납식 참가자들은 처음 경험한 제사에 큰 충격을 받았다고 한다. 하나의 의식을 모두 함께 한다는 일체감, 성배에서 솟아오른 빛기둥 등, 평상시엔 느낄 수 없는 충격적인 일이었다는 것이다. 참가하지 못했던 사람은 다음 기회에 꼭 참가하려고 벼르고 있다고 한다.

“첸트 트라오크발께 직접 감사의 말을 듣는 건 최우수라도 따지 않는 한 상상도 못할 일이잖아요? 모두 감격한 듯했어요. 그리고 로제마인 님의 성스러운 모습에 감명을 받은 분도 많은 것 같았고요.”

‘성스러워? 뭔 소리야?’

한넬로레는 어딘가 넋을 잃은 모습으로 제삼자의 눈에 의식이 어떻게 비쳤는지 알려 주었다. 의식 중의 나는 신구를 연달아 소환하질 않나, 모두가 해 본 적도 없는 제사를 거행하고, 마력 회복과 치유까지 해 준 성녀 그 자체였다는 것이다. 심지어 별거 아니라는 듯이 행동하는 것이 그렇게 우아해 보일 수 없었다고 한다.

‘음, 그러니까 마력이 넘칠까 봐 전전긍긍한 게 들키지 않았다는 말이지? 와, 나 진짜 성장했네!’

“요즘 귀족원 내에서 기도에 쓸 보호구 만들기가 성행하고 있어요. 또 로제마인 님처럼 신구를 다루려고 연구하는 분들도 있대요.”

한 번에 수많은 이를 치유한 플류트레네의 지팡이를 어떻게 써 볼 수 없을까 연구하는 사람, 라이덴샤프트의 창을 가지려고 고군분투하는 사람까지 있다는 것이다.

“하지만 아직까진 신구 소환에 성공한 사람은 없어요. 슈타프로 소환한 기존의 창으로 의식 때 마력을 발사하는 것이 가장 안정적으로 축복을 받을 수 있는 방법이래요."

그러나 파랗게 빛나는 라이덴샤프트의 창을 손에 넣고 싶어 안달이 난 사람도 있는데, 바로 귀족원으로부터 보고를 들은 아우브 단켈페르거가 그러했다.

"그래서, 저기, 죽어도 못 가르쳐 줄 비밀이 아니라면 로제마인 님이 어떻게 여러 신구를 소환하게 됐는지 알려 주시면 안 될까요?"

알아 오라고 시킨 게 분명하다. 한넬로레가 매우 미안한 얼굴을 했다.

"단켈페르거에선 의식에 쓰는 페어퓨레미어의 지팡이의 소환 방법을 어떻게 익히나요?"

"지팡이는 부모님이 소환하시는 걸 보기도 하고, 만지기도 하면서 자신의 마력을 흘려 보면 서서히 소환하게 되어요. ……이렇게."

나는 작은 의문을 꺼냈을 뿐인데, '먼저 어떻게 하는지 그쪽부터 방법을 보여 봐라'라는 의미로 해석한 모양이다. 한넬로레가 자리에서 일어나 슈타프를 소환해 마력을 모으기 시작했다.

"슈트레이트콜벤."

지팡이를 소환하는 주문을 외우자 그 손에 페어퓨레미어의 지팡이가 나타났다.

"만져 봐도 돼요?"

"예, 그럼요. 살짝 마력을 흘려 보세요."

나는 지팡이에 손을 대고 조금 마력을 흘려보냈다. 마법진이 떠오름과 동시에 "꺅?!" 하고 한넬로레가 작은 비명을 지른 것과 마력 반발이 일어난 건 거의 동시였다.

"죄, 죄송해요. ……조, 조금 놀랐거든요. 다른 사람의 마력이 몸속에 들어오니까."

가족은 마력이 서로 비슷해서 마력이 섞여도 큰 느낌은 없지만, 타인인 내 마력이 한넬로레에겐 이질적으로 느껴져 놀란 듯했다. 다른 사람의 마력이 몸에 흘러들어올 때의 불쾌감을 나는 잘 알고 있었다. 나는 서둘러 사과했다.

"불쾌하게 해서 죄송해요."

"아니에요, 잘 몰랐던 제 잘못이죠. ……이 지팡이를 소환하는 방법이 왜 영주 일족의 핏줄에만 전해 내려왔는지, 이유를 잘 알겠어요."

한넬로레가 "모두가 쓰게 되면 편리할 거라 생각했는데."라며 어깨를 떨궜다. 꼭 모두가 써야 하는 이유가 있는 걸까? 어쩌면 단켈페르거는 무더운 지역이라 많은 사람이 의식을 치러 여름 더위를 식히고 싶었는지도 모르겠다.

"마법진이라면 도서관에 있는 그 서고에서 사용법을 찾을 수 있을 거예요. 방금 떠올랐던 것과 비슷한 마법진이 의식 가이드에 그려져 있었거든요."

"아, 그럼 왕족이 요청할 때까지 기다릴 수밖에 없겠네요."

한넬로레가 키득키득 웃으며 "로제마인 님은 어떻게 신구를 소환하는 방법을 익히신 거예요?"라고 물었다. 나는 "페어퓨레미어의 지팡이와 거의 비슷해요."라고 웃음을 돌려주며 대답했다.

"신전에 있는 신구에 마력을 봉납하면 마력이 흐르면서 마법진이 생기거든요? 일정량이 넘어가면 그 마법진이 저절로 머리에 새겨진다고 할까요. 슈타프를 변형할 때처럼 자연스럽게 머릿속에 떠올라요."

나의 경우, 첫 봉납 때 떠오른 마법진이 슈첼리아의 방패를 소환할 때의 기본이 되었다. 신전의 신구는 슈타프로 자신의 신구를 만들기 위한 보조 기구 같은 물건이 아닐까?

"옛날 초대 왕이 신전장이었대요. 그러니 그 자손들도 신전 신구에 마력을 봉납했고, 그로 인해 신구를 소환하게 되었던 게 아닐까 싶어요."

"정변이 끝나고 신전에서 귀족원에 들어온 학생이 몇이나 있었지만, 로제마인 님처럼 신구를 다루는 사람은 없었다고 하던데요?"

한넬로레가 의아해하며 물었지만, 그건 당연한 말이었다.

"신구를 만들 줄 아는 사람은 있었을 거예요. 하지만 이렇게 신전을 멸시하는데 공개적으로 소환하고 싶지 않았을 걸요? 그리고 한넬로레 님도 아시다시피 신구를 쓰려면 엄청난 마력이 필요해요. 특례로 귀족원에 들어와서야 처음으로 마력 압축을 배운 청색 신관과 청색 무녀 출신들이 신구의 형태를 유지하긴 어려웠을 거라고 봐요."

고생해서 마력 압축을 하고 겨우겨우 중급 레벨까지 올라온 다무엘조차 형태를 유지하는 데 어려움을 호소했었다. 청색 신관 출신 학생은 더 어려웠으리라.

"신전에서 지내는 동안 성실하고 진지하게 의식을 치러 온 학생 중엔 여러 가호를 받은 사람도 있었겠지만, 귀족 사회로 돌아가고 싶은 마음이 강해서 신전을 혐오하거나, 자신의 처지를 한탄한 나머지 신들까지 원망하는 사람이라면 불가능했을 거예요."

이전 신전장이 있었던 무렵 그들의 방탕한 생활이 일반적인 신관의 생활이라면 가호를 얻을 수 없었으리라. 그리고 가호 의식에서 마법진에 마력이 충분히 가지 않았을 가능성도 있다. 괜한 소리 하지 않게 한넬로레에겐 미소를 지어 보이며 나는 속으로만 중얼거렸다.

"단켈페르거에는 신전에서 모시지 않는 신구와 신들의 이야기가 있던데요. 굉장한 역사에 압도당할 정도였어요. 지난번에 한넬로레 님의 시종이 클라리사를 타이르면서 꺼낸 말 있잖아요? 에어베르민을 잃었다고……. 그건 뭐예요? 제가 아는 이야기에는 나오지 않거든요."

처음 듣는 단어였다. 내 질문에 한넬로레는 "그건 오늘 빌려드릴 책에 나와 있긴 한데……." 하고 운을 떼면서 알려 주었다.

"연분의 신 에어베르민은 생명의 신 에이비리베의 권속이자 벗이었어요. 흙의 여신 게두르리히에게 구혼해서 어둠의 신에게 허가를 받을 수 있게 협력한 신이 에어베르민이에요."

에어베르민의 협력으로 에이비리베는 결혼에 성공했지만, 결혼 후의 생활은 성전에 나와 있는 대로다. 게두르리히와 그 권속들을 대하는 모습에 분개한 에어베르민은 에이비리베와 다투고는 연을 끊었다, 그리고 흙의 여신의 권속을 물의 여신 플류트레네에게 데려갔고, 게두르리히를 구하기 위해 움직였다고 한다.

"에어베르민을 잃은 에이비리베가 된다는 말은 결혼을 돕는 협력자를 잃는다는 의미이거나, 중요한 것을 소홀히 하면 사랑하는 사람을 잃게 된다는 의미이기도 해요."

'오호라. 하긴 클라리사가 에렌페스트의 신관장인 하르트무트와 결혼하고 싶다면 협력자 없이는 안 되긴 하지.'

"하지만 결혼은 리베스크힐페의 관할이지 않나요."

"에어베르민은 자신이 둘을 이어 준 탓에 게두르리히가 큰 고통을 겪었다는 자책감에 연분의 신의 힘을 리베스크힐페에게 넘기면서 신의 힘을 잃었대요."

"그랬군요. 그래서 성전에는 에어베르민이 신의 명단에 실려 있지 않았던 거네요. 그런 비화로 가득한 책을 읽게 된다고 생각하니 가슴이 떨리는데요?"

나는 설레는 마음으로 단켈페르거의 문관들이 준비하고 있는 책을 힐끔거렸다. 한넬로레가 살짝 뾰로통한 표정을 지었다.

"정말 너무하세요. 빌려주신 페르네스티네 이야기가 거기서 끝나다니요……. 다음 내용이 궁금해서 못 참겠어요."

아무래도 한넬로레는 아주 훌륭하게 '뒷내용이 궁금해지는 병'에 걸린 듯하다. 좋은 현상이다. 첫째 부인이 벌이는 수많은 괴롭힘에 분노를 느끼고, 페르네스티네의 상황에 눈물을 흘리고, 그녀를 다독여 주는 이복남매에게 가슴이 뛰었다고 했다.

'감동받아야 할 대사에도 신들이 툭툭 튀어나오지만 방향성은 틀리지 않을 거야, 아마도.'

"로제마인 님이 이 이야기의 모델이 아니어서 정말 다행이에요."

"내가 모델이라면 아우브가 책 제작을 허락하지 않았을 거예요."

"자기가 심한 짓을 했다고 공개하는 행위니까요. 하지만 세례식을 앞두고 입양된 상황과 머리카락 색, 성적이 우수한 점 등 공통점이 많아서 오해하는 분들이 더 계실지도요."

한넬로레는 걱정된다는 듯 목소리를 낮추며 충고해 주었다. 나는 고마움을 전했다.

"걱정해 줘서 고마워요. 하지만 2권이 나오면 다른 사람인 줄 알 테니 문제없을 거예요. 조만간 나올 건데……."

"저 꼭 빌려주세요! 겨우 첫째 부인의 손아귀에서 벗어나 귀족원에 입학하고, 멋진 만남이 딱 생겼을 때 끝나 버렸다구요. 앞으로 어떻게 될지 너무 궁금해서……."

한넬로레는 페르네스티네를 보호하려는 이복오빠와 이제 막 만난 두 왕자들이 너무 멋져서 어느 쪽의 사랑을 응원할지 고민 중이라고 했다. '2권에서 이복오빠에게 연인이 생겨 버린다'고 내용을 까발릴 순 없지만, 이만큼 첫째 부인에게 분노하고, 사랑의 행방을 기대하는 독자가 있는 것을 알면 엘비라도 얼마나 기뻐할까.

'어머님까지 가기도 전에 뮤리엘라가 좋아하고 있네. 고개 엄청 끄덕이고 있어.'

"한 가지 걱정인 건 그분이 쓰신 이야기 중엔 슬픈 로맨스도 종종 있다는 거예요. 정말 아름다운 이야기이긴 한데, 혹시라도 페르네스티네가 불행하게 끝나 버린다면 전……."

한넬로레가 하도 불안해 하길래 "마지막엔 행복해져요."라고만 알려 주었다. 이러면 안심하고 다음 권을 기다려 주겠지.

"페르네스티네가 행복해질 때까지 응원할 거예요."

한넬로레가 웃으며 대답했을 때, 게빈넨을 하던 빌프리트가 굳은 안색으로 벌떡 일어났다.

"아닙니다, 레스티라우트 님!"

'무슨 일이야?!'

갑자기 들려온 큰 소리에 나와 한넬로레는 물론 방 안에 있던 사람들의 시선이 전부 빌프리트에게 향했다. 빌프리트가 어금니를 꽉 깨물고 레스티라우트를 노려보고 있었다. 당사자는 슈타프를 휙 휘둘러 게빈넨의 말을 움직인 뒤, 빨간 눈을 천천히 들었다.

"……뭐가 아니란 거지?"

"에렌페스트의 차기 아우브는 접니다. 로제마인이 아니란 말입니다."

대립

내게 양해를 구한 한넬로레가 자리에서 일어나 레스티라우트에게로 걸어갔다.

"오라버니, 빌프리트 님께 뭐라고 하신 거예요?"

조용한 질문에 레스티라우트는 눈썹 한쪽을 씰룩이며 빌프리트를 보면서 "별말 안 했어."라고 중얼거렸다. 시치미 떼는 태도에 한넬로레의 낯빛이 어두워졌다.

"별말도 안 했는데 빌프리트 님이 소리를 지르실 리가 없잖아요. 무슨 실례되는 말을 한 거죠? 대단히 죄송합니다, 빌프리트 님."

그녀의 사과에 빌프리트는 움찔하더니 표정을 고쳐 미소를 지었다.

"한넬로레 님께서 사과하실 일은 아닙니다. 게빈넨 게임 중에 내가 어리석어 도발에 넘어가서 그런 겁니다. 나야말로 소리쳐서 죄송합니다."

두 사람에게 사과한 빌프리트는 다시 천천히 의자에 앉더니 맞은편에 앉아 있는 레스티라우트를 바라보며 말을 하나 움직였다.

"아버님은…… 아우브 에렌페스트는 로제마인을 아우브로 삼을 생각이 없으십니다. 그런 지독한 짓은 하지 않을 거라고 하셨어요."

"아우브 자리에 앉히는 게 지독한 짓이라고?"

말을 움직이던 레스티라우트가 의아하다는 듯 빨간 눈으로 빌프리트를 쳐다보았다. 빌프리트는 고개를 한 번 끄덕이고는 다시 말 하나를 움직였다.

“아시다시피 로제마인은 다과회에서 몇 번이나 쓰러진 적이 있을 정도로 허약합니다. 아우브는 건강 상태가 불안정한 딸에게 격무를 떠넘기는 짓은 하지 않으십니다. 그 점을 이해해 주셨으면 합니다.”

‘이건 빌프리트 오라버니가 양아버님의 이미지를 높이려고 밑밥을 까는 건가? 하긴 친딸이래도 건강이 불안한 딸을 아우브로 삼진 않겠지.’

그 말을 듣고, 레스티라우트가 차기 영주와 질베스타의 악평을 꺼내 빌프리트를 도발했음을 깨달았다. 계속해서 반복되는 악소문에는 나 역시 짜증이 나 있었기에 그 마음은 충분히 이해가 되었다. 다른 영주 후보생이라면 여기선 단켈페르거를 치켜세우고 빌프리트에게 주의를 줘야 마땅하겠지만, 난 그러고 싶지 않았다.

“원래라면 마력이 크고 영지에 이익이 되는 자가 아우브가 되어야 마땅할진대……. 그렇군. 건강 상태가 불안정하니 마력과 관계없이 네가 차기 아우브가 된 거군.”

한넬로레가 끼어들어 중재하면서 조금은 진정되는 듯했지만, 레스티라우트의 도발은 멈추지 않았다. 빌프리트가 주먹을 꽉 쥐는 것이 보였다. 나는 게빈넨의 말이 떠 있는 테이블 옆, 레스티라우트와 빌프리트의 사이에 섰다.

“주추를 지지하는 마력이 부족하니 건강한 남성을 차기 영주로 삼는 게 당연하죠. 이상할 게 뭐가 있나요?”

다소 건강해지긴 해도 여전히 약하고, 심지어 임신이나 출산으로 업무를 보지 못하는 시기가 있는 여자인 나보다 귀족원에서 우수한 성적을 내고 있는 빌프리트를 차기 영주로 삼는 것이 자연스럽지 않은가.

그 주장에 재미있어하는 듯한 레스티라우트의 붉은 눈동자가 내게 향했다. 그러면서도 뭔가를 캐내려는 듯한 눈빛이 무섭게 느껴져 순간 기가 꺾였다.

"그렇단 말은 그렇게 특출한 능력을 갖추고 있으면서도 넌 첫째 부인 자리에 대충 만족하겠다, 그 말인가?"

"대충 만족한다는 말은 좀 이상하네요. 저는 여태껏 영주의 지위를 원한 적이 한 번도 없거든요."

"그럼 뭘 원해?"

레스티라우트의 물음에 나는 싱긋 웃었다. 내가 원하는 것은 정해져 있다.

"영주의 첫째 부인이 되어서 도서관에서 사서를 할 거예요. 제 개인 도서관에 책을 차곡차곡 수집하는 거죠."

그러려고 인쇄업을 시작했다. 귀족원에서 여러 이야기를 끌어 모아 매년 신작을 만들게 되었고, 독자도 조금씩 늘고 있다. 이 기세로 귀족을 독서에 빠지게 만들면 다음 타깃은 평민이다. 문맹률이 낮은 부호부터 시작해 최종적으로는 모든 사람이 책을 읽게 만들겠다. 그것이 나의 장대한 야망이다. 지위가 높으면 야망을 이룰 때 도움이 되긴 하겠지만, 책 제작과는 별 관련 없는 일은 하고 싶지 않기에 영주가 될 생각은 없다. 신전장 자리만으로 빠듯하다.

"영주의 첫째 부인과 사서 자리를 원한다면 문제될 게 없겠군. 내 첫째 부인이 돼라, 로제마인."

'예?'

순간 침묵이 흐른 뒤, 방 안에 술렁임이 일었다.

"오라버니! 갑자기 무슨 뜬금없는 소리예요?!"

"가만히 있어, 한넬로레."

레스티라우트는 팔을 휘 저어 한넬로레의 입을 다물게 했다. 입술을 꾹 악물며 한넬로레가 한 걸음 물러섰다. 놀라움에 소리를 지른 측근들도 레스티라우트의 박력에 입을 다물었다. 그러나 다들 경악하는 표정까지는 지우지 못했다.

솔직히 너무 뜬금없어서 의미를 모르겠다. 잘못 들었기를 바라지만, 아연실색하는 주변 반응만 봐도 아마 잘못 들은 것이 아니리라.

"대단히 죄송한데, 꼭 레스티라우트 님께서 저를 첫째 부인으로 삼고 싶다는 말로 들리는데……."

"잘못 들은 게 아니다. 분명 그렇게 말했으니까."

태연한 그의 말에 나는 턱을 괴었다. 첫째 부인이 되라는 말은 구혼이 아닌가. 그런데 이상하다. 레스티라우트에겐 머리 장식을 선물하는 상대도 있는 듯했고, 귀족의 구혼은 부모끼리 합의가 되어야 한다. 아니지, 귀족원에서 학생끼리 연애하는 경우, 부모에게는 나중에 보고하는지도 모른다. 일찍 약혼해 버린 관계로 알려고도 하지 않은 탓에 귀족의 상식을 잘 모르겠다.

'그런데 구혼이라면 마석을 주면서 신의 이름을 늘어놓는 긴 프러포즈 대사가 있지 않나? 무슨 잡담이라도 하듯이 직구로 꺼내는 얘기는 아니었던 것 같은데, 내가 잘못 알고 있나?'

레스티라우트의 말을 어떻게 받아들여야 할까. 나와 빌프리트의 약혼은 모르는 사람이 없고, 진심으로 받아들였다간 비웃음을 살지도 모르는 일이다.

내가 고개를 기울인 채 굳어 있자, 레스티라우트가 나와 빌프리트를 보았다.

"넌 스스로의 가치를 발견했어. 신구를 두 개나 동시에 다루는 능력, 가호를 받은 수, 새로운 유행, 영지에 이익을 가져다주는 산업, 왕족과 상위 영지와의 관계, 성녀로서의 명성……."

그런데 앞으로 주요 산업이 될 인쇄에 관해 잘 알지도 못하는 빌프리트가 스스로를 차기 영주라고 자칭하다니 이상하지 않느냐며 도발하듯 웃었다.

"그리고 에렌페스트가 전체 성적이 오르고는 있지만 너와 네 측근들만 두드러지게 좋지, 나머지는 평균 이하다. 공동 연구를 하다 보면 영주 후보생들 사이의 차이가 현저히 드러나기 마련이거든. 네 성적만으로 순위를 급격히 올린 폐해가 이거다. 주변이 전혀 따라가질 못하고 있어. 정변 전에는 바닥만 기다가 정변 후가 되어 중위로 급부상한 에렌페스트는 너와 어울리지 않아."

영주 일족을 지키기 위해 보니파티우스에게 강도 높은 훈련을 받은 견습 기사들 간에는 큰 차이가 없다. 마력 압축을 시작한 시기에 따라 다소의 차이는 있지만, 소질과 노력에 의한 차이일 뿐이다. 하지만 신전에 다니며 페르디난드에게 업무로 단련된 문관들과 내가 뭘 하든 준비 때문에 움직여야 하는 시종들의 수준은 빌프리트와 샤를로테의 측근에 비해 굉장히 높았다.

"매번 새로운 유행을 만들어 내는 너에겐 하위 영지의 낡아빠진 방식이 너무 답답하지 않나? 네 힘만으로 순위를 올리고 있는데 주변이 따라가질 못하는 상황이라면 에렌페스트는 더 낮은 순위가 어울리는 거다. 널 신전에서 찾아낸 아우브의 혜안에는 감탄하지만, 스스로 차기 영주라 하는 자는 너의 가치를 모르고 있어. 너를 다룰 만한 그릇이 에렌페스트엔 부족해."

기분 나쁜 미소를 지으며 레스티라우트는 빌프리트와 방 안에 있는 에렌페스트의 측근들을 쭉 둘러보았다.

"네가 아우브 자리를 원하지 않고 첫째 부인으로 살기로 결심했다면 단켈페르거에 와라. 긴 역사와 함께 축적된 책들, 그리고 자료라면 유르겐슈미트에서 우리가 최고다."

'긴 역사와 함께 축적된 책과 자료? 유르겐슈미트에서 최고? 하아, 너무 멋진 울림이야.'

황홀경에 빠져 나도 모르게 마음이 흔들렸다. 하지만 나는 몸이 넘어가려는 것을 꾹 참았다. 곰곰이 생각해 보자. 날 꼬시는 쪽은 단켈페르거다. 책을 읽으러 오라는 초대가 아니다. 지금까지의 경험으로 봤을 때 디터를 유도하려는 속셈일지도 모른다.

"……아, 안 갈래요."

"흔들렸군."

"아, 안 흔들렸거든요? 그, 그리고 저랑 빌프리트 오라버니의 약혼은 왕의 허가까지 받았어요. 파기는 불가능해요."

단켈페르거가 뭐라고 꼬셔도 소용없다. 내가 강하게 말하자, 레스티라우트는 같잖다는 듯 손을 저었다.

"허가를 받은 게 다잖아. 왕명도 아니고. 아우브가 취소를 요청하면 쉽게 받아들여 줄 정도로 대수롭지 않은 거지. 영지간의 약혼도 아닌 만큼 파기는 손 안 대고 코를 풀 만큼 쉬워."

왕의 허가를 받았다고 절대적으로 안전한 것도 아니라고 한다. 질베스타가 원한다면 빌프리트와 나의 약혼은 파기할 수 있다는 것이다.

"단켈페르거에서 아우브 에렌페스트에게 압력을 가하는 방법도 있지. 지금까지 그러지 않았던 이유는 그렇게까지 해야 할 가치를 너에게서 발견하지 못했기 때문이다. 나를 상대로 치열한 협상을 할 줄 아니까 단켈페르거의 첫째 부인 역할도 잘 하겠지. 너의 지식을 퍼트리고 책을 만들겠다면 단켈페르거가 더 어울려. 나한테 와라, 로제마인."

자금력, 인재, 새로운 것을 도입하는 빠른 움직임, 새로운 기술의 중요성 인식……. 그는 단켈페르거가 뛰어난 점들을 하나부터 열까지 늘어놓았다. 그 모든 것이 내가 원하는 것들이었다. 마음이 마구 흔들렸다.

"에렌페스트 같은 시골 촌구석보다 좋은 인재도 훨씬 많지."

'예? 우리 구텐베르크보다 좋은 인재가 어디 있는데요!'

반사적으로 속으로 반론한 순간, 흥분이 싹 사그라졌다. 단켈페르거에 가면 나는 가족의 얼굴도 보지 못하게 된다. 귀족과 상인, 장인들을 잇는 가교 역할을 내팽개치게 된다. 심지어 페르디난드가 넘겨준 내 도서관은 에렌페스트에 있다. 세상 그 무엇보다 소중한 작은 연결고리들을 내 손으로 끊을 생각은 없다.

"……굉장히 매력적인 제안이지만, 거절하겠습니다."

이럴 때는 즉석 거절이 최고다. 대답을 망설이면 대영지에 주도권을 넘기게 된다. 우선은 의사 표시가 중요하다. 나는 단켈페르거에 갈 생각이 없다고.

레스티라우트가 말을 움직인 후, 자신의 턱을 천천히 쓰다듬었다.

"우리 입장에선 아주 좋은 조건을 내밀었는데 그걸 거절하다니……."

거의 넘어온 줄 알았는데 어디서 실패했지, 라는 중얼거림에서 내 마음의 움직임이 거의 꿰뚫렸다는 것을 알았다.

무사히 거절해서 안도하는데, 레스티라우트가 분위기를 확 바꾸었다. 귀족답게 여유로웠던 공기가 디터를 앞둔 기사들의 것처럼 차가워졌다.

"……그럼 힘으로 빼앗을 수밖에."

"레스티라우트 님?!"

"오라버니, 잠깐만요."

한넬로레의 제지를 뿌리치고, 레스티라우트의 눈이 사냥감을 노리는 맹수의 눈빛으로 바뀌었다.

"원하는 것은 반드시 손에 넣는다. 쟁취할 수 있는 힘을 기르고, 수단과 방법을 가리지 않고 끝까지 도전한다. 그것이 단켈페르거다."

단켈페르거가 원하는 것을 갖기 위해 수단을 가리지 않는다는 건 클라리사의 구혼에서도 알 수 있었다. 가짜 성녀라느니, 악랄하고 비열하다고 나를 평했던 레스티라우트에게 그런 눈빛을 받게 될 줄은 꿈에도 몰랐다. 슈바르츠와 바이스의 일로 처음 대치했을 때와 같은 난폭함 가득한 말투와 분위기에 나는 슬그머니 뒷걸음질을 쳤다.

"로제마인."

등 뒤에서 부르는 빌프리트의 목소리에 나는 뒤돌아보았다.

"……레스티라우트 님의 지적처럼 부족한 부분이 많지만, 그래도 넌 에렌페스트에 있고 싶어?"

미안한 얼굴로 빌프리트가 물었다.

"있지, 레스티라우트 님의 말을 듣기 전까지는 너의 가치를 잘 몰랐어. 굳이 말하자면 너를 제지해야 한다고만 생각했고, 단켈페르거나 드레반헬처럼 너의 지식을 이용하거나 넓힐 생각은 하지 못했어. 내

가 차기 아우브가 된다면 네 재능을 활용하는 쪽으로 고민했어야 했는데…….”

빌프리트가 어깨를 축 떨구며 말했다.

“나는 귀족원에서 2년 연속 우수자가 되고, 오르트빈과 경쟁하며 친하게 지낸다고 상위 영지와 동등해졌다고 생각하고 있었어. 그런데도 공동 연구에서 견습 문관들의 실력 차이가 크게 나는 건 상대방이 상위 영지니까 어쩔 수 없다며 손을 놓고 있었어.”

에렌페스트 안에서는 항상 나와 비교당하다가 귀족원에서 다른 영주 후보생과 접하면서 자신감이 생기게 됐다는 것이다. 그 자신감이 ‘이 정도만 하면 충분하겠지’라는 자만심으로 이어졌다고 중얼거렸다.

“대영지는 너의 재능을 바로 도입하는데, 나는 그럴 생각도 못했어. 우리 영지의 산업도 네 취미로 시작된 셈이니까 너에게 맡기는 게 최선이라고 생각했거든.”

주변에서는 하나같이 의식이 하위 영지에 머물러 있다고 지적하는데 빌프리트만 상위 영지다운 감각을 키웠을 리가 없다. 상위 영지 친구들과 어울리다 보면 물들기 마련이니까.

“깨달았다면 이제부터 살리면 되죠. 소중한 것이 전부 에렌페스트에 있는데 제가 어딜 가요. 제 게두르리히는 에렌페스트예요.”

“그래. 그럼 난 차기 아우브로서 널 지킬게. 에렌페스트에 있고 싶다는 너를 내가 지키지 못하면 가족으로 실격이지.”

빌프리트가 자신감 있게 말하자, 레스티라우트가 씨익 하고 표독한 미소를 보였다.

“네가 차기 아우브를 자칭하겠다면 기개를 보여서 단켈페르거로부터 로제마인을 지켜 보시지. 디터를 신청한다."

'언제 나오나 했다.'

"로제마인을 단켈페르거의 첫째 부인으로 삼길 원하는 사람은 나뿐만이 아니다. 부모의 동의도 받았지. 우리가 이기면 모든 수단을 써서라도 둘의 약혼을 파기하게 만들겠다."

2위 대영지의 힘으로 강한 압력을 행사할 생각인 듯했다. 이러다 질베스타가 또 위경련을 일으키겠다.

"신청을 거부하면 어떻게 됩니까?"

빌프리트가 묻자, 레스티라우트가 콧방귀를 뀌었다.

"승부를 포기한다면 이겼을 때와 같은 수단을 취해야지."

"……그렇단 말은 에렌페스트가 이기면 단켈페르거는 로제마인에게서 손을 떼겠다는 건가요?"

"디터는 신성한 경기다. 신께 맹세하건대 절대 손대지 않겠다."

난폭하고 디터에 환장한 단켈페르거지만, 이런 부분은 믿을 만하다. 그러나 신청을 받아들이기 전부터 휘둘리기만 하고, 상대의 뜻대로 끌려가는 상황이 썩 좋지만은 않았다.

'레스티라우트 님의 약점은 뭐지?'

질베스타의 나쁜 소문에 더해 빌프리트의 약점, 나의 책 사랑, 각자의 약점을 잡아 지금처럼 디터를 강요하고 있는 그에게 한 번이라도 반격해서 뒤통수를 치지 않고서는 잠을 못 잘 것 같았다.

방 안을 쭉 둘러보았다. 레스티라우트가 디터를 포기하게 만들 만한 약점이 어딘가 없을까. 내 눈에 들어온 건 레스티라우트를 말리지 못한 것을 후회하며 걱정스럽게 우리를 쳐다보고 있는 한넬로레였다.

"그럼 에렌페스트가 이기면 한넬로레 님을 빌프리트 오라버니의 둘째 부인으로 데려가겠어요."

"뭐?! 갑자기 무슨 소리야, 로제마인?!"

"로제마인 님?!"

빌프리트와 한넬로레의 안색이 새파래졌다. 측근들도 술렁였다. 그들의 반응은 레스티라우트가 나를 첫째 부인으로 삼겠다는 말이 나왔을 때보다 조금 더 컸다. 이겼다.

"보다시피 전 건강 상태가 불안정하니까 빌프리트 오라버니는 둘째 부인을 꼭 들여야 하거든요. 그 둘째 부인이 단켈페르거의 영주 후보생이면 에렌페스트의 기도 살고 좋잖아요?"

"아우브 단켈페르거의 딸을 에렌페스트 따위가 둘째 부인으로 삼겠다고? 헛소리하는군."

눈을 부릅뜬 레스티라우트가 한넬로레를 지키듯 그녀의 앞에 섰다. 아무래도 약점을 건드리는 데 성공한 듯하다.

"헛소리인지 아닌지는 레스티라우트 님이 판단하세요. 왕의 허가를 받은 약혼을 파기하라고 강요당한 저도 같은 기분이었으니까요."

그쪽이 진심이면 우리도 진심으로 한넬로레를 데려가겠다. 단켈페르거가 디터 신청을 가벼운 농담으로 넘긴다면 우리도 장난으로 넘어가 줄 수 있다.

"레스티라우트 님. 정말 디터를 신청하시겠어요?"

솔직한 심정으로는 여기서 물러나 주기를 바랐다. 단켈페르거가 한넬로레를 둘째 부인으로 에렌페스트에 보내는 건 말도 안 되는 얘기다. 우리가 단켈페르거를 막으려면 신청을 받아들이는 선택지밖에 없지만, 한넬로레를 중영지의 둘째 부인으로 내놓으라는 조건은 아우브와의 상의 없이 결정할 수 있는 사안이 아니니까 말이다.

'미안해요, 한넬로레 님. 하지만 죽어도 디터를 피하고 싶거든요.'

내 제안이 디터를 피하기 위해서임을 눈치챈 것일까. 빌프리트도 얼른 정신을 차리고 레스티라우트를 향해 당돌하게 미소를 지었다.

"레스티라우트 님, 아끼는 여동생의 장래를 이런 디터로 정해 버려도 되겠습니까? 디터를 제안하시기 전에 아우브와 상담하셨으면 합니다. 이대로 받아들이면 한넬로레 님이 너무 가엽지 않습니까."

"빌프리트 님……. 그래요, 오라버니. 다과회 중에 이런 식으로 로제마인 님과 제 미래를 정하지 마세요. 로제마인 님은 이미 약혼을 하셨잖아요."

그러나 한넬로레의 호소는 레스티라우트에게 닿지 않았다.

"……이게 농담으로 보여? 난 단켈페르거에 들어올 이익을 계산하고 로제마인을 첫째 부인으로 삼기로 결심한 거다."

"오라버니, 그런 중대한 사항을 멋대로 정하면 안 돼요! 디터에서 지기라도 하면 저는……."

"한넬로레, 너의 혼처를 정하는 사람은 아버지와 나다."

레스티라우트의 결단에 한넬로레는 몸을 부르르 떨더니 이내 고개를 푹 숙인 채 한 걸음 물러났다.

"자, 어쩔래, 에렌페스트?"

빌프리트가 나를 힐끗 보았다. 자신이 결단을 내려도 되는지 고민하는 얼굴이다.

"로제마인, 너의 미래를 내게 맡길 수 있겠어?"

"저를 보물로 건 디터라면 절대 안 질 거예요."

내 미래가 걸려 있다. 혼신을 다해 상대할 수밖에. 내가 지지하자, 빌프리트는 방 안에 있는 측근들을 둘러보았다.

"에렌페스트의 보물인 로제마인을 전력을 다해 지킨다. 모두들, 힘을 빌려다오!"

견습 기사들이 소리를 모아 "네!" 하고 대답했다. 측근들의 반응에 힘을 얻은 듯 빌프리트는 레스티라우트를 강하게 올려다보았다.

"받아들이겠다! 내가 차기 아우브다. 에렌페스트의 보물을 넘겨줄까 보냐!"

"그렇게 나오셔야지."

디터 준비

“그 디터는 언제 할 겁니까? 기사 인원수도 맞춰야 하니 지금 당장은 어려울 테고요.”

“알고 있어. 우리도 장소를 잡아야 하는 건 마찬가지다. 심판해 줄 루펜의 일정과 훈련장이 잡히면 연락하지.”

빌프리트와 레스티라우트가 세세하게 디터 조율을 시작하자, 견습 기사들도 하나둘 모여들었다. 1학년이라 디터에 참가하지 못하는 테오도르를 내 호위로 붙여 놓고 레오노레를 비롯한 측근들도 회의에 참여하러 갔다.

“로제마인 님, 잠시 차 한 잔 하실래요?”

눈물을 터트리기 일보 직전인 표정으로 한넬로레가 테이블을 가리켰다. 짧은 시간에 너무 많은 일이 있었다. 마침 나도 목을 축이고 싶던 참이다. 내가 테이블로 가자, 시종들이 곧바로 차를 다시 끓이려고 움직였다. 브륀힐데가 차를 따르는 모습을 보고 있는데, 한넬로레가 레스티라우트 일행이 모여 있는 쪽을 힐끔거리며 “코르둘라, 로제마인 님과 얘기 좀 할게요.”라고 낮게 중얼거렸다.

“이걸 쓰십시오.”

코르둘라가 내민 것은 도청방지 마술구였다. 레스티라우트가 들어선 안 되는 이야기인 듯하다. 나는 곧장 그것을 손에 쥐었다.

“다과회가 이런 식으로 되어 버려서 미안해요. 제 능력 부족이에요…….”

모처럼 즐거운 다과회였는데, 레스티라우트가 빌프리트에게 무례한 말을 꺼내 도발했다. 그것을 빌프리트가 원만하게 수습해 줬더니, 이번에는 그가 에렌페스트를 헐뜯고, 약혼자의 눈앞에서 내게 구혼했다. 그것을 내가 거절하자 압력을 행사해 디터를 신청했다.

"로제마인 님이 전부 없었던 일로 하자고 제안해 주셨는데, 호의를 망치는 결과가 되어 버려서 정말 죄송하게 생각하고 있어요."

"저도 레스티라우트 님께서 디터를 포기해 주길 바랐을 뿐인데, 한넬로레 님까지 끌어들였어요. 저야말로 죄송해요."

"아니에요. 디터를 취소할 구실을 로제마인 님께서 어렵게 꺼내셨는데, 그걸 망친 건 오라버니예요."

한넬로레의 슬픔 가득한 미소에 나는 레스티라우트를 째려보았다.

"에렌페스트가 이기면 한넬로레 님을 건 조건은 취소할 거예요. 레스티라우트 님을 말리려고 꺼낸 소리였고, 한넬로레 님을 둘째 부인으로 들이는 건 말도 안 되는 일인걸요."

"……그 마음은 정말 감사하지만, 한 번 디터로 결정된 사항은 뒤집을 수 없어요. 적어도 단켈페르거에서는."

"아우 성가시…… 아니, 고집세……어……."

적절한 귀족의 표현이 나오지 않는 내게 한넬로레가 "맞아요."라며 고개를 떨궜다.

"……한넬로레 님은 어쩌고 싶으세요?"

"네?"

"원하는 상대가 있으시면 저희가 이겼을 때 그분과 이어지도록 단켈페르거와 협상해 드릴 수도 있는데요."

그 편이 에렌페스트의 둘째 부인이 되는 것보다는 단켈페르거도 쉽게 받아들이리라. 내 제안에 한넬로레의 눈이 반짝였다.

“……제 혼인 상대는 부모님과 오라버니가 결정하는 거라 그런 희망을 가져 본 적이 없었어요. 하지만 그러네요. 오라버니의 압력에도 굴하지 않고 자신의 의지를 관철하는 로제마인 님의 모습을 보고, 오늘 처음으로 스스로 선택하고 싶어졌어요.”

“그럼 에렌페스트가 이겼을 때 그렇게 단켈페르거에 제안하죠.”

“아니요. 더 이상 에렌페스트에 부담을 줄 순 없어요. 마음만 감사히 받을게요.”

한넬로레가 미소를 지었다. 하지만 그 미소도 평상시의 미소보다 조금 어두웠다.

“만약 한넬로레 님께서 에렌페스트에 시집오는 것을 피할 수 없는 상황이 된다 해도 전 두 팔 벌려 환영할 거예요. 그리고 한넬로레 님이 행복해지도록 모든 힘을 다할 테니 안심하고 오세요.”

에렌페스트에 오면 같이 신간을 읽을 수 있어요, 책벌레들의 낙원으로 만들 거거든요, 하고 열심히 어필하자 한넬로레가 키득키득 웃었다.

“이번 일로 저와 친구를 관두겠다고 하지 않으신 것만 해도 얼마나 기쁜지 몰라요.”

단켈페르거는 성가신 상대이긴 하지만, 한넬로레는 소중한 친구다. 친구를 관둘 생각은 일절 없다.

“한넬로레 님은 제 마음의 벗이에요!”

“그럼 마음의 벗으로서 저도 한 말씀 드릴게요. 로제마인 님은 그 바람의 방패가 있으면 승리할 수 있다고 생각하실지 몰라도, 그걸 깨부술 방법이 아예 없는 건 아니에요. 오라버니는 이미 그걸 파악하고 있어요. ……절대 방심하지 마세요.”

그런 한넬로레의 중얼거림으로 다과회는 끝났다.

“오라버니, 언니. 제가 잘못 들은 거 아니죠? 왜 다과회에 가서 두 사람의 약혼 파기를 걸고 디터를 하게 된 거죠?”

기숙사에 돌아와 다목적 홀에 모두를 모아 놓고 디터 경기를 하게 되었음을 설명하자, 샤를로테가 새파랗게 질린 표정으로 말했다. 레스티라우트의 억지였지만, 설명을 해도 왜 그런 결과가 되었는지 설득하기가 쉽지 않았다.

“……로제마인, 네가 일을 벌였을 때 대답에 쩔쩔매는 기분을 이제 알겠어.”

“이해해 주셔서 감사하네요. 그럼 샤를로테한테 설명하는 건 오라버니에게 맡길게요.”

내가 싱긋 웃자, 빌프리트도 씨익 웃었다.

“아니, 여긴 익숙한 네가 해.”

“어머, 저한테 전부 떠넘기지 말라고 레스티라우트 님한테 지적받은 게 조금 전인데요?”

나는 그렇게 말하며 빌프리트에게 설명 역할을 위임했다.

‘억지로 떠맡긴 건 아니야. 이게 다 빌프리트 오라버니의 성장을 위해서인걸.’

빌프리트는 열심히 설명하더니 결국엔 “계속 설명해 봤자 무슨 소용이야! 그냥 대책부터 세우고 말지!”라며 끝내 버렸다. 샤를로테도 이젠 이해하기를 포기한 듯했다.

“아직 경위는 이해하기 어렵지만, 지금부터 대책을 강구해야겠네요. 언니의 슈첼리아의 방패가 있으면 이기는 건 어렵지 않겠죠?"

"그 건으로 한넬로레 님이 충고해 줬는데. 단켈페르거는 바람의 방패를 뚫는 방법을 알고 있대요. 레오노레, 승산이 있을까요?"

질문을 받은 레오노레의 표정은 딱딱했다.

"방패를 쓰지 못하면 승산은 상당히 낮아집니다. 하지만 방패를 얼마나 못 쓰게 되는지를 모르니, 시작부터 아예 사용하지 않는 방법은 악수입니다. 그리고 방패를 못 쓰게 되어도 로제마인 님껜 기수가 있잖아요."

레오노레의 말에 고개를 끄덕이며 라우렌츠가 의견을 냈다.

"그것보다 로제마인 님이 바람의 방패를 소환하기까지 시간이 걸리는 게 최대 약점이 아닐까요. 저라면 시작과 동시에 로제마인 님을 노릴 겁니다. 가령 뚫을 방법이 있다고 해도 방패 안에 숨어 버리면 손쓰기 어려우니까요."

방패를 치려면 주문을 외는 데 시간이 걸린다. 그 사이에 완벽히 수호할 수 있을지 아닐지가 중요하다는 것이다.

"어떻게 막아야 할까요? 광역으로 화려하게 써서 상대에게 겁주는 마술이 있다면…… 이렇게 쾅 하고 적을 향해 폭포 같은 바센을 쓴다든지……."

내 제안에 마티아스가 냉정하게 거절했다.

"그런 대규모 마술을 쓸 수 있는 사람은 로제마인 님밖에 없습니다. 게다가 기사들이 거기서 마력을 다 써 버리면 나중에 싸우지도 못해요. 무엇보다 방패를 칠 시간의 확보가 중요합니다. 로제마인 님이 아니라 기사들이 할 수만 있다면……."

아주 지당한 지적이다. 내가 입술을 삐죽이자, 리카르다가 "잠깐 괜찮을까요?" 하고 입을 열었다.

"귀족원에서 일어난 일에 성인이 참견하자니 꺼려지긴 합니다만, 공주님을 단켈페르거에 뺏길 순 없는 노릇이니 저도 조언을 하나 할게요. 보물 뺏기 디터라면 마력이 적은 기사를 마력이 많은 상급 시종으로 둘씩 바꾸면 효과적일 겁니다."

리카르다는 보물 뺏기 디터의 옛 방식을 도입하자고 제안했다.

"시종은 디터에서 어떤 역할을 하는데요?"

"마술구에 마력을 넣거나 회복약을 관리하죠. 유디트는 장거리 공격이 특기잖아요? 그녀에게 마력이 많은 시종을 붙여서 마력을 채운 마술구를 쓰게 하는 겁니다. 유디트가 혼자 하는 것보다 두 배는 더 마술구를 사용할 수 있을 거예요."

경기에 나가는 기사 한 명당 소지하는 회복약의 양이 한정적인데, 시종이 회복약을 관리한다면 약이 떨어졌을 때 곧바로 기사들에게 넘겨줄 수 있다.

"치유 마술을 쓸 줄 아는 시종을 진지에 대기시키는 방법도 있었어요. 기사들처럼 직접 공격하지는 못하지만, 주로 마력 공급을 도왔지요. 문관들은 마술구와 회복약을 준비하느라 경기 당일에는 기진맥진해 있을 테니까요."

빌프리트가 생각에 잠기더니 그 자리에 있는 시종들을 둘러보았다.

"마력이 가장 많은 견습 시종은 누구지? 두 사람 정도 기사 대신 들어가 줘야겠어."

마력 압축 방법을 아는 상급 시종으로 브륀힐데와 빌프리트의 견습 시종 이시도르가 선발되었다.

"나까지 포함해 우리 셋이서 로제마인이 제안했던 그런 바셴을 쓸 수 없을까? 그거라면 기사들의 마력 없이도 시간을 벌 수 있고, 기사들이 싸우는 동안 마력을 회복시켜 줄 수 있을 것 같은데……."

빌프리트의 말에 브륀힐데가 뭔가 떠올린 듯 홱 고개를 돌렸다.

"로제마인 님, 그러고 보니 클라리사 님이 작년 영지 대항전에서 광범위 마술을 보조하는 마술구 연구를 하고 있다고 하지 않았나요?"

"브륀힐데, 그거 쓸 만하겠는데요? 본인한테 묻기는 좀 애매하지만, 그 자리에 하르트무트와 라이문트가 있었으니, 기억나는 게 있는지 물어보죠."

"그 자리에 있었던 너는 기억이 안 나고?"

나는 슬그머니 시선을 피했다. 그때는 관심도 없어서 '다들 전문적인 어려운 얘기를 하고 있구나' 하고 안게리카처럼 어딘가 정신을 놓고 있었다. 면목이 없다.

"작전의 틀은 레오노레에게 맡기겠지만, 내 마력을 살릴 수 있는 작전도 짜 줬으면 좋겠어."

빌프리트는 에렌페스트에서 기사들과 훈련도 함께했고, 마력도 풍부해서 강력한 공격이 가능하다. 그러나 기사가 아니기 때문에 협동 훈련 경험은 많지 않았다. 빌프리트의 제안에 레오노레가 싱긋 웃었다.

"빌프리트 님은 수비를 맡아 주십시오. 로제마인 님, 원거리 공격이 특기인 유디트, 견습 시종들, 거기에 마력이 풍부하신 빌프리트 님께서 수비를 맡아 주신다면 공격에 투입할 수 있는 기사가 늘어납니다."

빌프리트가 "알았다."라고 말하며 나를 보았다.

"로제마인, 내가 다룰 만한 신구가 없을까? 타니스베팔렌 때도 네가 신구 망토를 소환해서 모두가 공격할 틈을 만들었잖아. 그것처럼 너희를 지키면서 동시에 단켈페르거가 모르는 공격을 가하면 허를 찌를 수 있지 않을까?"

확실히 그게 가능해진다면 기사의 협동에는 투입할 수 없더라도 마력이 큰 빌프리트가 힘을 발휘할 수 있다. 나는 신전에 있는 신구를 떠올렸다.

"신구를 소환하려면 반드시 마력을 봉납해야 해요. 지금부터 봉납해도 디터 당일에 쓸 수 있을지도 잘 모르겠고요. 그것보다는 양아버님께 부탁해서 신전의 신구를 빌리면 어때요? 그게 가장 간단한 방법 같아요. 마력을 담으면 그만큼 쓸 수도 있고요."

슈타프로 신구를 만들려면 마법진을 얻기까지 봉납해야 하는 마력, 신구를 만드는 마력, 유지하는 마력, 사용할 마력까지 어마어마한 마력이 들어간다. 그러나 처음으로 겨울의 주인을 토벌하려고 라이덴샤프트의 창을 썼을 때처럼 신구 그 자체를 사용한다면 쓸 마력만 있으면 된다.

"다만, 라이덴샤프트의 창은 쓸 수 없어요. 한 방에 보물을 쓰러뜨려야 할 때는 괜찮은 무기지만, 한넬로레 님한테 그런 공격을 할 순 없잖아요. 창이 방패를 뚫고 들어가는 생각만 해도 끔찍해요."

"음."

빌프리트가 동의하며 고개를 끄덕였다. 힘을 조절하며 공격하려고 한다면 손에 익은 무기가 더 편할지도 모른다.

"슈첼리아의 방패는 제가 쓸 거고, 상대편에 그걸 깨는 방법이 있다면 빌프리트 오라버니가 소환해 봤자 의미가 없어요. 그리고 플류트레네의 지팡이는 주변 사람을 모두 치유하기 때문에 경기 중에는 아군 적군 상관없이 다 치유해 버리는 단점이 있어요."

"그건 곤란하겠군."

"또 어둠의 신의 망토는 쓰지 않는 편이 무난하겠죠. 사람들이 어둠의 무기라고 오해하면 일이 복잡해질 테니까. 빛의 관은 계약에 쓰는 거라 전투 때 사용하는 물건이 아니래요. 지금까지 제가 써 본 적 없는 신구라면 에이비리베의 검뿐인데……."

"에이비리베의 검은 무슨 특징이 있어? 바람의 방패처럼 특수한 효과가 있어?"

"저는 쓸 일도 잘 없고 겨울에만 쓸 수 있어서 편의성은 없거든요. 하지만 어쩌면 이번 경기에는 딱 좋을지도 몰라요. 에렌페스트에 긴급 연락을 넣어서 빌려 볼게요."

단켈페르거의 거센 압력에 디터 경기를 피할 수 없었다는 점, 졌을 때의 조건 등을 보고서로 정리하고, 신전에서 보관하는 에이비리베의 검을 보내 달라고 부탁했다. 그 김에 클라리사의 연구에 관해 기억하는 게 있는지 하르트무트에게 물어봐 달라는 말도 덧붙였다.

"이걸 시급히 에렌페스트에 보내!"

"알겠습니다."

빌프리트의 시종이 달려 나갔을 때 로데리히가 고개를 들었다.

"여기에 페르디난드 님의 디터 지도서에 나와 있는 쓸 만한 마술구를 뽑아 보았습니다. 레오노레, 작전을 세울 때 참고해 주세요."

그걸 건네받은 레오노레는 "고마워요." 하고 미소를 지은 뒤 모두에게 지시를 내리기 시작했다.

"견습 문관은 여기에 있는 마술구와 회복약을 제작하세요. 견습 기사는 채집터로 이동해서 훈련 겸 소재를 채집해 오고요."

레오노레의 지시에 따라 움직이기 시작한 학생들 가운데, 마티아스가 "로제마인 님, 축복을 부탁드리면 안 될까요?"라고 말했다.

"로제마인 님의 축복에 몸을 길들여 두면 승률이 조금은 오를 것 같아서요. 저희가 자력으로 축복을 받을 성공률은 낮아서 말입니다."

"제가 축복을 주면 여러분에게 도움이 안 될 텐데요……."

그러나 자신의 장래를 생각하면 웬만한 희생은 감수해야 하고, 수단을 가릴 여유가 없었다. 솔직히 단켈페르거의 축복 성공률이 얼마나 높아졌는지 모르니 말이다. 나는 견습 기사들에게 앙리프의 축복을 내리고는 배웅했다. 빌프리트도 견습 기사들과 함께 출동했다. 결국 최소한의 호위기사와 샤를로테, 시종들만 남았다.

"……단켈페르거의 축복을 뺏어 버리고 싶은 심정이에요."

축복이 거의 무용지물인 우리에게 이미 축복 상태가 몸에 익은 단켈페르거 견습 기사들은 상당히 위협적이다. 오늘 페어퓨레미어의 지팡이를 만져 보긴 했지만, 아무리 나라도 한 번만에 습득하기는 어려웠다.

"으, 그 서고에 가고 싶어요. 왕족의 허가를 받아야 하는데…… 지금은 다들 마력을 공급하느라 바쁘겠죠? 귀족원에 계시는 힐데브란트 왕자님이 대신해 줄 수 없을까요?"

리카르다는 "아마 불가능할 겁니다."라고 말했지만, 나는 일단 부탁해 보기로 했다. 해 보고 안 되면 포기하면 그만이다. 그렇게 생각하며 편지를 보냈더니, 올도난츠가 날아왔다.

"내일 오전이라면 괜찮습니다. 한넬로레에게도 전해 둘게요."

힐데브란트의 들뜬 목소리가 세 번 반복되었다.

"……리카르다, 엄청 빨리 허가가 떨어졌어요."

"왕족에게 여유가 생기기 전까지는 허가가 나오지 않을 줄 알았는데 의외네요…….”

의아해하는 리카르다에겐 미안하지만, 어렵게 받은 허가를 놓칠 순 없었다. 나는 도서관에 갈 일정을 세웠다.

다음 날 오전, 나는 설레는 마음으로 도서관에 갔다. 지하에 내려갈 수 있는 상급 기사 레오노레와 디터에는 참가하지 못하는 1학년 테오도르, 그리고 리카르다와 브륀힐데를 데려갔다.

“공주님, 왔다.”

“공주님, 오랜만.”

환영해 주는 슈바르츠와 바이스가 귀엽긴 한데, 왜 나를 ‘공주님’이라고 부르는 걸까? 나는 오르텐시아와 솔랑쥬를 올려다보았다.

“오르텐시아 선생님, 슈바르츠와 바이스가 날 왜 저렇게 부르죠?”

“며칠 전에 여러분의 마력을 부은 뒤부터 호칭이 변한 것 같아요. 아나스타지우스 왕자님께 상의드렸더니, 조만간 또 저로 바뀌지 않겠냐고 하셨는데…….”

아직 바뀌지 않은 모양이다. 오르텐시아는 갑작스러운 힐데브란트의 연락을 받고 놀랐다고 하면서 집무실로 안내해 주었다. 그곳에는 이미 힐데브란트가 와 있었다.

“바쁘실 텐데 죄송해요. 힐데브란트 왕자님께서 여기까지 발걸음하게 해서…….”

“갑작스러워서 놀라긴 했지만, 뭘 조사하려는 건가요?”

“서고가 열리면 말씀드릴게요.”

힐데브란트와 인사를 나누는 사이 한넬로레가 도착했다. 그녀의 측근도 몇 없는 걸 보면, 다들 디터 훈련 중인 모양이다. 인사를 나눈 뒤

“곧 최종 시험이라 열람실을 닫을 수는 없어서요.”라는 두 사서의 설명이 있었다. 우리는 열람실에 있는 학생들의 주목을 받으며 폐가 사고로 들어갔다.

거기서부터는 오르텐시아의 안내로 지하에 내려갔다. 지난번처럼 문을 열자, 시종들은 차를 준비하기 시작했다.

“로제마인, 서고 문이 열렸네요. 이제 뭘 조사하려는 건지 알려 주세요.”

“단켈페르거와 에렌페스트가 디터를 하게 되어서 의식과 신구에 관해 조금 조사하고 싶었어요.”

내 말에 한넬로레가 키득키득 웃었다.

“그걸 상대팀인 제가 들어 버려도 돼요?”

“알려져서 곤란한 건 없으니까요.”

“어쩌다가 단켈페르거와 디터를 겨루게 된 거예요? 지난번에 의식 참가 조건으로 여러 영지랑 이미 치렀잖아요.”

나는 어깨를 으쓱했다.

“레스티라우트 님한테 구혼을 받았는데, 디터로 승부를 가리게 되었거든요. 그쵸, 한넬로레 님?”

“아, 예. 그나저나 시간이 없어요. 어서 조사하셔야죠.”

초조한 기색인 한넬로레의 말에 나는 힐데브란트에게 살짝 손을 흔든 후, 투명한 문 너머에 있는 서고로 발을 들였다.

“한넬로레, 자세하게 말해 봐요. 당신은 조사할 게 없잖아요.”

힐데브란트의 부름에 한넬로레가 움찔 걸음을 멈추는 모습을 보며 나는 서고로 들어갔다. 슈바르츠가 나를 올려다보며 지난번과 같은 말을 꺼냈다.

"공주님, 기도 부족해."

"알았어요. 오늘은 시간이 없으니까 나중에 또 기도할게요. 그것보다 여름 더위를 식혀 주는 페어퓨레미어의 의식과 봄을 부르는 의식에 관한 자료를 꺼내 줄래요?"

슈바르츠에게 그렇게 부탁한 나는 자료에서 페어퓨레미어의 지팡이를 만드는 법과 하르덴첼의 봄을 부르는 의식에서 쓰는, 마법진이 새겨진 토대를 만드는 방법을 찾아서 옮겨 썼다.

"힐데브란트 왕자님께서 디터 일을 알아 버리셨네요."

한넬로레의 목소리에 고개를 들자, 그녀는 자료를 베끼고 있는 나를 내려다보고 있었다.

"힐데브란트 왕자님이 알면 곤란해질 일이라도 있나요?"

내가 고개를 갸웃거리자, 한넬로레가 쓰게 웃었다.

"아나스타지우스 왕자님께 얌전히 있으라고 혼나셨잖아요. 또 왕족에게 불려갈 거예요."

"……이번 일은 우리 잘못이 아니잖아요. 레스티라우트 님이 원인이니까 혼나도 그분이 혼나야죠."

내가 동의를 구하자 한넬로레가 "그건 그렇지만." 하고 모호한 미소를 지었다.

"우린 잘못이 없다고 주장해도 아마 꾸지람을 피할 수 없을 거예요. 오라버니가 사고를 치면 항상 저도 같이 혼났거든요."

한넬로레가 포기한 듯 그렇게 말하며 서고에서 나오라고 재촉했다. 곧 네 점 종이 울릴 시각이라고 했다. 주변을 둘러보니 어느새 투명한 벽 너머에 힐데브란트의 모습이 보이지 않았다.

나는 한넬로레와 오르텐시아와 함께 서고의 문을 잠근 뒤 리카르다에게 힐데브란트가 어디 갔는지 물었다.

"브륀힐데와 에렌페스트의 책에 관해 잠시 대화를 나누시더니 중요한 볼일이 떠오르셨대요."

일정 관리는 시종의 일이라 중요한 볼일을 잊었을 리가 없다. 분명 자리를 뜨기 위한 변명이다. 아마도 아직 어린 힐데브란트에게는 오랫동안 기다리는 시간이 괴로웠나 보다. 리카르다의 말에 나는 납득했다.

기숙사에 돌아가자, 에이비리베의 검이 하르트무트와 함께 와 있었다. 보고서를 읽은 질베스타와 플로렌치아가 머리를 싸맨 채 굳어 버릴 정도로 패닉에 빠졌다고 한다.

"설마 하르트무트가 또 오다니……."

"신구를 옮기는 일은 신관장의 역할이니까요. 그리고 클라리사의 연구에 관해 자세히 알려 달라고 하시지 않았습니까."

"알아요?"

내가 눈을 반짝이자, 하르트무트가 당연하다는 얼굴로 "물론이죠." 하고 고개를 끄덕였다.

"그 연구로 클라리사가 상담한 적도 있고, 도와주기도 해서 설계도를 외우고 있죠."

"훌륭해요, 하르트무트! 정말 든든해요!"

내가 흥분하며 그를 칭찬하자, 하르트무트는 "로제마인 님께서 기뻐하시니 영광인데요?" 하고 방그레 웃었다. 그러다 갑자기 표정을 굳혔다.

"디터 경기날까지 성에 방을 배정받고, 에이비리베의 검을 가져다

드리러 매일 이곳을 방문하게 됐습니다. 기숙사에서 마술구 제작을 도와드릴 수도 있고요. 로제마인 님을 지키기 위해 온 힘을 다하겠습니다."

"……하르트무트한테 마술구 제작을 시키는 건 너무 약은 것 아닐까?"

내가 고개를 갸웃거리자, 에이비리베의 검을 건네받은 빌프리트가 인상을 찌푸렸다.

"신전 신구를 넘겨받고, 힐데브란트 왕자님을 졸라 자료를 베낀 네가 할 말은 아니지 않나? 어쨌거나 이기면 그만이지. 쓸 수 있는 사람은 써."

하르트무트를 중심으로 견습 문관들이 디터에 쓸 마술구를 끊임없이 만들었다. 견습 기사들은 훈련과 소재 채집을 반복했고 몇 가지 작전을 짰다. 견습 시종인 브륀힐데와 이시도르는 조금이라도 마력을 키우려고 마력 압축에 힘쓰며 하나둘 완성되어 가는 마술구를 다루는 법을 익혔다.

나는 견습 기사들과 채집터에 동행해 축복을 주거나 축복을 거두는 페어퓨레미어의 지팡이를 다루는 연습을 하거나 기숙사 밖에서 빌프리트에게 에이비리베의 검 사용법을 가르치곤 했다.

"시범 삼아 제가 슈타프로 에이비리베의 검을 만들어 볼게요."

슈타프로 검을 만들어 생명의 신의 축문을 외웠다. 눈보라가 일어나더니 하얀빛 기둥이 솟아올랐고, 또 어딘가로 마력이 날아갔다.

이번 디터에서는 단켈페르거와 에렌페스트 양쪽에서 빛기둥이 연달아 솟겠구나, 라는 생각이 들었다.

신부 빼기 디터

"오, 로제마인 님. 드디어 이날이 왔군요."

디터 당일, 지정받은 경기장에 갔더니, 루펜이 언뜻 보면 시원시원하면서도 심히 부담스러운 미소로 기다리고 있었다. 귀족원에서 보물 빼기 디터를 하게 될 날을 학수고대한 듯했다.

"영지에서 간간이 하긴 하지만, 설마 귀족원에서 이렇게 거하게 신부 빼기 디터를 하게 될 줄이야. 아주 정열적이어서 좋군요."

'말로 거절해도 들은 척도 않고, 영지의 힘으로 디터를 강요하는 걸 단켈페르거에서는 정열적이라고 하나…….'

루펜의 설명에 의하면 이번 디터는 보물 빼기와 거의 비슷하지만, 신부 빼기 디터라고 불린다고 한다. 단켈페르거에서는 남성에게 구혼받은 여성 측의 부모가 혼인을 반대했을 때 신부를 얻기 위해 양가 친척끼리 디터를 치른다는 것이다. 원래 남자 쪽이 지면 혼인을 포기할 뿐 조건을 내걸지는 않기에, 단켈페르거가 지면 한넬로레를 데려가겠다는 이번 내 제안에 놀랐다고 한다. 하지만 그런 풍습은 에렌페스트에도 없는데다가 딱히 건질 것도 없다.

'……그 끈질긴 단켈페르거 남자가 포기하도록 만드는 거니, 어떤 조건보다도 중요하긴 하겠네.'

"로제마인 님께서 부디 단켈페르거에 시집오시도록 열렬히 응원하겠습니다."

루펜은 웃으며 말했다. 꼭 내가 원해서 디터를 하는 듯한 발언은 제발 그만해 주길 바랐다. 그러나 내가 반론하기도 전에 힐쉬르가 루펜을 밀어냈다. 그녀는 매우 불쾌한 얼굴로 나를 내려다보았다.

"로제마인 님, 제 연구를 방해하지 마시라고 부탁드렸을 텐데, 이게 어찌된 일이죠?"

오늘 힐쉬르는 에렌페스트 측 심판으로서 관객석에서 심판을 보게 되었다. 루펜은 기수를 탄 채 경기장 내를 돌아다니며 심판을 본다고 했다. 영지 대항전을 앞두고 연구에 열을 올려야 하는 마당에 사감이라 거절할 틈도 없이 끌려나온 힐쉬르는 그 어느 때보다 저기압이었다.

"단켈페르거가 영지 순위를 들먹이며 거절하기 곤란한 상황을 만들잖아요. 불평은 저 말고 단켈페르거에 하세요."

"이미 했습니다."

상황은 이해하지만, 뭐라도 한 마디 꺼내지 않고는 못 배겼던 모양이다. 나와 빌프리트는 함께 "죄송합니다." 하고 사과해 두었다.

"이제야 연구 환경이 갖춰지나 했는데. 여기서 져서 절 곤란하게 만들지 마세요."

이건 힐쉬르 나름의 응원이다. "……최선을 다할게요."라고 대답할 수밖에 없었다.

관객석을 빙 둘러보니, 단켈페르거와 에렌페스트 학생들이 총출동하여 응원하러 와 있었다. 그중 단켈페르거 학생 몇 명이 커다란 마술구를 들고 있는 모습이 보였다.

'응? 저게 뭐지?'

나는 투구만 쓰지 않았을 뿐 견습 기사들과 똑같이 전신 갑옷을 찬 한넬로레에게 물었다.

"저기 한넬로레 님. 관객석에 있는 학생들이 왜 마술구를 들고 있나요? 저기서 참전하는 건 금지 아니에요?"

"저건 경기 중계를 보고 싶다고 아우브께서 보내셨는데, 디터 경기를 녹화하는 마술구예요. 경기엔 아무런 지장이 없을 테니 너무 신경 안 쓰셔도 돼요."

아우브 단켈페르거는 신부 뺏기 디터를 관전하러 귀족원에 오겠다고 해 루펜이 쩔쩔맸지만, 그 마술구로 겨우겨우 말렸다고 한다.

"저런 마술구까지 보낼 정도로 한넬로레 님의 혼처가 걸린 이 승부에 관심이 있으시다는 거예요?"

아우브라면 레스티라우트의 독주를 막아 주지 않을까 하는 일말의 희망을 안고 있었지만, 한넬로레는 슬픈 듯 시선을 내리떴다.

"한 번 정한 디터를 철회하는 짓은 용납할 수 없다. 무슨 일이 있어도 이기라고 하셨어요."

"철회시켜주셨으면 정말 감사했을 텐데……."

보물로 걸린 우리 두 당사자는 승부를 원하지 않는데도 뜻대로 되지 않는구나.

"그럼 갑시다."

루펜을 선두로 기수에 탄 견습 기사들이 경기장으로 내려갔다. 한넬로레와 손을 흔들며 헤어진 후 나도 기수에 올라탔다. 내 기수에는 마술구와 회복약을 담은 상자가 실려 있다.

"오라버니, 언니. 힘내세요."

기수를 타고 달려온 샤를로테의 응원을 받으며 나는 샤를로테를 둘러싼 저학년 견습 기사들을 둘러보았다. 오늘 강한 상급생 호위기사가 모조리 디터에 출전하는 탓에 아무리 봐도 샤를로테의 호위가 불안했다. 나는 그곳에 있는 테오도르에게 말을 걸었다.

“테오도르, 샤를로테를 잘 지켜 줘요. 알겠죠?”

“맡겨 주세요. 전 여기서 로제마인 님과 누나의 무운을 빌고 있겠습니다.”

응원하는 샤를로테와 학생들을 뒤로하고 나는 에렌페스트의 진지에 착지했다. 선수 전원이 기수를 회수하고 일렬로 섰다. 이시도르와 브륀힐데가 내 기수에서 짐을 내리는지 확인한 후, 나도 기수를 회수해 정렬했다.

최전방에는 마력이 풍부한 상급에서 중급 견습 기사들을 배치했다. 마티아스, 라우렌츠, 트라우고트의 모습이 보인다. 그 다음 열에는 중급 견습 기사와 함께 전체 지시를 내리는 레오노레가 있다.

2열로 선 견습 기사들 뒤에는 시종 두 사람이 몸의 일부만 보호하는 경갑을 차고 대기하고 있었다. 참고로 나도 경갑 차림이다. 마석으로 만든 갑옷이라 무겁지는 않지만, 전신 갑옷은 몸에 익지 않으면 시야가 좁고, 움직이기가 어렵기 때문이다. 박스로 만든 갑옷이 아무리 가벼워도 움직임에 제한이 있는 것과 마찬가지다. 가뜩이나 움직임이 더딘 내가 지금보다 더 느려지는 셈이다.

이시도르와 브륀힐데 사이에는 전신을 갑옷으로 무장한 빌프리트가 있었다. 제일 뒤에 배치된 사람이 이번 디터의 보물인 나를 호위하면서 원거리 공격을 맡은 유디트다.

‘시작하자마자 슈첼리아의 방패를 펼치느냐 아니냐가 승패의 관건이야.’

시작 신호와 함께 게티르트로 방패를 소환하고, 축문을 외워 그 방패를 숨길 슈첼리아의 방패를 완성시키는 것이 레오노레의 작전이었다. 견습 기사들의 예상처럼 내가 바람의 방패를 펼치지 못하게 단켈페르거에서 방해할 것이 분명했다. 그러나 시작 타이밍엔 양쪽의 진영이 떨어져 있으니 반드시 원거리 공격을 시전할 것이라고 했다.

에렌페스트 견습 기사들은 모두 게티르트로 단켈페르거의 공격을 막아 내가 주문을 외울 시간을 벌고, 빌프리트와 이시도르, 브륀힐데가 광범위 바셴을 단켈페르거 진지에 날리기로 했다.

맨 먼저 광범위 마술을 보조하는 마술구를 사용하기로 한 이시도르가 긴장한 표정으로 허리 벨트에 손을 가져갔다. 시작 신호가 떨어지기 전까지 슈타프든 마술구든 손에 들지 않는 것이 룰이다.

모두의 긴장감이 전해져 왔다. 나는 미리 맞춰 둔 전술을 떠올리며 마른침을 꼴딱 삼켰다.

"양측, 앞으로!"

루펜의 목소리에 빌프리트가 투구를 겨드랑이에 낀 채 앞으로 나갔다. 단켈페르거의 진지에서는 레스티라우트가 마찬가지로 투구를 손에 들고 나왔다.

그때서야 나는 단켈페르거의 진지를 볼 수 있었다. 시력 강화를 쓰자 상대편 진지의 상황도 훤히 보였다. 그곳에 커다란 상자를 발밑에 둔 사람을 발견했다. 마술구며 회복약이며 잔뜩 끌어온 모양이다. 전원 갑옷으로 무장하고 있어서 단켈페르거 팀원은 전부 기사인 줄 알았는데, 무사에 가까운 시종이 있을지도 모른다.

'똑같은 생각을 한 건가? 아니면 저쪽한테는 이것이 일반적인 신부 뺏기 디터의 방식인 걸가.'

우리와 마찬가지로 저쪽도 영지 사람에게 조언과 협력을 받았을 가능성이 농후했다.

'괜찮으려나?'

불안과 긴장으로 몸이 떨렸다. 단켈페르거에는 이미 디터 소설이 넘어갔으니 페르디난드의 전술 몇 가지가 유출된 상태다. 과거에 해당 디터를 나가 본 기사에게 조언을 들었다면 우리 측 노림수를 몇 가지 알아차렸을 가능성이 있다.

죽어도 지지 말라고 매일마다 하르트무트를 보내고, 신구를 빌려준 질베스타의 전면적인 후원은 물론이고, 보니파티우스와 칼스테드에게도 여러 전술적 조언을 들었다. 질까 보냐.

루펜을 중심으로 빌프리트와 레스티라우트가 마주했다. 노려보는 두 사람 앞에 선 루펜이 슈타프를 소환했다. 두 사람도 슈타프를 소환해 루펜의 움직임에 맞춰 하늘 높이 들어올렸다. 머리 위로 슈타프를 든 채 두 사람은 서로에게 말을 건넸다.

"정정당당하게 싸워 보자."

"우리 아우브께서 무슨 일이 있어도 로제마인을 지키라고 하셨습니다. 절대 안 질 겁니다."

서로 등을 돌려 진지로 돌아갔다. 루펜은 여전히 슈타프를 든 채다.

진지에 돌아온 두 사람이 머리에 투구를 썼다. 그 모습을 확인한 루펜이 슈타프를 파랗게 빛낸 후, 붕 하고 아래로 크게 휘둘렀다.

"시작!"

"게티르트!"

에렌페스트의 견습 기사들이 슈타프를 소환해 일제히 방패를 들었다. 나도 마찬가지로 게티르트로 둥근 방패를 소환해 그 뒤에서 축문을 외기 시작했다.

"수호를 관장하는 바람의 여신 슈첼리아여."

축문을 외는 내 앞에서 이시도르가 허리에 찬 마술구를 손에 꽉 쥐고 하늘 높이 던졌다. 공중에 몇 개나 되는 마법진이 펼쳐졌다. 하르트무트가 만든 광범위 마술 보조구다. 원래는 클라리사의 연구였던 마술구였다.

"그 곁을 모시는 권속의 열 두 여신이여."

공중에 전개된 마법진을 본 빌프리트와 이시도르, 브륀힐데가 슈타프를 높이 치켜든 순간, "단켈페르거가 뭔가를 던졌다! 전원 대비!"라는 마티아스의 목소리가 울렸다.

"나의 기도를 듣고 거룩한 힘을 내려주시어."

다음 순간, 굉장한 빛이 에렌페스트의 진지를 밝혔다. 나는 몇 명의 견습 기사들 뒤에 있었던 데다 혼자만 특출나게 키가 작았던 덕분에 빛의 영향을 받지 않은 채 축문을 끊지 않고 외울 수 있었다. 그러나 최전방의 견습 기사들은 완전히 시야가 차단되었는지, "눈이! 눈이 안 보여!" 하고 부르짖는 소리가 들려왔다.

"바셴!"

빌프리트와 이시도르, 브륀힐데도 한 팔로 얼굴을 가리며 주문을 외웠다. 어쨌거나 단켈페르거 진지를 향해 물을 쏘기만 하면 된다. 눈부셔서 앞이 보이지 않아도 할 수 있었다.

마력의 양만큼은 에렌페스트 기숙사에서 상위에 속하는 빌프리트, 이시도르, 브륀힐데가 온 힘을 쏟은 바셴이다. 폭포수 같은 어마어마한 물줄기가 단켈페르거를 향해 날아갔다.

"우아아아아아아악!"

"뭐야, 이거?!"

에렌페스트의 눈을 가린 사이, 공격을 가하려고 기수를 소환하거나 커다란 검을 치켜들어 마력을 담고 있었던 단켈페르거의 견습 기사들이 용처럼 꾸물거리며 덮친 대량의 물줄기에 휩쓸려 데굴데굴 굴러다녔다.

이 공격으로 한넬로레가 진지에서 떠밀려 나갔다면 승패가 결정되었겠지만, 아쉽게도 방패로 보물을 지키고 있던 견습 기사들에 의해 수포로 돌아갔다.

세 사람의 거대한 마력을 실은 바셴의 위력은 대단했지만, 효과는 고작 10초 정도였다. 바셴은 그 자리를 깨끗하게 세정할 뿐, 자취도 없이 사라지므로 망토가 물에 젖어 무거워질 일도 없다.

세찬 물줄기에 휩쓸려 혼이 빠진 단켈페르거의 견습 기사들이 "어서 제 위치로!"라는 명령에 태세를 갖추기까지 10초도 걸리지 않는다. 합계 20초밖에 되지 않는 시간 벌이었지만, 내가 슈첼리아의 방패를 완성하기엔 충분했다.

"해의를 품은 자가 가까이 오지 못하도록 바람의 방패를 내 손에 주소서."

끼잉! 하는 금속음 소리가 들리더니 반구형의 슈첼리아 방패가 완성되었다. 동시에 슈첼리아의 방패에서 노란색 빛기둥이 솟아올랐다.

"으엑?!"

빛기둥은 기숙사에서 의식을 할 때 자주 나타나는 현상이지만, 방패를 소환했을 땐 없었던지라 깜짝 놀랐다. 나는 놀라움을 삼키며 빛기둥을 올려다보았다. 그러고 보니 평상시에는 반지에 마력을 실어 슈첼리아의 방패를 소환했었다. 이번처럼 슈타프를 게티르트 주문으로 방패를 만든 후 기도문을 외운 일은 처음이었다.

"……단켈페르거가 축복을 얻은 걸 보면 의식을 하거나 축문을 욀 때 슈타프를 쓰는 게 중요한 걸까?"

내가 빛기둥을 올려다보며 중얼거리자, 레오노레가 앞을 잘 보지 못하는 견습 기사들에게 방패 안에 들어가도록 지시를 내리며 나와 유디트를 돌아보았다.

"로제마인 님은 서둘러 바다의 의식을 해 주시고 유디트는 시간을 버세요! 기사들이 움직일 수가 없어요!"

나는 즉시 슈타프를 또 하나 소환하고, 도서관에서 조사해 특훈한 바다의 여신 페어퓨레미어의 지팡이를 만들었다. 슈타프를 빛나게 해서 바다의 여신 페어퓨레미어의 기호를 허공에 그리며 "슈트레이트 콜벤." 하고 외었다. 플류트레네의 지팡이와 혼동하지 않게 한 단계가 더 필요해서다.

"바다의 여신 페어퓨레미어여."

나는 얼마 전에 익힌 축문을 읊으며 지팡이를 천천히 흔들었다. 단켈페르거가 이 경기 전에 받은 축복을 신들에게 돌려주기 위해서다.

내가 지팡이를 만드는 사이 유디트는 "갑니다!" 하고 소리치며 기수에 올라탔다. 회복약을 먹기 위해 후퇴한 빌프리트와 이시도르, 브륀힐데와 교대하듯 유디트의 기수가 땅을 박차며 달려 나갔다.

"야압!"

유디트는 투석구를 들어 태세를 갖추기 시작한 단켈페르거 진지를 향해 야구공만 한 마술구를 힘껏 날렸다.

"뭔가가 날아온다! 되받아쳐라!"

"안 돼! 망으로 받아!"

폭발 가능성을 암시한 견습 기사가 슈타프를 변형시킨 망으로 날아오는 마술구를 캐치했다. 마술구가 망에 닿은 순간, 푸학 하고 터지며 연막 같은 연기와 미세한 분진을 흩뿌렸다.

“크아아아아악! 눈이!”

“숨을 들이키지 마! 손발이 마비된다!”

태세를 갖추기 직전이었던 단켈페르거의 진영에서 견습 기사들이 괴로움에 몸부림치며 허우적대기 시작했다. 도무지 적진을 공격할 상태가 아니었다.

“역시 하르트무트. 로제마인 님의 적한테는 가차 없네요.”

회복약을 먹고 마력을 회복 중인 브륀힐데가 감탄하며 말했다. 하르트무트는 채집터에서 견습 기사들에게 네가로시라는 하얗고 빨간 얼룩이 들어간 열매를 채집하게 했다. 그것을 가루로 만들어 연막탄 같은 마술구를 만든 것이다.

눈에 들어가면 눈물이 줄줄, 코로 들이마시면 코 안쪽을 콕콕 찔러 콧물이 줄줄, 입으로 들이마시면 목 안이 따끔따끔 아프고, 사람에 따라서는 열도 나고 손발이 저리기도 한다. 바셴으로 씻어내면 눈의 따가움은 가시고, 통증도 오래가지 않을 거라고 하르트무트가 말했었다. 하지만 빛으로 시야를 가린 단켈페르거가 한 일에 비하면 에렌페스트의 마술구는 악랄하기 그지없었다.

“큭! 로제마인이 성녀답지 않게 악랄하고 비겁한 수를 쓴다는 건 2년 전부터 알고 있었다. 겁먹지 마라! 이딴 먼지는 바셴으로 씻어내!”

‘내가 아니라 하르트무트의 아이디어인데요.’

그렇게 생각하며 나는 신체 강화 마술구에 마력을 흘려보내며 페어퓨레미어의 지팡이를 크게 휘둘렀다. 지팡이의 움직임에 맞춰 쏴쏴

하는 파도 소리가 들리기 시작했다. 그러자 단켈페르거 견습 기사들의 몸에서 축복이 빠져나가기 시작했다.

축복을 강제로 끊어 버리는 것이다. 축복에 몸을 적응시켰던 견습 기사들이 푹푹 고꾸라지기 시작했다. 게다가 투쟁심에 불타올랐던 단켈페르거의 전의를 빼앗아 마음을 평온하게 만든다. 투지를 다시 끌어올리려면 제법 시간이 걸리리라.

"아직 경기 중인데 뭐 하는 짓이야?!"

단켈페르거의 진지에서 레스티라우트의 노성이 들려왔다. 그러나 이건 원래 더위를 식히기 위한 의식이지, 꼭 디터가 끝난 후에만 할 수 있는 의식이 아니다.

'뭐, 한겨울에 하는 의식도 아니지만.'

"우리에게 축복을 주신 신들께 감사의 기도와 함께 마력을 봉납하겠나이다."

축문을 외고, 페어퓨레미어의 지팡이를 하늘 높이 치켜들었다. 쿠웅 하고 소리를 내며 빛기둥이 솟아올랐고, 모두에게서 뺏은 축복의 마력이 하늘을 향해 엄청난 속도로 날아갔다. 붙기도 전에 축복을 빼앗겨 버린 견습 기사들은 망연자실했겠지만, 이로써 조금은 더 대등하게 겨룰 수 있을 것이다.

다시금 단켈페르거의 견습 기사들이 전투태세에 들어갈 즈음에는 에렌페스트 견습 기사들의 시야도 돌아와 모두 기수를 타고 전투태세를 취했다.

"로제마인 님께서 상대팀의 축복을 빼앗아 주셨다고 해서 방심해서는 안 됩니다. 단켈페르거에는 라잔타르크가 있습니다. 라잔타르크는 트라우고트와 라우렌츠 두 사람이 반드시 막아내세요. 알겠죠?"

레오노레의 목소리에 "네!" 하고 라우렌츠와 트라우고트가 대답했다. 라잔타르크란 사람은 에렌페스트의 근접전에서 1, 2위를 다투는 두 사람이 힘을 합쳐야지만 겨우 막을 수 있는 상대인 모양이다.

시작과 동시에 태세가 무너졌던 2년 전에 비해 에렌페스트의 견습기사들은 협동심을 보이게 되었고, 마력도 강해졌다. 그럼에도 단켈페르거는 차원이 달랐다. '최근엔 의식으로 축복을 얻으려고 예전보다 디터를 더 많이 하는 것 같더라'라고 마티아스가 말했었다.

전력을 장기에 비유하자면, 인원수가 적은 에렌페스트는 장기말에 졸이 섞여 있는 반면 인원수가 많은 단켈페르거는 졸을 제외한 말만 골라내도 여유가 넘치는 강한 상대다. 게다가 라잔타르크는 트라우고트와 라우렌츠가 합동으로 막아야 할 정도다. 애초에 개인 기량부터가 다르다고 할 수 있었다.

"에렌페스트의 모두에게 무용의 신 앙리프의 축복을."

조금이라도 호각으로 싸울 수 있게 나는 반지에 마력을 담아 앙리프의 축복을 보냈다. 그러나 연달아 의식을 한 탓에 나 역시 마력 회복이 시급한 상태였다.

'곧 빌프리트 오라버니가 에이비리베의 검을 쓸 테니 나도 방패를 유지하려면 마력이 많아야 해.'

여러모로 시도해 봤는데, 근처에서 다른 사람이 에이비리베의 검을 쓰면 슈첼리아의 방패의 강도가 약해지는 것을 발견했다. 신화에서도 슈첼리아의 방패보다 에이비리베의 검이 강하다고 한다. 단켈페르거도 비슷한 대책을 세웠던 게 아닐까, 하고 나는 짐작하고 있었다.

"로제마인 님은 기수 안에 들어가셔서 회복에 전념해 주십시오. 빌프리트 님은 신호를 드리면 에이비리베의 검을 준비해 주세요. 브륀힐데, 이시도르. 둘은 마력 잔량에 주의하면서 교대로 유디트에게 마술구를 넘겨주고요."

레오노레와 마티아스의 말에 의하면 조금이라도 호각으로 싸우려면 유디트의 존재가 중요하다고 했다.

"라우렌츠와 트라우고트가 라잔타르크한테 집중할 수 있게 나탈리에와 알렉시스가 움직여 줘요. 마티아스, 위쪽을 부탁할게요."

"네!"

레오노레의 지시에 견습 기사들이 진을 뛰쳐나갔다. 에렌페스트가 움직이자, 동시에 단켈페르거도 움직였다.

"축복을 빼앗겼다고 해서 우리가 질 리 없다! 가라, 라잔타르크! 에렌페스트 녀석들을 날려버려!"

"네!"

단켈페르거의 견습 기사들이 기수를 타고 돌진했다. 이제부터는 기사들의 싸움이다. 나는 레서 버스 안에서 배려심이 들어간 회복약을 먹으며 전황을 지켜보았다.

레오노레와 마티아스의 작전대로 유디트가 마술구를 투척하자, 상대는 공격수를 에렌페스트보다 줄여서 방어에 돌렸다. 그럼에도 각자가 에렌페스트의 상급 기사 못지않게 강했다. 단켈페르거에 대항하기는 쉽지 않아 보였다.

'우와, 빨라.'

축복을 빼앗았는데도 상대편의 움직임은 에렌페스트의 견습 기사들보다 빨랐다.

"축복이 사라졌다고 검술 실력까지 약해질 줄 알았냐!"

검을 들고 달려드는 라잔타르크를 라우렌츠가 필사적으로 막는 모습이 보였다.

"유디트의 마술구를 정통으로 맞고 콧물 줄줄 흘린 주제에 폼 잡기는!"

"다, 닥쳐! 너희야말로 우리 마술구에 눈도 못 뜨고 절절맸잖아!"

상공의 싸움은 욕설이 오가는 도발전으로 시작했다.

"라잔타르크를 막느냐 못 막느냐로 승패가 결정돼. 밀리지 마."

슈첼리아의 방패가 완성되고, 단켈페르거의 축복을 빼앗는 데 성공한 지금, 다음 고비는 상대팀에서 가장 강한 라잔타르크를 잡느냐 아니냐다. 단켈페르거가 진지 방어에 인원을 늘린 초반에 얼마나 상대의 전력을 깎아내느냐. 그것으로 에렌페스트의 승패가 결정된다, 라고 마티아스가 말했었다.

"이야아아압!"

트라우고트가 우렁찬 기합을 내며 검에 마력을 실어 라잔타르크에게 달려들었다. 짧은 간격으로 울리는, 검날이 맞부딪치는 소리로 격렬한 혼전이 일고 있음을 알 수 있었다. 라우렌츠는 굳이 말하자면 트라우고트를 보좌하는 느낌으로 처신하고 있었다.

"그 기개는 인정하지만, 언제까지 버틸 수 있을까?"

트라우고트와 라우렌츠가 온 힘을 다해 공격을 퍼부었지만, 라잔타르크는 큰 어려움 없이 공격을 피했다. 그에겐 아직 여유가 있어 보였다.

"……초반부터 너무 힘을 쓰는 것 같은데, 괜찮을까요?"

첫째도 공격, 둘째도 공격. 주변 따위 보지 않는 트라우고트의 버릇이 그대로 남아 있는 듯해 보는 내가 조마조마했다. 그러나 레오노레는 나를 안심시키듯 웃었다.

"라잔타르크는 전력을 다하지 않고는 막아낼 수 없는 상대이고, 트라우고트도 요즘은 주변 말을 들으려고 하고 있어요. 만약 트라우고트가 힘이 빠지면 마티아스가 교대할 거라 괜찮습니다."

숙련된 마티아스는 지금 여기저기 지시를 내리며 화살로 방호하고 있었다. 그 와중에도 라잔타르크에 주의를 기울여 언제든 트라우고트나 라우렌츠와 교대할 타이밍을 재고 있다고 한다.

"저도 지시와 엄호를 하러 가야겠습니다, 유디트, 적진 공격을 부탁할게요."

전황을 지켜보고 있던 레오노레는 그렇게 말한 후 기수에 훌쩍 올라타 슈첼리아의 방패에서 뛰쳐나갔다. 나는 레서버스에서 몸을 내밀어 올려다봤지만, 상공에서 전투 중인 기사들은 움직임이 너무 빨라 잘 보이지도 않았다.

'누가 누구지?'

위치가 자꾸 뒤바뀌고, 무기가 부딪치는 소리는 들리지만, 모두 투구를 쓰고 있어 누가 누구인지 헷갈렸다. 위에서 전체를 둘러보며 지시를 내리는 사람이 마티아스이고, 두 사람이 합동으로 한 명을 맡고 있는 게 라우렌츠와 트라우고트구나……라는 것밖에 모르겠다.

왕족 앞에서 중앙 기사단이 강도를 확인하던 모습을 봐서일까, 슈첼리아의 방패를 공격하려는 적은 없었다. 공략을 나중으로 미뤘는지, 완전히 방치된 상태였다.

"유디트, 다음은 이거다."

이시도르가 하르트무트가 만든 마술구에 마력을 넣어 건넸다. 기수에 올라탄 유디트가 슈첼리아의 방패에서 벗어나 투석구로 적진을 향해 쏘았다.

"이얍!"

마술구를 쏜 유디트가 다시 방패 안으로 돌아왔을 땐 적진 쪽에서 폭발음이 들리더니 고함 소리가 울렸다. 하르트무트의 마술구가 엄청난 위력을 발휘한 모양이다.

"그나저나 대체 하르트무트는 마술구를 얼마나 만든 거예요?"

내가 1인용 레서버스 안에 쌓인 마술구 상자를 응시하자, 마력을 회복 중이던 브륀힐데가 피식 웃었다.

"조합실에 견습 문관들이 단체로 쓰러져 있던데요."

하르트무트가 만든 마술구는 여러 가지가 있었는데, 피해 규모에 따라 레벨이 나뉘었다.

하위 레벨은 단켈페르거가 우리에게 던진 것처럼 섬광으로 눈을 가리는 것부터 작렬음만 크게 나는 것. 그리고 악취를 풍기거나 징그러운 벌레가 떨어지는 것. 이런 것들은 비교적 육체적 피해가 적다. 가까이에 있는 상대의 시야와 청각을 잠깐 못 쓰게 하거나, 벌레 퇴치에 시간을 빼앗기기만 할 뿐이다.

중간 레벨은 경기 초반에 적진에 던졌던 눈물과 콧물이 멈추지 않게 하는 것부터 마비약과 수면제가 가루로 들어가 있는 것이다. 육체적 피해는 있지만, 가루 성분이라 익숙해지면 바셴으로 금방 씻어낼 수 있다. 바로 바셴을 쓰지 못하고 완전히 흡수하거나 먹게 되면 피해는 조금 더 오래 간다.

상위 레벨은 페르디난드의 참고서를 참고한, 야비한 작전에 많이 쓰는 마술구다. 살상력이 조금 높은 폭발물이다. 마술구가 폭발하면 잔돌들이 튀거나 불꽃놀이용 탄처럼 단계적으로 폭발하는 것도 있다고 한다. 방패가 없으면 위험한 마술구인 셈이다.

이시도르가 하위 레벨과 중간 레벨의 마술구를 손에 잡히는 대로 넘기고 있어서 터지기 전까지 뭘 던졌는지 나는 알 수가 없었다. 다만, 단켈페르거의 진지가 무엇이 날아올지 몰라 방패를 쥔 채 전전긍긍하고 있다는 것만은 알 수 있었다.

'진지 공격은 아직까지는 순조로워.'

그렇게 판단한 순간, 빌프리트의 호위기사인 알렉시스가 기수를 탄 채 엄청난 속도로 슈첼리아의 방패 안으로 날아왔다.

"치유를 부탁드립니다!"

기수에서 떨어지듯 내려온 알렉시스가 팔을 누르며 자신의 등 뒤를 돌아보았다. 덩달아 시선을 드니, 검을 치켜든 채 바로 뒤까지 쫓아왔던 단켈페르거의 견습 기사가 방패의 바람에 저 멀리 튕겨 날아가는 참이었다.

방패에 튕겨 자세가 무너진 그 견습 기사는 안으로 들어가지 못할 것을 예상했는지, 얼른 일어나 다시 전장으로 날아갔다. 추격자가 등을 돌려 사라지자, 알렉시스가 안도의 숨을 내쉬며 투구를 벗었다.

"단켈페르거가 예전보다 엄청 강해졌습니다. 개개인의 실력도 늘어서 생각보다 빨리 우리 전열이 무너질 것 같습니다."

"뭐?!"

알렉시스는 혼자서 거뜬히 상대할 줄 알았던 상대에게 당한 듯했다. 지금은 레오노레와 마티아스의 엄호로 어떻게든 전열을 유지하고 있으나, 오래 유지하기 어렵다고 느낀 것이다.

그 보고에 그의 주인인 빌프리트가 고개를 홱 들어 전투가 벌어지는 공중을 올려다보았다. 나도 마찬가지로 위를 보았다. 확실히 에렌페스트의 움직임에 여유가 없어진 듯했다.

"단켈페르거에선 의식으로 축복을 얻으려고 기숙사에서 몇 번이나 디터를 했대요. 훈련 시간과 투지가 다른 때보다 훨씬 대단할 거예요."

"……훈련량으로 따지면 우리 에렌페스트도 만만치 않습니다만."

울컥해하는 알렉시스의 말에 나는 '상대는 그보다 더 많이 훈련했을 거란 얘기죠'라고 되받아쳤다. 딱 봐도 훈련 횟수나 진지함에서 차이가 커 보였다. 에렌페스트는 아직 견습 기사들만으로 축복을 얻지 못하는 데 반해 단켈페르거는 의식을 통해 안정적으로 축복을 확보하게 되었으니까.

"그리고 단켈페르거는 상급 기사가 많지만, 우린 중급 기사가 더 많아요. 마력 압축에 힘을 쏟고 있지만 기본 마력량에 차이가 있단 말이죠."

마력 압축은 기본적으로 스스로 열심히 해야 한다. 내가 다단계 압축 방식을 가르쳐 주더라도 증가량 여하는 결국 본인의 노력에 달려 있는 셈이다. 단켈페르거는 상시 디터를 하고 있고, 기량에 따라 영지 대항전의 출전권을 준다. 보니파티우스가 훈련 강도를 높인 덕분에 에렌페스트의 전력도 강화되었지만, 단켈페르거는 개개인의 간절함부터가 달랐다.

"알렉시스, 치유를 받으면 얼른 위치로 돌아가요."

나는 반지를 낀 손을 창문에서 내밀고, 알렉시스에게 가까이 오라고 한 후 룽슈멜의 치유를 걸었다. 녹색 빛에 상처가 치유된 알렉시스는 회복약을 입에 털어 넣고, 새 회복약을 가죽 벨트에 걸었다.

"저도 당했습니다!"

이번에는 나탈리에가 뛰어들었다. 알렉시스의 표정이 험악해지더니 빈 병을 브륀힐데에게 넘기고는 투구를 쓰고 나탈리에와 교대하듯 기수를 타고 뛰쳐나갔다.

"나탈리에, 이쪽으로 와요. 룽슈멜의 치유를 줄게요."

"감사합니다, 로제마인 님."

나탈리에에게 치유를 거는데, 이번에는 두 명의 견습 기사가 방패 안으로 들어왔다. 단켈페르거의 공격수를 방어로 돌리게 해서 우리 쪽이 수적으로 유리한 상황임에도 불구하고 회복을 원하는 사람이 점점 늘기 시작했다. 진지로 돌아오는 사람이 늘면 전장에서 대치 중인 인원 수가 대등해지기에, 에렌페스트는 얼마 안 가 불리해지고 만다.

"상황은 어때요?"

"좋지 않습니다. 저 대신 마티아스가, 마티아스 대신 레오노레가 고전하고 있어요."

전장을 둘러보며 지시를 내리던 두 사람이 공격팀에 투입된 상황이라고 한다.

'마티아스는 트라우고트와 라우렌츠의 교대 요원이 아니었어?!'

나는 서둘러 파랑 망토 하나에 붙은 에렌페스트의 망토를 찾았다. 시작부터 힘을 쏟던 트라우고트의 움직임이 확연히 둔해져 있었다. 지금은 라우렌츠가 전면에 있고 트라우고트가 보조하는 상황이었다.

"트라우고트, 일단 돌아가서 회복해!"

라우렌츠의 목소리가 울렸다. 그러나 트라우고트는 "그건 안 돼!" 하고 소리쳤다.

"난 너와 둘이서 라잔타르크를 맡아야 해. 교대가 오거나 다른 명령이 떨어지기 전까지 여기서 못 벗어나. 무조건 버틴다!"

자신이 싸우고 싶어서가 아니라, 전황을 보고 움직일 수 없다고 판단한 듯한 트라우고트의 말에 그의 성장이 느껴졌다. 라우렌츠가 "알겠다!" 하고 응했다.

두 사람의 협공이 아직까지는 잘 먹히는 듯했지만, 마티아스가 부상자의 대타를 뛰고 있는 상황에서는 트라우고트와 교대가 불가능했다. 두 사람의 피로가 누적된다면 라잔타르크를 막을 사람이 없다.

'초반 전술이 무너지고 있어.'

전열이 흐트러지기 시작한 데다 나도 회복 중에 연속으로 치유를 걸어 줘야 해서 마력이 좀처럼 차질 않았다.

'……큰일인데.'

그러나 지금은 견습 기사들이 싸울 수 있게 만드는 것이 중요했다. 단켈페르거에 조금씩 밀리는 것을 느끼며 하나둘 후퇴하는 견습 기사들에게 치유를 걸어 주는 사이, 레스티라우트의 목소리가 울렸다.

"저쪽 전열이 흐트러졌다! 이틈에 단숨에 때려눕힌다!"

지금이 승기라고 판단한 것이다. 단켈페르거가 진지 방어에서 공격으로 태세를 전환했다. 공격수가 줄어 버린 상황을 에렌페스트가 버텨낼 리가 없었다.

"로제마인, 내가 가는 게 좋을까?"

빌프리트의 녹색 눈동자가 에이비리베의 검을 담은 상자로 향했다.

"일단 전원 회복시켜서 전열을 다시 짜야 해. 시간을 벌어 줘."

"최선을 다해 도울 테니까 오라버니는 절대 의식을 중단하지 마세요."

"응."

에이비리베의 검을 드는 그의 모습을 시야 끝으로 보면서 나는 방패 안에 있는 사람들을 쭉 둘러보았다.

"브륀힐데. 유디트한테 붙어서 상위 레벨 마술구를 두세 개 연속으로 넘기세요. 지금까지 하위와 중간 레벨 마술구만 날아와서 상대가 방심한 지금이라면 큰 피해를 입힐 수 있어요. 방어와 회복을 해야 할 테니 공격수가 줄 거예요."

"알겠습니다."

브륀힐데가 상위 레벨 마술구를 집어서 넘겼다. 그것을 손에 든 유디트가 긴장한 표정으로 기수를 움직였다.

"야압!"

지금까지 방어에 투입되었던 상대편 견습 기사들이 진지를 벗어난 순간, 허술해진 적진을 향해 유디트가 마술구를 쏘았다.

지금까지는 소리, 빛, 가루 공격이었지만 이번은 다르다. 적중과 동시에 쾅! 하고 거대한 폭발음이 터지며 연기와 불길이 치솟았고, 한넬로레의 비명이 울렸다. 방금 진을 뛰쳐나갔던 이들과 에렌페스트를 공격하던 견습 기사들이 화들짝 놀라며 뒤돌아보았다.

"이전보다 공격이 강해졌다! 후퇴! 또 날아온다!"

유디트가 두 번째 마술구를 쏘는 것을 본 견습 기사들이 소리를 지르자, 진을 지키던 사람들은 방패를 들어 방어 태세를 취했다. 그 직후 폭발과 동시에 돌멩이가 사방으로 튀었다.

비명이 터져 나오는 적진과, 이전과는 규모가 다른 폭발에 우왕좌왕하는 단켈페르거 견습 기사들을 본 빌프리트는 에이비리베의 검을 들고 슈첼리아의 방패에서 뛰쳐나갔다. 안에서 발동하면 슈첼리아의 방패가 사라지기 때문이다.

"회복한 기사는 모두 빌프리트 오라버니를 호위하세요. 의식이 중단되지 않게 무조건 지켜야 해요."

"네!"

에이비리베의 검에는 이미 마력이 가득했지만, 파란 번개가 라이덴샤프트의 창을 두르는 데에 한계 이상의 마력이 필요했듯이 에이비리베의 검이 신구로써 위력을 발휘하려면 그보다 더 큰 마력이 필요하다.

"이시도르는 회복시킬 준비를 하세요."

"이미 하고 있습니다."

에이비리베의 검을 사용하면 거의 모든 마력을 소진해 버리기에 그 다음은 움직일 수가 없다. 그러므로 회복 담당이 꼭 필요하다. 이건 빌프리트의 시종이며 남성인 이시도르의 역할이었다. 브륀힐데에게 맡길 순 없었다.

"저거 지금 뭐 하려는 거야? 어서 막아!"

"하게 둘 수 없지!"

에이비리베의 검에 마력을 주입하는 빌프리트를 지키기 위해 기사들은 투망을 던지거나 하르트무트의 마술구를 던지며 다가오는 적을 제지했다.

점차 빌프리트의 손에 쥔 에이비리베의 검에 변화가 생기기 시작했다. 하얀 마석으로 만든 도신(刀身)이 하얀 빛을 내더니 냉기를 내뿜기 시작했다. 계속해서 마력이 주입되자, 냉기가 점차 진해지더니 빙설로 바뀌었다.

"재생과 죽음을 관장하는 생명의 신 에이비리베여. 그 곁을 모시는 권속의 열두 신이여."

빌프리트가 눈을 감은 채 기도문을 외기 시작했다. 검 손잡이를 쥔 손을 가슴 앞까지 올리자, 검신이 하늘을 향했다. 에이비리베의 검을 쥔 빌프리트의 입에서 신의 이름이 나오자, 안색이 싹 바뀐 단켈페르거 견습 기사들이 미친 듯이 돌격해 왔다.

"끝까지 기도 못하게 막아!"

방금까지 맹렬히 싸우고 있던 단켈페르거 사람들이 갑자기 방향을 틀자, 깜짝 놀란 에렌페스트 견습 기사들이 그들의 뒤를 필사적으로 쫓았다.

"지켜! 가까이 못 가게 해!"

기도를 막으려고 쏜 단켈페르거 견습 기사들의 화살이 비처럼 쏟아져 내렸다. 주변에 포진한 아군들이 필사적으로 막았지만, 방어를 뚫고 한두 개가 빌프리트에게로 날아갔다. 그러나 그것은 페르디난드의 방호구에 의해 튕겨 나갔고, 화살을 쏜 자에게 공격이 되돌아갔다.

"나의 기도를 듣고 거룩한 힘을 내려 주시어, 나의 게두르리히를 빼앗으려는 자로부터 지켜낼 힘을 내 손에 내려 주소서."

빌프리트를 중심으로 얼음과 눈이 뒤섞인 바람이 휘몰아치기 시작했다. 에이비리베의 힘을 느끼고, 무슨 일이 일어날지 경계하던 단켈페르거 측은 슬금슬금 뒤로 물러났다.

"불굴의 정신과 최상의 마음을 찬미하고 바치오니 꺾이지 않는 가호와 적이 다가오지 못할 힘을 주소서."

번뜩, 하고 빌프리트가 눈을 뜨고는 검을 들었다.

"에렌페스트, 후퇴!"

곧 일어날 상황을 아는 에렌페스트의 견습 기사들은 즉시 슈첼리아의 방패로 후퇴했다. 나는 마력을 쏟아 방패의 크기를 키웠지만, 유지하는 게 고작이었다. 슈첼리아의 방패와 에이비리베의 검은 동시에 사용할 수 없다. 근처에서 누군가 에이비리베의 검을 사용하면 방패

유지에 엄청난 마력을 소모하게 된다.

"타아아아아아아아앗!"

빌프리트가 기합을 넣으며 에이비리베의 검을 가로로 크게 휘둘렀다. 그와 동시에 눈과 얼음으로 이뤄진 겨울의 주인의 권속들이 스무 마리 정도 생겨났다. 단켈페르거의 견습 기사들에게, 그리고 단켈페르거 방어진에 겨울의 권속이 덤벼들었다. 술사의 마력에 따라 힘이 달라지는 권속으로, 한 번에 마력의 대부분을 빼앗기는 큰 기술이다.

"으악?! 이것들 뭐야?!"

"없애! 겁먹지 마라! 이건 마수다!"

겨울의 주인의 권속들이 검에서 튀어 나가자, 빌프리트는 그 자리에 쓰러지듯 주저앉았다. 방패 제일 끝에서 대기하고 있던 이시도르가 그를 끌고 와 배려심이 한 방울 들어간 회복약을 먹였다.

"조금은…… 시간을 벌 것 같아?"

"예. 오라버니 덕분에 모두 회복할 수 있을 것 같아요. 유디트, 회복하면 준비해 줘요. 공격을 펼칠 때예요."

겨울의 권속을 쓰러뜨리면 단켈페르거 측도 회복을 하러 한 번은 진지로 돌아갈 터였다. 그때가 기회다.

"저쪽이 회복하려는 타이밍에 가장 위력이 센 걸 연달아 던지세요. 가능하면 저쪽의 회복약을 파괴할 만한 것이 좋겠는데."

지금 단켈페르거의 회복약은 전신을 갑옷으로 무장한 기사가 철통 방어하는 상자 속에 있지만, 회복약을 써야 하는 사람이 늘어나면 어쩔 수 없이 뚜껑을 열게 되어 있다. 거기에 마술구를 집어던져 회복약을 파괴하고 싶었다.

"이번엔 회복약을 노리자고? 하긴 회복과 보급을 끊는 게 얼마나 중요한지 숙부님의 자료에도 나와 있긴 했지만……."

에이비리베의 검을 천으로 감싸 상자에 정리해 넣으며 빌프리트가 "알고 있기도 하고, 필요한 작전이긴 한데, 악랄하다는 소리는 피할 수 없겠네." 하고 중얼거렸다.

"예. 에렌페스트는 단켈페르거에 비해 공격력이 현저히 떨어져요. 상대의 보물이 마수라면 한 방에 처리했겠지만, 한넬로레 님이시니. 전력을 야금야금 깎아내는 장기전이 제일 무난해요. 거기에 회복약은 걸림돌이에요."

작년에 페르디난드와 하이스히체의 전투에서 보물이었던 한넬로레는 끝까지 진지를 지켰다. 슈타프로 만든 빛의 띠가 닿는 위치까지 다가와, 억지로 끌고 나오지 않는 이상 이번에도 그러리라.

"이제 얼마 안 남았어! 얼른 해치워 버려!"

"순서대로 회복한다!"

빌프리트 한 사람의 마력으로 만들어 낸 마수다. 단켈페르거가 총출동하면 시간은 걸릴지언정 무찌르는 일은 그리 어렵지 않다. 그들은 이미 겨울의 권속을 쓰러뜨리면서 회복을 시작하고 있었다.

"유디트!"

브륀힐데에게 마술구를 넘겨받은 레오노레와 유디트가 뛰어나가 상위 레벨의 마술구를 연속으로 던졌다. 그것이 적진의 머리 위에서 폭발하자, 회복 중이던 자들이 비명을 질러댔다.

"으아아아아악! 회복약이!"

"무사한 거 있어?!"

"또 온다! 방패로 막아!"

"먼저 뚜껑부터 닫아야지!"

단켈페르거의 진지가 패닉에 빠졌다. 레스티라우트가 언성을 높였다.

"로제마인, 이런 야비한 짓을 꾸미다니! 비열하고 치사하다! 그러고도 네가 성녀냐?!"

나는 내 입으로 성녀라고 한 적도 없고, 페르디난드의 가르침에 따르면 방심한 쪽이 잘못이다. 방심한 단켈페르거와 치사한 방식을 지침서에 쓴 페르디난드가 나쁜 게 아니면 뭐란 말인가.

'내 잘못은 아니다 이거야.'

"마술구를 던지는 사수를 노린다. 더는 아무것도 못 던지게 만들어."

지금까지 단켈페르거는 방패에서 쏙 나와 육체적 피해가 거의 없이 마술구를 던지는 유디트보다, 공격력이 높은 견습 기사들을 우선적으로 공격했었다. 그러나 마술구로 막대한 피해를 입게 되면 이야기는 달라진다.

"저 사수는 던질 때 반드시 방패에서 나온다. 슈첼리아의 방패 안에서는 공격으로 간주되기 때문이겠지. 이쪽을 공격할 때 반드시 방패에서 모습을 드러내니 그 순간을 노려라!"

"네!"

레스티라우트의 목소리에 유디트가 몸을 움찔 떨었다. 레스티라우트가 직접 전장에서 뛰지 않고 진지에서 전황을 지켜봐서일까. 정확하게 보고 있었다. 정답이다.

레스티라우트가 "그리고 로제마인도 노려." 하고 덧붙였다.

"시작부터 내내 의식을 하고, 방패를 치고, 견습 기사들이 쉬는 동안에도 치유 마술을 걸었으니 아마 지금쯤 마력을 거의 회복하지 못했을 거다. 회복할 틈 없이 전원이 단숨에 공격을 걸어 저 방패를 파괴한다. 난 그걸 쓰겠다."

봉납식 때 중앙 기사단으로부터 대량의 공격을 받은 후, 내가 의식 전에 약을 먹어 회복했던 일을 예로 들며 레스티라우트가 말했다.

"로제마인 님, 저 말이 맞습니까?"

레오노레의 질문에 나는 고개를 끄덕였다. 초반에 연달아 의식을 거행했고, 회복이 다 되기 전에 치유를 연속으로 주었으며 에이비리베의 검에 지지 않으려고 방패 유지에 상당한 마력을 쏟았다. 모두가 공격에 투입되면 그때 가서 회복하면 되겠지, 하고 자신의 회복을 뒷전으로 미룬 채 끊임없이 치유를 걸었다.

"방패와 기수를 유지할 마력은 남아 있어서 공격수가 많지 않으면 견딜 순 있는데, 저쪽이 총공격을 가해 오면 장담할 수 없어요."

중앙 기사단이 방패의 강도를 시험할 때도 상당한 마력이 깎였다. 오늘 단켈페르거의 저 투지로 보건대, 견습 기사들이라고 방심할 수는 없었다.

"로제마인 님의 마력으로도 장담할 수 없다니……."

슈첼리아의 방패 안에 있는 견습 기사들이 일제히 불안한 표정을 지었다. 완벽했던 안정권이 없어지는 일이 얼마나 불안할지는 잘 안다. 그러나 상대는 슈첼리아의 방패도 없이 각자의 방패만으로 방어하고 있지 않은가.

"불안해 할 거 없어. 힘을 합쳐 적의 수를 최대한 줄이면 돼."

빌프리트가 벌떡 일어나며 그렇게 말했다.

"우리 모두 로제마인의 치유를 받아서 이미 회복되었잖아. 우리가 다 같이 지키고 로제마인의 마력이 회복될 때까지 시간을 벌면 돼. 어려울 것 없어. 안 그래?"

"네!"

방금까지 상대에 밀려 전열이 무너졌었다. 상대 팀 견습 기사의 숫자를 줄이는 것이 쉽지 않으리라는 건 누구나 아는 일이다. 그러나 마치 어려운 일이 아니라는 듯 견습 기사들의 사기가 뜨겁게 타올랐다.

"에렌페스트의 성녀를 지켜라! 슈첼리아의 방패에 한 놈도 접근할 수 없게 만들자!"

슈첼리아의 방패를 공략할 비책이 있어 보이는 단켈페르거를 일절 가까이 못 오게 할 기세로 에렌페스트의 견습 기사들은 각자 마술구를 쥐고 방패 밖으로 뛰쳐나갔다.

방패 안에 남은 사람은 나와 유디트, 이시도르, 브륀힐데, 네 사람뿐이다. 빌프리트도 "이럴 때야말로 영주 후보생이 앞장서 움직여야지."라며 마술구를 손에 쥐고 뛰쳐나갔다. 뭐든지 선두에 서려는 성격은 질베스타와 판박이다.

"반드시 지켜드리겠습니다, 로제마인 님."

슈첼리아의 방패에서 씩씩하게 나가는 모두의 믿음직스러운 뒷모습을 바라보며 나는 허리에 찬 지옥맛 회복약이 든 통을 만지작거렸다.

'어쩌지? 마력을 회복시키고 싶긴 한데…….'

마력이 차면 할 수 있는 일도 느니 조금이나마 안심이 된다. 그러나 나는 이미 배려심이 들어간 회복약을 먹은 후였다. 아직 효력이 완전히 바닥나지도 않은 상태에서 지옥맛 회복약을 또 먹으면 위험하다. 과다복용이다. 리카르다와 하르트무트가 복용량을 엄격히 관리하는 것만 봐도 알 수 있듯이 마력이 필요하다고 해서 입에 왕창 털어 넣을 수 없었다.

'멋대로 용량을 초과하면 페르디난드 님한테 엄청 깨질 거야.'

기수와 방패 유지에 마력을 계속 사용해야 하는 이 상황을 감안하면 이 회복 속도로는 단켈페르거의 공격을 완벽히 막아낸다는 보장이 없다. 마력의 잔량과 회복 속도만 보면 지옥맛 회복약을 먹어야 했다. 그러나 자칫하면 마력이 폭주하여 봉납식처럼 난처한 일이 생길 가능성도 있었다.

'이건 마지막 수단으로 남겨 놓자.'

방패를 깨는 비책이 정말 효과가 있을지 아직까지는 모른다. 단켈페르거가 어떻게 나오는지 본 후에 결정하자. 나는 통에서 손을 떼고, 방패 너머로 시선을 던졌다. 그곳에서는 곧 격한 전투가 시작되려는 참이었다.

"가라아아아앗! 날려 버려!"

"절대 못 오게 막아!"

에렌페스트와 단켈페르거, 각자의 진에서 뛰쳐나온 기수들이 중앙 지점을 목표로 돌격한다. 거대한 하나의 덩어리가 되어 돌진해오는 파란 망토와, 그것을 뒤덮듯 펼쳐진 밝은 황토색 망토가 대조적이다.

"로제마인 님, 저도 모두를 엄호하겠습니다.."

유디트는 브륀힐데에게 건네받은 마술구를 들고, 방패에서 살짝 빠져나온 곳에서 단켈페르거 무리를 향해 집어던졌다. 에렌페스트에 피해가 없도록, 아직 먼 거리에 있는 단켈페르거를 향해 상위 레벨의 마술구를 내던진 것이다.

"피해라!"

똘똘 뭉쳐 땅과 하늘을 가르듯 달려오던 파란 망토 무리가 자신들을 향해 날아오는 마술구를 발견하고, 일제히 상하좌우로 흩어졌다. 지면에 떨어져 작렬한 마술구에 피해를 입은 자는 거의 없었는지, 단켈페르거의 견습 기사들은 금세 다시 모여 한 덩어리가 되었다.

"일제 공격!"

빌프리트의 목소리를 신호로, 넓은 진형으로 달려가던 에렌페스트의 견습 기사들이 사방에서 마술구를 던졌다.

경기장 내 이곳저곳에서 폭발음이 나더니, 흙먼지가 일었다. 단켈페르거의 견습 기사가 한 사람, 또 한 사람 기수에서 굴러 떨어지거나 충격에 튕겨 나가거나 했지만, 그래도 돌격하는 기세는 사그라지지 않았다. 라잔타르크를 중심으로 마술구를 기민하게 피하고, 흩어졌다가 다시 모이기를 반복하며 에렌페스트의 진지를 향해 돌진했다.

"라잔타르크!"

레스티라우트의 목소리가 울렸다. 동시에 지명된 라잔타르크의 검이 무지개색과 같은 복잡한 색조의 빛을 내기 시작했다. 페르디난드가 강력한 마수를 쓰러뜨릴 때 자주 쓰는, 대량의 마력을 내뿜는 필살기다. 주변에 이는 충격만으로도 엄청난 공격력을 보이는 기술이다.

그것이 나를 향해 날아왔다. 나는 얼굴이 노래졌다.

"미친 거 아냐?!"

빌프리트의 외침이 들려왔고, 그에 백 번 동의했다. 나는 회복 중이던 체내의 마력을 억지로 끌어모아 서둘러 슈첼리아의 방패를 강화시켰다. 내 평생 저런 공격은 지금까지 받아본 적이 없었다.

'저거 맞으면 죽어! 저런 걸 정통으로 맞으면 죽는다고!'

2년 전 단켈페르거와의 디터에서 마수의 숨통을 끊을 때 코르넬리우스가 보여 준 빛보다는 몇 단계 더 작은 빛이었다. 라잔타르크의 실력이라면 더 큰 빛을 낼 수 있겠지만, 어느 정도 힘을 뺀 것이리라. 그러나 전혀 안심할 수 없는 위력이었다.

"죽고 싶지 않으면 피해에에에에!"

라잔타르크가 크게 휘둘러 검을 내리쳤다. 부앙, 하고 빛이 쏘아졌다. 복잡한 색을 띤 빛의 급류가 에렌페스트의 진지를 목표로 날아들었다. 에렌페스트의 견습 기사들은 각자 게티르트로 방어했지만, 공격의 충격에 끝까지 버티지 못하고 튕겨 날아가는 모습이 보였다.

모두를 날려 버리며 이쪽으로 똑바로 날아오는 빛의 급류에, 이런 전투에 출전한 적이 없는 시종 브륀힐데가 "히익!" 하고 정신을 잃고 쓰러졌고, 이시도르는 다리에 힘이 풀려 주저앉아 자신의 머리를 감쌌다.

내 호위로 혼자 방패 안에 남아있던 유디트는 빛을 향해 등을 돌렸다. 나를 빛으로부터 지키려는 듯이 레서버스의 앞에 서서 망토를 크게 펼쳤다.

"제가 할 수 있는 건 여기까지입니다!"

유디트의 목소리를 지워 버릴 듯이 파지직 하고 슈첼리아의 방패가 크게 소리내며 진동했다. 방패와 충돌한 거대한 빛에 유디트의 망토에 가려져 있어도 시야가 새하얘졌다. 찡하고 귀를 때리는 굉음과 함께 방패 유지에 쓰고 있던 마력이 단숨에 뽑혀 나갔다.

나는 오로지 방패에 마력을 실어 보내는 데에만 집중했다. 의식을 잃고 쓰러진 브륀힐데, 몸을 웅크리고 머리를 감싼 이시도르, 망토를 펼치고 서 있는 유디트. 세 사람을 지킬 수 있는 건 슈첼리아의 방패뿐이다.

그 빛을 견뎌 내는 동안 시간이 얼마나 흘렀는지 모르겠다. 겨우 몇 초였는지, 아니면 굉장히 긴 시간이었는지. 빛이 사라지고 새하얬던 시야에 색깔과 형태가 다시금 보이기 시작했다. 귀는 아직 막이 쳐진 것처럼 먹먹했지만, 멀리서 싸우는 소리가 들려오고 있었다. 정신을 차린 내 앞에는 유디트가 여전히 망토를 펼친 채 서 있었다. 같은 자세인데도 그녀를 올려다보는 내 시선의 각도가 이전과 달랐다.

"……아."

방패 유지에 너무 집중해서일까. 아니면 방패 유지에 모든 마력을 쏟아서일까. 타고 있던 레서 버스는 어느새 사라지고, 나는 바닥에 주저앉아 있었다. 데구르르 굴러온 기수용 마석이 손가락 끝에 닿았다.

"……끝난 건가요?"

망토를 펼친 채 유디트가 멍하니 물었다. 위를 보며 몸을 일으킨 나는 슈첼리아의 방패가 아직 제자리에 있음을 확인하고 고개를 끄덕였다.

"방패는 무사해요. 끝난 것 같아요."

안도의 한숨을 쉬고 서로 웃는 순간, 둘 사이에 어두운 그림자가 드리워졌다.

"……어?"

머리 위에 어떠한 존재가 있음에 깜짝 놀라 다시 위를 올려다보았다. 상당히 가까운 곳에서 기수가 날개를 크게 펼치고 있나 했더니, 순간 모습이 사라졌다. 대신 거대한 검은 방패를 왼팔에 든 레스티라우트가 슈첼리아의 방패를 향해 뛰어내렸다.

"꺅?!"

튕겼어야 했다. 디터를 겨루는 상대가 방패 안에 들어올 수 있을 턱이 없었다. 그럼에도 레스티라우트는 검은 방패를 자신의 몸에 밀착

한 채 슈첼리아의 방패를 통과했다.

"어, 어떻게?!"

레스티라우트와 슈첼리아의 방패를 번갈아보았다. 슈첼리아의 방패는 아직 사라지지 않았다. 파괴되지 않았다. 마력을 빼앗겼을 뿐, 방패 자체에는 아무런 변화가 없었다.

상공에서 점프해 들어온 레스티라우트는 가볍게 착지한 후 몸을 일으켰다. 철컹철컹 갑옷이 부딪치는 소리에 유디트가 잽싸게 내 앞을 막아섰다.

"로제마인 님, 제 뒤에 계세요."

유디트는 즉각 슈타프를 검으로 바꿔 레스티라우트에게 덤벼들었다. 그러나 그 검이 레스티라우트에게 닿기도 전에 유디트의 몸이 방패 밖으로 튕겨 나갔다.

"앗?!"

"이 방패 안에 있는 자에게 적의를 가진 자는 들어올 수 없다. 무해하여 안에 들어온 자라도, 안에서 공격하려고 하면 튕겨 나간다……. 그렇지?"

레스티라우트가 피식 웃으며 뒤를 돌았다. 슈첼리아의 방패에 다시 들어오지 못하고 있는 유디트를 쳐다보았다. 지금 슈첼리아의 방패 안에 있는 사람은 나, 레스티라우트, 브륀힐데, 이시도르. 레스티라우트에게 적의가 있는 유디트는 들어오지 못한다.

"레스티라우트 님이 어떻게 여길 들어온 거죠?"

슬금 뒷걸음질을 치며 묻자, 레스티라우트의 한쪽 눈썹이 치켜 올라갔다.

"난 너를 해칠 마음이 없으니까."

거짓말이다. 디터로 대치 중인 지금, 해칠 마음이 없어도 내가 적이라고 인식한 자가 들어올 수 있을 리 없었다. 레스티라우트가 손에 든, 번뜩이는 거대한 검은색 방패. 저것이 방패의 마력을 흡수해 그 부분만 구멍을 뚫은 게 분명하다.

"……그 검은 방패 때문이죠?"

내 말에 "정답이다."라고 말하며 레스티라우트는 검은 방패를 천천히 쓰다듬었다.

"최고 품질의 어둠의 마석으로 만든 방패라 마력 공격을 막는 데에는 이만한 게 없지. 이렇게 마력으로 만든 벽을 뚫을 수도 있다. 오늘 디터에서 네가 친 방패를 뚫기 위해 아우브께서 친히 보내 주신 단켈페르거의 보물이다."

레스티라우트가 자신만만하게 웃으며 "한넬로레를 간단히 에렌페스트에 넘겨줄 순 없지."라고 말했다. 우리가 아우브에게 신구를 빌렸듯이, 단켈페르거 역시 아우브에게 그 검은 방패를 빌린 것이다.

"꺄악!"

유디트의 비명이 울렸다. 단켈페르거의 견습 기사들에게 둘러싸인 그녀는 빛의 띠에 꽁꽁 묶이고 있었다.

"유디트!"

"방패를 회수하지 그래? 그러면 아군이 튕겨 나갈 일도 없지 않나?"

레스티라우트의 말에 나는 입술을 깨물었다. 주변만 봐도 바로 알 수 있다. 유디트를 도와줄 아군은 주변에 없었다. 슈첼리아의 방패 근처에는 온통 파란 망토뿐이었다. 각자 슈타프를 들고 있는 것만 보아도 알 수 있듯이 방패를 없애는 즉시 빛의 띠로 나를 꽁꽁 묶어 끌어낼 것이다. 적어도 공격을 가하진 않겠지만, 이렇게 방패 안에 있는 이상, 바깥의 도움은 기대하기란 어려웠다. 레스티라우트를 내쫓든, 쓰러뜨리든, 자력으로 대처해야만 했다.

'큰일이다. 마력이 없어.'

마력이 없으면 얼마나 무력한지, 아주 잘 알고 있다. 싸울 기술도 없고, 조금 건강해지긴 했으나 까딱하면 이 자리에서 쓰러질 가능성이 다분했다.

다시 한 발짝 뒷걸음질 쳤다. 그러면서 마술구 상자와의 거리를 가늠했다. 마주 보고 있는 나와 레스티라우트와 상자의 위치는 거의 이등변삼각형을 그리고 있으나, 거리가 거의 비슷하다면 나보다 레스티라우트가 더 빨리 도달하리라. 상자를 파괴하든, 방패에서 떠밀든 상대가 무슨 수를 쓸 위험성을 고려하면 상자 속 마술구는 건드리지 않는 게 낫다.

내가 필사적으로 승산과 공격 수단을 찾는 동안에도 레스티라우트는 한 걸음, 또 한 걸음 거리를 좁혀 왔다.

"라잔타르크 한 명에 절반 이상이 나가 떨어졌고, 남은 기사도 우리를 상대로 전전긍긍하고 있지. 네 방패도 더는 기능하지 않는 지금, 승패는 결정 났어."

곧 성인이 되는 레스티라우트의 커다란 손이 나를 향해 뻗어 온다. 내 눈앞에 손바닥이 펼쳐졌다.

"내 손을 잡아라, 로제마인."

슈첼리아의 방패 안에서는 레스티라우트도 나를 공격할 수 없다. 억지로 끌어낼 수도 없다. 내가 손을 잡고 진 밖을 나가기 전까지 승패는 결정되지 않을 터다. 내게 펼쳐진 손바닥과 승리를 확신하는 레스티라우트의 표정을 번갈아 보며 나는 그를 노려보았다.

"싫어요."

절대 스스로 투항하지 않겠다. 그의 손을 잡으면 내가 단켈페르거를 선택한 게 되지 않는가. 제 마음대로 디터를 신청한 레스티라우트에게 분노를 느끼는 마당에 단켈페르거를 선택할 생각은 추호도 없었다.

내가 꺼낸 대답에 레스티라우트는 아주 조금 놀란 듯 눈을 끔뻑이더니, 망토를 펄럭이며 몸을 틀었다.

"센 척하는 것도 나쁘지는 않다만, 네가 고집을 부리면 부릴수록 너희 애들이 많이 다칠 거다."

그의 망토가 펄럭이자 슈첼리아의 방패 밖에서 싸우는 견습 기사들의 모습이 훤히 보였다. 방패 너머에서 나의 호위기사들은 필사적으로 저항하고 있었다. 주인을 지키려고, 지지 않으려고 애를 쓰고 있었다.

"로제마인!"

검을 마주하며 단켈페르거의 견습 기사와 격전하는 빌프리트의 외침이 들렸다. 아직 누구도 포기하지 않았다.

다시금 투항할 마음이 싹 사라졌다. 지고 싶지 않다는 마음만이 커져 갔다.

"……이 방법만큼은 쓰고 싶지 않았어요."

허리에 손을 가져가 지옥맛 약을 담은 통을 집어들고, 윗부분에 박힌 마석을 눌러 뚜껑을 열었다. 말로 표현할 수 없는 강렬한 악취가 풍기자, 나도 모르게 "크윽." 하고 숨을 삼켰다. 지옥맛 약을 먹는 건 너무 오랜만이라 망설여졌다.

"로제마인, 너…… 대체 뭘 먹으려는 거야?"

여유만만이던 레스티라우트의 눈에 동요가 일었다. 나는 지옥맛 약을 단숨에 들이켰다.

"크ㅇㅇㅇㅇ읍!"

혀까지 저릿하게 만드는 강렬한 쓴맛과 끔찍한 냄새가 목구멍에서 울컥 치밀었다. 더는 참지 못하고 입을 틀어막은 채 그 자리에 무너지듯 쓰러졌다. 눈물이 찔끔 나고, 괴로움에 몸이 배배 꼬였다.

'……이기기도 전에 죽을 것 같아!'

"독을 먹은 거야?!"

안색이 싹 바뀐 레스티라우트가 황급히 다가와 내 앞에 무릎을 꿇었다.

'……아냐! 독이 아니라 약이거든요……! 일단은.'

반론하고 싶었지만 도무지 그럴 상태가 아니었다. 나는 입을 틀어막고 눈물을 글썽이며 끔찍한 맛을 잠시 견뎠다. 빠르게 마력이 회복되어 가는 느낌이 들자, 몸에서 힘을 뺐다. 고통을 견뎌 내느라 바닥을 쳤던 체력도 조금씩 회복되었다.

바닥에 힘없이 누운 채 회복을 기다리는데, 당황한 레스티라우트가 내 뺨에 살짝 손을 갖다 댔다. 파직하는 작은 소리와 함께 그의 손이 튕겼다. 검은 방패를 들고 있어서 슈첼리아의 방패 밖으로 튕겨 나가는 일은 없었지만, 페르디난드가 준 보호구가 반응한 것이었다.

"……그렇게 싫으냐?"

힘 빠진 레스티라우트의 중얼거림에 나는 "당연하죠."라고 말하며 천천히 눈을 떴다.

"레스티라우트 님. 전 아직 지지 않았어요."

눈을 크게 뜬 레스티라우트 앞에서 몸을 일으킨 나는 머리카락과 옷에 묻은 풀과 먼지를 툭툭 털었다. 마력은 회복되었다.

"빌프리트 오라버니, 나는 괜찮으니 한넬로레 님을 사로잡으세요!"

단켈페르거의 견습 기사들은 방패가 사라진 순간 여유롭게 나를 잡으려고 슈첼리아의 방패 근처에 모여 있었다. 한넬로레에게 가장 가까이에 있는 사람은 방금 단켈페르거의 견습 기사 하나를 쓰러뜨린 빌프리트였다.

"에렌페스트의 승리를 오라버니에게 맡기겠습니다. ……란체!"

파란 번개를 감싼 라이덴샤프트의 창을 들고 나는 돌아섰다. 한넬로레를 상대로는 신구를 쓸 마음은 전혀 없지만, 레스티라우트가 상대라면 마다할 이유가 없다.

레스티라우트가 신구인 창을 경계하며 검은 방패를 치켜들었다. 단켈페르거의 견습 기사들도 얼른 기수에 올라타 한넬로레를 지키러 달려가는 사람도 있었고, 라이덴샤프트의 창에 넋이 나간 사람도 있었다.

스스로의 슈타프로 만든 덕에 무게감이 없는 라이덴샤프트의 창을 나는 양손으로 그러쥐었다. 목표는 검은 방패다. 저것만 없으면 레스티라우트를 방패 밖으로 쫓아낼 수 있다.

무술이라곤 모르는 내가 할 수 있는 건 창을 마구잡이로 휘두르는 것뿐이다.

"야앗!"

내가 내찌르는 창을 레스티라우트는 가볍게 피했다. 나는 그대로 창을 옆으로 돌렸다. 엉망이라도 상관없었다. 한 대라도 맞으면 약간의 피해를 줄 수 있을 터였다.

“에잇! 에잇!”

“실력은 볼품없지만, 그 창은 위험하군.”

내 기량은 차치하고, 신구의 창은 누가 봐도 위험 물건이다. 그도 맞을 순 없었으리라. 공방이 몇 번 이어진 끝에 마구 휘둘리는 라이덴샤프트의 창을 검은 방패가 막았다.

까앙! 하는 금속음과 함께 창과 방패가 충돌했다. 그 순간, 마력과 마력이 서로 반발하는 듯한 세찬 소리가 들리며 검은 방패의 표면에서 빛이 튀었다. 예상외의 반응에 놀랐는지, 레스티라우트가 방패를 크게 휘둘러 내 창을 튕겨냈다.

“그 창…….”

내 손에 있는 건 파란빛을 잃은 창이었다. 레스티라우트가 믿기지 않는 것을 보는 눈으로 빛을 잃은 창을 바라보았다. 오히려 나는 그의 손에 있는 방패를 멍하니 쳐다보았다.

‘방패가 가운데에서부터 금가루로 변하고 있어.’

라이덴샤프트의 창이 지녔던 마력을 전부 흡수했는지 검었던 방패는 연한 노란색으로 물들었고, 창에 닿았던 정중앙부터 금가루가 되어 파스스 떨어져 내렸다.

내 시선이 어딘가로 향해 있다는 것을 눈치챈 레스티라우트가 “으앗?!” 하고 소리를 지르며 방패를 내려다보았다.

“로제마인, 너…… 대체 무슨 짓을 한 거야?!”

방패가 가루가 되어 가는 것을 발견한 레스티라우트가 나를 노려보며 소리친 순간, 뭔가에 튕겨 나가듯 슈첼리아의 방패 밖으로 떠밀려 나갔다.

“로제마인, 이 방패는 단켈페르거의 보물이란 말이다!”

점차 형태가 무너져 가는 방패를 바라보며 레스티라우트는 슈첼리아의 방패 밖에서 울부짖었지만, 마력 포화로 인해 금가루가 되어 가는 물건은 어찌할 방도가 없다.

"그렇게 말씀하셔도, 게두르리히를 내보내면 플류트레네에게 빼앗기는 게 당연하죠. 에이비리베가 방심해서 생긴 사고예요."

분노에 못 이겨 슈첼리아의 방패를 공격하고 공격당하길 반복하는 레스티라우트를 보며 나는 가슴을 쓸어내렸다. 적을 쫓아내는 데 성공했다. 나는 "류켄." 하고 창을 회수했다.

"이거로 우리 위험 요소는 없어졌네요. 이젠 빌프리트 오라버니가 한넬로레 님을 설득하면……!"

"상공에서 뭔가 옵니다! 다들 조심하세요!"

경기장보다 높은 위치에 있는 관객석에서 심판을 보고 있던 힐쉬르가 갑자기 소리쳤다. 날카로운 경고의 목소리에 홱 하고 위를 보았다. 경기장 상공에 수많은 그림자가 나타났다. 함성을 지르며 돌격해 오는 존재들이 눈에 들어왔다.

난입자

“저게 뭐야?!”

“여긴 디터 중이다!”

자기들이 가야 할 훈련장을 착각한 건 아닐까 생각하고 있던 그때, 공격용 마술구가 우수수 떨어지기 시작했다. 명백한 공격이다. 견습 기사들은 게티르트의 방패를 머리 위로 들어 공격을 막았다.

엄청난 기세로 경기장에 난입한 무리는 한 영지 소속이 아니었다. 갑옷을 갖춰 입고 오렌지와 진한 보라색 망토를 두른 견습 기사들이 무기를 손에 들고 있었다.

“에렌페스트의 성녀는 승자가 차지한다! 단켈페르거에 넘겨줄 수 없지!”

“방해하지 마라아아아!”

디터를 방해받은 레스티라우트의 노성에 응하듯 단켈페르거의 견습 기사들이 위를 목표로 잡았다. 무기를 들고 분노를 표출하며 상공을 향해 달려갔다.

“중소영지끼리 뭉쳐 봤자 우리한텐 상대도 안 된다는 걸 잊었나?!”

상공에서 재차 공격이 날아왔지만, 상대의 의도가 무엇인지, 얼마나 준비를 한 건지 짐작도 가지 않았다. 단켈페르거가 그들을 손쉽게 무찌르고 디터를 재개할지조차 지금으로선 가늠하기 어려웠다.

“에렌페스트는 일단 방패 안으로 돌아오세요! 부상자도 데려와요!”

‘우선은 치유부터다.’

우리 견습 기사들은 단켈페르거와의 전투로 만신창이었다. 개중에는 경기장에 쓰러진 사람도 있었다. 난입자의 대응보다 치유가 최우선이다. 이대로는 아무것도 할 수 없으니까.

내 목소리를 듣고, 다소 부상을 입긴 해도 자력으로 움직일 수 있는 기사들이 부상자를 회수해 슈첼리아의 방패로 돌아왔다. 단켈페르거의 견습 기사들에게 빛의 띠로 포박당했던 유디트도 그 상태 그대로 회수되었다. 이 빛의 띠는 포박한 사람보다 마력이 높은 사람만이 끊을 수 있다. 나는 즉시 메서로 띠를 잘라 그녀를 풀어 주었다.

"죄송합니다, 제가……."

"사과는 나중에 들을게요. 지금은 방치된 부상자가 없는지 어서 확인부터 해요."

기가 죽어 어둡게 가라앉아 있던 보라색 눈동자가 해야 할 일을 확인하고 반짝였다. 유디트는 "네!" 하고 짧게 대답하고는 망토를 휘날리며 달려나갔다.

그때 한넬로레를 데리고 빌프리트가 돌아왔다.

"로제마인, 한넬로레 님도 여기서 보호해도 될까? 저쪽 진에 혼자 남아 있었어."

"얼른 들어오세요, 한넬로레 님. 영주 후보생을 혼자 두다니, 호위기사는 대체 뭘 하는 거래요?! 난입자를 물리치는 것보다 더 중요한 게 있는데."

공격 마술이 내리퍼붓는 상공에 모여 있는 파란 망토를 노려보면서 툴툴거린 후 빌프리트와 한넬로레가 들어올 자리를 만들어 주었다.

"이러면 날을 다시 잡아야겠네. 도무지 지속할 상황이 아니야."

"단켈페르거는 저들을 무찌르면 계속하자고 하겠지만, 우리 쪽 전력은 이미 바닥났어요. 마술구도 많이 써 버렸고, 회복약도 과하게 먹었거든요."

빌프리트와 그런 대화를 나누다가 나는 모두를 치유하기 위해 "슈트레이트콜벤."이라 주문을 외워 슈타프를 플류트레네의 지팡이로 바꾸었다.

"룽슈멜의 치유를."

방패 안에 모인 모두를 단숨에 치유하자, 녹색 빛기둥이 솟아올랐다. 순간 상공이 떠들썩해졌다. 디터 중이었던 단켈페르거와 에렌페스트는 이제 낯설지 않은 빛기둥이지만, 상공에 날아든 난입자들은 이 광경을 본 적이 없는 자들인 듯했다.

머릿속 냉정한 부분으로 그렇게 생각하며 나는 방패 안에 있는 견습 기사들을 둘러보았다. 실신했던 브륀힐데도 정신을 차린 듯했다. 몸을 일으키고, 흙과 풀이 묻은 머리카락을 보더니 인상을 찌푸렸다. 그리고 곧바로 바셴으로 세척했다.

'아, 귀족은 손으로 툭툭 털지 않고 바셴을 쓰는구나.'

몇 초 만에 말끔해진 브륀힐데는 몇 초 만에 평소처럼 움직였다. 전투 중이라고는 생각할 수 없는 대응이었다. 그러나 그 때문에 귀족 영애들과 나의 차이가 드러났다. 역시 내 감각은 귀족으로서 실격이었다. 그런 생각을 하는데, 순간 시야가 반짝, 하고 깜빡였다.

"어……?"

아주 짧은 순간이었지만, 몸이 적신호를 보내는 게 분명했다. 내게 남은 시간이 얼마 없음을 깨달았다. 어서 이 난전을 끝내야만 한다. 견습 기사들을 둘러보았다. 룽슈멜의 치유로 상처는 나았지만, 마력 회복은 아직 덜 된 상태였다.

"마력은 각자 회복약을 먹어서 회복시키세요. 그리고 회복약과 마술구의 잔량을 확인하고……."

할 일들을 지시하는 그때, 관객석에서 "위험해!" "꺄아아아아!" 하는 비명들이 터져 나왔다. 서둘러 주변을 둘러보니, 단켈페르거의 견습 기사 하나가 기수를 잃고 추락했다. 쿵 하는 둔탁한 소리를 내며 땅에 떨어진 그는 꿈쩍도 하지 않았다.

"치유하러 가야겠어요! 호위를 부탁해요!"

내가 기수의 마석을 잡는 것을 본 유디트가 즉시 방패를 꺼내 들었다. 레오노레는 기수를 소환해 올라타며 방패 안을 둘러보고, 놀라움에 경직되어 버린 호위기사를 질책했다.

"마티아스, 라우렌츠! 멍하니 있지 말고!"

나는 내 기수에 올라타 단켈페르거 견습 기사가 쓰러진 곳으로 향했다. 사실은 다른 사람을 시켜 방패 안에 데려오는 게 가장 좋은 방법이다. 그러나 충격에 강한 전신 갑옷으로 무장하긴 했어도 저 높이에서 떨어졌으니 머리를 부딪쳤을 가능성이 높았다. 잘못했다가 몸이 흔들리면 위험하다.

"저렇게 위험한데, 로제마인 님께서 상대편 견습 기사를 구하시겠다고요?!"

"당연하죠! 눈앞에 부상자가 있고, 내겐 치유력이 있잖아요."

나는 기수에서 내려와 호위기사들의 방패로 보호받으며 반지로 그에게 룽슈멜의 치유를 주었다. 작은 녹색 빛을 쏟아붓는데, 갑자기 라우렌츠가 "이거 거짓말이지?"라며 중얼거렸다.

나는 고개를 들었다. 라우렌츠뿐만 아니라 호위기사들 모두가 일제히 하늘을 올려다보고 있었다. 뭐가 있나 응시하니, 교전이 벌어지고 있는 상공을 향해 기수들이 대이동하는 모습이 보였다. 관객석에 있던 단켈페르거 학생들이 이 난전에 참전하기 시작한 것이다.

"미치겠네. 단켈페르거엔 전력이 있지만, 관객석까지 참전하면 일이 커져……."

두려움을 내포한 마티아스의 말이 채 끝나기도 전에 상공에서 경기장에 쏟아지던 공격 마술이 관객석에도 날아가기 시작했다.

"저긴 싸우는 데가 아니라고!"

무예파 문관과 시종이 있는 단켈페르거는 관객석에 있던 모두가 이미 방패를 들어 방어하는데, 에렌페스트 관객석에 있는 학생들은 전투력이 상당히 낮다. 마술구 조합으로 하르트무트에게 시달려 기가 빨린 견습 문관. 방패 소환 방법은 알지만 전투 훈련을 받지 않아 실전이 안 되는 견습 시종. 전투를 할 줄은 알아도 디터에 참가하지 못하는 저학년 견습 기사. 게다가 영주 후보생인 샤를로테가 관객들이다.

"샤를로테!"

내가 비명을 지른 직후, 빌프리트의 초조한 목소리가 슈첼리아의 방패 안에서 울렸다.

"회복한 견습 기사는 가서 에렌페스트 관객석을 지킨다! 모두 이리로 데려와. 회복 중인 기사는 남아서 이곳을 호위한다!"

"네!"

회복을 완료한 견습 기사들이 일제히 관객석을 향해 날아갔다. 모두가 방패를 이용해 학생들을 지키며 슈첼리아의 방패에 합류한다면 지키기가 조금은 수월해지리라. '괜찮아, 괜찮아' 하고 나는 스스로를 달래며 눈앞의 부상자를 치유하는 데 집중했다.

"……아, 저는……."

단켈페르거 견습 기사가 의식을 되찾자마자 벌떡 몸을 일으켰다. 예상치 못한 움직임에 움찔했지만, 나는 그 견습 기사의 망토를 잡아당겼다.

"아까까지 의식을 잃고 있었어요. 좀 더 안정을……."

"아닙니다. 성녀의 치유로 상처는 나았습니다. 괜찮습니다. 진심으로 감사드립니다."

그 자리에 무릎을 꿇고 예를 올린 그는 곧바로 다시 상공을 향했다. 견습 기사가 회복되어 다행이라고 생각함과 동시에, 안전한 방패 안에서 괜히 달려 나와 치유해 줬나, 하는 석연치 않은 기분도 들었다.

기수를 타고 올라가는 모습을 올려다보는데, 시야가 다시 깜빡거렸다. 단 몇 초였지만, 시야가 깜빡깜빡하더니, 주위가 색깔을 잃은 듯이 보였다. 다른 회복약을 연달아 먹은 데다가 계속 마력을 써서 그런가 싶다.

"로제마인 님, 안색이 좋지 않아 보여요. 어서 방패 안으로 돌아가시죠. 제 기수에 타세요."

레오노레가 살짝 굳은 표정으로 나를 기수에 태우고, 슈첼리아의 방패로 돌아가기 시작했다.

"로제마인 님, 회복약은……."

"이미 최대 복용치를 넘겼어요."

나를 안은 레오노레의 팔에 힘이 실렸다. 그러나 지금 이 자리를 내팽개치고 기숙사로 돌아갈 수는 없었다. 샤를로테와 학생들이 방패로 이동해 오기 시작한 이상, 비전투원들의 안전은 슈첼리아의 방패에 달려 있으니까.

방패로 돌아가니, 빌프리트는 상공에서 벌어진 난전을 어떻게든 막으려고 전전긍긍하고 있었다.

"한넬로레 님, 이 상태라면 디터는 무효로 처리되겠군요. 바다의 여신의 의식으로 저들의 흥분을 가라앉혀 주시겠습니까?"

"예. 이미 디터는 끝났으니 그게 좋겠어요."

쓸쓸한 얼굴로 위를 올려다보던 한넬로레가 빌프리트의 의견에 동의했다.

"그럼 한넬로레 님께서 의식을 하는 동안, 공격이 오지 않게 우리는 광역 바셴을 시행하겠습니다. 이시도르, 브륀힐데. 마력은 충분하지?"

이시도르에게는 '광범위 마술 보조구를 가져와'라고 말한 빌프리트는 누구를 한넬로레의 호위에 붙일까 방패 안에 있는 견습 기사들을 둘러보았다.

그 순간, 갑자기 까앙! 하고 거대한 금속음이 울려 퍼졌다.

"꺅!"

"으악!"

깜짝 놀란 나와 빌프리트와 달리, 견습 기사들은 일제히 자세를 잡고 상공에 있는 루펜을 쳐다보았다. 상공에서 난전을 벌이고 있던 견습 기사들도 즉시 공격을 멈추고 자세를 바로했다.

"주목!"

루펜의 목소리가 우렁차게 터져 나왔다.

"중앙 기사단이 왜 귀족원에 있는 겁니까?! 그리고 왜 디터를 방해하는 거죠?! 저희 쪽에서도 요청한 사람이 없고, 올도난츠로 확인해 보니 왕족의 명령이 있었던 것도 아니지 않습니까!"

분노에 찬 루펜의 목소리가 울렸다. 자세히 보니 상공에 있는 여러 색깔 망토 중에 검은 망토가 몇몇 섞여 있었다. 단켈페르거의 디터에 난입하다니 겁도 없는 영지가 많구나 했더니 중앙 기사단이 뒤를 봐줬던 모양이다.

"에렌페스트의 성녀가 단켈페르거에 넘어가는 것을 왕족이 우려하고 계신다. 왕족의 걱정거리를 없애는 것이 기사단의 역할이거든."

검은 망토를 두른 기사들이 우렁차게 소리치자, 중소영지 학생들도 덩달아 목소리를 높였다.

"이는 왕족께서 희망하신 일입니다."

"승리하면 에렌페스트의 성녀를 손에 넣을 수 있다고 하셨습니다."

자신들을 정의라 일컫는 중앙 기사단의 주장과 선동당한 대로 행동한 중소영지 견습 기사들의 말에 루펜은 경악한 표정을 지었다.

"고작 그런 이유로 왕명도 없이 출격했단 말입니까?! 아무리 생각해도 비정상적입니다!"

"중앙 기사단은 첸트의 기사! 첸트의 우환을 없애는 자! 첸트에게 대적하는 자를 뿌리 뽑는 자! 적대하는 놈은 다 없애 버린다!"

기사 한 사람이 루펜에게 공격을 가했다. 중앙에 이적하여 같은 검은 망토를 걸친 귀족원 교사에게까지 공격하는 모습에 모두가 아연실색했다. 그러나 루펜은 자신에게 오는 공격을 즉시 막으며 자신의 학생들을 보았다.

"너희는 여기서 손을 떼라! 내가 확인했다! 왕명은 없어! 그걸 알면서도 중앙 기사단에 가담한다면 나도 너희를 다 감싸 주지 못한다! 왕족이 오기 전에 여길 떠!"

루펜은 중앙 기사단을 상대하면서 여러 색깔 망토를 두른 학생들에게 명령했다. 왕족이 자신들을 밀어준 것도 아니며 오히려 처벌할 수도 있다는 점을 시사한 것이다. 중소영지 견습 기사들은 거미 새끼 흩어지듯 도망쳤다.

상공을 빽빽하게 채웠던 사람들이 단숨에 줄었다. 남은 건 검은 망토를 두른 중앙 기사단 기사 세 명, 루펜, 그리고 파란 망토를 두른 단켈페르거 견습 기사들이었다.

"왕명도 없이 디터에 난입하다니, 기가 막히는군! 전부 포획해서 첸트 앞에 끌고 가라!"

레스티라우트의 목소리에 단켈페르거 견습 기사들이 중앙 기사단을 사로잡으려 덤비기 시작했다. 그러나 중앙 기사단은 그 실력을 인정받아 중앙으로 이적한 기사들이다. 아무리 단켈페르거라고 해도 학생인 그들이 중앙 기사단의 적수가 될 리 없었다. 누군가를 붙잡으려면 그에 웃도는 마력이 필요했다.

이곳에 기사를 잡을 수 있는 사람은 성인식을 앞둔 영주 후보생, 레스티라우트뿐이었다. 루펜과 숫자로 밀어붙인 견습 기사들이 기사 한 명을 몰아넣자, 레스티라우트가 포획하는 모습이 보였다.

"로제마인 님도 잡을 수 있지 않나요?"

"아쉽게도 여기선 너무 멀기도 하고, 지금 상태로는 슈첼리아의 방패를 유지하는 것도 힘들어요."

아무리 기대한들, 가능한 일과 불가능한 일이 있다. 평소라면 해 볼 만하겠지만, 지금은 슈첼리아의 방패 유지를 누군가와 교대하고 싶은 심정이다. 토할 것 같았다. 솔직히 더는 마력을 쓰고 싶지 않았다.

그렇게 생각하며 상공을 노려보니, 저 멀리서 어렴풋이 검은 망토들이 날아오는 모습이 보였다. 질서정연한 움직임으로 보아 중앙 기사단이 틀림없었다. 난입했던 기사단을 도우러 온 원군인 줄 알고 무심코 몸에 힘이 들어갔다.

"루펜의 연락을 받고 서둘러 와 봤더니, 이게 대체 무슨 소동인가!"

새로 참가한 검은 망토 무리에서 들려온 건 아나스타지우스의 목소리였다. 정말 왕족의 명령은 없었던 모양이다. 아나스타지우스는 마지막까지 궁지에 몰려 있던 중앙 기사단의 기사 두 명을 단숨에 빛의 띠로 포획했다. 역시 왕족. 마력이 엄청나군.

"이야기를 들어야겠군. 단켈페르거와 에렌페스트 영주 후보생, 그리고 그 측근과 사감 두 사람은 이곳에 남아라! 나머지는 해산!"

제발 따로 날을 잡아 주길 바랐지만, 루펜의 올도난츠로 급하게 불려 나온 아나스타지우스는 이 자리에서 모두를 취조할 생각인 듯했다.

아나스타지우스의 등장으로 상공의 싸움이 수습되자, 긴장이 확 풀어지면서 상태가 더 나빠졌다. 슈첼리아의 방패를 회수하여 마력을 소비할 대상이 없어졌는데도 울렁거림은 악화될 뿐, 나아질 기미가 보이지 않았다.

'왕족 앞에서 쓰러지면 안 되는데. 어떡하지?'

"공주님!"

샤를로테를 비롯한 학생들과 함께 관객석에서 내려온 리카르다가 나를 보더니 눈을 부릅뜬 채 헐레벌떡 달려왔다.

"낯빛이 왜 이래요? 당장 기숙사로 돌아갑시다. 여기 뒤처리는 빌프리트 도련님과 샤를로테 공주님께 맡기세요."

"아나스타지우스 왕자님이 당사자는 남으라고 했어요. 왕족의 명령에 거스르는 게 돼요."

내 말에 리카르다는 엄격한 얼굴로 고개를 저었다.

"왕족 앞에서 또 정신을 잃으면 괜히 실점만 더 쌓일 뿐입니다. 지금은 이유를 설명하고 일단 돌아가셔야 해요."

리카르다의 주장에 나는 아나스타지우스에게 기숙사로 돌아가고 싶다고 설명했다. 나를 보고 뭔가를 떠올린 아나스타지우스는 인상을 팍 찌푸리더니 내쫓듯이 손을 휘휘 흔들었다.

"얼굴만 봐도 상태를 알겠다. 얼른 돌아가."

"감사합니다. 아나스타지우스 왕자님의 관대하신 배려에……."

내가 구역질을 참으며 무릎을 꿇고 예를 올리자, 아나스타지우스가 짜증스러운 목소리로 "당장 이 녀석을 끌고 가!"라고 명령했다. 리카르다가 얼른 나를 안아 올렸다.

"디터를 파악하고 있는 레오노레, 마티아스, 방패 안에서 나와 계속 같이 있었던 브륀힐데, 관객석에서 지켜본 로데리히는 내 대신 아나스타지우스 왕자님께 설명을……."

경기장에서 끌려 나가면서도 나는 끝까지 지시를 내렸다. 리카르다의 어깨 너머로 어이없어하는 아나스타지우스의 얼굴이 보였다.

기숙사에 돌아오자, 리카르다에게 "위에서 다 봤습니다. 회복약을 규정 이상 드시더군요."라고 혼이 났다.

"아무리 이겨야 하는 승부라지만, 공주님의 치유도 받고 회복약도 얼마든 먹을 수 있는 견습 기사들이면 몰라도, 공주님은 복용량도 딱 정해져 있고, 스스로를 치유하지 못하니 더욱 조심하셨어야죠."

효력이 약한 회복약으로도 충분한 견습 기사들은 몇 개를 먹든 끄떡없지만, 나는 페르디난드가 만든 회복약이 아니면 거의 효과가 없다. 심지어 약간만 더 먹어도 몸이 상하기 때문에 복용량이 정해져 있었다.

“회복약 과다 복용으로 이런 상태가 되었을 가능성이 큰 이상, 오늘은 더 이상 약을 드릴 수가 없네요. 증상이 나을 때까지 주무세요.”

리카르다와 리젤레타는 잽싸게 옷을 갈아입히고, 나를 침대에 밀어 넣었다. 느긋하게 몸을 누이고 나서야 나는 눈을 감았다.

에필로그

로제마인이 수석 시종에게 안기듯 퇴장하는 것과 거의 동시에, 관객석에 있던 학생들도 하나둘 자리를 뜨기 시작했다. 그렇게 경기장에는 영주 후보생과 그 측근, 두 명의 사감만이 남았다.

모두가 이동하는 가운데, 한넬로레는 슈첼리아의 방패로 도망쳐 왔을 때 그대로 에렌페스트의 망토로 가득한 곳에서 로제마인이 안겨 나가는 모습을 바라보고 있었다.

'안색이 너무 안 좋아 보이셨어……. 디터 중에 얼마나 무리를 하셨길래.'

조금 전까지 레스티라우트와 대치하고, 진지 전체를 슈첼리아의 방패로 감싸 중앙 기사단의 공격을 막았던 사람이라고 생각할 수 없는 안색이었다. 당장에라도 쓰러질 것처럼 창백했다. 그 지경이 될 때까지 방패를 유지하는 강한 정신력에 저절로 감탄의 한숨이 새어 나왔다.

'아무리 생각해도 추락한 단켈페르거 견습 기사보다 자신의 치유가 더 시급했을 텐데.'

소란스러움이 가실 무렵, 훈련장 한가운데에 아나스타지우스와 중앙 기사단의 검은 망토, 단켈페르거의 파란 망토, 에렌페스트의 밝은 황토색 망토가 삼각형의 꼭짓점 지점에 모였고, 사감은 각 영지를 대표하듯 선두에 서 있었다. 포획한 세 명의 난입자는 삼각형의 딱 정중앙에 널브러져 있었다.

"한넬로레! 넌 여기로 와야지!"

레스티라우트가 손가락을 까딱여 빨리 오라고 지시했다. 그제야 한넬로레는 다들 영지별로 나뉘어 정렬하는 중이었다는 걸 깨달았다. 혼자 정신을 팔다가 다른 영지에 섞여 버린 상황에 조금 당황하고 말았다.

"괜찮습니다, 한넬로레 님. 너무 위험해서 이쪽 방패로 도망칠 수밖에 없었다고 설명하면 레스티라우트 님도 이해해 주실 겁니다."

위로해 주는 빌프리트의 말에 한넬로레는 애매한 미소를 지었다. 그런 변명이 통할 리가 없었다. 그녀는 자신의 의지로 진을 벗어나 자령을 패배하게 만들었으니까.

◆

난입자를 퇴치하러 레스티라우트가 견습 기사들을 이끌고 상공으로 향했을 때, 한넬로레는 혼자 진지에 남겨졌다. 보물이라 움직일 수 없기 때문이다.

게다가 그녀는 단켈페르거의 영주 후보생이다. 마력이 풍부하여 온 힘을 쏟아 게티르트를 사용하면 공격받을 일도 없다. 접근한 적을 쫓아낼 위험한 공격용 마술구도 손에 있다. 혼자 남은 그녀를 보고 접근해 오는 적을 마술구로 공격하는 것이 그녀의 역할이었다. 상공에서 마력 공격이 비처럼 떨어져 내리는 와중에 그녀는 게티르트로 소환한 방패 뒤에 쭈그리고 앉아 있었다.

"한넬로레 님!"

기수를 타고 달려온 빌프리트의 목소리가 울렸다. 그도 위에서 떨어지는 공격을 방패로 막고 있었다. 한넬로레는 몸에 차고 있는 공격용 마술구 쪽으로 몰래 손을 가져갔다.

"여기서 방호구도 없이 있으면 위험합니다. 에렌페스트 진지로 오세요. 로제마인의 방패가 있으니까 적어도 이곳보다는 안전할 거예요."

생각지도 못한 말이었다. 한넬로레는 눈을 동그랗게 떴다. 투항을 요구하기는커녕 그는 순수하게 그녀를 걱정하고 있었으니까.

"하지만 제가 이곳을 벗어날 수는……."

한넬로레가 고개를 저으며 거절하려는 그때 빌프리트의 방패 위로 공격이 떨어졌다. 무심코 그녀는 "꺅!" 하고 작게 소리를 질렀고, 그의 입에서는 "윽." 하는 작은 신음이 새어 나왔다.

상공에서 떨어진 공격을 견딘 뒤, 빌프리트는 그녀를 안심시키듯 미소를 지으며 손을 뻗었다.

"단켈페르거와 에렌페스트만의 경기였다면 이런 말은 하지 않았을 겁니다. 하지만 지금은 위험한 난입자가 있어요. 이런 상황에선 더 이상 디터를 하기 어렵습니다. 한넬로레 님은 본인의 신변 안전을 더 생각하셔야죠."

여러 색깔 망토가 지상으로 내려오려는 것을 막고 있는 파란 망토는 경기 방해자들에게 잔뜩 화가 나 있었다. 아직 승패가 결정되기 전이니 방해물을 제거하려고 기를 썼다.

끊임없이 투하하는 공격 마술을 보면 알 수 있었다. 상대의 목적은 디터 참여가 아니라, 에렌페스트의 성녀를 가지려는 단켈페르거를 제지하려는 것임을.

심판인 루펜은 난입자에게 대응하느라 디터를 끝내거나 중지하라는 지시를 내리지 못하고 있었다.

한넬로레는 손을 내밀고 있는 빌프리트의 진녹색 눈을 보았다. 승패의 결과보다도 한넬로레의 안전을 걱정하는 눈빛이다. 그의 손에는 상공에서 떨어지는 공격을 막는 방패뿐이다. 무기도 마술구도 가지고 있지 않았다.

“디터는 다시 날을 잡으면 되지만, 한넬로레 님이 다치시면 안 되잖아요.”

그녀가 가진 공격용 마술구를 쓰면 그를 쉽게 물리칠 수 있다. 오히려 공격력이 너무 높아 위험할 정도다. 그런데도 그는 자신이 공격당할 가능성을 전혀 생각하고 있지 않는 듯이 행동했다.

‘빌프리트 님은 정말 날 걱정하고 계셔.’

무를 숭상하는 단켈페르거, 그곳의 영주 후보생인 한넬로레는 위험에서 누군가에게 보호를 받은 적이 거의 없다. 영지에 위험이 닥쳤을 때 호위기사들을 지휘하여 그것을 제거해야 하는 것이 영주 후보생이다. 그걸 제대로 못한다며 항상 ‘똑바로 해라’고 혼만 났던 한넬로레는 스스로를 무능하다고 여겼다.

그런 자신을 빌프리트는 위험에서 지켜 주려고 하는 것이다. 잘 싸우지 못한다고 혼내지 않고, 누군가가 지켜 주는, 지금까지 겪어 보지 못한 상황에 가슴이 두근거렸다. 그의 진지한 눈동자를 보고 있자니 왠지 가슴이 간질간질했다.

“로제마인의 방패 안은 안전합니다. 갑시다.”

한넬로레는 일어났다. 자신의 의지로 방패를 회수해 진을 나가, 자신에게 내민 손을 잡았다. 안도한 표정을 보이며 방패를 드는 빌프리트에게 한넬로레도 웃어 보였다.

"예. 저, 에렌페스트에 갈게요."

◆

단켈페르거의 패배는 한넬로레가 빌프리트의 손을 잡고 스스로 진을 나간 순간 결정되었다. 여러 영지가 공격을 퍼붓는 와중에, 레스티라우트와 견습 기사들이 난입자를 무찌르는 틈을 타 진 밖으로 몰래 나온 것이다.

한넬로레는 그 결단과 행동을 후회하지 않았다. 그러나 모두에게 혼날 생각을 하니 발걸음이 쉬이 떨어지지 않아 주춤거렸다.

'내가 저지른 일이야.'

스스로를 격려하며 단켈페르거의 무리에 들어갔다. 영주 후보생인 그녀는 맨 앞줄에서 오라버니와 루펜 옆에 나란히 섰다. 레스티라우트가 째려보았지만, 왕족 앞이라 호통 칠 수는 없으리라. 그것만이 위안이었다.

모두가 정렬해서 왕족 앞에 무릎을 꿇자, 아나스타지우스가 이번 디터에 관해 설명을 요구했다. 거기에 루펜과 힐쉬르가 회답했다. 전체 흐름을 들어도 이해하기 어려울 터였다. 역시나 아나스타지우스는 미간을 찌푸리고 험악한 표정을 지었다.

'하기야 이번 일은 도저히 일반적인 디터라곤 할 수 없었으니…….'

귀족원에서 결혼을 조건으로 걸고 디터를 벌인 것도 이례적, 일가의 장이 중심이 된 친족이 아니라, 미성년자인 영주 후보생이 직접 호위기사와 견습 기사들을 이끌고 싸운 것도 이례적, 빌프리트가 직접 구혼을 한 것도 아닌데 한넬로레까지 휘말린 것도 이례적, 중앙 기사단이 간섭한 것도 이례적…… 하나같이 이례적이다.
“그래서, 이 소동의 원인은 뭐지?”
“대단히 죄송합니다.”
짜증이 뚝뚝 묻어 있는 질문에 즉시 사죄한 사람은 빌프리트였다. 대답도 아닌 사과부터 튀어 나오자 아나스타지우스의 눈썹이 꿈틀했다. 그것을 눈치챈 한넬로레는 빌프리트 쪽을 힐끔 쳐다보았다. 왕족이 질문한 것만으로 에렌페스트 학생들의 안색이 파리하게 변했다. 혀만 쯧 찼던 레스티라우트 오라버니의 반응과는 천지차이였다.
‘아, 하지만…….’
왕족의 별궁에서 본 로제마인은 왕족의 질문을 받았다고 해서 안색이 나빠지거나 사과부터 하지 않았다. 오히려 당당하게 자신의 의견을 피력했다. 그들의 대화를 지켜보는 한넬로레가 조마조마했을 정도다. 그것을 떠올린 순간, 예전에 오라버니가 ‘로제마인은 에렌페스트에서 이질적이다’라고 했던 말의 의미가 처음으로 이해되는 듯했다.
‘로제마인 님은 그런 부분에서 오라버니와 닮았는지도 몰라.’
레스티라우트는 무릎을 꿇고 있어도 고개를 빳빳하게 들고 강한 눈동자로 아나스타지우스를 바라보며 반론하고 있었다. 왕족을 상대로도 전혀 꿀리지 않았다.
“제 쪽에서도 여쭙고 싶은 게 있습니다. 아나스타지우스 왕자님은 이곳에 왜 오신 겁니까? 귀족원에서 일어난 일을 관리하는 왕족은 힐데브란트 왕자님이실 텐데요.”
책임자가 아닌 사람과는 대화가 안 되니 힐데브란트를 부르라는 의사를 은근히 내비치고 있었다. 그 말마따나 관리자로 임명된 사람은 아나스타지우스가 아니다. 명백한 월권행위다. 친절하게 그 점을 충고해 주는 것처럼 보이지만, 레스티라우트 입장에선 아직 어리고 혈족이라 다루기 쉬운 힐데브란트를 중재자로 끌어내고 싶은 것이다.

'안 돼요, 오라버니! 힐데브란트 왕자님은 안 돼요!'

한넬로레는 다과회와 지하 서고에서 나눈 대화로 어린 왕자가 로제마인에게 동경과 첫사랑과 같은 마음을 품고 있음을 감지했다. 첫사랑의 혼처를 결정하는 디터의 중재자를 그에게 맡겨선 안 된다. 여러 의미로 복잡해질 것 같았다.

'제발 오라버니의 요청을 들어주지 마세요!'

아나스타지우스에게 이 기도가 전해지길 바라며 한넬로레는 고개를 거세게 저었다. 눈이 마주치자, 그는 팔짱을 끼며 고개를 끄덕였다.

"……이 문제는 힐데브란트가 감당하기 어려워. 내가 맡은 건 첸트의 뜻이다."

아나스타지우스가 이 사건의 책임자라고 선언하자, 레스티라우트는 콧방귀를 뀌더니 일부러 사교적인 미소를 띠었다.

"그럼 이 소동의 원인을 여쭙고 싶군요. 단켈페르거와 에렌페스트가 진행 중이던 디터는 훈련장 사용 등을 포함해 이미 귀족원의 허락을 받은 경기인데, 중앙 기사단은 대체 무슨 의도로 신성한 디터에 난입한 것입니까?"

그는 그렇게 말한 후, 빛의 띠로 꽁꽁 묶인 기사들을 날카롭게 쳐다보았다. 왕족에게 다소 건방지고 불손하다고 할 수 있는 태도였으나 틀린 말은 아니었다. 중소영지의 견습 기사들을 꾀어 '로제마인 님을 단켈페르거에 줄 수는 없다'며 디터에 난입한 건 중앙 기사들이다.

"문제를 일으킨 건 중앙 기사단이지 저희가 아닙니다. 신성한 디터를 방해한 이유와 중앙 기사단의 관리 불찰에 관한 사과와, 난입자에게 엄벌을 내려 주실 것을 왕께 요구하는 바입니다."

"아니?! 대체 무슨 말씀을 하시는 겁니까, 레스티라우트 님?!"

과잉 반응한 것은 아나스타지우스가 아니라 에렌페스트였다. 레스티라우트는 험악한 얼굴로 고개를 갸웃거렸다.

"뭐가 이상해? 각 영지의 기사단이 오늘과 같은 일을 벌이면 관리 불충분을 이유로 영주가 책임을 지는 법이야. 중앙 기사단이 불미한 일을 저질렀으면, 그 책임자는 엄연히 왕족이 아닌가."

"아무리 그래도…… 이, 일을 그렇게 심각하게 키울 일은……."

"이게 심각한 중대사가 아니면 뭔가. 이들은 영주 후보생의 미래를 결정하는 신성한 디터를 더럽혔다."

신의 기도로 축복을 받게 된 이후로 단켈페르거에서는 디터를 예전보다 더욱 신성시하게 되었다. 신들에게 바치는 디터를 방해하는 짓은 제사와 봉납식을 방해하는 일과 다를 바 없었다.

'이상하네. 에렌페스트 분들은 누군가 제사를 방해해도 신들께 불경하다고 생각하지 않나?'

귀족원에서 로제마인의 의식을 본 적이 있는 한넬로레는 에렌페스트가 단켈페르거보다 제사를 더욱 자주, 정성스럽게 치르고, 신들과도 밀접한 데다 가호와 축복에 익숙한 줄 알고 있었다. 그런데 제사를 방해했는데도 화를 내지 않다니. 왕족보다도 신들을 존중할 텐데, 인식에 차이가 있는 걸까.

"오히려 그쪽은 왜 가만히 있지? 지금 생각해 보니 에렌페스트의 견습 기사들은 난입자를 쫓지 않더군."

"부상자가 많았기 때문입니다. 그리고 견습 기사들의 회복과 비전투원의 피난이 최우선이 아니겠습니까. 오히려 제 입장에선 한넬로레 님을 위험한 곳에 혼자 놔둔 단켈페르거가……."

"두 사람 다 그만."

언쟁이 오가기 직전, 둘의 대화를 잘라 버린 아나스타지우스가 레스티라우트를 응시했다.

"왕족의 명령은 아니니 자네들이 멋대로 행동한 이유는 조만간 묻겠다. 그런데 레스티라우트. 나도 궁금하군. 확실히 이번 디터도 정식 신청을 받긴 했다. 하지만 평상시 훈련과 같은 형식이었지, 영주 후보생의 혼처를 정할 거라는 내용은 없었던 것으로 기억하는데. 애초에 로제마인과 빌프리트의 약혼은 이미 왕의 허락을 받지 않았나. 다 자네가 억지로 벌인 일이 아니고?"

아나스타지우스의 회색 눈동자가 레스티라우트를 날카롭게 쏘아보았다. 훈련장 사용 허가 신청서에 작성하는 사용 이유는 디터로 충분하다. 디터를 하게 된 원인과 종류까지 쓰지는 않는다. 한넬로레는 처음 안 사실이지만, 아마 레스티라우트는 그런 작은 맹점을 이용해 이 비정상적인 디터를 성립시킨 것이다.

"이런, 게두르리히를 얻기 위해 수단 방법을 가리지 않았던 아나스타지우스 왕자님이시라면 제 마음을 이해해 주실 줄 알았습니다만……."

'오라버니, 제발요! 사실이긴 하지만 너무 무례하잖아요!'

원래라면 왕의 결정으로 에그란티느와 결혼하는 상대가 차기 왕이 될 예정이었다. 뒤에서 온갖 수를 써 왕의 발언을 뒤집은 왕자에게 그런 소릴 듣고 싶지 않다고 직설적으로 반론한 것이다. 한넬로레는 위가 쿡쿡 쑤시는 것 같았다. 오라버니 옆에 있고 싶지 않았다.

"게두르리히를 손에 넣고 싶은 마음은 알겠다만, 영주 간의 합의도 없이 귀족원에서 영주 후보생의 혼처를 디터로 정하는 건……."

"호오……. 아나스타지우스 왕자님은 디터를 너무 가볍게 보고 계시는 건 아닌지요?"

레스티라우트의 목소리가 날카로워졌다. 2년 전 로제마인의 계책에 당한 이후로 기를 쓰며 연습했고, 작년에는 단켈페르거의 역사서로 디터의 역사를 읽었다. 올해는 디터 소설과 의식을 통해 진짜 축복을 받을 수 있게 되었다. 그래서 단켈페르거 내에서는 디터의 중요성과 성스러운 이미지가 급속도로 커졌다.

아나스타지우스야 그런 뒷사정을 모르겠지만, 중앙 기사단의 허술한 단속을 규탄하는 입장인 레스티라우트의 심기를 건드렸음을 즉시 감지한 듯했다.

"아니, 우습게 본 적 없다. 하지만 중앙 기사단의 난입 때문에 흐지부지된 디터를 재개하겠다면 양측의 아우브에게……."

"그것이야말로 신들에 대한 불경이며 디터를 경시하는 행위입니다. 신들에게 축복까지 받은 디터의 결과를 뒤집는 일은 있을 수 없을뿐더러 할 생각도 없습니다."

딱 잘라 말한 레스티라우트에게 "잠깐만 기다리십시오."라고 빌프리트가 소리를 높였다.

"이 상태로 디터의 승패를 결정하는 건……."

"한넬로레가 자기 발로 진을 나왔어. 승패는 명백해."

"하지만 그건 위험에서 벗어나기 위해서였습니다. 안전한 슈첼리아의 방패로 가자고 제가 권해서…… 처음에는 나가지 않겠다고 하셨는데……."

"닥쳐! 보물이 진을 벗어난 순간 승패는 정해진다. 단켈페르거는

졌고, 에렌페스트가 이겼다. 그 결과는 변함없어."

레스티라우트는 그렇게 말하며 한넬로레를 쳐다보았다. 순간 노려보듯 눈매가 가늘어졌다. '왜 스스로 진을 나갔냐'라고 묻고 싶은 걸 꾹 참고 있는 얼굴이다. 오라버니의 노여움에서 벗어나려고 슬그머니 시선을 피한 곳에는 새파랗게 질린 빌프리트가 있었다. '디터 재경기'를 제안하며 한넬로레를 설득했기에 책임감을 느끼고 있는 것이 틀림없었다.

"아나스타지우스 왕자님, 저희는 디터 결과를 부정하지 않겠습니다. 하지만 사전 모의된 솜방망이 처분이 내려질 가능성을 고려해 난입자들의 심문과 처분 결정에는 발언권을 요구하는 바입니다."

암암리에 왕족의 관여가 있음을 의심하는 발언에 아나스타지우스는 인상을 찌푸렸지만, 거기에 레스티라우트까지 합세했다.

"다행스러운 거라면 이 디터가 귀족원에서 열렸다는 것이죠. 지금이라면 영주 회의에서 전 영지의 영주를 끼지 않고 끝낼 수 있습니다. 중앙 기사단의 꼬드김에 넘어간 불쌍한 중소영지 견습 기사들도 마찬가지로요."

레스티라우트는 곧 졸업이다. 다음 영주 회의에 출석해 중앙 기사단이 귀족원에서 벌인 부정행위를 의제로 올리고, 거기에 가담한 중소 영지의 영주에게 압력을 가할 수도 있다. 왕족이 명령한 일이 아니라면 여기서 일을 더 키우고 싶지 않겠지, 하고 협상하는 오라버니를 보며 한넬로레는 슬그머니 한숨을 쉬었다.

'오라버니도 왕께 허가받은 약혼을 파기시키려고 에렌페스트를 협박해 억지로 디터를 했다가 진 사실이 알려지는 게 싫으시면서…….'

자신에겐 약점이 하나도 없다는 듯 당당한 표정으로 왕족과 협상하는 오라버니의 뻔뻔함이 한넬로레는 부러웠다.

"단켈페르거의 요구는 잘 알겠다. 에렌페스트는 어쩌고 싶지?"

"……아……."

갑자기 날아온 질문에 빌프리트는 측근들과 잠시 의논을 하더니 왕족에게 공순의 뜻을 보였다.

"에렌페스트는 왕족의 결정에 따르겠습니다."

"흠. 그럼 앞으로 로제마인을 두고 분쟁이 생긴다면, 왕족이 그녀를 거둬서 입 다물게 하겠다. 그렇게 알라."

아나스타지우스의 말에 에렌페스트뿐만 아니라 그 자리에 있던 모두가 숨을 삼켰다.

"빌프리트, 넌 도전을 받아들이기 전에 이 경기를 피할 방법을 고민했어야 했어. 로제마인의 약혼자는 너라고 왕족에게 진언이라도 해서 단켈페르거의 요구에 저항했어야 했다. 네가 이 도전을 받아들인 탓에 로제마인을 노리는 상위 영지가 끼어들어도 할 말이 없게 됐지. 그건 알고 있나?"

지금까지 축적해 온 에렌페스트의 유행, 귀족원 봉납식, 영지 대항전에서 공개될 여러 공동 연구들……. 로제마인 개인의 가치와 주목도가 급격히 상승하고 있다. 그 와중에 단켈페르거는 왕의 허가를 무시하고 기회를 잡은 것이다. 그럼 우리한테도…… 하고 끼어들 영지가 앞으로 나올 것이라고 아나스타지우스는 지적했다. 실제로 중앙 기사단의 꼬임에 넘어간 중소영지 견습 기사들도 '로제마인 님을 갖겠다'라고 했다. 충분히 예상 가능한 전개다.

"이번엔 유야무야로 이겼겠지만, 항상 좋게 풀린다는 보장은 없지. 또 디터만 걸까? 로제마인을 에렌페스트에 잡아 둘 수 있을지 없을지는 약혼자이며 차기 영주인 너의 행동으로 결정될 거다. 더 잘 처신해."

왕족에게 주의를 들은 빌프리트는 고개를 떨군 채 퇴장했다.

기숙사에 돌아오자마자 한넬로레는 레스티라우트와 견습 기사들에게 둘러싸였다.

"한넬로레, 왜 네 발로 진을 나갔지? 작년 영지 대항전 때는 디터의 마왕과도 대항해서 모두가 널 칭찬했었어. 무서워서, 위험에서 피하려고 진을 나갔다는 말을 우리보고 믿으라고? 무슨 목적으로 움직였는지 말해."

빌프리트가 내민 손이, 진심으로 자신을 걱정하던 진녹색 눈동자가, 한넬로레의 뇌리에 선명히 떠올랐다. 오라버니의 말이 맞았다. 위험해서 도망친 것이 아니었다.

"에렌페스트에 가도 괜찮겠다고 판단했기 때문이에요."

상대가 빌프리트가 아니었다면 손을 잡지 않았겠지. 그런 위험한 상황에서 보호받는 존재가 되고 싶었다.

"자신의 사랑을 위해 레스티라우트 님이 시작한 디터를 이용하신 거로군요. 공주님께서 수석 시종인 제게 아무런 언질도 없이 행동하실 줄은 몰랐습니다. 훌륭하게 성장하셨네요."

납득하는 코르둘라의 말에 한넬로레는 깜짝 놀라며 뒤를 돌아보았다. '아니에요'라고 반론하려고 입을 열었으나, 한 마디도 못하고 다시 닫았다. 결과적으로, 그리고 주변의 눈에는 코르둘라의 말대로 되었으니까.

'사랑? 이게 사랑일까?'

빌프리트의 손을 잡고 싶어서, 에렌페스트에 가자는 생각이 들어서 진을 나왔다. 그러나 아직까지는 사랑이라고 말할 만한 감정 같지는 않았다. 훨씬 더 아련하고, 아직은 이름을 붙이기 어려운 감정이다.

"한넬로레 님께서 에렌페스트에 시집을 가고 싶어 하실 줄은 몰랐습니다."

"미리 알았더라면 한넬로레 님을 진에 혼자 두지 않았을 텐데……."

"이번 일은 이용당하신 레스티라우트 님의 주의 부족과 정보 수집 부족으로 일어난 일인 게지요."

다들 진을 빠져나간 일로 한넬로레를 힐난하지 않았다. 영지로서는 패배했지만, 한넬로레를 주체로 본다면 자신이 바라는 미래를 디터를 통해 손에 넣은 승리였기 때문이다. 그리고 영지로서도 이기든 지든 에렌페스트와 관계가 생긴다. 이번 패배로 레스티라우트는 얻은 것이 없지만, 한넬로레를 비롯한 영지 전체로 따지면 이익은 있었다.

"그런데 왜 그렇게 중요한 걸 미리 말해 주지 않았지? 설마 로제마인과 한통속이었나? 언제부터 빌프리트와 통한 거야?"

어떻게 미리 말하나. 그가 손을 내밀었을 때 그녀의 마음이 변한 것을. 그리고 한넬로레의 경우 결과적으로 중요한 것을 숨긴 셈이 되어버렸지만, 레스티라우트는 의도적으로 중요한 부분을 자신에게 숨겼다. 그쪽이 더 문제가 아닐까.

"오라버니야말로 갑자기 다과회에서 빌프리트 님을 도발하기 전까지 로제마인 님을 원하셨다는 말을 안 하셨잖아요. 그리고 저를 에렌페스트에 시집보내기로 한 건 오라버니세요."

한넬로레의 지적에 레스티라우트는 말문이 막혔다. '한넬로레를 빌프리트의 둘째 부인으로 삼겠다'라는 말을 꺼낸 건 로제마인이었다. 그러나 그것은 디터를 막기 위한 미봉책에 불과했다. 그럼에도 그 조건을 받아들인 사람은 레스티라우트다. 그때 한넬로레가 안 된다고 호소했지만, 그는 들어 주지 않았다.

"……하지만 네가 에렌페스트에 시집을 가고 싶어 하는 줄은 몰랐지. 데릴사위를 들이는 거면 몰라도 단켈페르거의 영주 후보생이 시집을 가기엔 에렌페스트는 너무 순위가 바닥이지 않나."

신음하듯 내뱉는 레스티라우트의 어깨를 그의 측근이 톡톡 두드렸다.

"하지만 디터 결과는 나왔습니다."

"알고 있어. 여동생한테 뒤통수를 맞을 줄 몰랐던 내 안일함이 초래한 결과이고, 한넬로레가 바랐던 결말이지."

레스티라우트는 한숨을 내쉬면서도 디터 결과를 번복하려고는 하지 않았다. '정보 수집 실패와 여동생에게 너무 무뎠다고 혼나겠군.' 하고 부모에게 보고하길 꺼려할 뿐이었다.

한넬로레는 자신의 손을 바라보았다. 스스로 이 손을 뻗었다. 이 손이 빌프리트가 내밀었던 손과 겹쳐지던 순간을 떠올리자, 왠지 모르게 가슴이 따뜻해졌다.

자신의 손을 쥔 그녀의 얼굴은 주변 사람들이 깜짝 놀라 숨을 죽일 정도로 부드럽게 미소 짓고 있었다.

성녀의 의식

"뤼라디, 준비는 다 됐니?"

오늘은 단켈페르거와 에렌페스트가 공동 연구를 하는 의식에 참가하는 날입니다. 저는 다시 목패에 쓰인 주의 사항을 확인했습니다. 이것은 귀족원의 연애 소설로, 저와 자주 수다를 떠는 에렌페스트의 뮤리엘라 님에게 받은 것입니다.

"그럼요, 언니. 주의 사항에 나온 대로 몸도 깨끗이 씻고, 회복약도 만들어 뒀어요. 기도문도 겨우 외웠고요."

"기도문은 3학년 가호 의식 때와 거의 똑같던데? 넌 아직 의식을 안 받았어? 설마 신들의 이름을 잊은 건 아니겠지? 에렌페스트는 하급 귀족도 한 번에 합격하는데 요스브레너의 상급 견습 문관인 네가 아직이라니……."

언니가 기가 막힌다는 표정을 지었지만, 신들의 이름을 전부 외우는 게 얼마나 어려운데요. 한 번 만에 전원 합격한 에렌페스트와 비교하지 말았으면 좋겠습니다. 에렌페스트 3학년은 입학 때부터 전원이 이론을 통과할 정도란 말입니다. 그들을 이끄는 영주 후보생, 로제마인 님은 실기에서도 최단시간에 합격했는데, 그런 사람들과 비교하면 곤란합니다.

"넌 정말이지, 수업도 늦게 통과하고, 제대로 된 정보도 못 구하고……."

"로제마인 님에 관련된 정보를 못 구한 건 언니도 마찬가지잖아요."

울컥한 나는 고개를 들었습니다. 언니도 정보를 입수하려고 했지만, 로제마인 님이 입학한 1학년 땐 그녀의 측근인 하르트무트가 정보를 통제했다고 합니다. '에렌페스트의 성녀니까'라는 한마디로 축약

할 수 있는 자랑 정보밖에 얻지 못했습니다. 2학년 때는 단켈페르거의 클라리사 님에게 '하르트무트의 에스코트 상대는 나예요'라고 파리 쫓기듯 쫓겨났다는 걸 알고 있습니다.

"언니랑 다르게 난 하르트무트 님과 필린느 님에게 로제마인 님이 좋아하시는 이야기며 영지 귀환 일정도 들어서 알고 있고, 빌프리트 님과 한넬로레 님의 대화로 상위 영지들과 책을 주고받으며 교류한다는 정보도 알아냈어요. 지금은 뮤리엘라 님과 친하게 지내고 있고요."

로제마인 님은 1학년 때부터 각지의 이야기를 비싸게 사들이고 있습니다. 그 무렵에 요스브레너의 하급 귀족이 '조금만 더 비싸게 팔고 싶은데, 어떤 이야기를 좋아하시는지 여쭤봤으면 하는데요. 통솔하는 분이 상급 귀족이라서 그런데, 같이 가 주시면 안 될까요?'라고 부탁하기에 도서관에 가 준 적이 있습니다. 거기서 하르트무트 님과 필린느 님으로부터 정보를 얻을 수 있게 된 겁니다.

'로제마인 님은 연애 소설을 좋아하신댔지. '매상을 따지면' 이라는 게 무슨 의미인지는 잘 모르겠지만.'

저는 분명 로제마인 님과 마음이 잘 통할 것 같은 예감이 들었습니다. 저도 연애 소설을 정말 좋아하거든요. 이번에 로제마인 님의 측근으로 들어간 뮤리엘라 님도 필린느 님께서 소개해 주셨답니다. 뮤리엘라 님도 연애 소설을 매우 좋아하는 분이신데, 둘이서 대화를 시작했다 하면 각지의 정보 수집보다 연애 소설 이야기가 주가 되어 버려요.

'어서 빨리 로제마인 님과 친해져서 에렌페스트의 연애 소설을 같이 읽고 싶어요.'

뮤리엘라 님을 통해 어떤 이야기가 있는지 듣는 것도 즐겁지만, 역시 직접 읽고 싶은걸요. 올해는 운 좋게 꽤 빠른 시기에 다과회에서 샤를로테 님께 책을 빌렸지만, 최신간도 아니었고, 언제든 바로 빌릴 수 있는 것도 아닙니다.

'이번 신간에는 시간의 여신이 장난치는 정자에서 어둠의 신이 소매를 넓게 펼쳐 빛의 여신을 숨겨 버리는 멋진 장면이 있다고 했어. 아아, 그건 또 언제 읽을 수 있을까.'

"신간을 읽으려고 에렌페스트에 시집가고 싶니 뭐니 쓸데없는 소리 말고 현실을 직시해. 성적 우수자가 늘어서 주목받는 영지가 된 곳에 시집을 가는 건 말처럼 쉽지 않아. 몇 년 전과는 상황이 달라졌어."

"에렌페스트의 중급 기사라면 혼인하기 쉬울까요?"

"우리 부모님은 에렌페스트가 바닥권이었던 시절밖에 몰라. 그런데 그분들이 네가 중급 귀족과 결혼한다고 하면 허락해 주시겠니? 헛된 소리 말고 강당에나 가."

언니는 다른 상급 견습 문관인 루스트라오네에게 말을 겁니다. 요스브레너에서 공동 연구 참가자로 발탁된 사람은 저와 언니와 루스트라오네 세 사람이거든요.

'오늘을 맞이하기까지 참 힘들었지.'

저는 아련한 눈빛으로 지금까지의 일을 돌아보았습니다.

에렌페스트는 여태껏 하위권을 맴돌던 중영지였는데, 중립적 위치로 정변을 넘긴 덕에 순위가 급상승했습니다. 그러니 마력을 꽤 아꼈을 겁니다. 다른 영지보다 영지 생산량이 늘었고, 안정적입니다. 토지에 마력이 풍부하다는 증거인 것이죠.

그리고 최근 5, 6년 사이에 귀족원의 성적도 눈에 띄게 올랐습니다. 오르기 시작한 초기에는 저학년 이론 수업 외에는 변화가 없어서 순위를 유지하려고 애쓴다며 비웃음을 당했다고 합니다. 제가 입학하기 전, 요스브레너가 에렌페스트보다 순위가 위였을 시절의 이야기입니다.

하지만 실기에서도 성적을 올리는 학생들이 하나둘 나오더니, 중영지답지 않은 마력량으로 실기를 통과해 버리는 학생이 나오기 시작했습니다. 이건 지금도 계속되고 있습니다. 현재 영지 학생의 절반 이상이 실기에서도 좋은 성적을 거두는 것만 보아도 마력 압축에서 어떤 비법을 찾은 것이 아닌가, 하는 소문이 돌고 있습니다.

로제마인 님이 입학한 이후로 이론 수업마다 첫날에 전원이 합격하여 주목을 끌었고, 새로운 물건들을 마구 선보였습니다. 하지만 중소영지가 만든 신선한 물건이 꼭 유행하는 것은 아닙니다. 대영지의 눈에 들어 그들이 퍼트려 주지 않으면 그저 반짝하고 끝나 버리는 경우가 대다수입니다.

중소영지의 다과회에서는 사교 시즌에 건강이 악화해 귀환한 로제마인 님을 두고 가엾다고 하면서도 '대영지에 유행이 먹히면 좋겠네요'라며 비웃는 사람도 많았습니다.

그런데 1학년을 마치고, 에렌페스트가 전 영지를 대상으로 주최한 다과회에서 로제마인 님과 왕족, 상위 영지의 관계가 명명백백히 드러났습니다. 아나스타지우스 왕자님은 에렌페스트의 머리 장식을 구매하셨고, 에그란티느 님과는 개인적인 다과회에서 머리에 윤기를 주는 제품을 주고받았다는 사실이 판명된 것입니다. 중소영지가 얼마나 놀라고 당황했는지 아무도 모를 겁니다.

'그때는 언니가 대표로 가서 난 몰랐지만, 로제마인 님이 쓰러지는 바람에 도중에 중지되는 등 엄청난 다과회였었다지.'

그 이후로 급하게 정보를 모으려고 해도 영지 대항전이 코앞이라 에렌페스트의 학생을 붙잡을 수가 없었습니다. 그럼 영지 대항전에서 정보를 모으지 뭐, 하고 마음 놓고 있었더니 로제마인 님은 당일까지도 회복하지 못해 결석하고 마셨습니다. 심지어 매년 한산했던 에렌페스트의 사교장에 대영지의 영주가 빈번히 드나드는 바람에 중소영지는 근처에도 못 가고 끝나 버렸습니다.

2학년이 되어서도 로제마인 님은 첫날 합격하고 금방 교실에서 사라져 버렸고, 사교 시즌에는 샤를로테 님이 전면적으로 대응하게 되면서 로제마인 님을 보기란 정말 하늘의 별 따기만큼 어려웠습니다.

영지 대항전에서도 중소영지에 대응한 사람은 빌프리트 님과 샤를로테 님이었고, 로제마인 님은 페르디난드 님이라는 후견인과 단켈페르거에 대응하느라 정신없이 바빠 보였습니다. 습격으로 표창식도 결석, 다음날 성인식도 도중에 자리를 뜨셨습니다. 겉보기엔 이제 막 세례를 받은 어린애 같아서 눈에 띄는데도, 좀처럼 뵐 수가 없는 분입니다.

그런 로제마인 님이 드디어 사교 시즌에 귀족원에 남아 계시게 되었습니다. 처음으로 말을 섞어 볼 수 있는 기회가 찾아온 겁니다. 책 얘기에 방긋 미소 짓고, 그녀의 사랑 얘기엔 수줍게 말끝을 흐리셨지만, 아우브 에렌페스트와 관련된 악소문이 나오면 슬픈 표정을 지으셨습니다.

영주 회의에서 들은 소문에 의하면 아우브 에렌페스트가 자신의 친자식과 차별해 로제마인 님을 신전에 가두기 때문에 그녀가 귀족원에 오래 있으실 수 없는 것이라고 합니다. 얼마나 괴로우셨을까요?

로제마인 님은 아니라고 부정하셨지만, 친아들인 빌프리트 님과 샤를로테 님이 사교 시즌에 영지로 돌아가지 않은 건 다 아는 사실입니다. 정말 그녀를 차별하지 않는다면 그들 모두 귀족원에 남아 있었어야 하지 않을까요?

"로제마인 님. 신전 얘기보다 공동 연구 얘기나 들려주세요. 대영지와는 어떻게 연구하고 계시나요?"

신전 의식에 관해 설명하는 로제마인 님의 말허리를 자른 임멜딩크의 영주 후보생, 뮤렌로이에 님이 단켈페르거와의 공동 연구에 참가시켜 달라고 노골적으로 부탁하는 겁니다.

작년 영지 대항전에서는 임멜딩크의 상급 귀족이 의도치 않게 로제마인 님을 공격해 문책을 받았습니다. 뮤렌로이에 님은 예전에 다과회에서 '로제마인 님이 우리 임멜딩크에 끼친 손해도 있는데, 왜 그건 아무도 동의를 안 하느냐'라며 그렇게 떠들어 놓고, 참 뻔뻔하기도 하지요.

타니스베팔렌 때문에 큰 피해를 입은 것도, 상급 귀족이 문책을 받은 일로 순위가 떨어진 것도 로제마인 님께는 책임이 없습니다. 주변에서 뮤렌로이에 님을 말리려고 하자, 생각에 잠겨 있던 로제마인 님이 고개를 들고 싱긋 웃으셨습니다.

"공동 연구 중에 에렌페스트의 제사를 보여 주는 과정이 있어요. 단켈페르거가 허가해 줘야겠지만 괜찮으시면 참가하시겠어요?"

"어머, 참가해도 되나요?"

'……너무 관대하세요, 로제마인 님.'

저는 어처구니가 없었지만 주변에서는 너도나도 할 것 없이 떼 지어 모이기 시작했습니다. 임멜딩크가 참가할 수 있다면 우리도 참가하겠다는 무언의 주장에, 저도 얼른 그 전쟁에 끼어들었습니다.

"언니, 단켈페르거와 에렌페스트의 공동 연구에 참가하게 될지도 몰라요!"

"잘했어, 뤼라디."

요스브레너는 곧바로 단켈페르거에 공동 연구 참가 신청을 넣었습니다.

「참가 조건은 디터다!」

그게 공동 연구와 무슨 상관관계가 있는지 잘 모르겠지만, 디터가 필수라고 합니다. 그러나 다른 영지와의 디터 경기를 제 독단으로 결정할 순 없었습니다. 아우브께 판단을 부탁드리자, 디터를 해서라도 반드시 공동 연구에 참가하라는 명령이 떨어졌고, 그렇게 견습 기사들에게 단켈페르거와 디터를 시키게 된 겁니다.

"뤼라디 님, 단켈페르거가 보물 뺏기 디터를 제안해 왔습니다."

"……보물 뺏기라면 오래 전에 시행됐던 디터죠?"

현재는 이론에서만 짧게 배울 뿐, 실기로는 연습조차 하지 않는 디터를 겨루게 되었습니다. 중소영지는 합동으로 싸웠으나 맥없이 패배. 회복약이 대량으로 필요한 사태가 되었습니다. 속도를 겨루는 디터에선 회복약과 마력을 이렇게까지 쓰진 않았던 요스브레너 입장에선 크나큰 오산이었던 것이지요.

"요즘은 채집터가 말라서 좋은 소재를 찾기가 어려운데 큰일이네요."

소재 품질도 떨어지고, 회복약 제조에는 대량의 마력이 필요합니다. 견습 문관들을 총동원해 회복약을 만들었지만, 그 비용을 견습 기사들에게 떠넘길 수도 없는 노릇입니다. 아우브의 명령으로 시행된 수업 외 손해인 겁니다. 저는 아우브의 재가를 얻어 귀족원 비용에서 회복약 비용을 충당했지만, 그 탓에 영지 대항전에 사용할 수 있는 금액이 단숨에 줄어 버렸습니다.

그러나 견습 기사들의 노력 덕분에 단켈페르거로부터 참가를 허가하는 목패가 신청한 대로 세 명 분이 도착했습니다. 꼭 지참해야 하는 허가증이라고 합니다. 그것을 에렌페스트의 견습 문관에게 가져가면 참가시 주의 사항을 들을 수 있다는 말에 저는 뮤리엘라 님에게 연락을 넣었습니다.

"예? 공동 연구에 참가하려면 회복약이 필요하다고요?"

"네. 로제마인 님께서 하시는 의식엔 마력이 필요하니까 없으면 곤란해질 거예요."

뮤리엘라 님의 말에 저는 큰 고민에 빠졌습니다. 내 부탁으로 아우브께서 명령을 내려주셨고, 견습 기사들도 노력해 줬는데, 이제 와서 의식에 참가할 수 없다고 어찌 말할 수 있을까요. 하지만 이제는 수업 외에 마력이나 회복약을 쓰는 사태는 피해야 했습니다.

'임멜딩크처럼 디터 신청이 들어왔을 때 거절할 걸 그랬어.'

작년 습격으로 인해 타니스베팔렌에 가장 큰 피해를 입었던 임멜딩크는 중영지에 걸맞은 견습 기사의 수가 거의 없어서 디터에 참가하지 못해 결국 사퇴했다고 들었습니다.

"요스브레너에는 에렌페스트같은 여력이 없어요. 이렇게 마력을 소비하는 의식에 참여하면서까지 공동 연구에 이름을 올릴 가치가 있을까요?"

그렇게 묻자, 뮤리엘라 님은 살짝 고개를 갸웃거렸습니다.

"다른 곳들의 여력이 어떤지는 잘 모르겠지만, 로제마인 님의 의식은 볼 가치가 있어요. 신들께 기도를 바치는 모습과 더불어 그분이 정말 신들의 사랑을 받고 있는지 아닌지를 잘 알 수 있을 거예요."

평소엔 연애 소설 얘기로 반짝이던 뮤리엘라 님의 녹색 눈이 사뭇 진지해지자, 저는 숨을 꿀꺽 삼키고 공동 연구에 참가하기로 결심했습니다.

강당에는 이백여 명이 넘는 사람들이 모여 있었습니다. 자리를 빽빽하게 메운 어른들의 숫자에 저는 깜짝 놀랐습니다. 자신과 같은 크림색 망토가 셋밖에 없는 사실에 괜히 불안해져서 저는 언니의 망토를 살짝 잡아당겼습니다.

"언니, 이 사람들이 다 연구에 참여하려고 온 걸까요?"

"영주 후보생을 따라온 측근이 많아서 그럴 거야. 실제 참가자는 그렇게 많지 않을걸."

제가 입학했을 당시에 요스브레너의 영주 후보생은 졸업하고 없었습니다. 영주 후보생의 측근인 언니와 달리, 제게는 영주 후보생이 항상 측근과 함께 행동한다는 인식이 거의 없었습니다.

'성에서 일할 때도 영주 후보생과 엮일 일이 거의 없었고.'

"저, 페어치레 님. 저 사람들 중앙 기사단 아닌가요?"

루스트라오네가 강당 안쪽, 슈타프를 얻을 때 들어갔던 심층의 방으로 이어지는 문 앞을 가리켰습니다. 그녀의 말대로 어째서인지 검은 망토를 두른 중앙 기사단이 쭉 서 있었습니다. 그중의 몇은 마치 방금까지 싸우고 온 사람 같은 모습이었습니다. 회복약으로 상처를 치유했지만 옷이 망가진 것까지는 숨기지 못한 듯했습니다.

"무슨 일이 있었던 걸까요?"

"공동 연구 책임자인 네가 모르는 걸 내가 어떻게 아니?"

그렇게 말하는 언니의 얼굴에도 긴장감이 돌았습니다. 단켈페르거와 에렌페스트의 공동 연구에서 무슨 일이 일어났는지 전혀 예상도 할 수 없었습니다. 곰곰이 생각해 보면 공동 연구를 하는데 강당에 사람을 모은다는 게 이상하긴 합니다.

"이 문 너머, 심층의 방에서 의식을 치를 겁니다. 참가자는 반드시 허가증을 제시하십시오. 허가증이 없는 분은 입장이 불가능합니다. 한 사람씩 순서대로 부탁드립니다."

에렌페스트와 단켈페르거의 학생이 큰 목소리로 안내했습니다. 그 속에서 필린느와 뮤리엘라 님의 모습을 발견했습니다.

제일 먼저 입장하는 1위 클라센부르크는 영지 후보생이 없어서 상급 견습 문관 다섯 명이 참가한 듯했습니다. 어째서인지 하나같이 안으로 들어가기 직전에 우뚝 멈춰서는 게 의아했습니다.

2위인 단켈페르거 영주 후보생은 공동 연구 참가자라 이미 저 안에 있는 듯했습니다. 3위인 드레반헬이 클라센부르크의 뒤를 이었습니다.

"제가 왜 못 들어갑니까?! 전 오르트빈 님의 호위기사입니다!"

"허가증이 없으면 입장할 수 없습니다. 그건 호위기사도 예외는 아닙니다."

"무슨 그런 말도 안 되는 억지가……."

"허가증이 없는 사람은 못 들어와. 물러나."

호위기사가 분노를 드러낸 순간, 중앙 기사단이 슥 움직였습니다. 험상궂은 눈빛으로 노려보며 저음으로 단호하게 명령하자, 호위기사들은 이를 빠득 갈면서도 슬그머니 뒤로 물러났습니다. 허가증이 없다고 측근까지 입장을 막을 줄은 생각도 못했습니다.

"호위기사를 떼어 놓다니 대체 무슨 생각인 걸까요?"

불안해진 저는 허가증을 손에 꽉 쥐었습니다.

그때 문 안으로 들어갔던 학생 하나가 다시 돌아왔습니다. 연보라색 망토를 보니 아렌스바흐 학생이었습니다. 에렌페스트와 단켈페르거의 견습 기사들이 '호위기사의 출입이 금지된 이상, 위험 가능성이 있는 분은 의식에 참가할 수 없습니다'라며 그 학생을 쫓아내는 겁니다.

"아니에요, 난 해칠 마음 따위……! 로제마인 님이! 로제마인 님의 음모예요!"

"그 얘긴 자세히 들어 보지."

견습 기사들 손에서 중앙 기사단에게로 넘겨진 여학생은 굳은 얼굴로 강당에서 끌려 나갔습니다.

"아, 안에서 무슨 일이 일어나는 걸까요?"

내 말에 루스트라오네가 조용히 고개를 저었습니다.

"모르겠어요. 하지만 그녀가 한 말로 추측할 수 있는 건 해칠 마음이 있는 위험인물을 판별하는 뭔가가 있다는 거예요."

"호위기사 없이 안전을 확보하려는 뭔가가 있는 거겠죠. ……적의나 해칠 마음만 없으면 아무 문제도 없을 거예요. 클라센부르크와 드레반헬은 아직 쫓겨난 사람이 없으니까."

언니는 작은 목소리로 말하고는 근처에 있는 소영지 학생들을 힐끔 쳐다보았습니다. 다과회에서 에렌페스트를 시샘하고, 나쁜 소문을 퍼트리던 학생들도 있었습니다.

'난 회복약이 어마어마하게 필요하다는 소리를 듣고 툴툴거렸었는데, 이건 적의로 치지 않겠지?!'

저는 가슴을 졸이며 순서를 기다렸습니다. 다섯 명 있던 아렌스바흐 견습 문관 중 두 명이 쫓겨난 이후로 다들 한 명씩 무사히 통과하는 듯했습니다. 역시 들어가기 직전에 잠깐 움직임을 멈추면서.

"저 너머에 뭐가 있는 걸까요? 다들 꼭 한 번씩 멈춰 서네요."

문은 열려 있지만, 심층의 방은 색깔이 뒤섞인 마력의 막이 쳐져 있어서 안쪽이 보이지 않도록 되어 있습니다. 제 앞 차례에 입장한 언니도 마찬가지로 움직임을 멈췄습니다.

"다음 분."

필린느가 부르자, 저는 허가증 목패를 가슴 앞에 꼭 쥔 채 걸어갔습니다. 문 좌우를 지키는 중앙 기사단이 너무 무서웠지만, 최대한 고개를 숙이지 않으려고 했습니다.

슥 하고 막을 통과하려는 순간, 안쪽 풍경이 눈에 들어와, 다른 사람들처럼 걸음을 멈추고 말았습니다.

'이게 어떻게 된 거야? 왕족이 이렇게나 참석한다는 말은 없었잖아!'

안으로 들어가자마자 제일 먼저 눈에 들어온 건 투명한 노란 색 반구형 물체 안에 늘어선 왕족이었습니다. 제일 앞에는 신전장의 의상을 입은 로제마인 님의 모습이 있었습니다.

심장이 멈춰 버리는 게 아닐까 싶을 정도로 충격을 받고 우두커니 서 있었더니 옆에서 누군가가 '증명서를 꺼내 주세요'라며 말을 걸었습니다. 저는 멍하니 단켈페르거의 클라리사 님께 허가증을 제출했습니다.

"이건 슈첼리아의 방패인데, 이 안에 있는 사람에게 적의나 해칠 마음을 품은 사람을 판별하는 신구예요. 호위기사도 입장하지 못하는 상황에서 열리는 의식이라 이런 식으로 선별을 하게 되었어요. 자, 안으로 들어와 인사하세요."

바람의 방패에 관해 설명한 로제마인 님은 미소를 지은 채 옆으로 비켜서셨습니다. 왼쪽부터 에그란티느 님, 아나스타지우스 왕자님, 왕이신 트라오크발 폐하, 지기스발트 왕자님, 나엘라헤 님이 서 계셨습니다.

설마 중위 영지의 상급 귀족인 제가 직접 왕족을 뵙게 될 날이 올 줄은 꿈에도 생각지 못했습니다. 트라오크발 님은 구르트리스하이트를 소유하지 못한 탓에 첸트에 부적격이라며 패배한 영지의 욕을 듣고 계시지만, 왕족 특유의 위엄이 풍겼습니다. 저는 다리가 바들바들 떨리는 것을 꾹 참고, 천천히 어전에 무릎을 꿇었습니다.

"요스브레너의 뤼라디라고 합니다. 생명의 신 에이비리베의 엄격한 선별을 받은 귀한 만남에 축복을 기도함을 허가해 주십시오."

"허가한다."

예상했던 것보다 훨씬 부드러운 왕의 목소리에 살짝 안심하면서 저는 축복을 보내 인사를 했습니다.

"첸트 트라오크발을 만나 뵈어 진심으로 영광입니다."

"이렇게 협력해 줘서 고맙다, 뤼라디."

왕이 제 이름을 부르며 고맙다고 하시다니 이게 꿈인가요, 생시인가요. 고작 저 같은 상급 귀족에겐 과분한 영광이라 말도 나오지 않았고, 로제마인 님이 말을 걸어 주지 않았다면 그 자리에서 감격의 눈물을 흘렸을지도 모릅니다.

"뤼라디 님, 하르트무트가 안내할 겁니다."

그녀의 재촉에 몸을 일으키자, 청색 신관 의복을 입은 하르트무트 님이 계셨습니다. 귀족원을 졸업한 귀족이 왜 청색 신관복을 입고 있는 걸까요? 입장하자마자 왕족들과 마주한 충격에서 겨우 벗어나나 했더니, 또 닥쳐온 새로운 충격에 눈앞이 아찔했습니다.

"하르트무트 님, 그 옷은……."

"난 신전장이신 로제마인 님을 보좌하는 신관장이니까요. 나뿐만이 아닙니다. 빌프리트 님과 샤를로테 님도 입으셨죠. 오늘은 특별하지만, 원래 로제마인 님께서 하시는 봉납식은 청색 의상을 입은 신관과 무녀가 아니면 들어갈 수 없는 의식입니다."

모두가 천시하는 신전 의상을 자랑스럽게 내려다보며 하르트무트 님은 작년과 전혀 다르지 않은 미소를 지으셨습니다. 로제마인 님이 얼마나 훌륭하신지 일장 연설할 때와 같은 미소였습니다. 신나게 신전에 가는 모습이 떠올랐지만, 귀족에겐 있을 수 없는 일입니다. 저는 고개를 저어 그 생각을 떨쳤습니다.

"여기서 대기하고 계세요."

하르트무트 님이 안내해 주신 곳은 빨간 카펫이 깔린 언니의 옆자리였습니다. 중앙을 넓은 원형으로 비워 두고 중심에 가까운 쪽이 상위 영지, 바깥으로 갈수록 하위 영지가 자리하는 배치였습니다. 완벽한 원형은 아니고, 일직선으로 트여 있는 부분이 있는 것으로 보건대,

인사를 끝낸 왕족이 중앙으로 이동하는 길이 아닐까요.

"에렌페스트의 영주 후보생은 정말 모두가 신전에 다니나 보네."

하르트무트 님이 다음에 들어온 루스트라오네를 안내하기 위해 일어서자, 언니가 작은 목소리로 말했습니다. 저는 다시 방 안을 둘러보았습니다. 하르트무트 님의 말대로 청색 의상을 입고 있는 빌프리트 님과 샤를로테 님이 눈에 들어왔습니다. 입고 있는 의상을 보면 오늘을 위해 급하게 빌려온 것인지, 맞춘 것인지 금방 알 수 있습니다. 한창 성장기인 두 사람의 의상은 제대로 맞춘 물건으로, 심지어 완전 새것도 아닌 여러 번 입은 옷이었습니다.

"친자식과 차별한다는 소문은 둘째 치고, 에렌페스트 영주 후보생들이 직접 제사를 한다는 건 사실인가 보네요."

그렇게 중얼거린 순간, 갑자기 바람이 확 불어왔습니다. 뭔가 싶어 고개를 드니, 왕족을 지키는 슈첼리아의 방패에 튕겨 나간 사람이 있었나 봅니다. 누군가가 에렌페스트와 단켈페르거의 견습 기사들에게 끌려나가는 모습이 보였습니다.

"저한텐 적의가 없다구요!"

"왕족이 아니라 저한테 적의가 있는 거예요? 하지만 이번 의식은 포기하세요. 호위기사를 두지 못하는 의식 장소에 나쁜 마음을 먹은 사람을 들일 수는 없거든요."

로제마인 님은 나긋나긋하게 말하며 끌려나가는 학생을 지켜보셨습니다. 끌려나간 자가 로제마인 님 혹은 왕족 중 누군가에게 적의를 품고 있었다고 합니다. 그것이 사실인지 확인할 수도 없어 보이는데 어떻게 확신을 할까요?"괜찮을까요? 저 말이 사실이 아니면 어떡해요? 적의가 있을지도 모른다고 왕족한테 찍히잖아요."

"하지만 보다시피 방패가 튕겨냈어요. 상위 영지 중엔 아렌스바흐 두 사람뿐이었는데, 둘 모두 로제마인 님에게 적의가 있다고 본인 스스로 말했어요. 게다가 조금 전에 끌려 나간 사람은 정변에서 졌던 영지 사람이에요. 앞으로 몇 사람 더 튕겨 나가겠네요."

루스트라오네의 말대로 그 이후에도 몇 명이 더 튕겨 나갔습니다. 정변에서 패배해 순위가 떨어지고, 영지의 쇠퇴에 대한 불만을 다과회에서 퍼붓던 영지에 치우쳐 있으니, 분명 왕족에게 적의가 있었을 겁니다.

'그게 명확해지면 로제마인 님에게 그 분노가 향하지 않을 텐데.'

몇 명이 더 퇴장당하고, 긴 시간이 걸린 끝에 입실이 끝났습니다. 벽에 서 있던 단켈페르거 영주 후보생 두 사람을 남기고, 에렌페스트와 단켈페르거 견습 기사들이 퇴실하기 시작합니다. 그리고 견습 문관들은 문을 꼭 닫은 후 우리와 같은 위치에 섰습니다.

"그럼 중앙으로 걸어가 주십시오."

로제마인 님이 말씀하시자 왕족이 순서대로 정중앙의 빈 곳을 향해 걸어갔습니다. 로제마인 님은 왕족이 끝까지 이동할 때까지 기다렸다가 슈첼리아의 방패를 회수하셨습니다.

"그러면 지금부터 봉납식을 거행하겠습니다."

빌프리트 님의 봉납식 설명을 듣고서야 지금부터 시작하는 의식이 모두의 마력을 모아 왕족에게 헌상하는 의식임을 처음 알게 되었습니다.

'이런 의식의 어디가 공동 연구라는 거야?! 온 영지가 마력 부족에 시달리고 있는데, 나 이거, 사기당한 거 아냐?!'

주변 사람들도 제 마음속 외침과 같았던 모양입니다. 고개를 홱 드는 모두를 둘러보며 샤를로테 님이 입을 열었습니다.

“이 공동 연구는 단켈페르거와 에렌페스트 학생들이 신들의 가호를 여러 개 받은 것에서부터 시작되었습니다. 신들에게 기도하는 의식을 정기적으로 행해 왔던 공통점에서 착안하여 기도나 의식이 가호에 중요한 영향을 미치는 게 아닐까 하는 가설을 세우게 됐습니다.”

불만을 꺼내려던 모두가 입을 다물었습니다. 에렌페스트 3학년 중에 여러 개의 가호를 받은 학생이 있다는 건 알고 있었지만, 의식과 관계가 있을 줄은 몰랐습니다. 실제로 어떤 하급 귀족은 적성도 아닌 속성의 가호를 받았고, 어떤 중급 귀족은 전속성이 되었다는 겁니다.

“에렌페스트의 신전에서 제사를 거행하고 있는 오라버니와 언니는 각각 12개와 21개의 가호를 받았습니다.”

“제 체감으로는 이전의 70퍼센트 정도의 마력으로 조합을 할 수 있게 됐습니다. 마력이 부족한 이 시대에 중요한 연구가 될 겁니다.”

실제로 12개의 가호를 받은 빌프리트 님의 말에는 힘이 있었습니다. 조합에 쓰이는 마력의 양이 줄었다는 말은 마력이 늘어났다는 것과 마찬가지 아니겠습니까?

줄곧 벽 쪽에 서 있던 단켈페르거의 레스티라우트 님도 입을 열었습니다.

“참가하기 전 디터 의식에서 단켈페르거가 신들의 축복을 받는 광경을 본 사람은 많겠지. 그 의식으로 힘과 속도가 크게 좋아진다는 것을 확인했다. 그것이 이 연구의 성과다.”

단켈페르거가 무시무시할 정도로 디터에 강했던 이유가 의식을 통한 신들의 축복 덕분이기도 했다는 겁니다.

눈을 끔뻑이고 있는데, 하르트무트 님이 종 같은 것을 손에 들고 중앙으로 천천히 나아갔습니다. 걸음에 맞춰 낭랑한 목소리가 방 안에 울렸습니다.

"초대 왕은 신전장이었습니다. 첸트가, 그리고 아우브가 신전장으로서 신들에게 기도를 올리는 것이 당연했던 시대가 있었죠. 로제마인 님은 이번 의식에 참가하신 여러분이 신들의 힘을 피부로 느끼고, 신전의 위상을 재검토하고, 신들의 가호를 받는 사람이 조금이라도 많아지기를 바라십니다."

저는 무심코 로제마인 님의 모습을 찾았습니다. 슈첼리아의 방패를 회수한 로제마인 님은 문 앞에 가만히 서 계셨습니다. 알아낸 정보를 자기들끼리만 독점하지 않고, 모두가 신들의 가호를 받을 수 있도록 공유하는 그 마음씨가 너무나도 아름답다고 생각되었습니다. 하르트무트 님이 '에렌페스트의 성녀'라고 자랑하는 마음이 조금은 이해가 되었습니다.

"봉납식을 거행하겠습니다. 자리에서 무릎을 꿇고, 빨간 카펫에 손을 짚으십시오. 그리고 신전장이신 로제마인 님의 기도를 복창하십시오."

하르트무트 님의 지시에 따라, 제각기 앉아 있던 모두가 무릎을 꿇는 자세로 바닥에 손을 짚었습니다. 왕족도 같은 자세를 취합니다. 빌프리트 님과 샤를로테 님이 중앙에서 끝으로 이동해 무릎을 꿇는 모습이 보입니다.

서 있는 사람이 벽 쪽에 있는 단켈페르거 영주 후보생 두 사람과 중앙에 있는 하르트무트 님, 그리고 문 앞의 로제마인 님만 남게 되자, 딸랑! 하고 종소리가 크게 울렸습니다.

"신전장, 입장!"

하르트무트 님의 목소리에 맞춰 느릿하고 우아한 발걸음으로 로제마인 님이 걷기 시작했습니다. 제 위치에서는 제단을 향해 걸어오는 로제마인 님을 정면에서 볼 수가 있었습니다. 갖가지 색깔의 망토 속에서 홀로 하얀색을 입은 로제마인 님은 매우 눈에 띄었습니다. 평온이라는 단어가 딱 어울리는 분위기로 무릎을 꿇은 사람들 사이를 천천히 걸어왔습니다. 그 시선은 오로지 제단만을 바라보며 그 외에는 아무것도 눈에 들어오지 않는 듯했습니다.

심지어 살랑거리는 밤하늘색 머리카락이 하얀색 의상을 더욱 돋보이게 했습니다. 그 머리에는 약혼자가 보내는 사랑의 증표라고 할 수 있는 무지갯빛 마석 장식이 별처럼 빛나며 흔들렸습니다. 저렇게 훌륭한 마석이 줄줄이 달린 머리 장식은 지금껏 본 적이 없습니다.

'나도 언젠가 저렇게 멋진 마석을 선물해 줄 남성을 만나고 싶어.'

언니는 제게 꿈같은 소리 그만하고 현실을 직시하라고 합니다. 결국 부모님의 뜻에 맞는 상대와 결혼하게 될 거라는 정도는 저도 잘 압니다. 하지만 꿈을 꿀 수 있는 건 지금뿐이잖아요. 지금만큼은 꿈에 빠져 있으면 뭐 어떤가요.

'이런 내 말에 동조해 줄 만한 사람은 뮤리엘라 님뿐이지만.'

둘이서 연애 소설 얘기로 수다 떠는 즐거운 시간을 상상하는 사이에 로제마인 님은 중앙에 비어 있는 곳 앞에 도착해 있었습니다. 그리고 제 뒤에 있는 제단을 올려다보고, 신들에게 기도를 바치듯 천장을 바라보며 두 팔을 들었습니다.

신에게 기도를 올릴 때 두 팔과 왼다리를 드는 건 조금이라도 높고 정정한 대공을 관장하는 최고신에게 다가가기 위해, 감사를 바칠 때

지면에 손을 짚는 건 넓고 호호막막한 대지를 관장하는 다섯 대신에게 다가가기 위해서라고 들은 적이 있습니다. 설명을 들어도 이해하기 어려운 자세였지만, 로제마인 님의 모습을 보니 아주 조금 알 것도 같았습니다.

"에르데그랄."

높게 들어 올린 오른손에 슈타프를 소환한 로제마인 님이 금색 눈동자로 제단을 빤히 바라보며 앳되고 높은 목소리로 주문을 외자, 슈타프가 커다란 성배로 변했습니다. 제단에서 게두르리히의 품에 있는 신구와 복잡한 문양까지 완벽하게 똑같은 성배였습니다. 모두가 숨을 삼켰습니다.

"게두르리히의 성배……."

정적이 가득한 방이라 누군가의 작은 중얼거림까지 매우 크게 들렸습니다. 저는 로제마인 님과 학년이 같고, 실기도 함께 받고 있어서 그녀가 신전 출신에다가 무기와 방어구는 신구밖에 소환하지 못하신다는 말을 듣긴 했지만, 설마 무기뿐만 아니라 성배까지 소환하실 수 있을 줄은 생각도 못했습니다.

'성배는 무기도 방어구도 아니잖아. 대체 어디에 쓰려고 저 주문을 외우신 거지? 신전에 있으면 다 알게 되는 걸까?'

의아함에 고개를 기울이는 제 옆에서 언니가 숨을 삼키는 것이 느껴졌습니다. 저는 로제마인 님이 원형의 방패를 소환하거나, 음악 실기에서 페슈필을 연주하며 축복을 내리는 모습을 본 적이 있어 조금 익숙해졌는지도 모르겠습니다.

'언니는 내 보고만 들으면 허풍이라고 했지만 이제 사실이었다는 걸 알게 됐겠네.'

로제마인 님이 들기엔 버거워 보이는 성배를 하르트무트 님이 도와 조심스럽게 아래에 내려놓습니다. 그리고 두 사람도 무릎을 꿇었습니다. 제 시야에서 로제마인 님의 모습이 사라져 버렸습니다. 그 대신 노래와 같은 기도의 목소리가 울려 퍼지기 시작했습니다.

"나는 세상을 창조한 신들에게 기도와 감사를 바치는 자."

로제마인 님을 따라 복창하라고 했던 말을 떠올리고, 저는 서둘러 입을 열었습니다.

"나는 세상을 창조한 신들에게 기도와 감사를 바치는 자."

복창하는 속도와 시작이 제각각이었던 탓에 귀에 거슬리는 불협화음이 되었습니다. 모두의 목소리가 사라지고 정적이 돌아오자, 로제마인 님이 이어서 주문을 외웠습니다.

"높고 정정한 천공을 관장하는 최고신은 어둠과 빛의 부부신."

"넓고 호호막막한 대지를 관장하는 다섯 위의 대신."

같은 박자, 같은 속도로 울리는 로제마인 님의 목소리를 따라, 뒤이어 복창하는 모두의 목소리가 조금씩 맞춰지기 시작했습니다. 방 안에 울리는 목소리가 합쳐짐과 동시에 마음까지 하나가 되어 가는 느낌이 들었습니다. 같은 시간에 모두가 같은 행위를 한다는 공유감에 조금씩 가슴이 뜨거워졌습니다.

"물의 여신 플류트레네."

"불의 신 라이덴샤프트."

"바람의 여신 슈첼리아."

"흙의 여신 게두르리히."

"생명의 신 에이비리베."

신의 이름을 하나하나 복창할 때엔 목소리가 깔끔하게 합쳐져 제단

에 울려 나갔습니다. 무어라 형용할 수 없는 일체감을 느끼고 있을 때 모두의 몸에서 무언가가 쑥 빠져나가 아지랑이처럼 흔들리는 것처럼 보이기 시작했습니다.

'어?'

그 순간, 갑자기 제 몸속에서 마력이 쑥 빠져나갔습니다. 무언가가 마력을 멋대로 빨아 당기는 듯한 감각은 처음 느껴 보는 터라 당황하고 말았습니다. 손을 통해 마력이 빨려 나가고 있으니 손만 떼면 그만이지만, 의식 중이라 멋대로 중단할 순 없었습니다.

빨간 카펫에 딱 붙은 자신의 손에서 마력이 흘러나옵니다. 꼼짝도 못하고 그 모습을 빤히 바라보니, 빨간 카펫이 반짝반짝 작은 빛을 내뿜기 시작했습니다.

모두의 중심에 놓인 성배를 향해 마력이 빛의 파도가 되어 흘러갑니다. 뒤에서 흘러나온 마력이 저를 지나쳐 앞으로, 앞으로 흘러가는 것이 느껴졌고, 그 흐름에 맞춰 제 마력도 끌려 나갑니다. 빛이 흐르는 속도가 점차 빨라지자, 제 몸속에서 빠져나가는 마력의 양도 많아지기 시작했습니다.

"살아 있는 모든 생명에 은혜를 내려 주신 신들에게 경의를 표하며, 고귀한 신력의 은혜에 보답할지어라."

기도문을 끝낸 순간, 갑자기 주변이 확 밝아졌습니다. 빛의 흐름을 쫓고 있던 시야에 갑자기 또 다른 빛이 들어오자, 깜짝 놀라 고개를 들었습니다. 모두의 중심에 있는 성배가 빛을 뿜고 있는 것이 보였습니다.

"으앗?! 빛나고 있잖아!"

주위에서 놀라는 소리가 튀어나온 다음 순간, 성배에서 붉은 빛이

기둥처럼 솟아올라, 천장을 향해 일직선으로 뻗어 나갔습니다. 그것은 따뜻한 화롯불을 연상케 하는 게두르리히의 귀색이었습니다.

"무, 무슨 일인가?!"

왕의 새된 목소리가 들려왔습니다. 모두의 마음을 대변한 듯한 목소리에 로제마인 님은 조용히 대답했습니다.

"아마 마력의 일부가 귀족원 어딘가로 날아갔을 거예요. 귀족원에서 의식만 하면 항상 이랬거든요. 에렌페스트에서는 이런 적이 없는 걸 보면 귀족원에만 있는 특이 현상인 것 같아요."

단켈페르거의 의식 때도 똑같은 현상이 일어났었어, 하고 벽 쪽에서 있던 레스티라우트 님도 로제마인 님의 말에 동의하셨습니다.

"우리가 할 땐 파란 빛깔이었는데, 이번엔 빨강이군……."

"성배에 마력을 담는 봉납식이니까요. 이 빨간 빛은 신들에게 바쳐지는 여러분의 마력이랍니다. ……너무 아름답지 않나요?"

로제마인 님의 말에 저는 고개를 연신 끄덕였습니다. 정말 아름다웠거든요. 순수한 마력만으로 솟아오른 빨간 빛이…….

'이것이 진정한 귀색이구나.'

저에게 계절의 귀색은 의상과 방 장식을 고민할 때나 떠올리던 것이었습니다. 성인식 때 입을 의상 색깔조차 스스로 선택하지 못하고, 태어난 계절로 결정되는 것이 불만스러웠을 정도로요. 이렇게 아름다운 귀색을 본 일은 처음이었습니다. 빨간 속성을 가진 마석도 이 정도로 아름답다 생각한 적이 없습니다.

"여기까지예요, 언니!"

갑자기 비명과 같은 샤를로테 님의 목소리가 울려 퍼졌습니다. 모두가 홱 시선을 돌리자, 샤를로테 님이 일어서는 것이 보였습니다. 마찬가지로 로제마인 님도 일어섰습니다.

"의식은 끝났습니다. 모두 바닥에서 손을 떼어 주세요. 슬슬 마력에 한계가 온 분이 있을 거예요."

로제마인 님의 목소리에 저는 바닥을 짚은 손을 떼었습니다. 의식 중에 느꼈던 일체감이 사라지고, 꿈에서 깨어 단숨에 현실로 돌아온 듯한 기분이 들었습니다.

동시에 엄청난 피로감과 마력의 고갈을 느꼈습니다. 갑자기 몸이 돌처럼 무거워지고, 현기증이 일어 움직일 수가 없었고, 무릎을 꿇은 자세를 유지하는 것이 고작이었습니다. 뒤쪽에서는 몇 명이 자세가 무너져 쓰러지는 소리가 들렸습니다.

"다들 수고하셨습니다. 주추의 마술에 마력 공급을 하며 익숙하신 왕족 분들과 영주 후보생은 몰라도 상급 귀족에겐 힘든 의식이었을 겁니다. 귀중한 마력을 제공해 주신 여러분께 봉납식 참가상으로 마력 회복약을 준비했습니다. ……하르트무트, 가져와요."

로제마인 님의 말에 가볍게 고개를 끄덕인 하르트무트 님이 움직였습니다. 빌프리트 님과 샤를로테 님도 느릿하긴 하지만 마찬가지로 움직이기 시작했습니다. 저분들은 그다지 피로를 느끼지 않는 듯했습니다.

왕족과 영주 후보생은 쓰러지진 않았지만, 상급 귀족은 무릎을 꿇고 있기도 힘들어하는 사람이 몇이나 있었습니다.

'왕족과 영주 후보생은 이렇게 힘든 걸 매번 하고 계셨구나. 처음 알았어.'

영주 일족이 주추의 마술에 마력을 쏟아야 한다는 것은 상식이라 알고 있습니다. 하지만 그것이 어떤 일인지, 마력을 얼마나 쓰고 얼마나 힘든 일인지는 전혀 몰랐습니다.

"귀족원에서 배운 약보다 마력 회복이 빠를 거예요. 물론 독이 들어 있을까 염려되는 분은 미리 말씀해 주시면 제외해 드리겠습니다. 그 분들은 개인적으로 준비해 온 회복약을 드세요."

빌프리트 님과 샤를로테가 각자 상자에서 작은 병을 꺼내어, 보여 주듯 단숨에 내용물을 입안에 털어넣었습니다. 그 뒤 하르트무트 님은 로제마인 님께 회복약을 건넨 후, 자신도 마찬가지로 상자에서 작은 병을 꺼내 먹고, 빈 병을 다른 상자에 넣었습니다.

"이 회복약 레시피는 다른 분에게 배운 것이라 멋대로 유출해도 되는지는 잘 모르겠습니다. 그러니 이 자리에서 다 드셔 주세요. 여러분께 허락 없이 약을 드린 일을 들키면 제가 혼날지도 모르거든요. 작은 병은 나중에 회수하겠습니다."

이곳만의 비밀이에요, 라고 말하며 로제마인 님은 빈 병을 하르트무트에게 넘기면서 장난스럽게 미소를 지었습니다. 수업 중에 배운 회복약보다 마력 회복이 빠르다는 말에 솔깃해져 언니를 보자, 언니는 복잡한 표정을 짓고 있었습니다.

"언니? 왜 그래요?"

"뭐가 들었는지도 모르는 걸 먹을 수 있겠니? 함정일지도 몰라."

영주 후보생의 측근인 언니는 이런 것에 굉장히 예민합니다. 이물질이 들어갔을 가능성을 생각하지 못한 저는 고개를 푹 숙였습니다. 언니처럼 매번 촉각을 세워야 하는 측근으로 살아 본 적이 없으니까 철이 없다고 혼이 나는 거겠지요.

하르트무트 님은 작은 병을 넣은 상자를 안고, 에렌페스트의 회복약이 필요한지 아닌지, 중심부부터 물었습니다. 즉, 왕이 첫 번째입니다. 그러나 시종도 호위기사도 없는 상황에 왕족이 다른 영지가 주는 약을 먹을 리가 없습니다. 어차피 거절할 것을 전제로 한 형식적인 질문이나 다름없었습니다. 왕에게 묻지도 않고 다른 사람에게 줄 수는 없으니까요.

그런데 놀랍게도 왕은 "……받겠다."라며 작은 병이 든 상자로 손을 뻗는 것이었습니다. 당연하게도 주위가 술렁거렸습니다. 항상 습격과 독을 경계해야 하는 위치인 데다가 요스브레너처럼 마력 부족에 시달리는 중소영지와 달리 중앙은 마력에 여유가 있을 터였습니다. 에렌페스트의 회복약을 먹을 필요가 없습니다. 그런데 굳이 받는다는 건 왕이 그들을 신용하고 있음을 행동으로 표현한 것이나 다름없지 않을까요.

'에렌페스트가 이렇게까지 첸트 트라오크발의 신용을 얻고 있었다니.'

저희도 놀랐지만, 에렌페스트 학생들도 놀란 모양입니다. 빌프리트 님과 샤를로테 님이 "헉." 하고 눈을 뜬 채 왕을 응시하고 있었습니다.

로제마인 님은 별로 동요하는 기색도 없이 "첸트 트라오크발. 그 약을 먹으면 마력은 대폭 회복되지만, 체력은 큰 효과가 없어요. 그러니 피로감은 남아 있을 거예요."라고 말씀하셨습니다. 그 말에 하르트무트 님이 "로제마인 님이 만드신 회복약이라고 생각하면 피로 따위 싹 날아가죠." 하고 진지한 얼굴로 고개를 끄덕입니다. 잠시 망설이던 지기스발트 왕자가 단숨에 입에 털어 넣는 것이 보였습니다.

왕족이 먹은 마당에 거절할 수 없다고 생각했는지, 클라센부르크의 견습 문관들은 작은 병으로 가득 찬 상자를 노려보며 생각에 잠겼습니다. 이물질 혼입이 의심된다면 자신의 몸을 지키기 위해 손을 뻗지 말아야 합니다.

"이번 의식의 참가 조건인 디터에서 회복약을 거의 다 써 버린 영지도 있지요? 그런데 의식에서까지 마력을 많이 소비하게 되었어요. 그 빚을 갚을 요량으로 준비했습니다. 독이 걱정되면 스스로 준비한 걸 드시면 되니까, 빨리 선택해 주세요. 전 자세가 무너지고 만 중소영지의 상급 귀족에게 이 회복약을 주고 싶거든요."

로제마인 님은 클라센부르크의 상급 귀족들이 아닌, 원 바깥에서 겨우겨우 무릎 꿇은 자세를 유지하는 상급 귀족을 매우 걱정하시는 듯했습니다.

'상위 영지가 아니라 하위 영지를 걱정하시다니…….'

로제마인 님의 걱정스러운 얼굴에 마음이 급해진 클라센부르크의 상급 귀족들은 서둘러 작은 병을 손에 들었습니다. 그 이후로는 매우 빠르게 약이 배분되었습니다. 단켈페르거의 견습 문관들은 손에 드는 동시에 망설임 없이 약을 입안에 넣었습니다.

"저도 돕겠습니다, 로제마인 님."

겨우 움직이게 돼 속이 후련하다는 얼굴로 클라리사 님이 병 회수 상자로 손을 뻗었습니다. 그리고 약을 다 비운 사람들에게서 병을 회수해 갔습니다.

하르트무트 님은 드레반헬에 이어 기렛센마이어, 하우프레체에 회복약을 나누어 주었습니다.

"……에렌페스트, 이 회복약은 왜 이렇게 마력 회복이 빠르지?"

아나스타지우스 왕자님의 질문에 아직 회복약을 먹지 않은 자들도 일제히 로제마인 님께 시선을 보냈습니다.

"우리 견습 기사들도 그렇게 말하더군요."

"네가 준비한 게 아니었어?"

아나스타지우스 왕자님의 목소리가 조금 곤두선 듯했습니다. 저한테 말하신 것도 아닌데 괜히 움찔했습니다. 그러나 로제마인 님은 난처한 미소만 지을 뿐이었습니다.

"제가 평상시에 쓰는 회복약은 아니어서 효력이 어떤지 잘은 모릅니다. 오라버니와 여동생, 측근들과 상의한 끝에 기숙사 채집터에서 소재를 구할 수 있고, 제가 만들 수 있는 회복약 중에서 이번 의식에 가장 적당하다고 판단한 회복약을 만들었을 뿐이에요."

'그 말은 즉 로제마인 님은 영주 후보생이시면서 스스로 회복약을 몇 종류나 만드실 수 있다는 거야?!'

조합에 능숙하시다는 건 수업에서도 보아 알고 있었지만, 설마 몇 종류나 만드실 정도로 약학에 능통하실 줄은 몰랐습니다.

"오르트빈 님."

갑자기 빌프리트 님의 목소리가 울리자, 드레반헬의 영주 후보생이 움찔 몸을 떠는 것이 보였습니다.

"이건 오늘 의식에 소비한 마력을 회복시킬 때 쓰려고 만든 것이지 연구 소재는 아닙니다."

아무래도 드레반헬의 영주 후보생이 몰래 가져가려고 했던 모양입니다. 빌프리트 님이 놀리듯이 웃으며 그를 막자, 오르트빈 님이 겸연쩍게 웃으며 회복약을 단숨에 먹었습니다.

왕족과 상위 영지의 대화를 듣고, 만약 언니가 말린다고 해도 저는 회복약을 받기로 결심했습니다. 요스브레너에서 가져온 회복약은 디터에서 상당수 써 버렸기 때문입니다. 받을 수 있는 건 받아 둬야 했습니다.

'에렌페스트를 위해 마력을 썼으니 괜찮지?'

눈빛으로 언니에게 묻자, 언니는 포기한 얼굴로 가볍게 고개를 끄덕였습니다. 그리고 요스브레너의 순서가 되었을 때 언니도 하르트무트 님에게 약을 받았습니다. 루스트라오네도 회복약을 손에 들었습니다.

저는 하르트무트 님이 들고 있는 상자를 보고 숨을 삼켰습니다. 약을 채운 상자가 몇 상자나 있었고, 벌써 세 상자째인데, 빽빽하게 채워진 회복약의 개수에 눈앞이 아찔했습니다.

"……이렇게 많이 준비하시다니. 로제마인 님의 자비로움 때문에 에렌페스트가 망하면 어떡해요?"

제 중얼거림에 하르트무트 님이 한쪽 눈썹을 씰룩 움직이더니, 로제마인 님을 힐끗 보고 득의양양하게 웃었습니다.

"에렌페스트는 성녀의 자비로움으로 번영해 나가고 있지요. 망할 일은 없습니다."

영주의 양녀이면서도 신전장으로서 의식을 치러 영지를 마력으로 가득 채우고, 다른 영지 사람도 가호를 받게끔 지식을 공유하며, 이렇게 남의 마력까지 걱정해 회복약을 준비하는 등, 도무지 범인이 할 수 있는 일은 아니었습니다.

'로제마인 님은 정말 성녀가 맞았어.'

지금까지 하르트무트 님이 떠벌렸던 정보들도 전혀 과장이 아니라 사실들로만 이루어져 있었던 것이 분명했습니다. 잘 들어 둘 걸 그랬나, 후회가 막심합니다.

그런 생각을 하며 저는 로제마인 님의 회복약을 입안에 털어넣었습니다.

'……이렇게나 회복이 빠를 줄이야, 이건 대체 뭐지?'

약을 먹은 직후부터 마력이 회복되어 가는 것이 아닙니까. 수업 때 배운 회복약과는 비교도 안 될 정도였습니다.

"이걸…… 채집터에서 구한 소재로 만들 수 있다고요?"

"에렌페스트에 마력이 윤택한 비밀이 이 회복약에 있는 게 틀림없어. 이만한 회복 속도라면 영지를 마력으로 채우는 일도 가능하겠네."

언니의 말에 저는 깊이 동의했습니다. 이런 회복 속도라면 회복약을 만드는 것도, 영지를 마력으로 채우는 것도 훨씬 쉬워질 겁니다.

"그런데 이 회복약, 마력은 회복되는데 피로감은 거의 그대로인 것 같아요."

루스트라오네의 중얼거림에 저는 살짝 팔을 움직여 보았습니다. 회복약을 마셨는데도 몸은 여전히 무거웠습니다.

"마력이 회복되어도 몸을 움직일 수 없다면 차라리 일반 회복약이 더 유용할지도 모르겠어요."

"전투 중인 기사에겐 필요할 수 있지. 그리고 마력 부족 때문에 미루고 있던 조합을 하기에도 최고네."

언니의 말에 이 약을 개발한 사람이 무엇을 중시했는지 알 것 같은 느낌이 들었습니다. 분명 어마어마한 마력을 쏟아 넣어야 하는 이상한 연구를 하는 연구자일 겁니다.

회복약을 먹은 왕족과 영주 후보생은 곧바로 움직이게 되었습니다. 하지만 중소영지 상급 귀족은 여전히 움직임이 불편해 보였습니다. 그 모습을 지켜보던 로제마인 님이 손을 쥐었다 펴고, 목 주변을 만지며 뭔가를 확인하더니 천천히 팔을 들었습니다.

"마력은 회복됐지만 피로감은 그대로죠? 계속 그렇게 못 움직이고 있을 수도 없고, 전 마력이 회복되었으니……."

그렇게 말하며 슈타프를 소환했습니다. 그리고 이번에는 "슈트레이트콜벤." 하고 플류트레네의 지팡이를 손에 들었습니다. 조금 전의 성배와 달리, 이번에는 처음부터 마석이 초록색으로 빛나고 있었습니다.

"이번엔 플류트레네의 지팡이야?"

신구들이 줄줄 소환되는 상황에 모두가 입을 쩍 벌리자, 로제마인 님은 수줍어하며 눈을 내리깔았습니다.

"서툴러서 부끄럽지만, 많은 사람에게 치유를 주는 데는 플류트레네의 지팡이만한 게 없거든요."

'부끄러워하는 부분이 좀 이상한 것 같은데.'

당연하다는 듯 수많은 사람에게 치유를 주려고 하는 로제마인 님의 모습에 할 말을 잃어버렸습니다. 보통은 이렇게 피곤한 상태에서 남에게 마력을 쓰지도 않을뿐더러, 여러 사람을 한 번에 치유할 생각은 하지도 않습니다. 하물며 그런 이유로 신구까지 소환하는 분은 유르겐슈미트 안을 뒤져 봐도 로제마인 님밖에 없을 테지요.

"룽슈멜의 치유를."

로제마인 님의 기도와 함께 지팡이의 마석에서 초록빛이 뿜어져 나왔습니다. 조금 전 의식과 마찬가지로 빛의 일부가 기둥처럼 솟아올랐고, 나머지는 방에 있는 모두에게 쏟아져 내렸습니다. 온기가 느껴지는 빛을 받으니, 피로감이 쑥 빠져나가는 느낌이 듭니다.

가볍게 눈을 감고 가만히 로제마인 님의 마력을 받고 있을 때, "메스티오노라……."라는 중얼거림이 어딘가에서 들려왔습니다. 그렇게 큰 목소리는 아니었지만, 로제마인 님의 축복을 조용히 받고 있던 방 안에서는 잘 들렸습니다.

'메스티오노라? ……분명 바람의 권속이었나?'

신들의 이름을 배우는 중인 저는 메스티오노라가 바람의 권속임을 기억해 냈습니다. 제 기억이 맞다면 지혜의 여신이었을 겁니다. 그 메스티오노라가 어쨌다고? 라고 생각할 때 "알 것 같아요, 한넬로레 님!" 하고 씩씩한 목소리가 울려왔습니다.

'……전 하나도 모르겠는데요.'

무심코 눈을 뜨자, 단켈페르거의 클라리사 님이 주먹을 쥐고 강하게 피력하기 시작했다. 너무 놀라서일까요. 로제마인 님의 축복도 멎었습니다.

"저도 같은 생각을 했어요! 온갖 신구를 자유자재로 다루는 로제마인 님은 신들에게 신구의 사용을 허가받은 메스티오노라가 아닐까 하고요."

저는 신들에 관해선 신학 수업 범위 안에 있는 내용밖에 모르는데, 메스티오노라에게 그런 내용이 있는 걸까요. 저처럼 의아하게 생각한 분들이 많았나 봅니다. 하르트무트 님이 의아한 눈빛으로 클라리사 님을 보았습니다.

"신전의 성전에도 그런 얘기는 없었는데……."

"단켈페르거의 고서에는 있어요."

클라리사 님의 말에 동의한 사람은 단켈페르거 사람이 아니라 에그란티느 님이셨습니다. 메스티오노라가 생명의 신과 흙의 여신의 딸이라는 이야기를 해 주었습니다.

"로제마인 님과 정말 많이 닮았어요."

확실히 그럴지도 모릅니다. 풍부한 마력으로 온갖 신구를 능숙하게 다루고, 연속 최우수를 거머쥐는 영리함, 빌프리트 님의 말을 믿는다면 에렌페스트의 유행을 그녀가 전부 만들어 내고 있으니까요.

그렇게 생각할 때 피식 하는 웃음소리가 울렸습니다.

"농담이에요, 로제마인 님. 너무 그렇게 곤란한 표정 짓지 마세요."

"……누군가가 자신을 여신으로 비유하면 누구나 곤란할 거예요, 에그란티느 님."

로제마인 님은 어찌할 바를 모르겠다는 얼굴로 말씀하셨습니다. 로제마인 님의 심정에 깊이 공감하는 바였습니다. 왕족이 자신을 '여신 그 자체'라고 하면 대체 어떻게 반응해야 할까요?

난처해하는 로제마인 님을 두둔하듯 앞으로 나온 하르트무트 님은 에그란티느 님께 싱긋 웃으며 예를 표했습니다. 원만하게 분위기를 수습하는 그 수완에 저는 감탄의 한숨을 내뱉었습니다. 영주 후보생의 측근은 이래야 한다, 라는 이상적인 모습이었으니까요.

'훌륭한 주인의 밑에는 훌륭한 측근이 모이는구나.'

저의 상식을 연달아 깨 버린 충격적인 의식이었지만, 마력과 피로가 회복된 저는 매우 만족하며 기숙사로 돌아갈 수 있었습니다.

요주의 존재

"아나스타지우스 왕자님, 지기스발트 왕자님께서 오셨습니다."

"형님, 시간의 여신 드레팡아의……."

내밀한 이야기를 하려고 별궁으로 찾아간 내 앞에 아나스타지우스가 무릎을 꿇었다. 아우가 일부러 이렇게 신하처럼 굴게 된 건 에그란티느를 아내로 삼기로 결심했을 때부터다. 아우가 자신의 입장을 주변에 보이기 위해서임을 알고 있기에 나는 담담히 받아들였다.

"오늘은 우리 둘뿐이니 딱딱한 인사는 됐어, 아나스타지우스. 그것보다 얘기를 듣고 싶군. 에렌페스트의 영주 후보생, 로제마인과 무슨 대화를 했다는 거지? 아버님보다 먼저 내게 해야 할 말이라니?"

예를 갖춰 인사하려는 아나스타지우스를 제지하고, 나는 안내받은 자리에 앉자마자 본론을 꺼냈다. 며칠 전, 이 별궁에서 도서관 관계자와 다과회를 가졌을 때 아우가 에렌페스트의 로제마인과 개인적으로 이야기를 나눴다고 했다. 그 내용이 나와도 관계가 있는 것이라 보고해야겠다고 하여 이렇게 찾아온 것이다. 보통 중요한 보고는 아버님이 계시는 왕궁에서 저녁을 먹으며 올리는 경우가 많은데, 오늘은 개인적으로 초대받았다. 무슨 말이 나올지 조금 긴장되었다.

"형님은 저희 졸업식 때 에그란티느에게 축복의 빛이 쏟아졌던 걸 기억하고 계십니까?"

"기억하고말고. 그걸 어떻게 잊을 수 있겠나."

아우의 측근들은 '차기 왕에 어울리는 사람은 아나스타지우스 님이다'라며 떠들었고, 내 측근들은 '에그란티느 님은 반드시 차기 왕의 비가 되어야 한다'라고 기염을 토했으며 중앙 신전은 '축복의 빛을 받으신 에그란티느 님이야말로 여왕이 되어야 마땅하다'고 주장해 큰 소란이 일었다.

“그 축복을 내린 게 에렌페스트의 영주 후보생, 로제마인이었습니다.”

“설마 그것도 페르디난드의 지시인가?”

중앙 기사단장 라오블루트도 의심했듯이 정말 로제마인을 조종하는 남자가 꾸민 일인 걸까. 에그란티느와 아나스타지우스를 이어 준 뒤 축복을 내림으로써 왕족을 분열시키고, 중앙 신전을 혼란케 할 목적인 것이 틀림없다.

“그것이 에그란티느가 행복하길 바라며 봉납가무 노래를 흥얼거리면서 기도했더니 그렇게 됐다고…….”

“……무슨 소린지 모르겠는데…….”

“안심하세요, 형님. 저도 모르니까요.”

뭘 보고 안심하란 말인가. 생각하면 할수록 로제마인은 수상한 존재였다.

무서우리만치 빠르게 과제를 해치우고, 영지로 돌아가 버리는 탓에 같은 학년 학생도 얼굴 보기가 극도로 어려운 존재. 최우수 성적으로 개학 첫날 모든 수업을 끝내 버린다. 귀환까지의 짧은 기간에 도서관에는 매일 찾아가면서, 2년 연속 표창식에 나오지 않은 최우수생. 미지의 생물이다.

1학년 때는 도서관에 있는 왕족의 마술구를 말도 안 되는 수단으로 탈취하여 단켈페르거와 충돌을 일으켰다. 심지어 졸업식 때는 에그란티느에게 축복을 내렸다. 다음해 그녀를 에스코트했던 아돌피네와 차기 왕인 내게는 없었음에도 불구하고.

2학년 때는 허가도 없이 견습 기사들에게 검은 무기를 주지 않나, 표창식날 일어난 습격 사건 때는 이상한 방패로 같은 영지 사람들만 완벽하게 지켜냈다.

결국 라오블루트가 페르디난드의 출생의 비밀을 찾아내, 그 위험성을 내게 진언해 주었다. 페르디난드가 로제마인을 조종해 귀족원 도서관에서 왕족만이 출입할 수 있는 서고를 찾고 있다고…….

"그래서, 로제마인과 페르디난드의 목적을 알아내기라도 했나……?"

"아니요, 형님의 성결식 때 로제마인에게 신전장으로 참가해 축복을 내려 달라고 의뢰했습니다. 조건이 붙었지만 수락하더군요."

아나스타지우스가 손가락을 접으며 언급하는 조건에 나는 무심코 미간을 찌푸렸다. 왕족에게 조건을 걸다니 믿을 수가 없었다. 정변 때 공헌했던 영지라면 모를까, 눈치만 보며 중립을 지켰던 에렌페스트의 영주 후보생이 조건을 잔뜩 붙이다니 너무 뻔뻔하지 않은가.

"그녀는 에렌페스트가 어떤 입장인지 알고는 있나?"

이전처럼 영향력이 전혀 없어 왕족의 눈에도 들어오지 않았던 시골 영지였다면 무시하고 말았겠지만, 지금은 그 영향력이 너무나도 커져서 주목을 한몸에 받고 있었다. 자신들의 처지를 가릴 줄 안다면 왕족에게 잘 보이려 알랑방귀를 뀌거나 승리한 영지에 붙기 위해 융통성을 보여야 할 것 아닌가.

"……하지만 눈에 보이는 형태로 축복을 받는다면 형님을 비판하는 목소리도 줄어들 겁니다."

그건 별문제가 아니었다. 아나스타지우스와 에그란티느가 받은 축복이 신들이 보낸 것이 아니라 인위적인 것이었다는 사실만 밝혀도 여론은 뒤집힐 터였다. 당당한 얼굴로 '신들이 내린 축복'이라며 에그란티느를 차기 왕으로 추켜세우던 중앙 신전장이 과연 어떤 반응을 보일까. 성전 검증 회의의 보고를 들었을 땐 속이 뻥 뚫리는 듯했다. 요즘들어 분수도 모르고 설치는 중앙 신전에 한방 먹일 수 있다고 생각하면 이득은 컸다.

"여론을 움직일 좋은 기회군. 네가 꺼낸 제안이니 중앙 신전과의 절충은 네게 맡기마."

"알겠습니다. 그리고 열쇠 세 개가 필요한 지하 서고 말입니다만……."

오르텐시아가 상급 사서로 취임하면서 지금까지 굳게 잠겨 있던 사서의 방을 열 수 있게 되었다. 덕분에 지하 서고의 열쇠를 손에 넣었다.

"그곳이 왕족만이 들어갈 수 있다는 서고인가?"

"아직 확실하진 않습니다. 정변 전부터 남아 있는 사서가 솔랑쥬뿐인데, 그녀는 중급 문관인지라 출입하지 못하는 곳들이 몇 군데인가 있어서 본인도 내부가 어떤지 잘 모른다고 하더군요."

안에 들어가 확인하는 방법밖에 없는 모양이다. 하지만 그렇게 엄중하게 지켜 온 곳이라면 그곳에 구르트리스하이트가 있다고 생각해도 무방하리라.

"오르텐시아가 최대한 빨리 서고를 확인하겠다고 합니다. 그래서 세 개의 열쇠 관리자로 본인, 단켈페르거의 한넬로레, 에렌페스트의 로제마인을 지정하겠다고 하더군요."

아나스타지우스의 말에 나는 팔짱을 꼈다. 어째서 의혹투성이인 에렌페스트의 영주 후보생을 관리자로 삼으려는 걸까.

"아나스타지우스, 그건 이상하지. 사서인 솔랑쥬를 관리자로 삼아야지 왜 로제마인을?"

"솔랑쥬는 중급 귀족이라 서고에 가지도 못합니다. 아까도 말씀드렸다시피 신분이 상급 귀족 이상인 자여야 하니까요. 아니면 형님의 측근 중에서 상급 귀족 둘을 파견하시겠습니까?"

오르텐시아가 '이 귀족원 도서관은 왕족에게 중요한 시설이라 추측되니 최대한 왕족이 신뢰하는 사람을 보내 달라'고 부탁했으나, 아나스타지우스는 그런 데 인재를 보낼 여유는 없다며 거절했다고 한다.

"이렇게 꽁꽁 막아 둔 서고라면 매우 중요한 자료가 있는 게 틀림없군. 출입자가 한정되어 있으니. 내가 출입할 때 문을 열고 닫기만 하면 되는 거라면 얼마든지 내 측근을 적극 추천해야지."

왕족의 중요 시설에 들어가는 데 다른 영지의 영주 후보생에게 도움을 받을 필요는 없다. 그 서고는 공개되지 않아야 한다. 차기 왕인 내가 관리하는 것이 가장 좋은 방법이리라.

"형님, 그 서고에 구르트리스하이트가 없을 수도 있습니다."

"왜 그렇게 확신하지? 원래는 왕족이 드나들던 곳인데, 이전 상급 사서들이 우리를 들어가지 못하게 한 서고이지 않은가."

제일 처음 서고의 정보를 가져온 라오블루트가 말하기를 정변으로 처형된 사서들이 다음 왕의 접근을 막기 위해 수를 쓴 것이라고 했다. 조사단 기사들도 들어가지 못하게 막았다고 들었다.

"솔랑쥬에게 듣기로는 왕이 된 뒤에도 영주 회의 때 도서관을 방문했었다고 합니다. 그리고, 발디프리드 왕자가 차기 왕으로 즉위한 후에 도서관을 방문할 예정이었다는 게 생각났다는 오르텐시아의 보고도 있었고요."

"그렇군. 즉위한 뒤라……. 그렇게 따지면 구르트리스하이트를 가지려고 드나들던 서고는 아니겠군. 차기 왕의 즉위식은 계승한 구르트리스하이트를 아우브들에게 보여주는 의식이니까."

나는 흠 하고 고개를 끄덕였다. 정변 이전의 왕족이 귀족원 도서관에 출입했었다는 점과 그 지하 서고가 중요했다는 건 틀림없는 듯하지만, 그 서고가 지금 우리에게 얼마나 중요한지 알 수 없는 상황이다.

"그리고 오르텐시아가 원하는 사람은 서고 문을 열어 주는 자가 아닙니다. 마술구의 마력 고갈이 심각해서 꼭 사서가 아니더라도 도서관을 위해 마력을 공급해 주고 마술구 조사에 협력해 줄 사람이 필요하다더군요. 서고 문을 여닫을 때뿐만 아니라 귀족원 도서관에 영구적으로 측근을 둘이나 파견해야 하면 형님도 곤란해지지 않겠습니까?"

하긴 어느 정도 중요한지 판단이 서지 않는 곳에 측근을 둘이나, 그것도 장기간 파견하기는 어렵다. 나의 업무와 생활에도 지장이 생긴다. 구르트리스하이트의 유무가 확실치 않은 서고라면 꼭 내 측근을 보낼 필요는 없다. 다른 왕족의 측근에게 내부 조사를 시키는 것으로 충분하리라.

"너와 힐데브란트 측근 중에서 한 명씩 보내는 건 어떠냐? 귀족원 체류 중인 사람도 있지 않나?"

"형님도 아시다시피 전 왕궁 업무 외에도 귀족원 관리자의 보좌까지 하고 있습니다. 너무 바빠서 한 사람이라도 더 측근을 끌어들이고 싶은 마당에, 도서관에 보낼 사람이 있겠습니까."

작년에는 성인 왕족이 하나같이 바빴고, 귀족원에 체류시키는 것보다 왕궁에서 집무를 보게 하고 싶었기에 막 세례를 받았던 어린 힐데브란트를 관리자로 두었다. 정말 그전까지만 해도 왕족 관리자란 권위만 보여주면 되는 장식에 불과했다.

그런데 작년엔 타니스베팔렌의 출현, 학생들의 검은 무기 사용, 성전 검증 회의, 표창식 때의 습격 등, 힐데브란트가 감당하지 못하는 일들이 연이어 일어났다. 결국 아버님의 측근들 사이에서 올해는 힐데브란트가 아니라 아나스타지우스를 귀족원 관리자로 파견하자는 의견이 나온 것이다. 에그란티느가 교사로 취임했으니 부부끼리 연락을 주고받으면서 사고가 일어났을 때만 아나스타지우스가 왕궁에서 귀족원으로 가서 대처하면 어떠냐고 말이다.

거기에 반발한 사람은 힐데브란트였다. 자신의 자리를 빼앗는다고 생각했으리라. 또 그의 측근들 역시 '다른 이들은 하자가 있어서 그런 줄 알 거다'라며 난색을 표했다. 그 의견도 이해를 못하는 바는 아니므로 힐데브란트를 작년과 마찬가지로 정식 관리자로 두고, 그가 처리하기 어려운 일이 일어났을 때 아나스타지우스에게 연락하도록 말해 두었다. 분명 작년과 마찬가지로 에렌페스트와 단켈페르거가 소동을 일으키리라고 예상했기 때문이다.

"오르텐시아는 중앙 기사단장의 아내입니다. 사서를 파견할 여유가 중앙에 없다는 걸 잘 아는 사람이니까 마력을 공급해 줬던 도서위원들을 열쇠 관리자로 추천했겠죠. 수업으로 바쁜 이 시기에 도서관에 마력을 유통해 줄 학생은 도서위원 외엔 없으니 말입니다."

도서위원은 지하에 서고가 있다는 것을 알기 전부터 도서관 마술구에 마력을 공급하고 있었다. 그 모습을 다른 학생들도 보았으니 도서위원이 사서와 함께 행동해도 이상하게 보이지 않을 터였다. 힐데브란트가 제외된 이유도 이해가 되었다. 왕자가 기분 내킬 때만 불쑥 찾아가 도서관 마술구에 마력을 넣어 주는 건 상관은 없다만, 사서의 사정으로 왕자를 불러낼 수는 없는 노릇이니까. 오르텐시아와 솔랑쥬의 입장에서는 로제마인과 한넬로레밖에 없었으리라.

"사정은 알겠다만, 지금부터라도 에렌페스트 영주 후보생은 빼야 하지 않을까? 마력 공급이면 몰라도 열쇠 관리자로는 부적격인 것 같군. 라오블루트의 충고를 잊었나? 에렌페스트는 위험해."

그때 올도난츠가 날아왔다. 약간의 시간차를 두고 에그란티느와 힐데브란트, 오르텐시아로부터. 마침 화제의 인물인 로제마인이 중대한 정보를 제공했다는 연락이었다. 세 개의 열쇠로 열 수 있는 서고에 출입할 사람의 조건이 자세히 나왔고, 그 안에 왕족이 꼭 읽어야 하는 자료가 있다고 한 것이다.

"일부 영주 후보생도 들어갈 수 있다? 일부라는 게 무슨 조건이지? 솔랑쥬보다 더 잘 아는 모양인데, 그런 조건을 어떻게 그녀가 알고 있다는 거야?"

"만약 로제마인이 처음부터 알았다면 열쇠 관리자 얘기가 나왔을 때 말해 줬을 겁니다. 녀석은 숨기는 게 서투르니까요. 페르디난드한테 들은 정보가 아닐까요?"

열쇠 관리자가 된 사실을 보고했을 때 뭔가 들은 게 아니겠냐고 아나스타지우스가 말했다. 분명 편지 따위로 연락을 취했다면 딱 이 정도의 시간이 걸렸으리라.

"정변 당시엔 최하위나 다름없었던 하류 영지 에렌페스트에 이만큼의 정보력이 있을 줄이야……. 역시 라오블루트 말대로 페르디난드가 수상쩍군. 하지만 잡을 수 있는 정보는 잡아야지. 어서 아우브들에게도 물어봐야겠군. 그 서고에 들어가 본 사람이 있을지도 모르니."

왕족뿐만 아니라 영주 일족도 출입할 수 있는 서고라면 정보를 더 모을 수 있을지도 모른다. 나는 클라센부르크와 단켈페르거의 영주에게 물어보기로 했다.

"왕족이 봐야 하는 자료가 있다면 차기 왕인 형님이 나서야 하지 않을까요. 지금은 로제마인과 에그란티느가 친하다는 이유로 제가 나서고 있지만, 만약 그곳에 왕이 될 자에게 필요한 자료가 있다면 형님이 그걸 차지하셔야죠."

정보를 제공해 더는 모반 의심을 받고 싶지 않다는 아우의 속마음이 언뜻 보이는 듯했다. 라오블루트에게 의심받고 있는 페르디난드를 은근히 동정하는 듯한 말에 나는 살짝 고민했다. 나와 아우는 에렌페스트에 관해 서로가 가진 정보량이 다르다. 라오블루트가 왜 그녀를 의심하는지 아나스타지우스도 들었을 텐데도 아우는 로제마인을 의심하지 않는 듯 보였다.

"페르디난드는 영주의 모친과 사이가 나빠 신전으로 쫓겨났었다고 들었다. 대영지의 데릴사위로 보내 에렌페스트를 벗어나게 배려해 주었으니, 그 고마움에 새로운 정보를 흘렸을 가능성도 있어. 어쩌면 왕족에 대한 심경 변화가 있었는지도 모르지."

아나스타지우스의 심증을 생각해 그렇게 말은 했지만, 솔직히 나는 페르디난드가 더욱 의심스러워졌다. 라오블루트는 페르디난드를 아달지자라는 별궁에서 태어난 방계 왕족이 아닐까 의심하고 있었다. 자신을 다른 영지로 쫓아낸 왕족을 원망하여 구르트리스하이트를 노리고 있을 가능성이 있다며. 왕궁에서 별궁과 관련된 자료를 살펴보니 선대 아우브 에렌페스트가 한 남아를 입양했다는 기록이 있었다. 이름은 나와 있지 않았지만, 그 날짜를 따지면 페르디난드가 틀림없었다.

다시 정변을 일으킬 가능성이 농후한 페르디난드가 아렌스바흐의 데릴사위로 가게 되면서 왕좌 찬탈은 사실상 불가능해졌다. 그래도 더 그에 대해 파 보려고 라오블루트가 별궁의 열쇠를 요청했지만, 아버님은 이미 끝난 일이라며 거절한 것으로 기억하고 있다.

'라오블루트에게 별궁의 열쇠를 넘겨서 다시 조사를 시켜야 하나.'

페르디난드도 조사해야겠지만, 우선은 내가 로제마인을 만나보는 것부터 시작하는 편이 좋을 듯했다. 직접 만난 적도 없지만, 만나 보면 오르텐시아와 아나스타지우스가 그녀를 열쇠 관리자에 꼭 넣으려 하는 이유를 알 수 있을지도 모른다.

"네 말대로 로제마인을 만나서 지하 서고에 가 보마. 사흘 후라면 시간을 낼 수 있어. 그리고 힐데브란트에게도 얘기해 줘. 일단 왕에게 귀족원 대표로 정식 임명받은 게 녀석이니까."

어린아이가 감당할 만한 안건은 아니지만, 귀족원에 체류만 하면 될 거라 판단하고 녀석에게 그 자리를 억지로 떠맡긴 사람은 우리였다. 자신의 임무에 책임을 다하려는 그를 방해물 취급할 수는 없었다. 그리고 어린 힐데브란트가 있으면 로제마인도 조금은 경계를 풀지 않을까.

'……과연, 무엇을 알고 있는 것인지.'

로제마인이 아니다. 페르디난드가 무엇을 알고 있고, 뭘 전하려는 걸까. 내가 궁금한 건 그쪽이었다.

아버님은 왕의 증표인 구르트리스하이트를 원하고 계시고, 그게 있으면 여론을 움직이기 쉬워지니, 정보가 있다면 찾을 생각이다. 그러나 솔직히 귀찮았다. 하물며 구르트리스하이트와 관련이 없다면 아까운 시간만 버릴 뿐이다.

구르트리스하이트가 있었던 시대의 유르겐슈미트를 모르는 나는 그것에 연연하지 않는다. 없어도 잘해 나갈 자신이 있었다. 어쨌거나 현재도 그럭저럭 해 나가고 있으니까. 이 평화를 지킬 수 있다면 다소 희생도 마다하지 않을 생각이다.

물론 구르트리스하이트가 있으면 그보다 더 좋은 건 없다. 그러나 그것이 없어도 왕족은 유르겐슈미트를 통치해 나가야만 한다. 구르트리스하이트가 없는 왕의 아들로서, 나는 구르트리스하이트가 없어도 통치에 문제가 없음을 증명해야 했다.

그것이 차기 왕인 나의 역할이니까.

머리 아픈 보고서(3학년)

"아우브 에렌페스트. 이것은 붙잡은 시종 중에서 벌금으로 끝내도 문제가 없는 경범죄자 리스트입니다."

"거기 놔둬."

마티아스의 정보 제공 덕분에 누이인 게오르기네에게 이름을 바쳤던 귀족들을 잡아들일 수 있었다. 범죄자 포획에 앞장섰던 보니파티우스가 말하길, 기사단의 도착을 눈치채자마자 몇 명은 기억을 읽히지 않으려고 머리를 터트려 자살하거나 저택에 불을 질러, 끔찍한 상태였다고 한다.

"뭘 꾸미고 있었는지는 모르겠지만, 겨울 사교계의 시작을 축하하는 회식이나 다과회 분위기가 아니었어. 십여 명이서 필사적으로 증거를 인멸하고 있는 느낌이었지. ……마티아스의 밀고 덕분에 살았군."

원래는 겨울의 주인을 토벌한 후 숙청을 거행할 예정이었다. 만약 그랬다면 늦었을 거라고 보니파티우스가 말했다. 대부분 자결하는 바람에 유익한 증거를 건질 수는 없었다. 게를라흐의 겨울 저택 외에도 구 베로니카 파의 범죄자는 있었다. 그들을 몽땅 잡아들인 것이다. 뒤처리가 방대해서 일손이 부족한 지경이다.

"……칼스테드, 겨울의 주인을 토벌하는 덴 문제가 없겠어?"

토벌보다 먼저 치르게 된 숙청에 공격용 마술구와 회복약을 써 버렸고, 기사의 숫자도 줄었다. 그 상태로 겨울의 주인을 토벌해야 했다. 숙청 뒤처리에다가 토벌 계획까지 다시 세워야 하는 칼스테드의 얼굴에 피로감이 진하게 엿보였다.

"로제마인이 보내 준 마석과 체포한 문관에게 강제 노동을 시킨 덕분에 겨우 대책을 세웠다."

마력이 넘쳐서 곤란한 로제마인에게 빈 마석을 대량으로 보냈더니, 그 즉시 마력을 채워 보내 줘서 아주 큰 도움이 되었다고 한다. 또 경범죄자들 중에서 문관에게는 겨울의 주인 토벌에 필요한 공격용 마술구 제작을 시켰다. 마력과 노동력을 징벌로 삼은 것이다.

"귀족원에서 좋은 소재를 보내 줘서 아주 도움이 됐어. 여유는 없지만 겨울의 주인은 올해도 어떻게든 토벌할 수 있을 것 같아."

"그거 다행이군. 신전 봉납식은 어때? 코르넬리우스나 훈련에 참가한 호위기사들에게 뭐라도 들은 거 없어?"

신전의 제사는 내년 수확량과 직결된다. 지금까지는 로제마인과 페르디난드가 맡아 왔지만, 올해는 두 사람 모두 신전에 없다. 남아 있는 청색 신관의 마력은 애초에 많지도 않고, 인원도 몇 없다. 심지어 봉납식보다 숙청을 먼저 치른 탓에 세례를 받지 않은 아이들을 신전 고아원에 맡겨야 했다.

"대신에 하르트무트가 아주 의욕적으로 일하고 있어. 자기까지 끌여들인 바람에 귀찮아 죽겠다고 코르넬리우스가 투덜거리더군."

칼스테드가 로제마인의 호위기사들에게 들은 신전 상황을 알려 주었다. 무려 상급 귀족에게 청색 신관 흉내까지 시키고 있다고 한다. 이미 의식용 의상까지 준비해 놓았다나.

"기사단 훈련 때 다무엘이 그러던데, 안게리카에게 봉납식 축문을 가르치는 것도 어지간히 어려운 게 아니라더군. 그 안게리카와 코르넬리우스가 겨울의 주인 토벌 작전의 공격을 맡고 있으니 어떻게든 봉납식을 빨리 끝내 버리고 싶은 모양이야."

페르디난드와 에크하르트가 떠난 이후로 로제마인의 호위기사들은 에렌페스트의 귀중한 전력이 되었다. 제사와 토벌의 균형을 어떻게 맞추느냐가 중요해질 것 같았다.

"아우브 에렌페스트, 잠깐 시간 괜찮으십니까?"

플로렌치아의 문관, 레베레히트가 품에 목패 더미를 안은 채 방에 들어왔다. 말끔하게 빗질해 넘긴 빨간 머리는 라이제강 계의 특징인 걸까. 칼스테드와 비슷한 색깔이다. 짙은 갈색 눈동자는 항상 진지하고 차분하다. 나는 그가 감정적으로 행동하는 모습을 본 적이 없었다.

"아아, 레베레히트. 귀족원 보고서를 다 처리한 건가?"

올해는 숙청도 앞당겨지고, 그 사후 처리로 바빠서 아이들이 귀족원에서 보내는 보고서에 답장하는 일은 플로렌치아에게 맡겼었다. 평소처럼 그 답장이라고 생각하고 나는 고개를 들었다.

"아닙니다, 플로렌치아 님께서 보고서를 읽고 쓰러지시는 바람에, 아우브께서 보고서 처리를 하셔야 할 것 같습니다."

"뭐?! 플로렌치아의 용태는 어떤가?"

그가 무덤덤하게 보고하자, 나는 벌떡 일어났다. 지금 귀족원 보고서나 읽고 있을 때인가. 플로렌치아의 몸 상태가 더 걱정되었다. 그러나 레베레히트는 동요하는 기색 하나 없이 다시 앉으시라고 했다.

"지금은 집무를 중단하시고 방으로 돌아가셨습니다. 주치의를 불렀으니 금방 진단을 받으시겠지요. 주치의와 시종이 알아서 잘 할 겁니다. 아우브 에렌페스트께서 가셔도 할 수 있는 일이 아무것도 없으니 여기, 플로렌치아 님께서 중단한 업무를 대신 처리해 주셔야겠습니다."

"크윽……."

"지금 상황에서 플로렌치아 님께 아무런 도움이 못 되는 건 문관인 저도 마찬가지입니다. 그러니 저희가 아우브를 도와드리려고 하는데, 허가해 주시겠습니까?"

숙청으로 인해 영주 집무실의 인원도 줄었다. 솔직히 레베레히트의 요청이 고마웠다. 나는 플로렌치아의 문관들에게 업무를 분배하기 시작했다.

"그럼 이것을. 귀족원에서 온 보고서입니다."

"어제는 로제마인이 다과회에서 폭주했고, 귀족원에서 봉납식을 열기로 했었지. 오늘은 왕족의 부름을 받아 제단 사용 허가를 받을 예정인 것으로 기억하는데. ……흠. 읽기 전부터 머리가 지끈거려오는군."

솔직히 말해 정말 읽고 싶지 않지만, 왕족과 접촉한 내용에 관한 보고서다. 안일하게 넘길 사안이 아니었다. 나는 레베레히트가 내민 목패를 건네받았다.

"……왕족이 제단 사용을 금지해 줬으면 좋았겠지만, 플로렌치아의 상태로 보아하니, 허가를 한 모양이군."

"네. 생각지도 못한 사태가 벌어진 듯합니다."

나는 하는 수 없이 목패를 훑어보았다. 단켈페르거에서는 훈련을 통해 스스로 축복을 얻는 방법을 찾았다, 그쪽의 제의로 공동 연구자와 협력자를 명확하게 구별하게 되었다는 소식으로, 시작은 평범했다.

「에렌페스트에서 신구와 도구를 보내 주면 제단의 방을 사용해도 좋대요. 신전에서 봉납식을 하고 나면 저와 빌프리트 오라버니, 샤를로테의 의식용 의상이랑 카펫과 공물 등 봉납식에 쓰는 물건들을 보내 주세요. 하르트무트에게 부탁하면 알아서 준비해 줄 거예요.(로제마인)」

나는 목패를 몇 번이고 다시 읽었다.

"뭐야, 생각보다 특별한 내용은 없는데?"

그렇게 중얼거리자, 칼스테드도 흥미가 생겼는지 목패를 읽기 시작했다.

"신구와 의상을 갖춰 보내려면 시간도 걸리고 손도 많이 가긴 하겠지만 장소 대여 외에는 별 조건이 없으니 허용해도 무방하겠군."

"음. 왕족이 간섭하거나, 중앙 신전과 따로 연락을 취해야 하는 게 아니라면 당초 예상보다는 훨씬 수월해지지. 딱히 골 썩일 일은 아닌데. 웬일이지?"

우리가 긴장을 푼 순간, 레베레히트가 "방심은 금물입니다, 아우브."라고 말하며 목패를 홱 뒤집었다. 뒷면에도 글이 있었다.

「추신. 왕족을 봉납식에 초대했습니다. 다른 참가자들을 견제하기에도 좋고, 왕족에게 제사를 경험해 보게 하고 싶었거든요. 왕족이 가호를 받아 조금이라도 편해졌으면 해서요. 아나스타지우스 왕자님은 고려해 주신대요.(로제마인)」

'잠깐, 잠깐, 잠깐! 왕족하곤 엮이지 말라고 했잖아!'

나는 한손으로 이마를 짚었다. 허가를 받을 때 왕족이 성가신 조건을 붙여 접촉할 거라는 예상은 했지만, 로제마인이 적극적으로 그들을 끌어들일 줄은 예상도 못했다.

"……이건 선의로 꺼낸 제안인가?"

"왕족이 편해졌으면 좋겠다……라고 쓰여 있는 걸 보면 그렇군요. 범죄자의 자식을 살리려고 영지의 미래를 거론했던 것처럼 로제마인님은 자신들의 이익까지 고려해서 꺼낸 선의였겠지요."

레베레히트의 말에 나는 '끙……' 하고 신음했다. 어조는 신랄하나, 틀린 말은 아니었다. 숙청으로 귀족의 수가 감소하고, 영지의 장래를 이유로 아이들을 구하고 싶다는 그녀의 의견을 받아들였다. 그러나 그것은 여태껏 구 베로니카 파의 억압을 받아왔던 라이제강 계 귀족에게는 받아들이기 어려운 안이었다.

"로제마인 님은 자신과 상대방의 이익을 따질 줄은 알아도, 주변 손해까지는 생각하지 못하는 듯합니다. 이번 제안도 자신들과 왕족에겐 도움이 될지 몰라도, 다른 영지 학생들이 어떻게 생각할지……."

"솔직히 말해서 왕족이 어떻게 되든 우리와는 별 상관없어. 굳이 말하자면 그 사람들은 귀찮은 일만 강요하니까."

관계가 깊어지면 로제마인은 상대방의 이익까지 배려해 주려고 한다는 페르디난드의 말이 떠올랐다. 아무래도 이미 그런 이익까지 챙겨 줄 정도로 왕족과 관계가 깊어진 모양이다. 너무 깊이 엮이고 말았다.

"이를 어찌해야 할지……."

"왕족까지 엮였으니 이제 그 공동 연구는 우리 쪽에서 막을 수 없습니다. 우선은 하르트무트를 부르시는 게 어떨지요. 봉납식 도구를 귀족원에 보낼 수 있는지, 시기는 언제쯤 가능한지부터 알아야 답장을 보낼 수 있을 테니까요."

레베레히트의 말에 납득하고, 하르트무트를 부르도록 명령했다. 올도난츠가 날아오르는 모습을 보며 나는 다른 아이들이 보낸 보고서도 읽어 보았다.

「군돌프 선생님한테 에렌페스트는 신선한 아이디어가 없다고 혼이 났습니다. 로제마인 님을 데려오라고 돌려 말씀하시는 것 같습니다.(마리안네)」

「몇 가지 제안을 드렸지만, 드레반헬의 개량 방식을 선택하셨습니다. 연구 성과를 빼앗긴 기분입니다.(이그나츠)」

로제마인의 보고서에서는 단켈페르거와의 공동 연구 얘기뿐이었는데, 빌프리트와 샤를로테의 견습 문관들의 보고서에는 드레반헬과의 공동 연구에 관한 내용밖에 없었다. 각자 어떤 부분에 관심이 높은지 확연히 드러났다.

"드레반헬과 하는 연구는 난항을 겪고 있는 모양이군."

"창의력, 실현 속도, 정보를 취사 선택하는 기술, 정보 은닉 기술, 이론만으로는 파악할 수 없는 능력을 보게 되니 어쩔 수 없지요. 이제 겨우 이론 성적이 오르게 된 견습 문관에겐 부담이 크겠군요."

레베레히트는 '역량이 부족하니 어쩔 수 없다'라고 가볍게 흘려 넘겼지만, 칼스테드는 안쓰러운 얼굴로 팔짱을 꼈다.

"아이들에게 어려운 연구라면 조언을 줘야 하지 않을까? 애초에 드레반헬이 원한 건 로제마인이다. 괜찮은 아이디어가 없는지 물어보라고 하는 게 어때? 뭐 하나라도 나오겠지."

"아니, 조언이야 있으면 좋겠지만, 녀석을 너무 드러내고 싶진 않아. 단켈페르거뿐만 아니라 드레반헬과도 일을 벌일 것 같거든. 당분간은 자기들끼리 고민하게 둬. 이것도 다 경험이야."

문면에서도 '로제마인에게 의지하고 싶지 않다' '우리 손으로 연구를 진행하고 싶다'라는 심경이 엿보였다. 자신들이 맡은 연구인 만큼 스스로의 힘으로 공적을 올리고 싶은 것이리라.

"음? 드레반헬과의 공동 연구는 실패해도 괜찮다고 생각하시는 겁니까?"

"로제마인이 자기는 거절하고 싶었는데 그러지 못했다고 했거든. 학생들끼리 연구한 걸 드레반헬에 뺏겼다고 해서 영지에 큰 손해는 없어. 한번 크게 실패도 겪어 보면서 배울 수 있는 좋은 기회야. 시행착오도 해 봐야지."

레베레히트는 잠시 생각하더니 "그럼 그렇게 답장하겠습니다."라고 대답했다. 아이들에게 답장하는 작업을 그에게 맡겼더니 이번에는 목패가 아닌 편지가 눈에 들어왔다.

"이건 뭐지?"

"하르트무트에게 단켈페르거의 약혼녀가 보낸 편지입니다. 보고서와 함께 들어가 있더군요. 다른 영지에서 보낸 편지이니 한번 살펴보는 것이 좋을 듯해서 가져왔습니다."

예년이라면 개인적 편지는 그대로 넘겨주었지만, 올해는 숙청이 있었기에 귀족원에서 보낸 편지나 보고서는 전부 검열을 하게 되었다. 개인적인 편지를 읽자니 조금 꺼려지긴 하나, 이건 일이다. 하르트무트의 약혼녀가 아렌스바흐와 내통하고 있지는 않겠지만, 일단 내용을 확인해야 했다.

「저, 오늘만큼 엄격한 선별을 통한 특별한 만남을 이뤄 주신 에이비리베께 감사한 적이 없습니다. 어둠의 신의 축복을 받은 밤하늘색 머리카락이 넘치는 힘과 함께 흩날리고, 적을 응시하는 금색 눈동자는 빛의 여신의 축복을 받아 반짝이고 있었어요. 최고신의 총애를 한 몸에 받은 제 주인의 손에 나타난 것은 파란 번개를 내뿜는 대장간의 신 불카니푸트의 최고 걸작이었습니다. 여름 신들의 위광을 보여주는 그 용태, 무용의 신 앙리프의 위용이 어찌나 강렬하던지요. 아뇨, 잠깐만 기다려 주세요. 앙리프만이 아니에요.」

'잠깐 기다려야 하는 건 너다. 이 무슨 뚱딴지같은 소리야.'

약혼녀가 보낸 편지니까 사랑을 속삭이는 내용일 줄 알았더니 어딘가 이상하다. 일순 연애 소설을 읽는 기분이 들었으나, 온통 로제마인을 찬양하는 글들뿐이었다. 어디에도 사랑을 표현하는 내용이 없었다. 솔직히 말하면 글을 읽고는 있는데 도무지 머릿속에 들어오지 않았다.

"아~ 레베레히트. 이거 정말 하르트무트의 약혼녀가 보낸 편지 맞아?"

"여기에 클라리사라고 적혀 있는 것을 보면 틀림없습니다."

레베레히트는 내용을 읽어 보진 않은 듯했다. 보낸 이의 이름만 보며 가볍게 고개를 끄덕인다. 그의 차분함과 클라리사의 편지에 큰 괴리감이 느껴지는 사람은 나뿐일까.

"어떤 아이지? 해로운 녀석은 아니겠지?"

"작년 영지 대항전 때 만난 적이 있습니다. 단켈페르거의 상급 견습생인데, 에렌페스트에 시집 와서 로제마인 님을 모시고 싶다더군요. 영지의 장래를 생각하면 좋은 인연이라고 생각합니다. 개인적으로는 인상이 차가운 제 아들이 귀족원에서 연애결혼을 할 줄은 상상도 못 했습니다만……."

레베레히트의 말에 나는 고개를 갸웃했다. 하르트무트의 인상이 차가웠었나? 보고서만 봐도 로제마인에게 극도로 미쳐 있는 충실한 측근인데.

"실례합니다, 아우브 에렌페스트. 부르심을 받잡고 왔습니다."

편지를 확인하는 사이, 하르트무트가 입실했다. 아무래도 올도난츠를 받자마자 달려온 듯했다. 눈보라 속을 헤치며 기수를 몰고 왔으리라. 미처 털지 못한 눈덩이가 머리카락에 묻어 있었다.

"바쁜 시기에 미안하군. 로제마인이 걱정하던데, 고아원 수용 문제는 어떻게 되어 가고 있지? 겨울의 주인 토벌처럼 계획들이 틀어졌을 텐데……."

귀족의 자식으로 자란 아이들이 신전에 수용되었다. 아무리 아이라도 반발이 클 터였다. 어린아이라면 울며불며 부모를 애타게 찾지 않을까. 내가 묻자, 하르트무트는 씨익 웃었다.

"안심하십시오. 제가 엄중히 감독하고 있는 이상, 고아원에선 문제가 일어나진 않을 겁니다. 지금은 누구 하나 빠짐없이 잘 지내고 있습니다."

"……그렇군. 그거 든든하네. 세례 전 아이들은 귀족으로 치지 않지만, 살아남는 아이가 많을수록 우리에겐 좋지."

현재 에렌페스트는 전체적으로 불안정한 상태다. 하르트무트의 엄격한 관리를 받아야 하나, 아이들에게 평화로운 장소가 있다는 사실에 한시름 놓였다.

"하르트무트, 오늘 부른 이유는 이것 때문이다. 로제마인이 보냈더군. 네게 제사 준비를 부탁하고 싶다고 한다. 그리고 이건 자네의 약혼녀인 클라리사가 보낸 편지다."

내가 목패와 편지를 건네자, 하르트무트는 그 자리에서 얼른 목패부터 읽었다. 맑은 주황색 눈동자가 점점 커지더니, 목패를 쥔 손을 떨기 시작했다.

"이게 무슨 소립니까? 로제마인 님께서 귀족원에서 봉납식을 거행……한다고요? 말도 안 돼. 왜 전 졸업을 하고 만 겁니까! 로제마인 님의 제사를 이 눈으로 볼 수 없다니……. 측근으로서 실격 아닙니까!"

그러고 보니 하르트무트에게 사흘 만에 보여 준 보고서였다. 고작 사흘 만에 상황이 일변했으니 당황하는 것도 무리는 아니었다.

"제사 준비를 제대로 못 하는 게 측근 실격이지. 그것보다 신전 봉납식은 언제쯤 끝나지? 답장을 보내 줘야 하는데. 신전에서 신구를 반출할 수가 있나?"

"로제마인 님의 부탁이니 신전 봉납식은 얼른 끝내겠습니다. 도구류는 전부 준비해서 제가 귀족원에 가져가지요."

변함없이 우수하다고 할까, 로제마인 지상주의구나 하고 하르트무트를 보며 감탄하는 그때, 어이없어하는 레베레히트의 모습이 눈에 들어왔다.

"하르트무트, 나서지 마라. 로제마인 님이 원하시는 건 신구와 의상이야. 넌 부르지도 않았어. 그것보다 그 태도는 뭐지? 그것이 영주 일족의 측근이란 놈의 태도냐? 여기가 어디인 줄 알고. 물러나서 머리를 식혀라."

레베레히트는 하르트무트를 호되게 꾸짖더니, 못마땅한 얼굴로 내게 사죄했다.

"송구합니다. 오냐오냐 키운 막내아들이라 버릇이 없습니다."

"……오냐오냐 키웠다기보다 충성심이 너무 강해서겠지. 자넨 놀랐나 보지만, 하르트무트는 로제마인만 엮이면 항상 이랬어. 몰랐나?"

"많이 변했다는 말은 아내에게 듣긴 했지만, 이 정도로 바보가 됐을 줄은 몰랐습니다. 주인에게 충성하는 것이 나쁜 건 아닙니다만, 이렇게 앞뒤를 못 가릴 줄이야, 한심할 따름입니다."

울분에 찬 표정을 한숨 하나로 싹 지워 버린 레베레히트는 하르트무트에게서 고개를 돌렸다. 그 이후로는 일절 아들을 쳐다보지 않았다. 하르트무트 역시 아버지를 쳐다보지 않았고, 목패며 클라리사의 편지를 비교하며 진지한 얼굴로 생각에 빠져 있었다. 서로를 아예 거들떠보지 않으려는 점을 보면 쏙 닮은 부자지간이지만, 집무실 분위기가 괜히 험악해졌다.

"하르트무트, 이쪽 용건은 끝났다. 봉납식에 쓸 도구가 준비되면 내가 로제마인에게 답장을 보내마."

하르트무트를 집무실에서 물린 후, 나는 레베레히트를 돌아보았다.

"로제마인에겐 내가 답장을 보낼 테니 나머지는 자네가 처리해. 난 플로렌치아의 상태를 보고 오겠다."

"알겠습니다."

하르트무트는 정말 유능했다. 눈 깜짝할 새에 신전 봉납식을 마쳐 버렸다. 그 후로는 내 집무실에 매일같이 찾아왔다. 봉납식 도구를 얼마나 성으로 옮겼는지 보고하고, 빌프리트와 샤를로테의 측근들에게 의식용 복장에 쓰는 겨울 장식품에 관해서 조언했다. 그러나 그건 그의 구실에 불과했다.

"작년 성전 검증 회의에 성전을 가려오라는 명령이 떨어졌을 때 신전 물품을 관리해야 한다는 이유로 신관장이셨던 페르디난드 님께서 귀족원에 가셨습니다. 이번에도 봉납식 도구를 옮기는 데 관리자가 있어야 하지 않을지요. 그러니 신관장인 제 역할이라 봅니다만."

성인이 된 하르트무트가 귀족원에 가려면 왕족의 허가가 있어야 한다. 귀찮아서 거절하고 싶은 마음은 굴뚝같지만, 페르디난드의 전례를 들먹이는 마당에 그럴 수도 없었다.

"올해 실기로 로제마인 님이 여러 신들의 가호를 받으시면서 제사에 대한 인식이 바뀌려 하고 있습니다. 단켈페르거의 의식을 따라 하시다가 라이덴샤프트의 창이 빛을 뿜어낸 뒤로 다들 신구와 의식의 중요성을 깨닫게 된 것이지요. 그런 신구를 반출하려면 영지가 책임을 져야지 않겠습니까. 저는 신관장으로서 모든 책임을 다할 것입니다."

공략점을 완전히 꿰고 있는 하르트무트는 정말 귀찮기 그지없었다. 로제마인은 용케 이놈을 곁에 두었구나. 감탄이 나왔다.

"하물며 귀족원에서 보내는 보고서만으로는 파악하기 어려운 일들이 얼마나 많겠습니까. 직접 귀족원에 찾아가 정보를 모을 기회가 있다면 최대한 잡아야 마땅하지요. 신구를 옮겨, 신관장으로서 봉납식에 동석하게 되면 왕족과도 접촉할 수 있습니다."

'왕족이 하르트무트를 귀족원에 들여보내 준다면 그게 최선이겠군.'

하르트무트가 귀족원에 간다고 해서 내가 손해 볼 일은 없다. 도리어 여기서 종알대게 놔두는 쪽이 더 골치가 아프다. 매일같이 하르트무트의 주장을 들어야 하는 날들을 상상하고 섬뜩해진 나는 "일단 왕족에게 허가를 받아 보마."라고 대답하고 쫓아냈다. 이젠 왕족이 알아서 하겠지.

"몇 가지 조건은 있습니다만, 하르트무트의 방문을 허가한다는군요."

레베레히트가 귀족원에서 보낸 목패를 들고 왔다. 그러나 허가보다 더 신경에 거슬리는 내용이 적혀 있었다.

"잠깐만! 왕이 봉납식에 참여한다고?! 어째서 그렇게 된 거야?! 아나스타지우스 왕자만 참여하는 게 아니었나?!"

왕족도 의식에 참여하는 편이 좋다고 로제마인이 주장했기로서니 설마 왕까지 참여할 줄 누가 예상이나 했을까. 작작해라 정말.

"귀족원 공동 연구에 첸트가 참가한다니 전대미문이네요."

"나도 알고 싶지 않았어. 차라리 공동 연구를 막을 수 없나……."

"예상치 못한 사태지만, 이제 와 중지하긴 어렵습니다."

레베레히트는 여전히 담담하게 대답했다. 평소라면 함께 머리를 싸매 줬을 칼스테드가 없어서인지, 감정을 억누를 수 없었다.

"젠장……. 겨울의 주인을 토벌하고 있는 칼스테드가 부러워지는 날이 올 줄이야……."

지금 이 자리에서 보고서를 읽고 있지 않아도 되는 칼스테드가 심히 부러웠다. 머리 아픈 일을 겪을 바엔 겨울의 주인을 토벌하는 게 백 번 나았다.

"첸트가 참가한다잖나. 아무 탈 없이 끝날 리가 없을 텐데."

"……하긴 그렇겠군요."

귀족원에 참견할 수 없는 노릇이니 답답해 미칠 지경이다. 원래라면 어른은 참견할 수 없는 곳인데 어째서 성인 왕족이 엮이는 사태가 되었단 말인가. 왕족과 접촉하지 말라고 누누이 말했건만…….

이렇게 고민해 봤자 에렌페스트 측에서 할 수 있는 일은 아무것도 없다. 제발 무사히 끝나게 하라고 신신당부해서 하르트무트를 보내는 것밖에는.

"봉납식 보고가 들어왔습니다. 이건 하르트무트가 보냈군요. 내일 직접 보고드리고 싶으니 시간을 내주셨으면 한답니다."

하르트무트는 여섯 점 종이 울리기 직전에 돌아왔다고 들었다. 오늘은 봉납식에 사용한 도구들을 신전에 가져간다고 했다. 신구 관리를 책임져야 하는 신관장이니 보고 자체를 뒤로 미뤄도 상관없었다. 돌아오자마자 직접 보고하지 않은 것으로 보아 큰 탈 없이 끝난 게 아닐까. 나는 그렇게 생각하며 하르트무트의 보고서를 손에 들었다.

봉납식을 거행하는 로제마인의 성스러운 모습과 그것을 많은 영지에 널리 알리게 되었다는 내용이 보고서의 80퍼센트를 차지하고 있었다. 10퍼센트는 슈첼리아의 방패에 튕겨 나간 영지명과 앞으로의 위험성에 관해서. 나머지 10퍼센트는 왕족이 고마워했다는 것, 도서관에 동행하지 못해서 아쉬웠다는 내용이었다.

"……레베레히트, 다른 보고서는 없나? 제단 앞에서 슈첼리아의 방패를 소환했다고 쓰여 있는데, 도통 이해가 가지 않아."

레베레히트가 건넨 목패를 읽었다. 이것은 빌프리트의 문관 견습생, 이그나츠의 보고서였다.

「봉납식 자체는 성공했습니다. 중앙 기사단과 영주 후보생의 호위 견습 기사들까지 떼어낸 상태에서 봉납식을 거행했습니다. 슈첼리아의 방패 덕분에 양해를 구했으니 천만다행이었습니다.(이그나츠)」

'중앙 기사단과 호위 견습 기사들을 떼어내려고 슈첼리아의 방패를 썼단 말이야?!'

양해를 구해 다행이라고 쓰여 있는 걸 보아 어찌어찌 끝나긴 한 모양이다. 그러나 말 그대로 무사히 끝난 게 맞는지 확신할 수가 없었다. 위가 욱신거리기 시작했다.

「언니가 슈타프로 신구를 두 개나 소환했어요. 제 눈으로 직접 보지 않았다면 도무지 믿기 어려웠을 거예요. 숙부님도 하실 수 있다던데 아무나 할 수 있는 건가요? 언니가 뭔가 잘못 알고 있는 게 아닐까요? 또 귀족원에서 제사를 지내니 빛의 기둥이 솟았어요. 단켈페르거에서도 같은 현상이 일어났었대요. 이런 현상들이 일상화되면 조금은 사람들이 언니를 덜 특이하게 생각하지 않을까요.(샤를로테)」

'대체 무슨 짓을 벌인 거냐, 로제마인!'

신구를 두 개나 썼다는 말은 하르트무트의 보고서에도 없었다. 설마 샤를로테만 알고 있는 걸까? 아니면 로제마인의 주변인들에겐 일상적인 일인가. 당장은 판가름하기 어려웠다. 나는 다른 목패를 집어 들었다. 샤를로테의 문관이 쓴 보고서였다.

「첸트께서 고맙다고 하셨습니다. 단켈페르거와의 공동 연구를 모든 영지가 주목하고 있는 게 틀림없습니다. 드레반헬과의 공동 연구도 뒤지지 않도록 노력하겠습니다. 아렌스바흐와의 공동 연구가 어떻게 되고 있는지 알고 계신다면 알려 주실 수 있을까요? 좀처럼 정보가 들어오지 않아서…….(마리안네)」

경쟁심이 불타고 있음을 잘 알 수 있었다. 단켈페르거와 진행하는 공동 연구엔 도무지 이길 수 없으니 아렌스바흐 측 공동 연구의 내용이라도 알고 싶은 듯했다. 그러나 안타깝게도 나 역시 아렌스바흐와의 공동 연구에 관해서는 잘 알지 못했다.

"답해 주고 싶지만, 마력 절약형 마술구 연구라는 것. 설계는 아렌스바흐의 견습 문관이, 조합은 로제마인이 담당하고 있다는 것밖에 모르는데 말이지."

영지 간이 아니라, 라이문트와 로제마인의 개인적인 연구라서 영지에 따로 보고되는 건 많지 않았다. 설계도도 실제 연구 성과물도 영지 대항전 때 선보일 전시물이다. 어쩌면 페르디난드에게는 보냈을지도 모르지만.

"로제마인 님이 하시는 연구인데, 아우브께선 파악하고 계셔야 하지 않겠습니까?"

"아렌스바흐와의 공동 연구 책임자는 내가 아니라 페르디난드다. 녀석이 지켜보고 있다면 문제가 일어날 일은 없겠지. 내 관할이 아니야."

지금까지 로제마인을 제지하려고 애쓰던 이복동생을 떠올렸다. 그 역시 우리처럼 지금쯤 머리를 쥐어뜯고 있지 않을까. 그렇게 생각하면 꼴좋다 싶기도 하고, 아직 우리가 이어져 있는 듯한 기분이 들기도 해 조금 흐뭇했다.

"그럼 마리안네에게는 그렇게 답장하도록 하지요. 이건 로제마인 님께서 보내신 보고서입니다."

나는 로제마인의 보고서를 손에 들었다.

「봉납식에서 남은 마력은 귀족원 도서관에서 쓰게 됐어요. 도서관의 기둥 격인 마술구에 마력이 바닥나기 직전이었거든요. 아슬아슬했어요. 마력을 듬뿍 넣어 뒀답니다. 이제 당분간 도서관은 안정적일 거예요.(로제마인)」

머리가 아찔했다. 나는 겨울의 주인을 토벌하고 돌아온 칼스테드에게 이 목패를 보여 줬다.

"……어이, 칼스테드. 이게 봉납식 보고가 맞다고 생각해?"

"봉납식을 하고 남은 마력이라고 쓰여 있으니 맞겠지."

내 뒤에 선 칼스테드가 목패를 응시하며 '끙……' 하고 앓는 소리를 냈다. 로제마인은 여전히 혼자 별세계에 있었다. 도서관 얘기가 8할을 차지하고 있는 봉납식 보고서라니…….

"그것 말고 써야 할 게 있지 않겠니, 로제마인!"

"아우브의 말씀엔 동의하는 바입니다만, 모두의 보고서를 종합해 보면 왕족의 심기를 거스르는 일 없이 무사히 봉납식을 끝낸 것 같습니다. 영지 대항전 전까지 큰 탈은 없겠지요."

레베레히트의 말에 나는 칼스테드와 시선을 교환했다. 칼스테드가 어깨를 으쓱하며 고개를 저었다. 나는 가볍게 고개를 끄덕였다. 귀족원 봉납식은 큰 문제를 일으키지 않고 끝난 것인지도 모른다.

'하지만…….'

한숨을 쉰 나는 진지한 얼굴로 레베레히트를 돌아보았다.

"레베레히트, 자네가 아직 로제마인을 잘 몰라서 그래. 영지 대항전 전까지 아무 일도 일어나지 않을 리가 없어."

말은 그렇게 했지만, 설마 귀족원에서 이미 약혼자가 있는 로제마인을 걸고 디터를 겨뤘을 줄은 누가 상상이나 했을까. 로제마인이 귀족원에 있는 동안, 올해도 머리 아픈 보고서는 바람 잘 날 없었다.

후기

오랜만에 인사드립니다, 카즈키 미야입니다.

이번 「책벌레의 하극상~사서가 되기 위해서라면 뭐든지 할 수 있어~ 제5부 여신의 화신Ⅱ」를 구매해 주셔서 감사합니다.

프롤로그는 요청이 많았던 페르디난드 시점. 아렌스바흐에서 지내는 페르디난드의 상황과, 로제마인의 편지를 어떤 식으로 생각하는지를 중점적으로 그려 보았습니다. ……하지만 아직 디트린데가 귀족원에 있는 덕분에 평탄하게 업무를 보고 있긴 하네요.

본편은 왕족의 호출로 시작해 도서관의 지하 서고, 단켈페르거의 제사, 짜증만 나는 다과회를 거쳐 귀족원의 봉납식, 레스티라우트의 도발로 시작된 신부 뺏기 디터, 중앙 기사단의 난입 등, 사건들이 줄줄이 일어납니다. 사실 처음 플롯을 짤 때는 힐쉬르의 연구실에서 라이문트와 마술구를 만드는 분량이 더 있었어요. 그런데 단켈페르거와 벌인 디터 때문에 숭덩 잘려나갔습니다.

왕족에게 경의나 경외심을 딱히 갖고 있지 않는 로제마인의 시점으로는 학생들의 공동 연구에 왕이 직접 참가하는 것이 얼마나 말도 안 되는 일인지 감이 잘 잡히지 않았을 거예요. 그래서 웹판에서는 뤼라디의 시점에서 본 귀족원 봉납식을 여담처럼 넣었는데, 서적판에서는 단편으로 따로 떼어내게 됐습니다. 다른 영지의 상급 귀족 시점으로 왕족과 처음 경험한 제사가 어떠했는지 재미있게 읽어주시면 감사하겠습니다.

에필로그는 한넬로레 시점. 신부 뺏기 디터의 결말과 로제마인이 퇴장한 후 아나스타지우스와 나눈 대화, 그리고 그녀의 행동을 단켈페르거가 어떻게 받아들였는지……. 로제마인 시점으로는 볼 수 없는 장면들을 그려 보았습니다.

이번 단편에는 1왕자인 지기스발트와 질베스타의 시점이 수록되었습니다.

지기스발트 시점에서는 좀체 모습을 드러내지 않는 로제마인과 급성장 중인 에렌페스트를 중앙에선 어떻게 바라보고 있는지. 지기스발트와 아나스타지우스의 관계 등을 써 보았어요. 이 상황들이 앞으로 어떻게 달라질지 기대해 주세요.

질베스타 시점은 독자들에게 인기가 있었던 '머리 아픈 보고서'가 주제입니다. 보고서를 읽은 플로렌치아가 졸도하는 바람에 담당이 질베스타로 넘어간 부분부터 이야기가 시작됩니다. 페르디난드의 빈자리를 메꾸고 있는 사람은 레베레히트. 플로렌치아의 문관이며 하르트무트의 아버지입니다. 영주 앞에서는 고뇌하는 모습을 보이지 않으려고 하지만, 호시탐탐 귀족원에 갈 기회만 노리는 아들 때문에 골머리를 앓는 아버지가 또 하나 늘었네요.

이번 권에서 시이나 님께 새 캐릭터 디자인을 부탁한 인물은 지기스발트, 트라오크발, 뤼라디, 이렇게 세 명입니다.

지기스발트는 아나스타지우스와도 느낌이 비슷한 정통파 왕자, 트라오크발은 머리카락 길이가 페르디난드와 비슷하고 약 냄새를 풍길 것처럼 피로에 찌들어 있는 왕, 뤼라디는 뮤리엘라와 콤비 느낌이 강하도록 꿈꾸는 소녀 이미지로 그려 주셨습니다. 정말 훌륭합니다.

여기서부턴 새로운 소식입니다.

4월부터 애니메이션 2부가 시작되었습니다. 이 후기는 딱 2부가 시작되는 시기에 쓰고 있는데, 프랑과 길, 델리아의 초기 모습이 반가우면서도 신선했고, 빌마와 로지나가 나올 날이 너무 기대가 됩니다. 방송국과 인터넷 스트리밍에 관해서는 애니메이션 공식 홈페이지에서 확인해 주세요. http://booklove-anime.jp/

2부 블루레이 박스는 6월 17일 발매 예정입니다. TO북스 온라인 스토어에서 구매하시면 저와 시이나 유우 선생님과 담당자님의 대담, 델리아 시점의 SS가 수록된 책자를 특전으로 받을 수 있습니다. 관심이 있으신 분은 꼭 확인해 보세요. http://tobooks.shop-pro.jp/

6월에는 '책벌레의 하극상 관련 작품'이 잔뜩 발간될 예정입니다. 6월

1일에 TO 주니어문고에서 「제1부 병사의 딸4」가 발매되었습니다. 15일에는 「만화판 제3부 3권」, 「공식 앤솔로지 5권」이 발매됩니다. 이쪽도 꼭 읽어봐 주세요.

다음 5부III에는 드라마 CD가 부록으로 실린 세트가 있습니다. 드라마 CD 부록판은 TO북스 온라인 스토어에서만 판매하고 있으니 주의해 주세요.

이번 표지는 신부 뻿기 디터. 라이덴샤프트의 창을 든 로제마인, 단켈페르거의 보물을 손에 든 레스티라우트. 그리고 갑옷으로 무장한 빌프리트와 슬픈 얼굴을 한 한넬로레입니다. 긴박감 넘치는 표지를 보니 가슴이 막 뛰네요.

컬러 삽화는 지하 서고를 배경으로 작업했습니다. 이곳도 유르겐슈미트엔 매우 중요한 장소지요. 평소엔 어른이 열쇠를 관리하기 때문에 열쇠 구멍이 로제마인에겐 높은 위치에 있는 포인트가 마음에 쏙 들었습니다.

시이나 유우 님, 감사합니다.

마지막으로 이 책을 구매해 주신 여러분께 최상급의 감사를 드립니다.

제5부 III은 9월에 발매될 예정입니다. 거기서 다시 만나요.

2020년 4월 카즈키 미야

소녀의 마음(오해)

하르트무트 님이 신전에 들어가신 후로
약혼녀인 나를 다들 불쌍하게 보고 있어.

로제마인 님을 보좌하기 위해서라면
원치 않는 직책이라도 성심성의껏 하는 훌륭한 분인데

그런 하르트무트 님과 헤어지는 건 상상할 수 없어
파아아아
나 로제마인 님의 광신도가 되어서 아무도 이 약혼을 깨지 못하게 할 거야!

라고 생각하지 않을까요
절대 아니야
붕붕붕

연인들

또 이렇게 헤어져야 하나요
하르트무트 님

나도 그 때가 올 때마다
너무나도 괴로워, 클라리사

이렇게 로제마인 님의 위대함을 공감하는 사람은 우리 둘 뿐이까요!
맞아!! 나도 같은 생각 했었어
덥썩

전 로제마인 님 이야기라면 하루 종일도 할 수 있어요!!
나 역시 사흘 밤낮도 할 수 있어!
시간 다 됐는데 떼어내 볼까요?
사흘까지 못 기다려

←오른쪽에서 왼쪽으로 읽어주세요

매번 등장하는 권말 부록

화기애애한 가족의 일상

만화: 시이나 유우

단켈페르거 어미

책벌레의 하극상 [5부] 여신의 화신 Ⅱ

초판 1쇄 발행 2022년 6월 30일

저자 카즈키 미야

발행인 원종우
발행처 (주)블루픽

주소 (13814) 경기도 과천시 뒷골로 26, 2층
영업부 02-6447-9000 **편집부** 02-6447-9019 **팩스** 02-6447-9009
메일 edit01@imageframe.kr **웹** vnovel.kr

ISBN 979-11-91225-57-0 04830

Honzukino Gekokujo Shisho ni naru tameni ha Syudan wo Erande Iraremasen
Dai Go-bu Megami no Keshin 2
By Miya Kazuki